Diogenes Taschenbuch 24703

de
te
be

W0411762

STEFAN HERTMANS, geboren 1951 in Gent, Belgien, Dichter, Dramatiker, Romancier, gilt als einer der wichtigsten niederländischsprachigen Autoren der Gegenwart. *Krieg und Terpentin* war 2016 für den International Man Booker Prize und den Premio Strega International nominiert. Zudem wurde der Roman von *The New York Times, The Times* und *The Economist* zu einem der besten Bücher des Jahres gewählt. *Die Fremde* war für den National Jewish Book Award nominiert und stand auf der Shortlist des Fémina étranger 2018. Hertmans lebt in Brüssel und im südfranzösischen Monieux.

Stefan Hertmans

Der Aufgang

Aus dem Niederländischen von
Ira Wilhelm

Diogenes

Titel der 2020 bei De Bezige Bij, Amsterdam,
erschienenen Originalausgabe: ›De opgang‹

Die deutsche Erstausgabe erschien 2022 im Diogenes Verlag
Covermotiv: Gemälde von Wassily Kandinsky,
›Weilheim-Marienplatz‹, 1909,
oil on board, 33 × 44,7 cm (Ausschnitt)
Foto © Christie's Images / Bridgeman Images
Bildrechte Abbildung S. 113: Laurent Stevens
Abbildung S. 205: Anselm Kiefer,
›Innenraum‹, 1981,
Öl, Acryl, Schellack, Emulsion, Stroh
und Holzschnitt auf Leinwand, 287,5 × 311 cm
Copyright © Anselm Kiefer
Foto: Atelier Anselm Kiefer
Sammlung Stedelijk Museum, Amsterdam
Bildrechte Fotos der Familie Verhulst:
Archief Aletta Verhulst

Die Übersetzerin bedankt sich herzlich für das großzügige
Arbeitsstipendium des Deutschen Übersetzerfonds

Deutscher
Übersetzerfonds

Dieses Buch wurde mit Unterstützung von Flanders Literature
herausgegeben (flandersliterature.be)

FLANDERS
LITERATURE

Veröffentlicht als Diogenes Taschenbuch, 2023

www.diogenes.ch
30/23/36/1
ISBN 978 3 257 24703 9

Seht ihr das Tier, das läuft,
und zwar überall auf die gleiche Weise?
Alessandro Baricco, Die Barbaren

Im ersten Jahr des neuen Jahrtausends fiel mir ein Buch in die Hände, aus dem ich erfahren sollte, dass ich zwanzig Jahre im Haus eines ehemaligen Mitglieds der SS gewohnt hatte. Nicht, dass es vorher keine Hinweise darauf gegeben hätte: Selbst Notar De Potter hatte an dem Tag, als ich mit ihm das Haus besichtigte, den früheren Bewohner beiläufig erwähnt; ich schenkte dem jedoch nur wenig Aufmerksamkeit. Vielleicht verdrängte ich es danach auch, beeindruckt, wie ich damals war von den schmerzvollen Gedichten Paul Celans, den Zeugnissen Primo Levis und den ungezählten Büchern und Dokumentarfilmen, die sprachlos machten angesichts des Unvermögens einer ganzen Generation, das Undenkbare in Worte zu fassen. Doch nun musste ich zusehen, wie sich meine intimen Erinnerungen mit einer Wirklichkeit vollsogen, für die ich keine Vorstellungskraft besaß, die ich aber auch nicht länger von mir stoßen konnte. Es war, als spukten plötzlich Gespenster durch die mir so wohlbekannten Zimmer; nur zu gerne hätte ich ihnen einige Fragen gestellt, doch sie gingen ungehindert durch mich hindurch. Gegen nichts hegte ich einen größeren Widerwillen, als über Menschen zu schreiben, wie sie sich jetzt, Geistern gleich, in mein Leben schlichen. Ich kann mich noch genau an den Tag erinnern, als ich das Haus zum ersten Mal sah. Es muss im Spätsommer 1979 gewesen sein. Ich ging in einem kleinen Stadtpark spazieren, an den ein paar alte Häuser grenzten; die Zäune erlaubten einen Blick auf sie. Um die verrosteten Gitterstäbe eines der Zäune wanden sich die dicken, fast schwarzen Äste eines Blauregens. Schwer von Staub hingen späte Blütentrauben herab, dennoch rührte mich ihr Duft – er führte mich zurück in den verwilderten Garten meiner Kindheit; neugierig starrte ich durch die Stäbe. Mitten im verwahrlosten Hinterhof schoss ein schlanker Ahorn auf, zwischen undefinierbarem Müll und einem Kohlenschuppen mit einem Häuflein Spaltholz davor. Ungefähr fünf Meter vom Zaun entfernt fiel mein Auge auf das zerbrochene Fenster eines baufälligen Rückgebäudes, daneben erstreckte sich eine Veranda, durch deren hohes Bogenfenster man in die dunklen, leeren Räume des Haupthauses sehen konnte, wo fern und vage das Licht der Vorderseite schimmerte.

Eine merkwürdige Erregung erfasste mich; ich verließ den Park, ging einmal um den Häuserblock und fand mich in einer etwas trostlosen Straße wieder. Das fragliche Gebäude war ein großes Patrizierhaus mit einer pockennarbigen Fassade, durch die sich über Jahrzehnte die Feuchtigkeit gefressen hatte. Es besaß hohe Fenster, und die abblätternde Farbe auf der Haustüre hatte bessere Zeiten gesehen; es war nicht zu übersehen, dass das Haus seit Längerem leer stand. In einem der Fenster hing eine von Kondenswasser aufgeweichte Verkaufsanzeige. Es fing an zu nieseln, wie es nur in alten Städten nieseln kann; der Kupferdeckel des Briefkastens klapperte missmutig im Wind.

Das Haus stand im Genter Stadtviertel Patershol, benannt nach dem schmalen, höhlenartigen Zugang, der über einen Kanal zu einem mittelalterlichen Kloster führte und durch den die Ordensbrüder nicht nur Lebensmittel heranschipperten, sondern, wie der Volksmund behauptete, heimlich auch Huren. Grund und Boden waren ursprünglich einmal im Besitz der Grafen von Flandern; in dem an eine Burg aus dem zwölften Jahrhundert grenzenden Viertel hatten jahrhundertelang Patrizier und wohlhabende Bürger gewohnt, bevor mit dem Aufkommen des Proletariats viele der großen, vornehmen Häuser durch kleine Arbeiterhäuser ersetzt wurden, die Armut sich in den schmalen Gassen ausbreitete und die Gegend einen schlechten Ruf bekam. Alles war am Verfallen, als sich Ende der Sechzigerjahre im Zuge der Studentenrevolte die Boheme hier niederließ. Das Haus, vor dem ich nun stand, lag am nordöstlichen Rand des Viertels, in einer Straße namens Drongenhof, nicht weit von dort, wo die Leie träge und dunkel an den feuchten Häusern entlangfloss.

*

Wichtige Entscheidungen in meinem Leben habe ich selten mit Bedacht gefällt. Fast immer befand ich mich dabei in einer Art Trance, die mir das Gefühl gab, von einer unsichtbaren Hand im Rücken vorwärtsgestoßen zu werden und wie der sprichwörtliche Narr kopflos meinem Schicksal entgegenzustolpern. Ich zog ein Notizbuch aus meiner abgetragenen Lederjacke und notierte mir die Telefonnummer. Noch am gleichen Tag rief ich an. Zwei Tage später besichtigte ich das Haus; es war im Besitz der frankobelgischen Familie De Potter, die sich noch rasch einiger Besitztümer entledigen wollte, da mit dem Jahreswechsel die liegenschaftsbezogenen Steuerabgaben empfindlich erhöht werden sollten.

Bei der Besichtigung des Hauses entgingen mir der Schimmel und die Feuchtigkeit keineswegs, auch nicht das Brackwasser in den vollgelaufenen Kellern oder die verstreut herumstehenden vermoderten Möbel, vor allem aber sah ich das hohe Treppenhaus, den wunderbaren Kamin aus rosabräunlichem Marmor im vorderen Wohnzimmer, den langen Flur, verkleidet mit schwarzglänzendem, mit einer Bordüre aus graugeädertem Carrara abgesetztem Ardenner Stein, und die breiten Dielen in den großen Räumen der oberen Stockwerke – das unbekannte Leben zog mich unaufhaltsam an.

Wir gingen vom Keller bis zum Dachboden, der Aufgang dauerte fast zwei Stunden, denn Notar De Potter erstellte währenddessen, unter der ständig eingeforderten Beipflichtung meinerseits, eine detaillierte Bestandsaufnahme. Auf dem Dachboden sah ich von einem staubgrauen Balken ein Seil hängen; im hohen, spitz zulaufenden Dach fehlten einige Ziegel, durch die der graue Stadthimmel zu sehen war. Irgendwo hörte ich Tauben mit den Flügeln schlagen.

Schon immer mochte ich den für alte Häuser so typischen Geruch von Feuchtigkeit und Verfall. Vielleicht lag das daran, dass ich als kurz nach dem Krieg geborenes Kind an der Hand meiner Mutter noch an vielen von Bomben beschädigten Häusern vorbeigekommen war, wodurch feuchtes Gemäuer und Schimmel für mich zu dem werden konnten, was die berühmte Madeleine für Proust war. Einem noch erinnerungslosen Kind ist selbst der Geruch nach Verderbnis eine Quelle des Glücks.

Ich kaufte das Haus aus einem Impuls heraus und für einen Betrag, für den man heute nicht einmal mehr einen Mittelklassewagen bekommt. Da ich nicht gerade begütert war, lieh ich mir das Geld zinslos von meinem Vater und versprach ihm, es in monatlichen Abschlägen so schnell wie möglich zurückzuzahlen. Damals erledigte man solche Transaktionen noch in bar; bis heute sehe ich die makellosen Hände meines Vaters vor mir, wie sie die sorgfältig zusammengesparten Geldscheine auf die kalbslederne Schreibunterlage des Notars blättern.

*

Das Buch trug den Titel *Zoon van een »foute« Vlaming* (Sohn eines »falschen« Flamen). Der Autor hieß Adriaan Verhulst, ich hatte bei ihm studiert. Der inzwischen emeritierte Geschichtsprofessor genoss während seiner akademischen Laufbahn großes Ansehen, gehörte den Vorständen des öffentlichen Rundfunks und zahlreicher kultureller Institutionen an, war Verfasser vieler wissenschaftlicher Artikel und bekannt nicht nur für seine liberalen Ansichten, sondern auch für seinen rigiden und ernsten Charakter. In den nicht ganz unproblematischen Bekenntnissen, verfasst gegen Ende seines Lebens, erinnert er sich irgendwann auch des Hauses, in dem er seine Kindheit verbracht hatte, wobei er mich namentlich als den aktuellen Bewohner erwähnt. Als ich das las, starrte ich ungläubig auf das Buch in meinen Händen; ich hatte das Haus gerade wieder verkauft und nahm mir vor, meinem ehemaligen Professor einen Besuch abzustatten, doch bevor es dazu kam, starb er. Ich stand widerwillig vor einer Wand aus Rätseln und Schweigen.

Nun gut, dachte ich, dann werde ich eben nicht die Geschichte eines SS-Mannes erzählen; solche Geschichten gibt es ohnehin zuhauf. Ich werde die Geschichte eines Hauses und seiner Bewohner erzählen. Allerdings dauerte es Jahre, bis ich das Material für die nun folgende Geschichte zusammenhatte. Einige Augenzeugen leben noch, sie sind hochbetagt und haben mir ihre Erinnerungen, soweit das möglich war, in vielen Einzelheiten geschildert. Erst später, nachdem ich alles mühsam durchgearbeitet hatte, wurde mir klar, dass der sonst so gewissenhafte Historiker Adriaan Verhulst niemals Einsicht in die Gerichtsakten genommen hatte, in denen die ganze Wahrheit stand. Er hätte es problemlos tun können, doch dann wäre das Porträt seines Vaters wohl kaum so milde ausgefallen.

I

Da macht' es zögern mich mit weitern Fragen.
Dante, Paradies, Dritter Gesang

I

Adriaans Vater, Willem Verhulst, wurde am 10. Juli 1898 in Berchem bei Antwerpen geboren, in derselben Gemeinde, wo er 1975 nach vielen Irrungen und Wirrungen auch begraben wird – etwa vier Jahre bevor ich jenes Haus in Gent erstand, in dem er jahrzehntelang gewohnt hatte.

In einem merkwürdigen, vermutlich im Gefängnis verfassten autobiografischen Fragment mit dem Titel *Wils jeugd* (Wils Kindheit und Jugend) sieht Willem Verhulst ein Omen darin, dass er um ein Haar am 11. Juli zur Welt gekommen wäre – dem Gedenktag der Goldene-Sporen-Schlacht des Jahres 1302, einer zum nationalistischen Gründungsmythos erklärten Schlacht, in der eine Handvoll flämischer Bürgermilizionäre, notabene mit Unterstützung wallonischer Truppen, auf dem Groeningekouter unweit von Kortrijk die Armee des französischen Königs Philipp IV. schlug.

Willem stammte aus einer großen Familie mit neun Kindern, vier Jungen und fünf Mädchen; er war der Benjamin und sofort der Augenstern der Mutter. Der Vater führte in der Boomgaardstraat unweit des Albertparks, zwischen dem Groen Kwartier und Oud-Berchem, eine Diamantschleiferei. Ein Jahrhundert nach seiner Geburt ist die

Boomgaardstraat eine ganz normale Straße mit noch recht jungen Bäumen. Als ich sie entlanggehe, entladen einige orthodox gekleidete jüdische Männer vor einem im Souterrain liegenden Lager gerade einen Lastwagen. Da hier nur wenige Häuser über eine derartige Lagerfläche verfügen, vermute ich, dass sich dort durchaus eine Diamantschleiferei befunden haben könnte. Ich erkundige mich bei den Männern danach; einer der Männer fragt zurück, warum ich das wissen wolle. Gern hätte ich ihm geantwortet, dass ich das Elternhaus eines ehemaligen Mitglieds der ss suche, halte es dann aber doch für ratsamer zu schweigen.

An den ehemaligen Obstgarten, der der Straße den Namen gab, erinnert heute noch ein Altenpflegeheim mit dem arkadischen Namen *Ten Gaarde*. Auch das alte Wirtshaus *De Hand*, wo Willems Vater regelmäßig ein Gläschen zu viel trank, gibt es noch. Nicht weit von hier muss früher einmal ein Kutscher gewohnt haben; es soll hier immer nach Pferdemist gestunken haben. Ich habe eine alte Radierung gefunden, auf der die Straße und ein romantischer Bauernhof abgebildet sind. Kopfweiden und Schnee, ein Reetdach, Felder – eine Ansicht aus verlorenen Zeiten. Heute schieben sich hier in endlosen Staus die Autos vorbei, grau wie die Seelen in Dantes Hölle.

Hinter dem Haus führte Willems Schwester Caroline, Carlo genannt, eine »Tanzschule für Salontänze«; die Schellackplatten lagen in dünnen braunen Hüllen mit tintenblauem Aufdruck auf dem Tischchen neben dem Grammofon. Damals der letzte Schrei. Man hörte nur das Scharren von Füßen auf dem mit feinem Sand bestreuten Fichtenholzboden und die rhythmischen Anfeuerungsrufe einer jungen Frau; am Schluss der Tanzstunde, während die letzten Takte der Musik verklangen, kamen die Kinder hereingerannt und tobten zwischen den schwarzgekleideten Paaren umher.

Unter ihnen der vierjährige Willem.

Es muss an einem Frühlingsabend gewesen sein, als der kleine Junge auf einmal zu Boden stürzt. Er stöhnt, rollt mit den Augen, die Bewegungen sind ruckartig und gehen in heftige Krämpfe über. Schaum tritt ihm vor den Mund, die Schwestern kreischen auf und schreien nach der Mutter; die stürzt herbei, sieht das zuckende Kind, versucht, den auf den Bretterboden schlagenden Kopf zu stützen, steckt den Finger in den Mund des Jungen, damit er sich nicht die Zunge abbeißt – er erbricht sich und würgt, die Augen treten hervor. Die Mutter kennt die Fieberkrämpfe der Kinder, schickt eines der Mädchen nach einem mit kaltem Wasser getränkten Tuch und hält das Kind fest, bis die Spasmen abnehmen. Langsam kommt der Junge zu sich, stammelt, jammert und weint. Die Mutter trägt ihn ins Haus und legt ihn aufs Sofa, wo er in einen tiefen Schlaf fällt; als er Stunden später erwacht, bekommt er warme Milch und ein Butterbrot mit Pflaumenmus. Beim Trinken verschüttet er die Hälfte und fängt wieder an zu weinen. Er will zur Toilette, stößt gegen den Türrahmen. Wieder Weinen und dann sein Schrei: *Mama, ich seh nichts mehr!* Die Mutter eilt herbei, betrachtet prüfend ihr Kind und sieht, dass die Augen ins Leere starren. Sie murmelt ein Stoßgebet, hilft dem Jungen zum Klo im Innenhof, setzt ihn aufs Holzbrett und legt ihm die Hand aufs Knie, während er pullert.

Es wird alles wieder gut, Wimpje, sagt sie. Sie trägt ihn zum Sofa zurück, wo der Junge erneut einschläft und erst erwacht, als es schon dunkel ist. Inzwischen ist der Vater nach Hause gekommen, er bewegt die Hand vor den Augen des Kindes hin und her. Das eine Auge folgt der Hand, das andere nicht. Vielleicht ist ja auch das andere Auge bis morgen wieder gut, sagt der Vater, immerhin sieht er ja mit dem rechten noch was.

Doch das andere Auge wird nicht wieder gut. In den nächsten Monaten stößt sich der Junge überall, hat immer wieder kleine Wunden am Kopf und ständig aufgeschürfte Knie. Will er die Treppe rasch hinuntereilen, stürzt er; ein ums andere Mal schätzt er Abstände falsch ein, stolpert über Bordsteinkanten und Türschwellen, läuft gegen die großen Kartoffelhorden in der Waschküche, bleibt an einem Nagel hängen und reißt sich die Hüfte auf. Die Nachbarskinder hänseln ihn, gehen dicht vor ihm her, wollen ihn verwirren, skandieren im Chor: Hier kommt Willem Schiel, der sieht nicht mehr viel! »Es stimmt. Was ich sehen sollte, habe ich nicht gesehen«, schreibt er später mit gewagter Ironie, »dafür aber vieles, was ich besser nicht gesehen hätte, und so zu tun, als wäre ich blind, kam mir später sehr zupass, und ich konnte es mir nur schwer abgewöhnen.«

2

Willem sitzt unter dem Glasdach hinter dem Haus und spielt mit Murmeln. Drinnen erklingt die immergleiche Melodie, eine seiner Schwestern übt Klavier. Er hört den Vater singen: *Je crois en toi, Maître de la nature / Semant partout la vie et la fécondité*. Das heute noch in Frankreich bekannte Lied mit dem Titel *Le crédo du paysan* rühmt Gott den HERRN für die Schöpfung und die Fruchtbarkeit der Erde, doch die Zeilen, die Gott zur Ehre gereichen sollen, verballhornt der Vater, indem er jedes *dieu* durch *bête* ersetzt: *Bête Tout-Puissant, qui fis la créature* – es hallt durchs ganze Haus, bis seine Frau ruft, dass es nun aber genug sei. Der Diamantschleifer ist überzeugter Darwinist und will die Kinder vor dem behüten, was er den Wahnsinn des Glaubens nennt, er zitiert Voltaire auswendig und nennt Priester Schwarzröcke und Kohlenträger.

Der Junge bekommt Panikattacken, wenn seine Mutter nicht in der Nähe ist; er weigert sich einzuschlafen, bevor er unter das Bett geschaut hat. Er will nicht länger aufs Plumpsklo im Hinterhaus, weil er Angst hat vor dem schwarzen, stinkenden Loch. Die Schatten des Kerzenlichts grausen ihn, und quietscht eine Türe, fängt er an zu zittern. Bei Gewitter verkriecht er sich, überzeugt, ein Geist komme sein anderes Auge holen. Die Schwestern verwöhnen ihn, manchmal darf er zu einer von ihnen ins Bett – was ihn später zu der Bemerkung veranlasst: »Ich habe schon immer bei den Frauen Trost gesucht, dabei war ich sehr schüchtern, ein paar Frauen würden das aber wohl bestreiten.«

Er wird ein richtiger, wenn auch sympathischer, Lausebengel, mindestens einmal in der Woche schicken ihn die Eltern ohne Abendessen ins Bett. »Hatte ich etwas ausgefressen, ging ich von selber«, schreibt er. »So kam ich weiteren Strafen zuvor.« Bis zu seinem sechsten Lebensjahr trägt er ein Kleidchen, was damals aus hygienischen Gründen üblich war, er spielt mit Puppen und erinnert sich später, viele von ihnen aufgerissen zu haben, um nach den Eingeweiden zu suchen. Auch ihre Augen will er ständig »reparieren«, weshalb viele blinde Puppen im Haus herumliegen.

Eines Tages kommt die Mutter mit zwei Ärzten in sein Zimmer. Bis ins hohe Alter erinnert er sich an jedes Detail, sogar die Namen weiß er noch: Dr. Van Rechtesteen und Dr. Bayence. Er ist ungefähr sechs Jahre alt. Als Van Rechtesteen etwas Unverständliches murmelt und sich suchend umblickt, deutet die Mutter auf das Tischchen mit Willems Bilderbüchern. Der Arzt reißt von einem der Bücher das Titelblatt ab. Willem protestiert, schreit. Nicht! Das ist mein Lieblingsbuch! Der Arzt spricht beruhigende Worte, geht auf ihn zu, rollt dabei das widerspenstige Blatt zu einem Trichter und drückt ihn dem Kind auf das Auge; er gießt eine Flüssigkeit hinein. Willem verliert das Bewusstsein.

Als er wieder zu sich kommt, liegt er im Bett, die Augen mit einer nach Desinfektionsmittel riechenden Kompresse verbunden. Im Kopf spürt er einen scharfen Schmerz, er tastet – da, die Hand der Mutter, er will den Verband abreißen, doch die Mutter besänftigt das panische Kind. Der Verband darf auf keinen Fall ab; auch wenn der fahle, rostfarbene Fleck darauf die Mutter vor Ekel fast erbrechen lässt. Mehrere Wochen lang wacht sie an Willems Seite, hilft ihm mit der Bettpfanne, wäscht und kleidet ihn, redet ihm gut zu und liest ihm vor. Er bekommt nur flüssige Nahrung. Zwei Monate liegt er blind im Bett. Wenn die Mutter sich für ein paar Stunden von einer der Schwestern vertreten lässt und er vergeblich nach ihrer Hand tastet, tobt er, bis sie wieder da ist.

Dann wird der Verband abgenommen; über dem operierten Auge liegt ein dünner Schleier trüber Flüssigkeit. Mit einer Pinzette entfernt der Arzt einige Schorfpartikel, der Junge weint. Das operierte Auge wird mit einem kleineren Verband bedeckt. Der kleine Wim muss eine schwarze Brille tragen. *Tranquille, mon gars*, sagt der Arzt, ganz ruhig, alles wird gut. Sein gesundes Auge gewöhnt sich allmählich wieder an das Licht. Der Arzt kommt anderntags zurück und nimmt den Verband ab, verdeckt das gesunde Auge mit der Hand und fragt: Was halte ich hoch? Das Kind hat vorher Weintrauben auf dem Tisch neben dem Arzt gesehen; Weintrauben, ruft es. Doch bedauerlicherweise ist es eine

Schere. Das Auge ist noch immer blind, sagt der Arzt zur Mutter. Wir müssen das Ganze wiederholen. Das Kind reagiert panisch: Nein, nicht noch mal, schreit es. Nicht noch mal! Es strampelt mit den Beinen, wirft den Kopf hin und her, ist nicht zu halten. Die Mutter nimmt ihren Sohn auf den Schoß, ist ja gut, sagt sie, alles ist gut!

Der Eingriff wird nicht wiederholt; wie leicht verschiebt sich doch bei Müttern das Gleichgewicht zwischen Mitgefühl und Standhaftigkeit.

*

Ein Jahr später. Der erste Schultag; Willem ist eingeschüchtert, verläuft sich im Gebäude, öffnet die falsche Türe, gerät ins Zimmer des Hausmeisters, der ihm sogleich eine derart unselige Ohrfeige verpasst, dass dem Jungen das Blut aus dem Ohr tropft. Er rennt aus der Schule und wird von einem Gendarmen zurückgebracht. Schluchzend sitzt er auf der Schulbank und presst sich einen Pfropfen ans Ohr.

Blühende Rosskastanien, so schreibt er in seinen Memoiren, mochte ich besonders, auch die trudelnden Ahornhelikopter im Herbst, oder das Zischen der Gaslaternen im Nebel; ich habe dicke, gelbe Birnen aus Obstgärten gestohlen und meine Beute hinter dem Kaninchenstall versteckt.

Mit dem zehnten Lebensjahr fingen die Prügeleien in der Schule an. Die Lehranstalt bestand aus zwei Abteilungen, in der einen wurde Flämisch und Französisch, in der anderen nur Französisch gesprochen; um die Kampfhähne beider Lager auseinanderzuhalten, gab es zwei Pausenhöfe. Willem schreibt, dass die flämischen Kinder verächtlich behandelt und verspottet wurden. Die Bürgersöhnchen hänselten uns, riefen uns französische Schimpfwörter nach, die uns zum Dreck der Straße machten. Wir verstanden uns als Kinder der einfachen Leute und hauten wild drauflos, ich konnte die Demütigungen nicht ertragen. Er fügt hinzu, dass er schon immer Sympathien für Bauarbeiter, Straßenbahnschaffner und Pferdekutscher gehabt habe und dass er beim Schulschwänzen oft Bonbons geklaut habe, die er dann mit ihnen teilte. Voll beschönigender Ironie typisiert er sich selbst als »Schlawiner Will«, der niemals vernünftig geworden sei, dank seiner »heiligen Einfalt, die ihm doch unübersehbar ins Gesicht geschrieben stand«.

3

Der Diamantschleifer ist dem Alkohol verfallen und dämmert in seiner Werkstatt vor sich hin, die Mutter aber ist eine zupackende Frau. Durch den gewinnbringenden Kauf und Wiederverkauf kleinerer städtischer Liegenschaften erwirtschaftet sie sich ein bescheidenes Vermögen, auf das ihr Mann keinen Zugriff hat. Damit baut sie ein großes Haus, auf dessen Grundstück noch genug Platz bleibt für eine Diamantschleiferei und Carlos Tanzschule – zweiundneunzig Zimmer habe das Haus gehabt, schreibt Willem ein halbes Jahrhundert später und meint wohl neunundzwanzig. Aber spielt das eine Rolle? Spielt es eine Rolle, ob Carlos Schule ein Turn- oder Tanzsaal war? Willem darf den Bürgerstöchterchen in den Abendkursen beim Einüben der Tanzschritte helfen. Das Kind mit der Augenklappe wickelt alle um den Finger: Wie eine kleine Ballerina wirbelt es durch den Saal, stolpert immer wieder herzzerreißend, rappelt sich auf und tanzt weiter.

Die Prügeleien in der Schule werden dramatischer, die Kontrahenten gewaltbereiter. Es kommt vor, dass einer der Jungen einen abgebrochenen Flaschenhals oder einen Knüppel bei sich hat. Nicht selten muss die Ambulanz gerufen werden. Willem vermasselt die Algebra-Prüfung, weil er das Französisch des Mathematiklehrers nicht versteht; er wird bockig, überheblich, stellt sich vor die Klasse und verlangt lauthals Unterricht in flämischer Sprache. Der Löwe von Flandern!, ruft er. Als ein elegant gekleideter Franzosenjunge ihn auslacht, stürzt er sich auf ihn wie ein wildes Tier. Ihm droht ein Schulverweis. Seine Noten werden mit jedem Tag schlechter, die Zeugnisse schmeißt er in die Gosse, klaut leere Formulare aus dem Sekretariat und trägt sich gute Noten ein, bis sich der Vater über das Gekrakel des angeblich neuen Lehrers wundert und den Betrug entdeckt. Willem bekommt eine Tracht Prügel, an die er sich noch Jahrzehnte später erinnern wird.

Er schwänzt die Schule, treibt sich tagelang herum, durchstreunt Obstgärten und stiehlt mithilfe eines nagelbewehrten Stocks die hochhängenden Früchte. Er pflückt einen Strauß Feldblumen und stellt sich damit vor das Eingangstor der Mädchenschule, wird dann aber von einer Nonne am Ohr über die Straße gezogen, bis er anfängt zu weinen. Er versucht, den Mädchen unter die Röcke zu schauen – »Man hat mir erzählt, dass man davon blind werden kann, wie von einem Blitz …« Noch im Alter seufzt er, ach, Mariëtte, ach, Tilly, ach, Eveline, Französisch hätten sie gesprochen und ihre Schlüpfer seien spitzenbesetzt gewesen, das habe er mit seinem guten Auge sehen können.

Im Winter hilft er seinem Vater, morgens um halb sechs die Öfen der Diamantschleiferei und der Tanzschule einzuheizen; er kocht Kaffee für die Arbeiter, danach müssen alle Tanzschuhe geputzt werden. Die Schuhe eines besonders affektierten Tänzers schmiert er mit Kaninchenkötel ein, er liebt Streiche auf Kosten anderer. Er schreibt: Ich war der heilige Schlawiner, ich war gut darin, so zu tun, als könnte ich kein Wässerchen trüben. Ich hatte eine herrliche Kindheit.

*

Doch dann schlägt der Blitz tatsächlich ein. Er ist dreizehn, als die Mutter unerwartet stirbt. Die Umstände sind unklar; seine Kindheitserinnerungen bricht Willem abrupt mit ihrem Tod ab, ohne weitere Erklärung. »Voll Heimweh treibe ich mich zwischen den Gräbern herum«, beschließt er seine Aufzeichnungen, »und suche mein Leben.«

In den Besitz einer Kopie dieser merkwürdigen Bekenntnisse gelangte ich viele Jahrzehnte später, durch eines seiner Kinder; auf der Vorderseite des Hefts ist ein Sportler abgebildet, über dem in beiden Landessprachen die Maxime zu lesen ist: »Handle wie ein wahrer Sportler.«

Mein Auge fällt auf den Schatten des Läufers, er gleicht eher dem Schatten eines Boxers.

Am unteren Rand der Seite steht: *Cahiers de Belgique.* Was angesichts Willems problematischem Verhältnis zum Vaterland Belgien an Ironie grenzt.

AGIS COMME UN VRAI SPORTIF
HANDEL ALS EEN ECHTE SPORTIEF
L'EFFORT OLYMPIQUE
OLYMPISCHE KRACHTINSPANNING
Nº 60
Cahiers de Belgique

4

Bauer will er werden, oder Gärtner, etwas in der Art, warum, weiß er selber nicht, aber alles ist besser als Diamantschleifer mit staubtrockener Kehle. Sein lebensüberdrüssiger Vater schickt ihn auf die Garten- und Landbauschule in Melle bei Gent. Doch von Studieren kann kaum die Rede sein. Der Erste Weltkrieg tobt, die Von-Bissing-Universität war gerade eröffnet worden: Moritz Ferdinand Freiherr von Bissing, Generalgouverneur des besetzten Belgien, Bewunderer von Rilke und Goethe, hatte den Auftrag zur Gründung einer *Vlaamsche Hoogeschool* erteilt und damit gegen belgisches Gesetz verstoßen. Das führte zu einer tiefen Spaltung der akademischen Welt Belgiens: Die Flamenpolitik der deutschen Besatzer war für die Anhänger des belgischen Einheitsstaates, die *Patriotten*, eine Provokation, während die Flaminganten endlich ihre Forderung nach einer Universität erfüllt sahen, in der die Lehrveranstaltungen in der eigenen Sprache stattfanden. Das wiederum trieb diejenigen flämischen Hochschullehrer, die sich weigerten, mit den Deutschen zu kollaborieren, zu Demonstrationen auf die Genter Straßen, bei denen sie französischsprachige Transparente mit sich führten. Mit Aufschriften wie *L'université de Gand français!* sprachen sie sich im Grunde gegen die eigene »verniederländischte«

Universität aus. Die meisten von ihnen verließen die Hochschule und wurden durch Kollegen ersetzt, die bereit waren, zur Erreichung ihrer flämischen Ziele mit den deutschen Besatzern zu kollaborieren. Eine größere Kluft zwischen den beiden Lagern war kaum denkbar.

Der Sohn des Antwerpener Diamantschleifers treibt sich in den Straßen von Gent herum. Er besucht proflämische Studentenclubs und tritt der berüchtigten *Groeningerwacht* bei, einer rasch wachsenden aktivistischen Bewegung. Deren charismatischer Vorsitzender ist August Borms; am 11. Februar 1917 hält er vor seiner Organisation eine Rede. Schon damals beinhaltet ein Tagesordnungspunkt die Forderung, Flandern und Wallonien administrativ voneinander zu trennen und die frankofonen Wallonen aus dem Land zu »vertreiben«. Borms weiß seine Zuhörer zu fesseln: »Wir verlangen gemäß der in unseren Händen liegenden Macht die Elemente zu entfernen, die in flämischen Gebieten unerwünscht und allgemein-geistig und sittlich als ungesund zu bezeichnen sind. Raus mit den *Franskiljons*, raus mit den Franzosenfreunden, raus mit ihnen allen! … Wem das nicht passt, hopp, rüber, über die Grenze! Raus mit allen, die sich gegen unsre Sache stellen!«

Willem steht inmitten der aufgehetzten jungen Leute und brüllt mit. Bis spät in der Nacht sitzt er in der Kneipe, setzt den Mädchen nach, im Wunsch, vom Blitz unter den Röcken getroffen zu werden, den er doch so fürchtet.

An einem Frühlingstag besteigt Willem die Straßenbahn; die Deutschen führen ständig Kontrollen durch und gehen dabei äußerst brutal vor, die Gemüter sind angespannt, die Nerven liegen blank. Willem tritt auf die hintere Plattform, um dort zu rauchen. Im Knopfloch der Jacke trägt er ein Emblem, das bei der Flämischen Bewegung damals sehr beliebt ist: die belgische Kokarde mit dem flämischen Löwen in der Mitte. Plötzlich stürzt sich ein älterer Herr auf ihn, reißt ihm den Anstecker von der Jacke und schreit mit wutverzerrtem Gesicht: *Maintenant c'est fini tout cela!* Der arglose junge Mann ist zutiefst erschrocken über die Attacke des braven Bürgers, sofort stehen ihm wieder die Prügeleien auf dem Schulhof vor Augen, er hört die verächtlichen, höhnischen Bemerkungen, spürt den Adrenalinstoß in den Adern. Er will dem Mann eine reinhauen, verliert um ein Haar die Kontrolle über seine Fäuste, gerade noch rechtzeitig springt er aus der fahrenden Bahn und verstaucht sich auf dem unebenen Pflaster den Fuß.

Später wird er sagen, dass er in diesem Moment angefangen habe, den belgischen Staat zu hassen. Etwa zur gleichen Zeit erfährt er vom Tod seines älteren Bruders Edward, der an der Front gefallen ist, das alles ist für ihn weit weg. Wegen seines blinden Auges ist er für den Kriegsdienst untauglich. Einem Mädchen gegenüber, auf das er Eindruck machen will, scherzt er, dass die frankofonen Offiziere an der Yser mit einem flämischen Zyklopen wie ihm wohl kaum etwas anfangen könnten.

*

Er ist zu einem großen jungen Mann herangewachsen, misst über ein Meter achtzig, hat langes schwarzes Haar – auf dem einzigen noch existierenden, unscharfen Foto aus jener Zeit sieht er eher aus wie eine zu früh geborene Version von Neil Young als wie ein Flamingant des frühen zwanzigsten Jahrhunderts. Die Augenklappe verleiht ihm etwas Geheimnisvolles, wirkt anziehend auf etwas klügere Mädchen und einschüchternd auf seine Freunde. Wenn er eine Kneipe betritt, drehen sich alle nach ihm um. Das Kino fasziniert ihn; in einem kleinen Filmtheater sieht er eine knatternde Kopie von Alfred Machins *Maudite soit la guerre*; eine Woche später läuft dort ein deutscher Propagandafilm über die erhabene Pflicht zum Krieg, was ihm tüchtig zu denken gibt; der berüchtigte Film über die Schlacht an der Somme wird in Gent noch nicht gezeigt, aber er hört davon. Er weiß nur ungefähr, was in den flämischen und nordfranzösischen Schützengräben passiert, wenig dringt tatsächlich zu ihm durch, widersprüchliche Nachrichten allenthalben, nicht selten schallt es »Lügenpresse«. Nun, dann halt keine Zeitungen; die Weisheit liegt ohnehin auf der Straße.

Die Alliierten stecken genauso tief im blutigen Lehm fest wie die Besatzer, die Katastrophe von Passendale ist in vollem Gange. Ende August hört er in Gesprächen immer wieder den Namen Langemark. Warum Langemark, was ist 1914 in Langemark passiert, wo liegt das überhaupt, Langemark? Gibt's denn auch ein Kurzemark, witzelt er. Du solltest nicht so viel trinken, sagt eine Freundin und legt ihm den Arm um die Schultern. In Gesellschaft von Studenten hält er sich anfangs meist zurück, ist fast schüchtern, doch wenn er sich einmal in Rage geredet hat, verliert er sich schnell in wirren Theorien und haut mit der Faust auf den Tisch. In der Zeitung stehen Artikel über die Oktoberrevolution, überall redet man von Menschewiki und Bolschewiki. Er bekommt Wind von den Plänen für eine »rein flämische Partei«, den *Vlaamsche Blok*, und erfährt, dass diese Pläne bis ins Jahr 1912 zurückreichen. Ein Student mit komischer Kopfbedeckung behauptet, dass die westliche Welt untergehe, der Bürgersohn Edmond Vandermeulen. Mit ihm zieht er ein paar alkoholselige Nächte durch die Kneipen, die Familien der beiden werden sich später befreunden, doch das kann er jetzt unmöglich wissen; als der Student am frühen Morgen *Hou ende trou* brüllt, den Wahlspruch des katholischen Genter Studentenkorps, und *Vliegt de Blauwvoet!* singt, das aus dem neunzehnten Jahrhundert stammende Kampflied der katholischen Studentenbewegung, stimmt er in das Gebrüll mit ein. Danach versackt er in einer schäbigen Kriegskneipe, wo man lausigen Schnaps aus verfaulten Kartoffelschalen und Futterrüben ausschenkt, ekliges Zeug, das tagelangen, dumpfen Kopfschmerz verursacht.

Bis tief in die Nacht diskutiert er mit den Kumpeln von der *Groeningerwacht* über die flämische Sache, und gelegentlich, wenn er verkatert ist, findet man ihn auch vor sich hin träumend im botanischen Garten. Infolge der Probleme an der niederländischsprachigen Universität gehen auch die Studentenzahlen an der Hochschule für Gartenbau zurück, die Dozenten bleiben weg, Unterricht findet nur noch unregelmäßig statt. Er verliert das Interesse, weiß nicht recht, was er tun soll. Für ein paar Wochen arbeitet er in einer Kneipe. Er sei ein Freund von August Borms, prahlt er. So was kann nicht schaden, wenn man auf der Suche nach Arbeit ist.

Aus einem Versammlungsraum klaut er ein signiertes Foto seines Helden; als ich später das Haus im Drongenhof ausräume, finde ich es – eingerissen und vergilbt, der dünne Rahmen und das Glas zerbrochen –, aber es interessiert mich noch nicht, und ich werfe es zum anderen Gerümpel in den Container, den ich vor dem Haus habe aufstellen lassen.

5

Als der Vater entdeckt, dass der Sohn seine Zeit in Gent nur verbummelt, soll er seine Ausbildung an der Gartenbauschule von Vilvoorde zu Ende bringen, Willem muss also umziehen; mitten im Krieg tauscht er die Geusenstadt Gent gegen den nördlichen Stadtrand von Brüssel ein. Bei einem Bäcker findet er ein Studentenzimmer unterm Dach. Vilvoorde ist zu jener Zeit noch ländlich geprägt, aber immerhin fährt eine Pferdetram direkt bis zur Gartenbauschule. Das *Hoger Instituut voor Tuinbouw* gibt es heute noch, nimmt man den Zug von Brüssel nach Antwerpen, kommt man an ihm vorbei: ein großes, architektonisch reizvolles Backsteingebäude mit weißen Fenstern, davor eine weite Rasenfläche, wodurch es fast aussieht wie eine englische *public school.* Willem fühlt sich wohl hier, der Druck, sich wilde Nächte um die Ohren schlagen zu müssen, ist verschwunden. Der Bäcker schenkt ihm jeden Morgen einen Viertellaib Brot, was nicht zu verachten ist in den Tagen der Armut und Lebensmittelrationierung. Wenn er von der Dachkammer herabsteigt, um das Haus durch den Seiteneingang zu verlassen, sieht er die Frau des Bäckers im Laden stehen. Er findet sie anziehend; er reiht sich unter die Hungernden vor der Suppenküche und bringt ihr eine Portion des dünnen, widerlich schmeckenden Gebräus mit, die sie dankbar annimmt. Er scherzt und unterhält sich mit ihr, will vieles von ihr wissen; eines Tages streift er mit dem Finger an der Innenseite ihres Arms entlang und fragt: Bis heute Nacht?

Elsa Meissner ist eine empfindsame Frau, sie langweilt sich in ihrem Leben mit dem Bäcker, der sie nachts im Bett alleine lässt und bis in den späten Nachmittag hinein schläft. Sie kann es nicht fassen, weiß nicht, wie ihr geschieht, und schleicht trotzdem in der Nacht zu Willems Kammer hinauf. Intimitäten, leise Seufzer, hastiges Zerren an den Kleidern, das alles in der Mansarde im dritten Stock, während der Bäcker drunten im Keller den mit minderwertigem Kartoffelmehl gestreckten Teig knetet. Elsa ist dreißig, Willem fast zwanzig. Sie ist deutsch-jüdischer Abkunft, groß und mager, hat dunkelrotes Haar und Sommersprossen auf den Armen. Mich friert, sagt sie, Willem nimmt sie in die Arme, *haha, du hast Hummeltitten*, kommentiert er ihre Gänsehaut; er gibt den Spaßvogel, denn ihr sanft-melancholisches Lachen findet er unwiderstehlich. Am Morgen schlüpft sie zurück ins eheliche Bett, innerlich glühend und etwas schwindlig im Kopf, kurz darauf poltert ihr Mann erschöpft die Treppe herauf. Es dämmert, die Stufen quietschen; der Bäcker liegt schnarchend neben seiner Frau. Willem taucht nackt in der Türöffnung auf, ob er den Verstand verloren habe, gibt sie ihm mit Zeichen zu verstehen, und dass er schleunigst in sein Zimmer zurücksolle.

Die Romanze ist mehr als nur eine vorübergehende Liebelei; ihr Sex wird mit der Zeit ruhiger, dafür aber intensiver, über Stunden reiben sie sich aneinander, bis sie wie Ertrinkende nach Atem schnappen. Wenn sie in seinen Armen liegt, erklärt er ihr mit leise brummender Stimme seine politischen Ideale, berichtet von geheimen Versammlungen in Brüssel und von seiner Freundschaft mit dem kaum sechzehnjährigen Hendrik Elias, den er in der hiesigen Abteilung der *Groeningerwacht* kennengelernt habe; immer seltener hält er mit seinen Sympathien für ein großgermanisches Reich unter deutscher Führung hinterm Berg. Als Deutschland schließlich kapituliert und der belgische Staat beginnt, Kollaborateure aufzuspüren, um sie vor Gericht zu stellen, gerät auch Willem ins Visier, weil er überall herumposaunt hat, dass er August Borms persönlich kenne, dass er radikaler Flandern-Aktivist sei und Belgien untergehen werde. Du und fliehen? Warum?, fragt Elsa und lacht. Nur weil du eine große Klappe hast? Er gesteht ihr, seit einiger Zeit Sekretär des flämischen Propagandabüros in Vilvoorde zu sein, weshalb er fürchte, verhaftet zu werden. Elsas Blick wird starr und leer.

*

Die Gerüchte über Verhaftungen und Gerichtsverfahren gegen Flandern-Aktivisten häufen sich. Der Dichter Wies Moens wird festgenommen und der Kollaboration und Volksverhetzung angeklagt. Das Netz um Willem zieht sich immer enger zusammen. Wir müssen weg, sagt er, wir müssen in die Niederlande, ich habe keine Lust, mich von den verfluchten Belgizisten verhaften zu lassen. Er ist nervös und reizbar: Nein, ihn sollen sie nicht kriegen! Noch bevor der Morgen anbricht, hat er seine Habseligkeiten gepackt. Als Elsa ihn so vor sich stehen sieht, holt sie tief Luft und sagt: Ich komme mit! Sie lässt ihren Vilvoorder Bäcker vor seiner eichenhölzernen Teigmolle stehen und tritt mit ihrem Liebhaber auf die menschenleere Straße hinaus. Ein paar hundert Meter weiter werden sie von einigen Genossen erwartet. Und da geht sie hin – die ehebrecherische jüdische Frau auf romantischer Flucht mit einem Grüppchen aufgeregter Flaminganten. Sie müssen so schnell wie möglich über die Grenze, in den Niederlanden sind sie sicher. Zunächst fahren sie mit Rädern nach Antwerpen, wo das Dutzend die Nacht im Tanzsaal von Willems Schwester Carlo verbringt. Eine andere Schwester, eine überzeugte Suffragette mit Sympathien für die flämische Sache, stattet die jungen Leute mit Proviant und zusätzlicher Kleidung aus. Zu Elsa sagt sie auf Deutsch: Ich hoffe, dass mein Bruder nun zur Ruhe kommt, sieh zu, dass er sich bei dir ein wenig die Hörner abstößt. Elsa lächelt etwas schwermütig und schweigt. Im Morgengrauen radeln sie weiter, dem Nordwind entgegen, bei den Wäldern von Kalmthout überqueren sie die Grenze und lassen sich erleichtert in den Straßengraben fallen. Willem ist aufgedreht, er tanzt und schreit: *Voor Vlaanderen alles, voor 't Belgikske nikske – Alles für Flandern und für Belgien nichts!* Die anderen fragen sich sorgenvoll, was denn nun aus ihnen werden soll.

*

Wie und warum ist nicht klar, doch am Ende landen sie in Den Haag.

In Gent ist Willem zum Kinoliebhaber geworden. Stundenlang kann er über Filme reden, über Regisseure, über den möglichen Nutzen des Kinos für die Propaganda, die dazu dienen sollte, sein Land vom Joch der frankofonen Beherrscher zu befreien. Expressionismus!, ruft er. Jakob van Hoddis!, ruft er. Und an den Küsten steigt die Flut! Dem Bürger fliegt vom spitzen Kopf der Hut! Die Eisenbahnen fallen von den Brücken!

Die Den Haager Kneipengänger amüsieren sich köstlich über den sympathischen Clown.

Er hat eine flinke Zunge und macht sich schnell beliebt, zudem ist er unternehmungslustig und nicht auf den Kopf gefallen. Er lernt den Leiter eines kleinen Kriegskinos kennen und darf einmal pro Woche nicht nur einen Film eigener Wahl zeigen, sondern vor dem zahlenmäßig gering sich einfindenden Publikum auch noch eine Einführung dazu halten. Er spricht über Belgien, weil die Holländer dieses Land so wenig begreifen; ihr Niederländer hattet ja seit 1908 einen Nichtangriffspakt mit Kaiser Wilhelm, doch unsere frankofonen Mitbürger haben uns bitter bluten und büßen lassen. Ihr habt uns schmählich im Stich gelassen. Er zitiert den Anfang von Brederos Gedicht *Spaansche Brabander*, zum Beweis, dass schon ein niederländischer Barockdichter Antwerpen höher schätzte als Amsterdam. Nach diesen Vorträgen stecken einige der Zuhörer, manchmal unter Kopfschütteln, dem »unterhaltsamen Flamen« ein paar Gulden zu, wodurch Willem etwas Geld verdient, genug, um sich und Elsa gerade so über Wasser zu halten.

Von ihm lernt sie rauchen und trinken, es gibt Tage, da tanzen sie in den Kaschemmen bis zum frühen Morgen, sie ist ganz vernarrt in seinen Schweißgeruch, lacht, wenn sie in seinen Armen liegt, und kann nachts nicht genug von ihm bekommen. In der Morgendämmerung steht sie vor dem Fenster ihres Hinterzimmers und sagt, dass sie erst durch ihn eine richtige Frau geworden sei, worauf er gesteht: Bevor ich dich kennengelernt habe, war ich kein Mann. Sie sind bis über beide Ohren ineinander verliebt.

Auf die Frage, ob er froh sei, dass sein Land befreit wurde, antwortet er, dass Flandern noch längst nicht befreit sei, wartet nur ab, unsere Zeit wird noch kommen. Worte, die die Freunde in Den Haag verstören und einen Streit mit Elsa nach sich ziehen, die meint, er solle endlich lernen, seine große Klappe zu halten.

Irgendwann im Lauf des Jahres 1919 lernt er den flämischen Aktivisten und Dichter Richard De Cneudt kennen. De Cneudt hat sich während des Kriegs für den niederländischsprachigen Unterricht in Flandern eingesetzt und gefordert, dass die bestehenden Sprachgesetze in den Brüsseler Schulen korrekt umgesetzt werden müssten, doch als er sah, wie arrogant man in der Hauptstadt über diese hinwegging, radikalisierte er sich und wurde zum prominenten Verfechter der Flamenpolitik der deutschen Besatzer. Als Mitglied des *Raad van Vlaanderen*, einer Organisation, die einseitig die Unabhängigkeit Flanderns ausrief, brach er das Gesetz und wurde in Abwesenheit wegen Kollaboration zum Tode verurteilt. Er flüchtete in die Niederlande, ließ sich in Rotterdam nieder, hielt Vorträge und wurde ein ausgezeichneter Französischlehrer. Der zweiundvierzigjährige flämische Kulturherold und der junge Kämpfer verstehen sich auf Anhieb, sie reden viel über Bücher und Filme.

Natürlich, De Cneudts Gedichte! Ach herrje. Beim Aufräumen des Drongenhofer Hauses habe ich sicher fünfzehn seiner Bücher in den Container geworfen. Stockfleckig geworden durch ein undichtes Dachfenster, zerfleddert und verzogen. Romantische Gedichte und Politpropaganda, aber Poesie trotz allem.

Graziös durchflatterst du mein Haus,
dem schönen Falter gleich, ein traumvoll leiser Laut,
ein wahres Maienflüstern,
dem ich, der scheu und voller Weh
vor zärtlichstem Liebestrieb vergeh,
lausche inniglich und lüstern …

*

Durch einen von Elsas Bekannten kommen sie in Kontakt mit einer Gruppe protestantischer Idealisten, die sich um die vielen belgischen Flüchtlinge in den Niederlanden kümmern, oft ohne die wahren Gründe für deren Flucht zu kennen. Damals ist ein aus England zurückgekehrter Pazifist und Anhänger des christlichen Idealismus namens Kees Boeke in aller Munde; dessen Überzeugungen teilt man auch in jenem Haus, in dem Willem und Elsa Obdach finden: im Haus von Pastor Hilbrandt Boschma. Dieser verfasst zahlreiche Broschüren, die monatlich unter dem Titel *Licht en Liefde* (Licht und Liebe) erscheinen.

Boschma spricht beispielsweise über die Gemeinsamkeiten von christlicher Botschaft und idealistischem Kommunismus, was Willem, der noch die verächtlichen Ausfälle seines Vaters gegen jegliche Art von Religion im Ohr hat, zunächst irritiert; eines Tages dann aber erklärt er unvermittelt, Protestant werden zu wollen. Und als er erstmals von der Walden-Kolonie des niederländischen Dichters Frederik van Eeden hört, will er wissen, ob es diese noch gibt und ob dort vielleicht Gärtner gesucht würden. Kees Boeke trifft er öfter, der Ältere ist fasziniert vom jungen Flamen, es kommt zu persönlichen Gesprächen. Willem prahlt weiterhin, dass er »Belgien in die Luft jagen« und »alle *Franskiljons* erschießen« wolle. Während einer turbulenten Diskussion ruft er plötzlich, dass er zwar christlich-anarchistisch-kommunistisch denke, trotzdem aber nicht von seinen republikanischen und flämisch-nationalistischen Überzeugungen lassen wolle. Ein Meinungscocktail, der zu heftigen Reaktionen bei den Mitgliedern der Gruppe *Licht en Liefde* führt.

Ach ja – auch dieses Foto fand ich beim Ausräumen auf dem Dachboden des alten Hauses: Ein befreundeter Bäcker, der zu Kees Boeke nach Hause kam, auf einem Motorrad, hinter ihm die junge Prinzessin Beatrix. Es stammt vermutlich aus dem Jahr 1946. Es trägt eine Widmung.

Wurde wohl Ende der Vierziger mit der Post verschickt.

»Für meinen fernen flämischen Freund.«

Er hatte ja keine Ahnung: Willem saß damals im Knast.

*

Wenige Monate später macht Willem Elsa einen Heiratsantrag. Die Hochzeit findet im engsten Kreis statt, ohne dass Elsas erste Ehe offiziell geschieden worden wäre. Nicht viel später, irgendwann im Jahr 1922, bekommt Elsa heftige Krämpfe und Fieber. Sie muss das Bett hüten, die Schmerzen werden immer stärker. Willem wacht an ihrem Bett und lässt einen Arzt kommen. Ihre Beschwerden sind unspezifisch, aber besorgniserregend, was Willem aus der nachdenklichen Miene des Arztes und dessen Schweigen schließt. An manchen Tagen fühlt sie sich besser, dann wieder verbringt sie mehrere Tage am Stück im Bett. Aufgrund der zusätzlichen Pflegekosten muss Willem sich nach einer Verdienstmöglichkeit umsehen. Während sich einige Mitglieder von *Licht en Liefde* um Elsa kümmern, radelt Willem die weitere Umgebung auf der Suche nach Arbeit ab. Auch in größerer Entfernung. Manchmal bleibt er mehrere Tage weg; und als er eines Tages von einer solchen Reise wiederkommt, findet er seine Frau stark abgemagert und bettlägerig vor.

Warum Willem sich dabei fast hundertzwanzig Kilometer von Den Haag entfernte, wissen wir nicht, jedenfalls lernte er eine Familie in Oud-Zevenaar unweit von Arnhem kennen. Mag sein, dass ihn Pastor Boschma zu einem seiner Kollegen geschickt hatte, zu Pastor Adriaan Johannes Wartena.

6

1925. In den Gesprächen und Diskussionen fällt nun immer häufiger ein neuer Name: Der Name des Mannes, der im November 1923 aus einem Münchner Bierkeller heraus versucht hat, die Weimarer Republik zu stürzen. Seine Milizen tragen eine Armbinde mit einem hinduistischen Zeichen. Sie recken den Arm zum Gruß; jemand behauptet, das sei der Gruß der antiken römischen Garde, ein anderer hält dagegen, dass es sich dabei um die Erfindung von Schauspielern handle, dass das Ganze schlechtes Theater sei und es auch bleiben werde. Wo sie auftauchen, herrscht blinde Gewalt und Einschüchterung, andererseits ist das alles auch ungeheuer spannend und neu. Expressionismus in Wort und Tat! Und an den Küsten steigt die Flut! Im Winde klirren die Fahnen!

Weil sich die Stimme des neuen Führers andauernd hysterisch überschlägt, versteht man von den Reden nur die Hälfte. Pure elektrische Energie schlägt aus den Lautsprechern der durch ihre Lämpchen gelb glühenden Radios. Der Schreihals kriegt für den Putsch fünf Jahre Gefängnis aufgebrummt, ist aber nach elf Monaten schon wieder draußen. Die Haft hat keinen mäßigenden Einfluss auf seine Unruhe, im Gegenteil. Er diktiert einem Mitgefangenen, was er seinen Kampf nennt.

Das Geschrei und Gebrüll geht nach der Gefangenschaft unvermindert weiter. Faszinierend ist der rasch entstehende politische Sturm schon, aber auch beängstigend; widersprüchliche Nachrichten, dramatische Aufmacher, überglückliche Zeitungsverkäufer, in den Kneipen wird geprügelt, auf den Theatertreppen der Aufstand geprobt. Pastor Boschma beruhigt, dass es so schlimm schon nicht kommen werde. Doch die Politik drängt sich ins Privatleben, und die intimsten Gespräche verweben sich eng mit den Nachrichten des Tages. Niemand ist gefeit vor dem allgegenwärtigen Gefühl, dass irgendwie alles mit allem zusammenhängt. Wenig später gehen in Deutschland die ersten Fenster zu Bruch, das hinduistische Symbol ist aus dem Straßenbild nicht mehr wegzudenken, Prügeleien werden zu Razzien, Auseinandersetzungen zu Straßenschlachten, eine neue Ordnung kündigt sich an. Die Gesellschaft zerfällt zunehmend in Anhänger und Gegner, und wieder verrät in den Familien jeder jeden. In der Stube des Ehepaars Wartena im stillen, ländlichen Oud-Zevenaar richtet man in aller Eile ein Bett für die kranke Frau des sympathischen Wim, der sich mit dem Pastor immer so angeregt über den Sinn des Lebens und Religion unterhält. Er holt Elsa aus Den Haag. Weil die Fahrt mit der Eisenbahn zu teuer ist, leiht er sich in Arnhem bei der Familie der Pfarrersfrau einen Pferdewagen; die Reise quer durch die grüne Mitte der Niederlande strengt Elsa sehr an. Sie verbringen die Nacht in einer kleinen Herberge in Zeist, doch Elsa kann vor Schmerzen kaum schlafen. Am nächsten Tag macht Willem einen Umweg, weil er seiner kranken Frau die berühmte Pyramide im Wald bei Woudenberg zeigen möchte: Elsa, sieh doch,

Austerlitz! Napoleon! Heldenmut und mährische Nächte! Aber sie ist zu schwach, um ihm zuzuhören, geschweige denn die Augen aufzuschlagen.

De Pyramide in 1805.

*

Adriaan Wartena ist Anfang fünfzig und seit mehr als zwanzig Jahren Pastor in Zevenaar. Vor einigen Jahren durfte er mit seiner Frau Maria ten Bosch die silberne Hochzeit feiern. Das Ehepaar übernimmt Elsas Pflege, unterstützt von einer jungen Nachbarin. Ein Arzt stellt fest, dass sie unter Gebärmutterhalskrebs leidet, was eine besondere Fürsorge erfordert, denn Elsa hat dramatisch starke Blutungen und innere Entzündungen, außerdem wohl bereits Metastasen. Die Schmerzen sind unerträglich, sie ist inkontinent, isst kaum noch etwas, verliert manchmal für Stunden das Bewusstsein. Man behandelt sie mit Procain und Jod, wodurch sie ein paar Stunden ohne Schmerzen schlafen kann. Nachts hören die Bewohner des Hauses sie stöhnen, meist wacht Willem bis zum frühen Morgen an ihrem Bett.

Pastor Wartena hat Willem eine Arbeitsstelle vermittelt, er wird Gärtner bei der Familie Von Gimborn, die in Zevenaar eine Tintenfabrik besitzt. Willem harkt Laub, schneidet Bäume und Sträucher, pflegt Rabatten, zerhackt und zersägt das anfallende Holz und verdient erbärmlich wenig. Er mietet sich ein kleines, feuchtes Zimmer, kaum groß genug für ein Feldbett und einen Stuhl. Elsa bleibt im Haus des Pastors. Die Nachbarin Harmina ist nun täglich mit der Pflege betraut. Sie ist die Tochter eines Großbauern, der auch Mitglied des Ältestenrats der Gemeinde ist. Wenn Willem Elsa besucht, sitzt die junge Frau oft am Krankenbett und betet. Hallo Harmina, sagt er schüchtern, und sie: Möge Gott Ihnen beistehen, Ihre Frau wird bald sterben. Er setzt sich neben sie, während sie einen Psalm rezitiert.

Und muss ich durch das finstre Tal,
dann fürchte ich kein Unglück;
denn Du bist überall
und führst mich in mein Heil zurück.

Sie streicht das zerknitterte Laken glatt, als Willem gerade dasselbe tun will, behutsam, um den Schlaf seiner fiebernden Frau nicht zu stören. Die Hände der beiden berühren sich; erschrocken zucken sie zurück, doch die kurze Berührung genügt, um Willem die Haut seiner Mutter spüren zu lassen, wie damals, als er monatelang blind das Bett hüten musste und nichts zum Festhalten hatte als einzig die mütterliche Hand. Einen irrwitzigen Moment lang sieht er auch jetzt nichts mehr; tastet sich zum Stuhl zurück, es wird nicht besser, er ringt nach Luft. Was ist los?, fragt die junge Frau, er murmelt etwas in seinem merkwürdigen Dialekt, zupft an der Augenklappe, seine Hand zittert heftig, die junge Frau springt auf.

Willem, um Himmels willen, was ist los?

Ich kann nichts mehr sehen.

Er sucht nach ihrer Hand.

Die junge Frau ergreift seine.

Er beruhigt sich, allmählich erkennt er verschwommene Umrisse, als kehrte er aus der Unterwelt zurück und müsste sich erst wieder an das dämmrige Licht der Stube gewöhnen. Da er nicht aufhört, schwer zu atmen, lässt sie seine Hand nicht los. Er wagt es nicht, ihr ins Gesicht zu blicken; sie ist verlegen angesichts der kindlichen Hilflosigkeit des Mannes. Draußen rattert ein Wagen über das Straßenpflaster; das Geräusch verstummt, die Frau im Bett röchelt in ihrem mühevollen Schlaf. Nachdem er wieder einigermaßen zu Atem gekommen ist, blickt er die Nachbarsfrau mit seinem seltsamen, ihm noch verbliebenen Auge an. Ist es eigentlich möglich, jemanden mit nur einem Auge ausdrucksvoll anzublicken? Er versucht zu lächeln, doch sie sieht nur eine Grimasse. Sie ist hin- und hergerissen zwischen Angst und Traum, ihr Blick wandert von ihm zu Elsa und zurück. Es ist spät, sagt sie, ich muss nach Hause. Er erhebt sich ebenfalls, bleibt mit dem Fuß am Bettpfosten hängen, stürzt um ein Haar auf seine kranke Frau. Harmina flüchtet aus dem Zimmer, er bleibt allein zurück, das Dämmerlicht ist längst vor der Formlosigkeit geflohen und vor dem Rasseln des schrecklichen Atmens im Bett.

7

Allmählich nimmt der Mann, den ich so gerne besser verstehen möchte, Konturen an.

Am Abend geht er durch das Dorf, ein mittelloser Eigenbrötler aus Belgien mit einer älteren, todkranken, jüdischen Frau. Das gibt Anlass zu Tratsch in Oud-Zevenaar. Eine Gardine wird beiseitegeschoben, eine Tür einen Spaltbreit geöffnet. Der hat mich so komisch angeschaut, wie der aussieht, hab gedacht, der sagt gleich was zu mir, bin lieber mal schnell auf die andere Straßenseite, was glaubst du denn, vor so einem kann man ja Angst kriegen. Die Tochter vom Bauer Wijers sollte vorsichtiger sein, sitzt ja den ganzen Tag am Krankenbett der Jüdin, muss die denn nicht auf dem Hof helfen? Pastor Wartena ist einfach zu gutgläubig, wie kann man sich mit so einem abgeben, hast du das tote Auge gesehen, dem Kerl würd ich keinen Zentimeter über den Weg trauen, sollen die doch drüben in ihrem flämischen Urwald bleiben, wir haben hier schon Sorgen genug, Gott wird's schon richten, ach, sieh an, wenn man vom Teufel spricht, da kommt er ja, und die dumme Kuh Harmina neben ihm, halten ein Schwätzchen, was soll da draus nur werden, ich sag euch, das wird ein schlimmes Ende nehmen.

Harmina, die vor allem Mientje oder Mien genannt wird,

bekommt das Bild des zitternden, stotternden, flehentlich nach ihrer Hand tastenden, für einen Moment erblindeten Willem nicht mehr aus dem Kopf. Sie ist verstört, die Zärtlichkeit, die sie für diesen komischen Vogel empfindet, ist ihr neu und fast lästig; bisher ist ihr noch kein Mann nähergekommen, mit Männern hat sie nichts am Hut. Und schon gar nicht mit verheirateten, das gehört sich nicht. Andererseits hat sie die Dreißig auch schon überschritten, eine kluge, empfindsame Frau mit einem starken Charakter. Zu Pastor Wartenas Silberhochzeit hat sie eine Rede gehalten, die alle in der reformierten Gemeinde bewunderten. Unter lautem Applaus überreichte sie dem Pfarrersehepaar ein Porzellanservice, ein gemeinsames Geschenk der Dorfvereine, wonach Pastor Wartena zu ihr sagte: Mientje, du würdest eine prächtige Pastorin abgeben.

Doch was soll's, tagsüber muss sie mit aufs Feld, es gibt eine Menge zu tun. Und sonntags fährt man mit der Kutsche aus. Warum sollte sie ihr Leben vergeuden?

*

Sie nimmt heimlich Englischunterricht beim Dorflehrer und bewundert den idealistischen Wartena so sehr, dass sie tatsächlich seit Längerem mit dem Gedanken spielt, Pastorin zu werden. Ach nee, jetzt will sie auch noch Theologie studieren, hat nicht mal ’nen Freund, und das in ihrem Alter, was muss die auch immer so klug daherreden. Viel Zeit hat sie ja nicht mehr.

Nein, aber auch keine Lust auf das harte Landleben in der Liemers. Sie liest Broschüren über Frauenemanzipation und Suffragetten. Von den Bauernburschen, die ihr verdruckst hinterherschauen, will sie nichts wissen, doch was sie wirklich will, weiß sie auch nicht. Ihren Tagen verleiht sie dadurch Sinn, dass sie dem Pastor zur Hand geht, der sich immer irgendwo engagiert – entweder bei der Friedensbewegung *Kerk en Leven*, bei den protestantischen Abstinenzlern oder bei der Wohnungsbaugesellschaft, er organisiert Vorträge zur Förderung des protestantischen Unterrichts und hilft armen Teufeln in Not. Zudem absolviert sie ehrenamtliche Krankenbesuche, erledigt Einkäufe für hilfsbedürftige Senioren, läuft sich die Hacken schief, die Eltern beobachten es mit Kopfschütteln. Am Wochenende geht sie zum Gesangsunterricht, sie will lernen, Psalmen vorzusingen. Der alte Musiklehrer macht sie mit Bach, Buxtehude und Heinrich Schütz bekannt und zeigt ihr, wie man Partituren liest. Zuerst singt sie nur zögernd, dann mit wachsendem Vergnügen, bis die Wangen glühen, sie singt Arien und Lieder, begleitet vom Klavier. Der Musiklehrer schenkt ihr die Partitur von Händels *Ombra mai fu*-Arie aus der Oper *Xerxes*. Da platzt dem Vater der Kragen: Ob sie ernsthaft glaube, dass sie mit solchen Albernheiten ihren Lebensunterhalt bestreiten könne?

Was kann sie denn dafür, dass an dem Tag, als sie bei Von Gimborn einige Drucksachen abholt, Willem mit einer Harke in der Hand im Garten steht? Und dass er auch noch zufällig in ihre Richtung schaut; dass er zu ihr kommt und fragt, ob sie mit ihm heute Abend am Ooysedijk spazieren geht? Und sie kann auch nichts dafür, dass er ihr während des Spaziergangs den Arm um die Schultern legt und sie beide schweigen, zu erschrocken und zu schuldbewusst, um etwas zu sagen.

Elsa geht es sehr schlecht, würde sie hier in den Niederlanden sterben, wäre Willem mit zahlreichen Problemen konfrontiert. Also bittet er die Schwestern um Hilfe. Carlo und Suzanne würden Elsa aufnehmen, aber es wäre besser, er würde sie gleich ins Antwerpener Krankenhaus bringen. Angeblich bestehe für ihn kein Risiko mehr, verhaftet zu werden – falls es überhaupt je ein Risiko gegeben hat. Am Abend vor der Abreise sieht er Mientje ein letztes Mal. Ihr Abschied ist unbeholfen, sie sind verwirrt, wortlos gehen sie auseinander, sie mit dem Gefühl tiefer Schuld, er mit dem Gefühl unerlaubter Erregung.

*

Jetzt sitzt er in Antwerpen an Elsas Sterbebett.

Er betrachtet die fiebernde, dahinsiechende Frau, die klauenförmige magere Hand, die sich an die verfilzte Wolldecke klammert, sie erinnert ihn an Mientjes Hand auf dem Laken, an die Hand seiner Mutter, er schweigt, ist niedergeschlagen, beobachtet, wie sie ihren letzten Atem herausröchelt, zieht vorsichtig den Trauring von ihrem kalten Finger und steckt ihn sich selbst an. Ausgerechnet am 11. Juli, dem flämischen Feiertag und einen Tag nach seinem achtundzwanzigsten Geburtstag, stirbt Elsa Meissner. Sie wird auf dem Friedhof von Berchem begraben; Willem ist der einzige Trauergast. Sie bekommt ein einfaches Grab, eine kleine Warft mit einem Holzkreuz; sie hat nicht nach den Regeln des Judentums gelebt und das Kreuz war am billigsten.

Willem pflanzt eine Geranie auf das frische Grab, doch schon nach drei Tagen Regen ist sie verwelkt.

Elsas Ring wird er sein ganzes Leben lang am Finger tragen.

Dreiundneunzig Jahre später halte ich ihre Sterbeurkunde in Händen, die mich darüber aufklärt, dass Elsa am 8. April 1887 in New York geboren wurde; als ich kurz darauf nach New York reise, blättere ich durch das Telefonbuch. In der Stadt wohnen so viele Meissners, dass ich unmöglich Elsas Verwandte ausfindig machen kann. Ich erkundige mich beim *Genealogy Institute* im *Center for Jewish History*, doch auch der Weg über das Archiv endet in einer Sackgasse. Wie Elsa nach Vilvoorde kam, um einen Bäcker zu heiraten und dann mit einem jungen Flamen zu fliehen, der im Zweiten Weltkrieg zu einem SS-Mitglied und Judenverfolger werden sollte, bleibt im Dunkel der Geschichte.

« En aldaar zal geen nacht zijn, en zij zullen geen kaars noch licht der zon van noode hebben, want de Heere God verlicht ze, en zij zullen als Koningen heerschen in alle eeuwigheid. »

OPENBARING 22-5.

Mijnheer WILLEM VERHULST

zijn Broeders, Zusters, Behuwd-Zusters en Broeders

melden U met innige droefheid het smartelijk verlies dat hen treft door het afsterven van zijne teergeliefde echtgenoote en hunne beminde behuwd-zuster

Mevrouw Elsa VERHULST geb. MEISSNER

geboren te New York (V. S. N. A.) op 8 April 1887 en overleden te Berchem, op 11 Juli 1926, na eene lange en pijnlijke ziekte.

De teraardebestelling op de begraafplaats te Berchem, heeft in allen eenvoud plaats gehad.

Berchem, 14 Juli 1926.
Groote Steenweg, 3.

Drukk A Bastiaens

Edm Bastiaens-Ruys [illegible]

8

Zurück in Berchem, vermittelt ihm Oscar Schamp eine Stelle bei der MEGA, einem Großhandel für elektronische Apparate, Haushaltsgeräte und Lampen. Die Abkürzung steht für *Maatschappij voor Elektriciteit – Gemeenschappelijke Aankoop* (Gesellschaft für Elektrizität – Gemeinschaftlicher Ankauf). Die MEGA ermöglicht Gruppenkäufe für kleinere Betriebe oder Mehrfachkäufe für wohlhabende Privatpersonen mit mehreren Häusern. Willem bekommt ein Geschäftsauto gestellt und ist von nun an »auf Achse«; er wird zum »Handelsreisenden in Licht«, wie er sich lachend nennt. Die Freiheit, die er genießt, macht ihn euphorisch, jeden Morgen verstaut er die Produkte auf der Rückbank des Autos und saust durchs halbe Land, er liebt es, mit den Menschen zu reden, will ums Verrecken nett gefunden werden, raucht Zigaretten wie im Film. Nach einer Weile kann er es sich sogar leisten, einen Augenarzt aufzusuchen. Was genau mit dem blinden Auge war, ist nicht klar; später trug er immer eine Brille mit Milchglas vor dem kaputten Auge, und nach Aussage derjenigen, die ihn auch ohne Brille kannten, war das Auge trüb, mit einer kaum erkennbaren Pupille. Auch sein gutes Auge ist schlechter geworden, durch die »Entbehrungen im Krieg«, wie er sagt, und Herr Willem Verhulst, Handelsvertreter – ja, eine prächtige Visitenkarte hat er schon –, bekommt vom Optiker eine Spezialbrille verpasst.

Keine zwei Monate nach Elsas schlichter Beerdigung fährt Willem nach Oud-Zevenaar. Er parkt den Wagen bei der Sint-Martinuskerk und geht zu Fuß zum Haus der Von Gimborns, die überrascht sind, ihn wiederzusehen. Hallo, Willem, wie schön, dass Sie uns besuchen kommen, schlimm, das mit Ihrer Frau, unser Beileid. Er hört kaum zu, obwohl er ja selber zum »Hallo-Sagen« gekommen ist, nervös raucht er eine Zigarette nach der anderen. Danach geht er zum Haus des Pastors. Wartena begrüßt ihn gerührt, die Pfarrersfrau kocht ostfriesischen Tee, was sind das nur für Geschichten, furchtbar, das Leben meint's nicht immer gut mit einem, gottlob, dass du jetzt einen schönen Beruf hast, hier, mein Junge, ach, was für ein Zufall, da kommt ja Mientje.

Der Schreck fährt beiden in die Glieder, was den Pfarrersleuten nicht verborgen bleibt; Mientje stammelt, sie komme später wieder, und macht bereits kehrt, doch Frau Wartena hält sie auf, komm, Mien, trink doch gemütlich eine Tasse Tee mit uns. Willems neue, dickglasige Brille irritiert sie, mit der Piratenklappe hat er ihr besser gefallen. Sie unterdrückt ein Kichern, verschluckt sich am Tee, bricht deswegen in Lachen aus, will gleichzeitig vor Scham vergehen, ihr entfährt ein Hicks, und sie schlägt erschrocken die Hand vor den Mund.

Neben dem schönen Landhaus der Wijers steht eine große Scheune mit einem alten, halb in der Erde versunkenen Mühlstein davor. Willem hat ihr gesagt, dass er am Abend dort auf sie warten werde. Als sie kommt, umarmt er sie sogleich, ohne ihre Begrüßung abzuwarten. Lass uns spazieren gehen, sagt er. Ich weiß nicht ..., stammelt sie, worauf er, als er sieht, wie verwirrt sie ist, im breitesten Dialekt herausplatzt: Mientje, willsch mich hierate? – Ob ich was will?, fragt sie, und er: Willsch mich hierate? – Wim, antwortet sie, was ist los, warum redest du so komisch, was soll das, rede doch normal, nein, nicht hier auf der Straße, mein Vater könnte uns sehen, deine Frau ist noch nicht mal kalt, was fällt dir ein, lass mich los, ich weiß nicht ... Sie läuft zum Haus zurück, er lungert noch etwas in der Nähe des Mühlsteins herum, geht dann zum Auto, fährt die zweihundert Kilometer nach Berchem im Dunkeln ohne anzuhalten zurück, kommt in den frühen Morgenstunden an, verschläft die ersten Arbeitsstunden und kriegt eine tüchtige Strafpredigt von »Onkel Schamp« zu hören.

Er beginnt ihr Briefe zu schreiben – unbeholfen, voller Fehler und Korrekturen, trotzdem gefällt ihr sein naives Gekritzel so sehr, dass sie bei der Lektüre immer wieder lachen muss. Sie antwortet ihm nicht, das fällt ihr nicht im Traum ein, aber sie bewahrt die Briefe auf, als müsste sie sie für schlechte Zeiten aufsparen. Sie bittet den Briefträger, die für sie bestimmte Post in das Loch im Mühlstein zu stecken. Er blickt sie stirnrunzelnd an und fragt: Na Mien, kommst du am Ende doch noch unter die Haube? Sei bloß vorsichtig bei diesem Kerl. Trotzdem versteckt er die Liebesbriefe gewissenhaft im Loch des Mühlsteins und verdeckt sie mit einem kleinen Ziegel, damit der alte Wijers sie nicht findet.

*

Zwei Monate später ist Willem wieder da, exakt zur brieflich angekündigten Uhrzeit, es dämmert bereits, als Mientje aus dem Haus kommt, in den Ställen rumort das Vieh, ein Bauer radelt vorbei, ruft Hallo Mien, bevor er den komischen Belgier vor der Scheune entdeckt. Beim Mühlstein macht Willem ihr einen zweiten Heiratsantrag. Er ergreift ihre Hand und sagt: *Siehst du, diesmal schlägt's mir nicht auf die Augen.* Sie lacht und schweigt, blickt in sein gutes Auge, hebt die Schultern, wieder ein Lachen, wieder ein Schweigen, doch diesmal eines der Zustimmung, da ist er sich ganz sicher.

Als der alte Wijers hört, dass seine Tochter sich mit dem »Döskopp aus Belgien« verheiraten will, und das nicht einmal ein halbes Jahr nach dem Tod der jüdischen Frau, bricht biblischer Zorn aus ihm heraus. Er haut mit der Faust auf den Tisch und brüllt los, worauf auch die Mutter laut wird im Bemühen, ihren Mann zu beruhigen, Mientje hält sich die Ohren zu und stürzt aus dem Haus.

Jetzt schreibt sie Willem doch. Schreibt, dass er sich das Ganze besser aus dem Kopf schlagen solle. Aber der Antwerpener Döskopp lässt nicht locker. Er schickt ihr weiterhin lustige Briefe voll mit Witzen und Wortspielerei, aber er berichtet ihr auch von der Arbeit, lässt sie wissen, dass er gutes Geld verdiene, dass sie in Berchem wohnen könnten und dass Antwerpen die schönste Stadt der Südlichen Niederlande sei. Es wird Frühjahr, und wieder reist er nach Oud-Zevenaar, erwartet sie beim Mühlstein; diesmal bittet er sie, mit ins Haus zu dürfen, er will mit dem Bauern reden. Mien befürchtet das Schlimmste. Im Reden war ihr Vater noch nie gut und Differenzieren ist seine Sache nicht, geschweige denn das Ändern von Meinungen. Der Alte ist entschlossen, dem Flamen eine Standpauke zu halten, doch als der hochgewachsene, langhaarige Willem, schnieke angezogen und mit der schönen, neuen Brille auf der Nase, die Stube betritt, den alten Wijers artig grüßt und sogar der Frau des Hauses galant die Hand küsst, verbreitet sich eine Energie im Raum, die alles verändert, einfach so, ohne großes Theater, manchmal ist's halt so, und jetzt schaut euch doch die Tochter an, steht da und kaut an den Nägeln wie 'ne Sechzehnjährige, Mien, Mien, wo hast du nur deinen Verstand gelassen? Nun gut, der Bauer sieht, da lässt sich nichts mehr machen, das dumme Kind ist dem Kerl verfallen, es ist ohnehin höchste Zeit, dass sie unter die Haube kommt, bevor noch ein Unglück passiert, man kennt das ja, gottverdammmich, Harmen, ja, Harmen, so hat der erste Sohn heißen sollen, Harmen Wijers, ein Sohn, auf den man stolz sein kann, ein Großbauer wie er, stattdessen kam dieses … Blag, eine Tochter, und in seinem Starrsinn hat er zu seiner Frau gesagt: Gottlob, wenn's halt kein Harmen ist, dann soll das Gör Harmina heißen, dann ist sie wenigstens halb der verpasste Sohn, und dann ist sie noch sturer, als es jeder Sohn hätte sein können, da denk ich mir: Gott schlägt oft, doch salbt selten. Herrgott noch mal, wie knurrig und gnatzig dieser Bauer ist, als wäre er einem Dorfroman aus dem vorigen Jahrhundert entsprungen. Die kälbische Tochter hat Schweißperlen auf der flaumbesetzten Oberlippe, und der im Antwerpener Dialekt plaudernde Verehrer, der sich so viele Filme angeschaut hat, ist viel zu einnehmend und gerissen, als dass er eine Auseinandersetzung mit dem Bauer riskiert oder ein biblisches Gericht, außerdem sieht Bauer Wijers in den Augen seiner Frau bereits Versöhnung aufleuchten, die Frauen sind doch alle gleich, und, Teufel noch mal, nach einer halben Stunde gibt er klein bei und nickt, nein, das entspricht nicht der Wahrheit, er gibt nicht klein bei, lieber will er tot hinschlagen, er gibt auf, nicht mehr und nicht weniger, er hat's satt, das Ganze ist 'ne Farce, er verlässt das Haus und knallt die Tür hinter sich zu. Gegen eine derart geballte Übermacht ist jedes Wort verloren. Außerdem braucht das Vieh noch Futter.

Einen Monat später fährt der Großbauer im Sonntagsstaat in die sittenlose Stadt Antwerpen, er will sehen, was für ein Leben seine Tochter erwartet. Er bekommt zu viele Kekse zum Tee vorgesetzt, was sich nicht gehört, und noch mehr Ungehöriges, was ihm ebenfalls nicht mundet, er weist den Weißwein zurück, den Willem ihm zum Essen reichen möchte, echter deutscher Wein, sagt Willem, französisches Gesöff komme ihm nicht auf den Tisch, das sei doch wohl klar, aber außer Willem lacht keiner, die anderen starren auf die blaugeränderten Teller. Der Alte trinkt nur Wasser und Tee, bringt den Nachmittag hinter sich und geht dann mit seiner Frau zum Antwerpener Hauptbahnhof zurück, durchquert die riesige Halle und fragt sich, wozu ein derartiges Prunkgebäude, wenn man doch nur pünktlich den Zug erreichen möchte. Diese unanständigen Belgier! Schlecht gelaunt besteigt er den Abendzug, der bei Utrecht wegen einer technischen Störung liegenbleibt, worauf der Bauer für sich und seine Frau in der sündigen Großstadt fluchend ein Hotelzimmer mieten muss.

*

Noch im Laufe des Jahres 1927 heiraten Willem Verhulst und Harmina Margaretha Wijers. Willem lässt sich das Haar schneiden und legt sich für den Hochzeitstag einen feinen schwarzen Anzug zu. Das Foto zeigt einen triumphierenden Willem in großer Gesellschaft, neben ihm sitzt seine um fünf Jahre ältere Ehefrau im schlichten, geschmackvollen Kleid, und links von ihr, auf dem Foto rechts, der finster dreinblickende Großbauer, noch immer kochend vor Wut, weil die Tochter den Döskopp aus Belgien am Ende doch noch geheiratet hat.

Das frischgebackene Ehepaar bezieht ein Haus in Berchem, nur wenige Gehminuten von der Boomgaardstraat entfernt, in der Willem aufgewachsen ist.

9

Vier Monate später.

In der Nähe des Wijers-Bauernhofs liegt ein kleiner See namens De Breuly, heute ein Naherholungsgebiet, das auch als »ertrunkenes Dorf« bekannt ist. Der Kolk ist vermutlich der Rest eines Deichdurchbruchs, der das ganze Dorf verschlang; die Alten sagen, dass man an Weihnachten noch die Glocken der Kirche unter Wasser läuten hört. Während eines sonntäglichen Besuchs bei den Schwiegereltern geht Willem mit Mientje am Weiher spazieren. Es dämmert schon, Schwalben fliegen tief, Mückenschwärme tanzen über der Wasseroberfläche. Willem zieht etwas unter seiner Jacke hervor.

Was ist das, Willem?

Er hält eine Pistole in der Hand. Mientje starrt die Waffe an.

Wo hast du das entsetzliche Ding her, Willem? Wirf es weg!

Das hatte ich auch vor, sagt er, und schleudert die Waffe ins Wasser, Teichhühner fliegen zeternd auf.

Was hat das zu bedeuten, Willem? Sag es mir. Wo hast du das her? Du weißt, wie sehr ich Waffen hasse …

Ach, sagt er, ich habe mal zugestimmt, den belgischen Kardinal Mercier zu ermorden, du weißt schon, dieser *franskiljonse* Pfaffe, der uns Flamen so hasst. Jemand hat die Waffe besorgt und mir Geld versprochen, falls ich ihn erschieße. Aber ich musste immer dran denken, was Kees Boeke gesagt hat, und jetzt, wo Mercier von selber gestorben ist, da ...

Unangekündigt brechen Tränen aus ihm hervor. Mientje ist verdutzt.

Dann umarmt sie ihn.

Ohne ein weiteres Wort gehen sie zum Hof zurück.

*

Vor Kurzem bin auch ich nach Oud-Zevenaar gefahren. Bei stürmischem Wetter spaziere ich über den Ooysedijk, hinter dem sich endlose Wiesen und Felder erstrecken, unterbrochen von einer trostlosen Siedlungen, ein intensives Gefühl des Verlusts ergreift mich. Lange betrachte ich den Mühlstein vor der Scheune, und mir ist, als wischte sein Anblick Willems mir so unbegreifliches Verhalten einfach weg. Jetzt liegt ein anderer Stein auf dem Loch, eckig und mehrfarbig, warum nur? Vielleicht ist mal jemand hineingetreten und hat sich den Fuß verstaucht. In der Scheune befindet sich heute ein Bioladen, in dem Obst und Gemüse verkauft werden; ein paar Leute stehen davor und unterhalten sich über das für die Jahreszeit viel zu milde Wetter. Nebenan steht das schöne Bauernhaus, in dem Harmina aufgewachsen ist, meine Augen suchen den Blauregen, von dem man mir erzählt hat, aber den gibt es natürlich nicht mehr. Wie alt wird ein Blauregen? Ein Mann kommt an der Scheune vorbei und wirft mir einen argwöhnischen Blick zu, bevor sein Auge auf das belgische Nummernschild meines Autos fällt, ich halte es für besser, wieder zu gehen, bleibe aber noch für eine kurze Weile unentschlossen vor dem Mühlstein stehen, über den feuchten Poldern von Arnhem zieht es tüchtig. Ich möchte ein paar Fotos an meinen E-Mail-Account schicken und prüfe, ob es Wifi gibt, doch der Bildschirm meldet mir nur eine einzige Verbindungsmöglichkeit, und die heißt – man mag es mir glauben oder nicht – »Finger weg!«. Ich starte den Wagen und fahre zur nächsten Kreuzung, langsam, wegen der Radfahrer, die auf den penibel sauberen Wegen gegen den Wind kämpfen, von dort weist mir das GPS die Route in mein kompliziertes Heimatland.

10

Sie wohnen nicht einmal ein halbes Jahr in Berchem, da lässt Willem ihr erstmals ausrichten, er sei zu weit weg, um noch vor Einbruch der Nacht zurück sein zu können. Die Benachrichtigung erfolgt durch ein ins Haus gebrachtes Telegramm, sie hält es zitternd in den Händen.

Ein Telegramm? Für mich? Ist was …?

Der Postbote tippt mit dem Finger an die Mütze und verschwindet.

»Übernachtung Lokeren. August Borms im Gefängnis besucht.«

Kaum einen Monat später geschieht es ein weiteres Mal.

»Übernachtung Langemark. Musste einen Freund von Borms nach Hause bringen.«

Lokeren? Langemark? Nachts im Bett starrt sie leer ins Dunkel.

Als er am nächsten Abend nach Hause kommt, ist er zu müde, um sich zu unterhalten, er hat Schlaf nachzuholen. Aber nein, Mien, es ist nichts, lass mich in Ruhe, hab so schon genug um die Ohren. Mientje schleicht sich wie ein geprügelter Hund in die Küche, er lässt sich in einen Sessel fallen und raucht zwei Zigaretten. Sie kommt zurück.

Das ertrage ich nicht, Willem, was ist los? Was ist mit diesem Borms?

Gelangweilter Blick, kaum kaschierte Ungeduld.

Das ist nichts für eine Frau, sagt er.

Die Frau, die um einiges intelligenter ist als der Mann, der diese Worte ausspricht, ist fassungslos. Sie verstummt und geht wieder in die Küche.

Als sie nach einer halben Stunde erneut das Zimmer betritt, ist er zu Bett gegangen.

Eine Woche später teilt er ihr zu ihrem bassen Erstaunen mit, dass er in der Nähe des Stadtparks eine Wohnung für sie gemietet habe. »Dort wirst du dich wohler fühlen, wenn ich mal nicht nach Hause komme. Eine Landpflanze wie du muss sich erst ans Stadtleben gewöhnen.« Sie ist empört, protestiert, er lässt ihre Wut über sich ergehen, legt sich ins Bett, weil er doch so furchtbar müde ist, ist sowieso alles typisch Frau, Frauen machen ständig aus einer Mücke einen Elefanten, und dann diese Gefühlsduseleien, so wie du dich jetzt verhältst, zweifle ich nicht dran, dass du dort am besten aufgehoben bist. Am nächsten Tag veranlasst er, dass ihre Kleider, Schuhe, Wäsche und persönlichen Sachen in die neue Wohnung gebracht werden. Am Tag darauf ist Willem unterwegs. Sie wird von einem kleinen Mann abgeholt, dienstbeflissen sagt er, es ist nicht weit, Madame Verhulst, Sie werden sehen, dass es dort viel angenehmer ist als hier. Die Wohnung ist nüchtern möbliert; sie steht in einem fremden Zimmer, hört den Verkehr draußen auf der Straße, blickt auf ihre Sachen in den Taschen, auf das triste Haus gegenüber; eine Geige liegt auf der Fensterbank, warum liegt dort eine Geige? In ihrem Kopf platzt etwas. Warum lässt sie sich das bieten? Willem sei für ein paar Tage nach Deutschland gefahren, sagt der kleine Mann, er komme nächste Woche wieder und werde sich dann mit ihr in Verbindung setzen. Mit ihr in Verbindung setzen! O Sprache, du Verräterin in unschuldigem Gewande, lieber Herrgott, erhöre mich, hast Du nicht versprochen, mir in schwierigen Zeiten beizustehen, was habe ich, Deine untertänigste Dienerin, Dir denn getan? Wie kann er so was sagen: *In Verbindung setzen! Der eigene Mann!*

Sie ist außer sich, geht zur MEGA und bittet Oscar Schamp um eine Erklärung: Onkel Oscar, was hat Wim in Deutschland zu erledigen? Der brave, vornehme Mann blickt sie überrascht an, schließt für einen Moment die Augen, zieht tief die Luft ein und antwortet, dass er ihr darüber leider keine Auskunft geben könne. Willem – er faltet die Hände über dem Schreibtisch – unterhalte seine eigenen Geschäftsverbindungen für die Firma. Hab Geduld, Mien, steigere dich da nicht in etwas rein, es wird schon alles gut werden.

Es ist nicht bekannt, wie die Frau aus Oud-Zevenaar diese schmerzliche Angelegenheit verarbeitet hat, doch als die älteste Tochter Letta mir neunzig Jahre später davon erzählt, schwingt Empörung in ihrer Stimme mit. So was muss man sich erst mal trauen, schimpft sie, was dieser Mensch damals alles ausgefressen hat, will man gar nicht wissen!

*

Willem muss geschäftlich oft nach West-Flandern reisen, schließlich ist er *commis-voyageur*, doch Oscar Schamp weiß, dass die Sache mit der Wohnung kein Zustand ist. Er bietet Willem einen anderen Job an: »Vertreter und Hauptlagerist« für die neugegründete Genter MEGA-Filiale, untergebracht in einem Haus in der Oudburg, damals eine belebte Geschäftsstraße. Es ist das Jahr 1929, und Mientje ist seit ein paar Monaten schwanger. Der Umzug wird von der Firma erledigt, Willem und Mien fahren gemeinsam nach Gent, auf der Rückbank seines Autos wenige Koffer. Es ist ein geräumiges Haupthaus, dazu ein großer Innenhof, Nebengebäude und Lagerräume. Was sollen wir beide denn allein in diesem Labyrinth?, fragt Mien. Viele Kinder machen, dann wird es schon voll, sagt er und streichelt ihren Bauch.

Ein Jahr später entsteht ein Foto, auf dem das Paar harmonisch in dieselbe Richtung blickt – er mit milder Ironie, sie etwas angespannt und nachdenklich. Dem verschwommenen Hintergrund ist nicht zu entnehmen, ob das Foto zu Hause in der Oudburg aufgenommen wurde oder in einem Studio.

11

Sohn Adriaan, benannt nach dem verehrten Pastor Wartena, wird am 9. November 1929 als erstes Kind der Familie geboren. Harmina ist zu diesem Zeitpunkt bereits sechsunddreißig, Willem einunddreißig. Als Mientje das Kind dem Vater zeigt, nimmt dieser den Jungen auf den Arm und sieht sofort das missgebildete, stark nach innen gekrümmte Füßchen. Er traut sich nicht, es anzusprechen; Mientje wird erst nach einigen Tagen bewusst, dass ihr Erstgeborener sein ganzes Leben lang humpeln wird.

Es ist das Jahr des großen Börsenkrachs, aber nicht für Willem. Sein Vater ist gestorben und hat ihm ein Erbteil vermacht – es muss, berücksichtigt man die Diamantschleiferei und den mütterlichen Besitz, recht großzügig bemessen gewesen sein. Willem kauft sich davon ein schönes Grundstück in der Nähe des schicken Golfplatzes von Sint-Martens-Latem. Latem ist eine reiche Gemeinde unweit von Gent und Wohnort von Albert Servaes, dem flämischen expressionistischen Maler und späteren Kollaborateur, der sich nach dem Krieg in die Schweiz absetzte. Willem lernt in Latem nicht nur ihn, sondern auch weitere Künstler und Intellektuelle kennen, aber er bleibt ein Außenseiter. Die Pläne, in Latem ein Haus bauen zu lassen, verwirklicht er nicht, es ist viel praktischer, in der

Oudburg wohnen zu bleiben, bei den Lagergebäuden der MEGA.

Eines Tages ist er zu einem Empfang im Rathaus geladen. Anschließend bleibt er noch mit einigen Gästen zurück, sie trinken, sie lachen. In der Eingangshalle entdeckt er auf einem alten Tisch ein Ausstellungsobjekt, ein Liegenschaftsbuch aus dem achtzehnten Jahrhundert, ein schönes Stück, illustriert und in Leder gebunden; behutsam blättert er in dem Folianten; er sieht sich prüfend um, keiner da, er schluckt, betrachtet nochmals die alten Zeichnungen und Landkarten; in seinem Unterleib breitet sich ein verstörendes Kribbeln aus, abermals schaut er sich um, nimmt das Buch vom Tisch, steckt es sich unter die Jacke und verlässt eiligst das Gebäude. Ein letztes Mal prüft er, ob ihn jemand gesehen hat, doch da ist niemand; auf einer Linde bei der Kirche sitzt eine Elster wie auf einem Kupferstich von Bruegel. Er trägt das Buch nach Hause, stellt es im Salon auf eine Kommode. Als Mientje ihn fragt, wo er es herhabe, antwortet er stolz: Hab ich geschenkt bekommen, als Dank für meine Verdienste.

Lange Jahre wird die antiquarische Kostbarkeit nicht nur auf der Kommode in der Oudburg zur Schau gestellt, sondern auch im Drongenhofer Salon, wo Willem hochrangige SS-Funktionäre empfangen wird. Im Laufe der Fünfzigerjahre erkennt Adriaan, der damals bereits Geschichtsprofessor ist, wie wertvoll das flämische »Landbuch« ist, und will herausfinden, wie es in den Besitz der Familie gekommen ist. Zu seiner Überraschung erfährt er, dass das zum kulturellen Erbe der Stadt Gent gehörende Kleinod als verloren bzw. gestohlen gilt. Voller Scham und sich tausendmal entschuldigend, gibt er der Gemeinde das wertvolle Stück zurück.

*

Sonntags geht die kleine Familie oft an der Leie spazieren, gelegentlich treffen sie dabei auf Servaes. Man spricht über Politik, und Willems extreme Meinungen gefallen dem Maler, er lädt das Paar zu sich nach Hause ein; etwas unsicher stehen die beiden im Atelier, inmitten des Geruchs von Terpentin, Canvas und Leinöl, sie haben keine Ahnung, was man zu einem Künstler so sagt. Willem bekommt ein Werk geschenkt, vielleicht eine Radierung oder ein kleines Gemälde, das er in den Korb des Kinderwagens legt; es muss verloren gegangen sein, egal, wen ich frage, keiner weiß etwas darüber.

*

1931 wird ein Mädchen geboren, die älteste Tochter Aletta, Letta gerufen. 1934 folgt eine weitere Tochter, Suzanne, kurz Suzy, benannt nach der Antwerpener Suffragetten-Tante. Mit den beiden Töchtern, inzwischen rüstige Achtzigerinnen, habe ich regelmäßig gesprochen. Vor allem Letta erinnert sich an wunderbare Tage im Oudburger Haus. Suzy war zu jung, auch hat sie sich von der Vergangenheit ihres Vaters stärker distanziert.

Der große Innenhof und die riesigen Lagerhallen boten den Kindern einen Spielplatz, von dem andere nur träumen konnten. Gelegentlich mietete der Vater, nach wie vor ein

Kinoliebhaber, einen Projektor und zeigte im überdachten Teil des Innenhofs Filme. Letta erinnert sich noch gut an die ruckhaft verspringenden Grimassen von Laurel und Hardy und an das unbändige Gelächter des Vaters. Adriaan schreibt in seinen Memoiren, dass eine jüdische Familie bei Kriegsanfang den Vater um Hilfe gebeten habe, angeblich sollte er sie mit dem Auto nach Paris bringen; doch Oscar Schamp gestattete Willem nicht, die MEGA zu verlassen, weil Plünderungen des »Lumpenpacks« vom Patershol zu befürchten waren.

Es sagt viel aus, dass man damals Angst vor Plünderungen hatte, meint Letta und schenkt mir noch eine Tasse Kaffee ein. Wer weiß, vielleicht war Willem ja während seiner Zeit bei der MEGA eine Art Undercoveragent und sammelte als Handelsvertreter, der von Haus zu Haus ging, schon damals Informationen über »volksfeindliche Elemente«.

12

Mientje hat es in der Oudburg nicht immer leicht; der Verwaltungskram der MEGA ruht auf ihren Schultern, und sie muss den ganzen Tag Bestellungen annehmen und weitergeben; manchmal notiert sie etwas falsch, weil sie den Genter Dialekt so schlecht versteht, und wird dann von Willem zurechtgewiesen, ein *duuze* ist ein Karton Lampen, *duust* dagegen sind tausend Stück, was am Telefon oft schwer zu unterscheiden ist, ach, lieber Wim, sei mir wieder gut, ich geb mir doch alle Mühe. Finanziell geht es ihnen nun viel besser als vorher, dennoch hören die Kinder die Eltern oft bis spät in die Nacht aufgeregt diskutieren, unten im Wohn- oder oben im Schlafzimmer. Regelmäßig ist der Vater für ein paar Tage weg, und wenn er wiederkommt, hat er meistens exzellente Laune, bringt Geschenke für die Kinder mit und tut alles, um Mientjes gedrückte Stimmung mit Späßen und Witzen aufzuhellen – mit mäßigem Erfolg. Sind Mientje und die Kinder in den grauen Vorkriegsstraßen des Viertels unterwegs, nicken ihnen einige Bewohner und Bewohnerinnen zwar zu, aber die meisten wollen lieber nicht mit der Holländerin reden, weil sie ihr Niederländisch nicht verstehen oder fürchten, ihr nicht auf Hoch-Niederländisch antworten zu können. Wenn Mien von der Sint-Baafsabdij spricht, sagt sie aus

Versehen Sinte-Bataaf, worauf sie auch schon mal ausgelacht wird, *nicht mal richtig reden kann die!*

Für Mien ist vieles nicht nachzuvollziehen, und ihr bleibt oft nur ein Schulterzucken; doch immerhin hat sie inzwischen Kontakt zur protestantischen Kirchengemeinde geknüpft, in der Brabantdamer Kirche versammeln sich Menschen, die sie mögen. Die Inschrift über dem Kirchenportal spricht Mientje aus dem Herzen: SPQG. *Senatus Populusque Gandavensis.* Das wird sie Willem später bei hitzigen Streitereien oft vorwerfen: Tust du manchmal auch was für die Menschen deiner Stadt, Willem?

Schon bald wird sie sonntags ehrenamtlich tätig sein, einen Blumenstrauß besorgen, beim Gottesdienst aushelfen, die Gesangbücher auf den hinteren Bänken ordentlich gestapelt bereitlegen oder im Chor mitsingen. Psalm 91 ist ihr Favorit: »Du meine Zuflucht und meine Burg, mein Gott, auf den ich vertraue.«

*

Trotz allem gehören die Jahre, die das Ehepaar in der Oudburg verbringt, zu den besten ihres Lebens. Willem fährt kreuz und quer durchs Land, der Teufel weiß, was er treibt, aber er scheint glücklich zu sein. Mientje ist ganz davon vereinnahmt, sich um ihre Familie zu kümmern. Sieht sie die Kinder im Innenhof oder durch die Lagerräume toben, erfüllt sie das mit Ruhe und Dankbarkeit für alles Erlangte, und in den freien Stunden arbeitet sie an ihren Psalmennachdichtungen. Zu Lettas fünftem Geburtstag schreibt Willem der Tochter einen Brief.

Mein liebes Töchterchen,
jetzt, wo sich für Dich ein kleines Lebensbuch schließt, möchte Dir Dein Vater etwas sagen, was Du niemals vergessen solltest!
Du heißt Aletta – nach Deiner lieben Großmutter mütterlicherseits, Aletta Wijers –, bleib diesem Stammbaum treu und sei ein braver Christenmensch und immer voller Liebe.
Dein zweiter Name lautet Wilma und nicht, wie der dumme Bürgermeister aus Gent es gerne gehabt hätte,

Wilhelmina. Wilma wie Wilma Vermaat aus dem niederländischen Beekbergen – die größte christliche Schriftstellerin, die es gibt und von der Du schon so viele Bücher hast. Strebe danach, sie lesend zu verstehen, denn sie ist eine würdevolle Dame – mit einem edlen Herzen aus Gold.
Und schließlich heißt Du auch noch <u>Sonja</u> – nach meiner Lieblingsfigur aus Dostojewskis Roman Schuld und Sühne. *Wohin Dich Dein Leben auch führen wird, mein liebes Kind, was immer Dir in dieser Schmerzenswelt auch widerfahren wird … bleib immer ehrlich, rein und edel wie dieses von der Gesellschaft verstoßene Mädchen und werde keine unehrliche, unreine und unedle »vornehme« Dame … denn der Mörder, der neben Jesus am Kreuz hing, fuhr mit ihm gen Himmel auf, und so geschah es auch dem Mädchen Sonja – im Gegensatz zu den vielen »vornehmen« Damen und Priestern, die sich von Gott immer weiter entfernten.*
Vertrau auf Gott
Gent 16–4–36 Dein Vater, Willem Verhulst

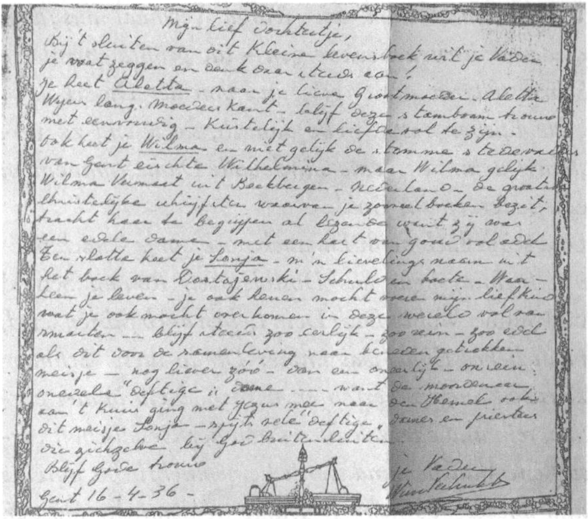

Mijn lief dochtertje,
Bij 't sluiten van dit kleine levensboek wil je Vader
je wat zeggen en denk daar steeds aan!
Je heet Aletta – naar je lieve Grootmoeder Aletta
Wijers lang. Moeders kant – blijf deze stamboom trouw
met eenvoudig – Kuis, teeder en [illegible] te zijn. –
Ook heet je Wilma en niet gelijk de schamele stedevrees
van Gent eigenlijk Wilhelmina – maar Wilma gelijk
Wilma Vermaat uit Beekbergen – Nederland – de groote
Christelijke schrijfster waarvan je zooveel boeken bezit,
tracht haar te begrijpen al eenigszins want zij was
een edele dame – met een hart van goud vol adel.
En Aletta heet je Sonja – m'n lievelingsnaam uit
het boek van Dostojewski – Schuld en Boete – Waar-
heen je leven – je ook henen mocht voeren mijn lief kind
wat je ook mocht overkomen in deze wereld vol van
smarten –– blijf steeds zoo eerlijk – zoo rein – zoo edel
als dit door de samenleving naar beneden getrokken
meisje – nog liever zóó – dan een ongelijk – onrein
onedele "deftige" dame ––– want de moordenaar
aan 't kruis ging met Jezus mee naar den Hemel ook
dit meisje Sonja – spijt vele "deftige" dames en priesters
die zichzelve bij God buitensluiten.
Blijf Gode trouw
Gent 16-4-36 –
je Vader

Willem lernte die Schriftstellerin Wilma Vermaat im Umfeld von Kees Boeke kennen, vermutlich als Elsa noch lebte und Frederik van Eedens Walden-Kolonie in seinem Kopf herumspukte; er hegte große Bewunderung für die Bücher dieser Frau, die sich Gedanken darüber machte, wie der Mensch sich angesichts von Katastrophen und großem Leid verhalten solle. Wie Willem hatte die Autorin bereits in jungen Jahren die Mutter verloren; die beiden trafen sich öfter zu Gesprächen. Für Willem, der sich von Mutterfiguren immer angezogen fühlte, war die Beziehung zu der fünfundzwanzig Jahre älteren Wilma wohl von großer Bedeutung. Er hatte Letta einige ihrer Romane geschenkt und beschäftigte sich sehr mit der Frage, die sich die Autorin immer wieder stellte, nämlich, warum der Mensch überhaupt leiden müsse. »Ich habe keine Ahnung, warum ich über solche Themen schreibe«, erklärte die Autorin einmal, »aber es hat sicher etwas mit meinem langen Krankenbett in frühen Jahren und mit meinem späteren Leben zu tun, einem Leben voll Traurigkeit und allem Leid der Welt.«

Als Mientje Willems Brief an Letta findet und liest, bricht sie in Tränen aus. Ach Pappie, sagt sie, so ein schöner Brief, wie mag es Wilma wohl gehen, wir hören ja gar nichts mehr von ihr, seit wir in Gent wohnen. In dieser Nacht lieben sich Willem und Mientje – ach, wie lange ist das her.

13

1938. Ein Nachbar erzählt Mientje, dass Willem an zwei Abenden pro Woche Filme vorführe. Bei den »Germanischen Nationalisten«, wie der Mann die Gruppierung verächtlich nennt, er wisse allerdings nicht, was für Filme, denn dafür »muss man Mitglied im Club sein, Madame Verhulst«. Als sie Willem daraufhin zur Rede stellt, sagt dieser, es seien Filme, die mit seiner Arbeit zu tun hätten, mehr nicht. Welche Arbeit denn, will Mientje wissen, die bei der MEGA ja wohl eher nicht, worauf er sagt: Hast du nicht genug zu tun, Mutter, dass du dich um die Angelegenheiten anderer Leute kümmern musst?

Mutter. Unsere Mammie. Moeke. Nur noch selten nennt er sie Mien, Harmina, Mientje, und ein Kosename oder etwas anderes Liebgemeintes kommt schon gar nicht über seine Lippen. »Geh und frag Mammie, Letta.« – »Das weiß ich nicht, aber Mama hat sicher eine Antwort.« – »Mutter, hör auf zu zetern, ich habe einen anstrengenden Tag hinter mir.«

An anderen Tagen ist er die Ausgelassenheit selbst, dann will er mit ihr zu deutschen Liedern tanzen, die aus einem ihm geschenkten Grammofon erklingen, von wem, will er nicht sagen. Dabei sind es gar keine Tanzlieder, es ist eher Marschmusik, die ihr in den Ohren wehtut, da sind mir

Psalmen lieber, denkt sie, sie zu singen gibt mir Trost an bangen Tagen.

Nun gut, Mien, wenn du wirklich wissen willst, was für Filme wir zeigen, dann schauen wir uns doch einfach mal zusammen einen an, was meinst du? Und so besuchen sie an einem Sonntag eine Vorstellung, die in einem kleinen Hinterhofsaal in geschlossener Gesellschaft stattfindet, einige der männlichen Besucher tragen schwarze Uniformen. Es läuft ein Film über die Olympischen Spiele in Berlin zwei Jahre zuvor, *Fest der Schönheit*, eine Frau hat Regie geführt, stell dir das mal vor, es ist ein Loblied auf die körperliche Kraft der neuen Zeit. Der Anfang ist idyllisch, Sonnenlicht spiegelt sich im Wasser, süßsäuselnde Musik ist zu hören, Mientje ist ergriffen, doch gleich darauf verfällt die Musik in einen militärischen Rhythmus, und identisch aussehende junge Männer marschieren wie Roboter in Reih und Glied, und Mientje weiß, dass ihr nicht gefällt, was sie sieht. Weder diese Demonstration von Macht noch das ständige verkrampfte In-die-Kamera-Lächeln, auch der Schweißgeruch im Saal gefällt ihr nicht, ebenso wenig das Grinsen der Männer, wenn turnende Mädchen in Nahaufnahme gezeigt werden. Nervös fummelt sie an der Handtasche herum, Willem wirft ihr einen verärgerten Blick zu. Was hast du?, zischt er. Du wolltest doch ins Kino. Sie beißt sich auf die Lippen. Vollkommen zermürbt von anderthalb Stunden schmetternder Musik und schwindelerregender Bilder von Turnern und Athleten, die sich eher wie Puppen bewegen als wie Menschen, kommt sie nach Hause in der Oudburg, ach, diese alte Burg, eine feste Burg ist unser Gott. Sie bereitet das Essen zu, lässt Willem mit seinen ewigen Papieren und undurchschaubaren Tätigkeiten allein und zieht sich in ihr Zimmer zurück, liest ihre Psalmen und schreibt zum ersten Mal einen Brief an die Eltern, worin sie ihnen sagt, wie lieb sie sie habe und dass sie den Frühlingswind in der Liemers vermisse und, ach, die schönen Radtouren über den Ooysedijk.

Nach Oud-Zevenaar fahren sie selten, der Alltag ist zu vollgepfropft, das Reisen mit drei kleinen Kindern zu beschwerlich. Willem hat keine Lust, sich am Sonntag für eine so weite Fahrt ins Auto zu setzen, und der alte Großbauer denkt nicht daran, eine so lange Zugreise zu unternehmen, nur um den Döskopp prahlen zu hören.

*

Eines Abends Anfang des Jahres 1939 klingelt es heftig an der Tür, es ist fast acht Uhr, wer stört denn jetzt noch, um diese Zeit, hat man denn nie seine Ruhe, ist ja gut, ich komme schon. Widerwillig öffnet Willem die Tür und fragt gereizt: Was wollen Sie? Ein Mann und eine Frau bitten schüchtern darum, einen Augenblick eintreten zu dürfen. Willem wechselt mit der Frau einen raschen Blick des Erkennens, nickt und lässt das Paar zum Torweg herein, der elegant gekleidete Mann erklärt Willem auf Deutsch, dass er und seine Frau ungarische Juden seien, sie fürchten, verhaftet zu werden. Ihr Name sei Hevesy, sie wollen fliehen, und jemand habe ihnen gesagt, Willem könne ihnen zu den nötigen Papieren verhelfen. Es ist sehr eilig, können Sie das für uns tun, gnädiger Herr? Mit unbewegter Miene hört

Willem zu, nickt, tauscht noch einmal einen Blick mit der attraktiven jungen Frau in ihrem etwas abgetragenen Pelzmantel, sieht ihre Unterlippe zittern, zögert, dann lässt er die beiden ins Haus: Kommen Sie herein. Sie setzen sich unter dem schummrigen Licht einer Lampe an den Wohnzimmertisch; der Mann zieht Goldschmuck und Juwelen aus der Manteltasche, legt sie vor Willem auf den Tisch und sagt: Würden Sie uns hierfür nach Paris bringen? Ich bitte Sie inständig darum!

Das geht nicht, antwortet Willem auf Deutsch, ich kann nicht einfach so nach Paris fahren, das gäbe Schwierigkeiten an der Grenze. Er schiebt den Schmuck zurück in Richtung des Mannes; die Frau fängt an zu weinen. Willem, ich bitte dich, sagt sie. Der Mann wendet sich verblüfft seiner Frau zu. Du kennst den Herrn? Die Frau schluchzt auf, Willem senkt den Blick, räuspert sich, steht auf, alle drei gehen zur Haustür zurück.

Kommen Sie morgen in mein Büro, sagt er, ich werde die Papiere in Ordnung bringen, dann können Sie reisen. Verlassen Sie Gent so schnell wie möglich, haben Sie verstanden? Der Mann nickt, die Frau sucht Willems Blick, doch als sie merkt, dass er ihr ausweicht, schlägt sie die Augen nieder. Er öffnet das Tor zur Straße, lässt das Ehepaar hinaus und schließt es mit einem Seufzer.

Mientje stand die ganze Zeit am Ende des Hausflurs in der Tür. Sie ist verwirrt, was hat das alles zu bedeuten? Als Willem an ihr vorbeigehen möchte, ergreift sie seinen Arm: Du hast ein Büro? Wo? Was tust du, was ich nicht wissen darf? Er wendet sich ihr zu, schaut sie an, atmet tief ein und nimmt sie in die Arme. Mach dir keine Sorgen, Mien, alles ist gut, es ist nur zu unserem Besten.

Ja, das stimmt, erzählt mir Letta später, er hat diesen Hevesys geholfen. Warum er das getan hat und in welcher Beziehung er zu dieser Frau stand? Fragen Sie mich nicht, wir waren Kinder. Angeblich war er mal mit Madame Hevesy Schlittschuh laufen, aber als meine Mutter ihn nach ihr gefragt hat, hat er nur gesagt: Eine Freundin, mehr nicht. Wer's glaubt, wird selig, ich kenne doch meinen Vater …

Nein, ich weiß nicht, was aus diesen Leuten geworden ist.

14

1940. Es ist Anfang Mai; in den Hinterhofgärten blühen die Sträucher. Durch die Genter Innenstadt ziehen die ersten belgischen Soldaten sich erschöpft, verstört und verdreckt von der Front zurück. Wenig später dröhnen deutsche Messerschmitts über der Stadt. Am Himmel öffnen Fallschirmspringer ihre seidigen Schirme und schweben auf die Dächer zu, Unsicherheit bricht aus; über dem Stadtviertel Sluizeken bleibt ein Deutscher in einem Telefonmast hängen und versucht, sich zappelnd zu befreien. Ein paar belgische Soldaten kommen angerannt, einer legt zum Schießen an, ein anderer hält ihn zurück: Die deutschen Truppen sind überall, die Angst sitzt plötzlich tief. Der Soldat baumelt wie ein grauer Engel im leichtbewölkten Himmel, der Fallschirm schleift das Pflaster entlang. Die Umstehenden beobachten, wie er sich losschneidet, worauf er von den belgischen Soldaten verhaftet und abgeführt wird. Es ist der erste Feindkontakt dieser Menschen; die Älteren erinnern sich an den vorigen Krieg. Einer flüstert: Die Dreckskerle sind wieder da. Adri hat das Geschehen mit offenem Mund beobachtet, er humpelt so schnell er kann nach Hause und ruft: Pappie! Mammie! Sie kommen! Sie kommen!

Auf dem Sluizeken wird es wieder still, doch die Ruhe ist für immer dahin.

*

Immer wieder klopfen Deserteure der belgischen Armee an das Tor der MEGA, atemlos, die nackte Angst im Gesicht, sie bitten um Zivilkleidung, die Uniformen werfen sie hinter den Lagerhallen in das Wasser der Leie; Willem unterstützt sie dabei. Ja, mein Junge, du hast vollkommen recht, wirf die Fetzen weg, es ist sinnlos, sich den Deutschen entgegenzustellen. Er klopft dem jungen Soldaten freundschaftlich auf die Schulter.

Warum kommen die alle zu uns, Pappie? Was hat das zu bedeuten?

Die Motoren dröhnen in der Oudburg, dass die alten Mauern erzittern. Kinder rennen aus den Häusern, um die Militärkolonne vorbeifahren zu sehen. Die deutschen Soldaten sitzen stramm auf den Motorrädern, im Beiwagen ein weiterer Soldat, das Gewehr im Anschlag. Alle Soldaten tragen beängstigend große Motorradbrillen, sehen aus wie ein Insektenschwarm aus einem Albtraum. Auf dem Beifahrersitz der vorneweg fahrenden Maschine kauert ein Genter Polizeibeamter und schwenkt die weiße Fahne.

Dann ist ein Schrei zu hören: *Dreckskerle!*

Trocken knallen drei Schüsse, sie müssen aus einem Fenster eines Hauses im nahen Veerdam abgegeben worden sein; die vorderste Maschine stoppt abrupt, schreiend fällt der Genter Polizeibeamte vom Sitz, umklammert sein Bein, die gesamte Kolonne kommt zum Stehen, die Soldaten springen aus den Beiwagen, die Gewehre klicken, Gebrüll und noch mehr Gebrüll, Passanten pressen sich ängstlich in Tür- und Toröffnungen.

O Gott, ruft ein Mann, der sich in die MEGA flüchtet, jetzt fängt's an!

Mientje ruft die Kinder mit schriller Stimme ins Haus, auch Willem scheint panisch zu sein, er knallt das Tor zu und schiebt den Riegel vor, schreit, dass sie alle in den Keller sollen.

Die Keller der MEGA, so erinnert sich Adri in seinen Memoiren, stehen oft unter Wasser, die hinterste Wand grenzt an die Leie, dort ist es feucht und klamm; bei der Treppe stehen immer Gummistiefel für die Kinder bereit. Schnell schlüpfen sie kichernd hinein. Fahles Licht fällt herein, einige Minuten lang herrscht vollkommene Stille, nur ihr Atmen ist zu hören. Dann ertönt über ihnen ein heftiges, immer lauter werdendes Dröhnen, gefolgt vom Jaulen einer Sirene, ein klagender, träger Laut, der an- und wieder abschwillt, er dringt von der anderen Seite der Stadt herüber, unter dem Erdwall im Citadelpark drehen Männer in den Bunkern wie besessen an der Kurbel, das wissen die Kinder Verhulst, denn der Vater hat es ihnen erzählt.

Wahrscheinlich bombardieren sie den Bahnhof, murmelt er.

Alles zittert, dumpfe, ohrenbetäubend laute Einschläge kurz hintereinander. Mientje packt Willem schweigend am Arm und wirft ihm einen Blick zu, den Adri auffängt und der ihm eine viel größere Angst einjagt, als es die gefährlichen Geräusche von draußen vermögen, die Mutter merkt es und senkt betreten die Augenlider, während der Vater ihr beruhigend die Schulter tätschelt.

*

Wir müssen hamstern, sagt Mien, als sie wieder in der Wohnung sind, bald werde es in der gesamten Stadt nichts mehr zu kaufen geben. Noch am gleichen Tag fährt Willem zu einem Bauernhof, Bauer Vlerick aus dem nicht weit von Gent entfernten Dorf Drongen kennt er schon seit Jahren, denn Vlerick ist auch Elektriker und damit ein guter Kunde der MEGA. Willem hofft, bei ihm einen Vorrat an Kartoffeln, Milch und Mehl kaufen zu können, und wer weiß, vielleicht auch ein Stück Bauchspeck. Es ist schönes Wetter, mit offenen Fenstern fährt er über die holprigen Straßen zur Stadt hinaus, er besitzt schon ein Autoradio, eine Seltenheit damals. Er hört Nachrichten, dann den Ausschnitt einer deutschen Rede, die er nur halb versteht, aber er hat keine Lust, sich zu konzentrieren, ist auch nicht so wichtig, dann wieder Marschmusik, rumtata, rumtata, rumtata, ihm ist innerlich irgendwie fröhlich zumute, er fühlt sich energiegeladen, wie herrlich doch die Äcker und Wiesen sind, denkt er, und dann die Alleen an der Leie, die Pappelreihen rauschen im warmem Wind, o du mein schönes Flandernland; doch gerade als er in den Feldweg zum Bauernhof einbiegen will, stößt er auf einen Kontrollposten der belgischen Armee, und angesichts dieses seltsamen Mannes mit den dicken Brillengläsern und dem wehenden schwarzen Haar, im offenen Wagen und bei Marschmusik, lädt einer der Soldaten das Gewehr durch und richtet es auf Willem.

Er reißt die Hände hoch, das Herz schlägt ihm bis zum Hals, am liebsten würde er das Gaspedal durchtreten und den Soldaten über den Haufen fahren; dann aber lassen sie ihn mit einem Kopfnicken passieren. Bauer Vlerick ist nicht zu Hause, die Bäuerin führt ihn in die Scheune und dann in den Keller.

Ja, Herr Verhulst, sagt sie mit roten Backen und einem breiten Lächeln, nachdem sie eine gute halbe Stunde später den Keller wieder verlassen, wir werden's wohl nicht leicht haben in der nächsten Zeit, hier, nehmen Sie auch von diesen Broten welche mit, aber erzählen Sie es nicht weiter, wir haben nicht genug, um was verkaufen zu können, aber Sie kennen wir ja, nicht wahr, und hier, das Pfund Butter, nehmen Sie das auch noch mit, und grüßen Sie Ihre Frau schön, mein Mann wird sich bei Ihnen melden, man hilft sich ja in solchen Zeiten. – Gute Frau, sagt er, das werde ich Ihnen nicht vergessen. Er gibt ihr einen Klaps auf den Po, sie antwortet mit einem Augenzwinkern.

Drei volle Jutesäcke mit Vorräten trägt er ins Auto und fährt den Feldweg zurück. Als er zur Kreuzung kommt, sind die Soldaten verschwunden. Über den Feldern flattern Kiebitze, Stare und Lerchen, die Obstbäume blühen, und er erinnert sich daran, wie er als Lausebengel durch die Gärten zog, um Obst zu klauen, er lacht.

Als er nach Hause kommt, steht ein deutscher Lastwagen mit laufendem Motor vor dem Tor der MEGA, drei Offiziere verlangen die Herausgabe aller Radios im Geschäft. Willem bittet sie in sein Büro und schließt die Tür. Das Gespräch dauert keine Viertelstunde; zum Abschied verbeugt sich einer der Männer, und Mientje hört ihn sagen: *Alles in Ordnung, Herr Verhülst, machen Sie sich keine Sorgen. Bis bald.* Der Lastwagen wird mit Waren aus dem Lager beladen. Auf Mientjes fragendes Gesicht reagiert Willem mit einem Augenzwinkern, die Bäuerin im Sinn.

15

Ende Mai marschieren die deutschen Truppen durch Gent, Mientje eilt von der Brabantdamer Kirche nach Hause. Die Straßen sind voller Offiziere und Soldaten, die ständig die Hacken zusammenschlagen, Autos und Lastwagen reihen sich in langen Schlangen, überall schießen Arme in die Luft, wenn ein höherer Militär vorbeikommt. Nur wenige Genter hasten durch die Straßen, sie heben kaum den Kopf. Beim Hoogpoort wird Mientje von einem jungen Schnösel in Uniform angehalten. Grob prüft er den Inhalt ihrer Einkaufstasche. Er verabschiedet sie mit dem Hitlergruß, und sie schaut, dass sie wegkommt.

Belgien kapituliert. König Leopold III. wird als Kriegsgefangener abgeführt und vom einen Teil des Volks zum Landesverräter und vom anderen zum Helden erklärt. Tief fliegen Junkers-Maschinen über die Stadt, die Häuser vibrieren vom Brummen der schweren Motoren, die Kinder gehen nicht mehr zur Schule, im Haus in der Oudburg liegen seit ein paar Monaten deutsche Zeitungen herum.

Sollten wir nicht besser nach Arnhem ziehen, Wim? Dort wäre es für die Kinder doch sicherer, oder?

Mientje entdeckt ihre alten Partituren wieder, summt gelegentlich eine Arie, zwingt Adri, mit dem Geigenunterricht weiterzumachen, obwohl er den Musiklehrer hasst. Die internationale politische Lage macht ihr Angst, in der Brabantdamer Kirche hält sie einen Vortrag über Gewaltlosigkeit und spricht vom Kampf Jakobs mit dem Engel. Nachdem einige Psalmen gesungen wurden, geht sie seelengestärkt nach Hause, wo Adri sie mit der Nachricht empfängt, dass Pappie überraschend nach Deutschland musste und es sehr eilig hatte.

*

In seinen Memoiren berichtet Adri, dass eines Tages Soldaten der Luftwaffe im offenen Wagen auf den Innenhof der MEGA gefahren kamen und die Reparatur ihres Autoradios verlangten, worauf der Leiter der Reparaturabteilung, Herr Ballière, herbeigerufen wurde. Seine Mutter habe ihm später erzählt, Herr Ballière sei sehr antideutsch gewesen und habe das Autoradio mit Absicht ruiniert statt es zu reparieren. Dass die Soldaten unverrichteter Dinge abfahren mussten, wird Willem, der sich den Deutschen gegenüber keine Fehltritte erlauben durfte, nicht gefallen haben.

Es kursieren zahlreiche Geschichten über den Widerstand gegen die Deutschen in Gent, vom subkutanen und stillen Widerstand aber ist kaum etwas überliefert. Die Aktion im Innenhof der MEGA hat Adri mit eigenen Augen beobachtet, welches Risiko der Elektriker eingegangen ist, hat er aber erst begriffen, als seine Mutter es ihm erklärte; er fragt sich, ob der Mann möglicherweise sogar in einem Konzentrationslager zu Tode kam – ich stutze: Warum stellt er diese Frage? Ist Ballière etwa kurz nach diesem Ereignis verschwunden? Wurde er verraten? Von wem? Die Deutschen haben den Sabotageakt als solchen ja offensichtlich gar nicht bemerkt. Das kann nur einer getan haben – Willem, sein Vater. Dieser unterhielt inzwischen ausgezeichnete Verbindungen zur deutschen Militärregierung.

All diese Fragen muss sich Adri, der emeritierte Geschichtsprofessor und Sohn eines Kollaborateurs, über sein Manuskript gebeugt ebenfalls gestellt haben, aufgeschrieben aber hat er sie nicht.

Incipit tragoedia. Die politische Tragödie einer Familie.

*

Sag mir, Willem, wie viele Signale braucht ein Mensch, bevor er versteht, dass das eigene Schicksal auch Folgen für andere hat? Sie fragt es, ohne eine Antwort zu erwarten, sie hat Marc Aurel gelesen, aber ihr Ehemann ist müde, ist es immer öfter. Lange hat sie gehofft, dass auch Willem in den Psalmen Trost und Beistand finden würde, doch diese Hoffnung schwindet immer mehr. Gerade hat er ihr seinen Entschluss mitgeteilt umzuziehen; das neue Haus liegt im Patershol, nicht mal zweihundert Meter von der MEGA entfernt.

Warum sollen wir umziehen, Willem? Und was das kostet, kannst du nicht weiter bei Onkel Schamp arbeiten, wir wohnen hier doch gut, oder? Und er, mit einem Kopfschütteln: Mach dir keine Gedanken, Mien, es ist nur zu unserem Besten. Sie begreift es nicht, auch die Kinder wollen nicht weg, dabei weiß sie gar nicht, warum ihr das Ganze so widerstrebt, der Wind heult um das Gebälk, warum nur wird sie immer so unsicher, wenn sie nachts im Bett in Willems trübes Auge blickt?

Auf einmal verfügt er über ein enorm hohes Gehalt, Mien ist entsetzt; auch das will sie nicht, der Herrgott verlangt keinen unverdienten Überfluss, wir brauchen das nicht, Wim, die Vögel im Himmel und die Lilien auf dem Feld leben auch von Gottes Gnaden. Woher hast du das viele Geld? Sei vorsichtig, lieber Mann, denk an die Kinder, du verstehst mich doch, sieh mich an, wenn ich mit dir rede. Er zuckt mit den Schultern und lächelt sein charmantes Lächeln. Sie legt ihm die Hand in den Nacken.

Soldaten in der Oudburg, es ist nach Mitternacht, und immer noch marschieren sie durch die Straßen, Stiefel und Geschrei, furchteinflößende Kraftmeierei, der Rhythmus rauscherfüllter Hasenherzen. Er lacht, ach Mien, das sind doch nur Lausebengel in Uniform. Doch jede einzelne Uniform ängstigt sie. Kann man gemeinsam im Bett liegend schlafen, wenn die Träume getrennte dunkle Wege gehen? Die Nacht ist eine Schurkin. Die Kinder brabbeln Unsinn im Schlaf, die Lippen von der Unschuld leicht benetzt. Lieber Pastor Wartena, was wohl der Krieg aus uns machen wird? Warum ist der Mensch, den ich liebe, ein Fremder in meinem Bett? Wie kommt es, dass der Rücken, den ich so oft gestreichelt habe, mir plötzlich dreimal so breit erscheint? He, lieber Döskopp, krieg ich keinen Gutenachtkuss mehr?

Es ist August, das Ende eines staubigen Monats, eines Monats der Reue und der letzten Blüten. Die Stadt ist leer, Anspannung und Bedrohung sind überall zu spüren; es herrscht eine Stille, eine Kargheit, die jeden zur Vorsicht mahnt; manchmal, ganz kurz nach dem Regen, riecht es nach Schießpulver und späten Levkojen. Lieber Herrgott, sag mir, wie soll ich mir die Zukunft vorstellen?, betet sie. Ich möchte nicht, dass ich. Ich hoffe, dass ich nicht. Ich glaube, dass er und wir. Was ist nur los mit meinem Mann, was soll ich? Ich habe Angst, dass die Kinder nicht, ich habe keine Ahnung, ob. Du weißt, ich meine. Vergib mir, dass mein Gottvertrauen schwindet, Allmächtiger, grenzenlos Barmherziger, ich werde ein Gebet für Dich schreiben. Einen Psalm ohne Ende. Es ist früh am Morgen, in einer Woche ziehen wir um, obwohl ich nicht will. Auf den Straßen wird überall gebrüllt, und die Leute ducken sich vor Angst. Das Turteln der Tauben auf den Dächern hört sich an wie das Liebeslied von Falken. Oder haben Falken keines?

II

… offen lag jetzt da, der lange, dunkle Gang.
Raymond Brulez, Mijn woningen

1

Oktober 1979.

Über einer Provinzstadt, die dem Ende des Morgens entgegentrottet, stehen Sonne und Mond zur gleichen Zeit und bleich am kühlen Himmel, wohl wartend, wer die Oberhand gewinnt; in diesem Augenblick des Zauderns stauen sich Fahrzeuge, wolkenweise Auspuffgase, der Verkehr liegt lahm, ein Schelten und ein Hupen erheben sich, Fahrradklingeln bimmeln, und Fußgänger fluchen; im Wechsel von lauen Windböen, kurzem Aufklaren und raschem Anwachsen rasender Wolkenjagd wirbelt bläulicher Smog durch Grauwpoort und Sluizeken, als wäre er eine Parade von Steppenrollern in den Wüsten von Utah oder Arizona; ein Lastwagen mit gewölbter roter Motorhaube knattert in der Oudburg rückwärts durch den Fußgängerstrom auf ein offen stehendes schwarzes Tor zu; auf dem Fischmarkt am Gravensteen blitzt ein Filetiermesser auf, bevor es sich hinter die Kiemen eines großen Kabeljaus bohrt, der zappelnd den Fängen der schönen Verkäuferin zu entkommen versucht; ungeschminkt und mit Lockenwicklern im Haar schlurft eine Frau in einen Tante-Emma-Laden und greift sich mechanisch eine Flasche Wasser, ein Päckchen Zigaretten und eine Zeitung; der tunesische Gemüsehändler wickelt die Zeitung von gestern um einen Kohlrabi, eine

Chilischote und einen Bund Radieschen. Der Verkehrspolizist träumt von klebrigen, pastellfarbenen Filmchen voller Knabenliebe und dazu eine große Tüte Paprikachips; ein Mädchen liegt im Bett, liest Walt Whitman und streichelt sanft ihr Geschlecht: *I sing the body electric*; in einem Dachzimmer stümpert ein Sechzehnjähriger auf einem Saxofon, während zehn Kilometer weiter der Vater als Geisterfahrer sein Ende findet; leichter Nebel, später Vormittag, das Fehlen jeglicher Bedeutung verzaubert, die Stadt driftet verträumt dahin, und hektisch wimmeln die Geister und zahlreich. Auf einer Gassenmauer liest man groß und weiß: Wer schreibt, der bleibt. Beim Metzger an der Ecke steht ein Mann mit einer aus einem alten Teppich genähten Tasche, in deren Tiefen zahlreiche geleerte Flaschen klirren; doch zunächst möchte er ein Stück Pferdeschinken kaufen, eine Blutwurst, ein bisschen Leber, Schweinefettenden und Kalbsbries, dazu noch etwas Pastete. *Merci*, Herr Arnold. Das macht sechsundsiebzig Franc.

Ich stehe vor der Tür und warte auf Notar De Potter, der Himmel bewölkt sich, und mich friert in meiner dünnen Army-Jacke, auf deren Rücken ich mit Filzstift ein Peace-Zeichen gemalt habe. Mein Haar habe ich vorsichtshalber zu einem Pferdeschwanz gebunden, *Almost cut my hair*, schließlich muss man auf einen Notar der alten Schule einen guten Eindruck machen, will man ein Haus kaufen.

Unruhige Zeiten für das Patershol. Die Häuser sind verfallen, denn Mitte der Sechzigerjahre hatte eine große Stadtflucht eingesetzt. Wer Geld hatte, verließ die alten, feuchten

Häuser mit den sonnenlosen Gärten und zog hinaus in ein Einfamilienhaus mit Rasen und Koniferen im Vorgarten: *Villa Bonanza.* Die Innenstädte Flanderns verloren die kaufkräftigen Einwohner; wer zurückblieb, hatte gerade genug für die Miete. Das leerstehende Klostergebäude wird besetzt, Studenten und Künstler ziehen in die weißgekalkten Mönchszellen, bringen asiatische Teppiche, Geliebte und Gitarren mit, im Innenhof werden Lagerfeuer entfacht. Im Haschischrauch singt man Protestlieder. *If I had a hammer, I'd hammer in the morning.* Als die Stadt beschließt, das Kloster räumen zu lassen, kommt es zu Demonstrationen. Während ich vor dem Haus warte, zieht gerade einer dieser Demonstrationszüge von Trommeln und Tänzen begleitet vorbei; man fordert ein Wohnrecht für das Kloster, schlicht *Het Pand*, das Gebäude, genannt. Die Demonstranten haben übrigens Humor – etwas, was ihren bürokratischen Gegnern fehlt: Auf einem Transparent steht *Pandinistische Befreiungsfront*, in Anlehnung an die revolutionäre Sandinistische Front der Nationalen Befreiung in Nicaragua. Als die bunte, lärmige Prozession um die Straßenecke verschwindet, kommt Notar De Potter kopfschüttelnd angelaufen. Er begrüßt mich entsetzt, als fürchtete er, ich wäre eben erst aus den Reihen der Demonstranten getreten.

*

Vor dem Krieg lautete der französische Name für den Veerdam noch Rue du Bac, was sofort Bilder der malerischen Straßen des Pariser Saint-Germain heraufbeschwört; Florimond Grammens, ein bekannter Politiker des rechtsgerichteten *Vlaamsch Nationaal Verbond* und ein Flandern-Aktivist, übermalte das französische Straßenschild eigenhändig mit dem Schriftzug »Veerdam«, vermutlich im Jahr 1938. Das Haus, in das die Familie Verhulst zog, gehörte dem frankofonen Genter Rechtsanwalt Henri De Potter; 1942, mitten im Krieg, änderte die Stadtverwaltung den Namen der Straße in Drongenhof, wie sie im Volksmund schon seit Jahrhunderten hieß. Die Bezeichnung stammt aus den Zeiten des Bildersturms; Prämonstratenser waren am Ende des sechzehnten Jahrhunderts vor der Zerstörungswut der Calvinisten aus der Abtei im nahen Drongen hierher geflohen. Die Unterkünfte, die sie zugewiesen bekamen, nannte man fortan die »Häuser der Drongener«.

Im Mittelalter waren die Genter Stadtviertel von Kanälen durchzogen, die meisten davon wurden im Laufe des zwanzigsten Jahrhunderts zugeschüttet, zum Beispiel die Plotersgracht, der Arm der alten Leie, auch unter dem Namen »das Lieveke« bekannt, oder die Tichelrei. Allerdings oft unsachgemäß, weshalb der Untergrund absackte und die Fundamente einiger Häuser ins Wanken gerieten, die Erde in den kleinen Hinterhofgärten schwarz und mager wurde und der Asphalt krumm und bucklig. Die Straßendecke senkte sich, Löcher und Spalten klafften, aus denen der Gestank der Kloake drang. Donnerte die Straßenbahn vorbei, zitterten Fenster und Fußböden; schwere Lastwagen verursachten Risse in den Wänden. Auf den gusseisernen Kanaldeckeln im holprigen Straßenpflaster stand »Osnabrück«. Osnabrück, dachte ich, heißt so nicht eine deutsche Stadt, in der ich noch nie gewesen bin.

Das Haus im Drongenhof bot Aussicht auf einen kleinen Stadtpark, vor dem Krieg floss dort noch das Lieveke; das verrostete Gartentor ließ sich schon damals nicht mehr Richtung Kanal öffnen, und an dem kleinen Steg lag auch längst kein Boot mehr. Die Ratten aber wuselten weiterhin ungestört, bauten Nester im Kohlenschuppen, inmitten des Gerümpels, und ernährten sich von den Essensresten, die die Bewohner den streunenden Katzen hinwarfen.

*

Die Fassade des mehrstöckigen Hauses war irgendwann, vielleicht vor mehr als fünfzig Jahren, ordentlich gestrichen worden, doch von der Farbe war nur noch eine grobkörnige, von Wind und Wetter schwer in Mitleidenschaft gezogene Substanz übrig. Die Stuckverzierungen der Fenster hatten sich in vage, pustulöse Gipsaufwürfe verwandelt, und unter den Regenrinnen, die sich gefährlich abgesenkt hatten, weil einige der Halter durchgerostet waren, hatte sich Feuchtigkeit eingenistet, die Blasen in den Putz warf, an manchen Stellen fehlte er ganz, und der dunkle, harte Scheldestein offenbarte seine widerspenstige, getränkte Textur. Das Parterre war mit neoklassizistischen »Cassementen« verkleidet, wie Notar De Potter den Bossenputz nannte, an den sich auf Straßenniveau ein Fries aus dickem, geripptem belgischem Kalkstein anschloss, der mit unleserlichen Graffiti besprüht war. Das feine Farbspray war tief in den porösen Stein eingedrungen und würde sich vermutlich niemals mehr ganz entfernen lassen. Neben der ersten Treppenstufe zur Haustür befand sich ein uralter Schuhkratzer, ein schmiedeeiserner Rahmen, der eine Aushöhlung in der Kalksteinplatte umgab und nach vorne mit einer waagrechten, hufeisenförmig gebogenen Stange versehen war, womit die Besucher sich die Schuhsohlen säubern konnten, nützlich zu Zeiten, als die Straßen noch voller Pferdeäpfel lagen.

Die Türklingel bestand aus einem elfenbeinfarbenen, blaugeäderten Knopf, der in eine ungefähr fünfzehn auf zwanzig Zentimeter große Metallplatte eingelassen war. Allerdings hatte sie sich gelöst und baumelte nun in einer kleinen Höhle, die sich durch herausbröckelndes Gestein gebildet hatte und in der sich die Stromkabel wie Eingeweide wanden. Der Zutritt zum Haus wurde zusätzlich durch einen riesigen Flieder erschwert, der üppig aus der gespaltenen Mauer des benachbarten Staffelgiebelhauses wuchs. Als zöge der Strauch aus dem weich wie Biskuit gewordenen Stein Nahrung, schlang er sich als hölzernes Geflecht aus dem Riss, um sogleich zu einem harten knorrigen Stamm anzuschwellen, sich in Zweige auszufächern und wie ein Blütenfeuerwerk zu explodieren, umflattert von einigen späten Tagpfauenaugen und Admiralen.

*

Nur mit Mühe fand der Notar den richtigen Schlüssel am beeindruckenden Bund, brauchte eine ganze Weile, um ihn in das widerspenstige Schlüsselloch zu stecken, und brummte dann in seinem leicht französisch akzentuierten Niederländisch: »Kann ja gar nicht funktionieren. Das Schloss ist verkehrt herum«, bevor er mit ungeduldiger Nestelei der dicken Finger ächzend das einen Klacklaut von sich gebende Schloss öffnete. Die Tür klemmte, schrammte schwergängig und hustend über die Fliesen, in denen sie bereits tiefe, fächrige Einkerbungen hinterlassen hatte. »Nach Ihnen«, sagte Notar De Potter und betrat dann doch als Erster das Haus.

Mit uns weht eine Brise lauen Oktoberwinds hinein, der schon beim zweiten Schritt auf einen feuchten Zug aus dem Hausinneren trifft, auf einen aus den Kellern wehenden Wall winterlichen Widerstands, der uns, die wir uns anschicken, die jahrelange Stille des Hauses zu stören, wohl den Zutritt verweigern will. »Mannomann«, brummt der Notar, »zieht ordentlich hier. Hat wohl einer die Fenster offen gelassen, damit alles noch schneller verfällt. Ich sage

Ihnen, die Spekulation ist der Fluch des Immobiliensektors!« Mit leicht empörtem Blick wendet er sich mir zu, die schweren, ergrauenden Augenbrauen schnellen nach oben, doch weil ich den vom Gegenlicht beschienenen Mann nur mit offenem Mund anstarre, räuspert er sich kurz, hält sich würdevoll ein Klemmbrett vor die breite Brust und schreibt dann in Schönschrift »Abnahmeprotokoll« auf ein darauf geheftetes Blatt. Nichts ist zu hören, außer dem aristokratisch jovialen Kratzen des Stifts.

Danach beginnt De Potter, mit weit ausholenden Gesten die solide Konstruktion des Gebäudes zu rühmen. Ah, Monsieur, schauen Sie, dieses Haus steht fest wie eine *église*, da kann man ruhig alles Alte herausreißen, die Konstruktion ist *quasiment* zeitlos; die Außenmauern sind fast einen halben Meter dick, und die Bodendielen aus Fichtenholz sind dreißig Zentimeter breit und drei Zentimeter stark, original *pitch pine* (es klang wie *Pietsch Paaine*), fast hundertfünfzig Jahre alt – vom Jahr des Schlagens gerechnet; das heißt, die Bretter sind, ich will es mal so sagen, älter als unser belgisches Heimatland.

Verputzte Decken mit Stuckfries an den Rändern; mehrere Farbschichten sind zu einem abstrakten Fleckenfresko verklumpt, zerrissen und zerfurcht von der anhaltenden Feuchtigkeit; vage Zeichnungen auf den Tapeten, Flecken, in denen das kindliche Auge des glotzenden Kaufanwärters Antikes zu entdecken glaubt: einen schwertbewehrten Zentaur, das nie erblickte Haupt Homers, den Kopf eines Satyrs. Unter der Decke kräuseln sich Stromkabel wie

Knäuel dünner Schlangen an der Wand entlang, in Staubmäntel gehüllt und an manchen Stellen freischwebend vor der halbvergammelten Tapete; etwas weiter kriechen sie als vielzählige Spinnenbeine in Bakelitsteckdosen und nisten sich dort ein in einen Bausch aus gefährlichem, funkennährendem und über Jahrzehnte zusammengeballtem Staub, bevor sie andernorts erneut hervortreten, sich am Türrahmen über alten Stein hinweg in die Tiefe stürzen und in einem Porzellanschalter enden, welchen zu berühren die Hydra der Hand des Notars erlaubt, jedoch folgenlos; wir verbleiben im Dämmerlicht.

2

Als Willem Verhulst im ersten Kriegsherbst an der Haustür des mehrstöckigen Gebäudes klingelte, öffnete ihm Cordula, das Dienstmädchen des greisen Herrn De Paepe, seines Zeichens pensionierter Spitzenbeamter des katholischen Unterrichtswesens. Viel mehr ist über den ehemaligen Mieter nicht bekannt, auch nicht, wohin es ihn verschlug, nachdem die Deutschen ihn davon in Kenntnis gesetzt hatten, dass er unverzüglich sein Heim zu verlassen habe. Der Betrag, den der neue Bewohner den De Potters als Miete entrichtete, war exorbitant: eintausendfünfhundert Belgische Francs, und das zu einer Zeit, als der durchschnittliche Arbeiter kaum mehr als fünfhundert Franc pro Monat verdiente. Die De Potters und Willem Verhulst wurden sich offenbar schnell einig.

Im Alter von fünfundachtzig Jahren erinnert sich Tochter Suzy noch an den Tag des Umzugs, sie sollte einen Bollerwagen voller Äpfel festhalten, doch er kippte nach hinten. Ein Bild wie eine alte Fotografie: Kriegsanfang, im Arbeiterviertel einer Stadt, ein sechsjähriges Kind baumelt vom Lenker eines Bollerwagens, die Füße dreißig Zentimeter über dem Boden, auf halbem Wege zwischen altem und neuem Zuhause, neben ihm der zu Hilfe eilende Vater, der wohl zu dieser Zeit noch nicht ständig eine deutsche Uniform trägt – das lässt sich anhand der Quellen aber nicht mit Gewissheit sagen.

Die ersten Eindrücke der Kinder von ihrem neuen Zuhause versprachen wenig Gutes. Es war kalt und dunkel, und obwohl es sich um ein Patrizierhaus mit drei Etagen plus Keller und Dachboden handelte, empfanden sie das Gebäude mit dem schmalen Treppenhaus im Vergleich zu den großen Räumen und den Lagerhallen in der Oudburg als eher klein. »Wir fühlten uns dort überhaupt nicht wohl«, schreibt Tochter Letta ein halbes Jahrhundert später in ihren Memoiren, »aber es gab auch Verbesserungen, zum Beispiel den Spülstein, der sich nicht mehr im Innenhof befand, sondern im Hinterhaus, von wo aus das verbrauchte Wasser direkt in das Lieveke lief.«

Als ich es zum ersten Mal besichtigte, gab es im ganzen Haus nur zwei kupferne Wasserhähne; und ich versuchte mir vorzustellen, wie die Bewohner die kalten Kriegswinter ohne warmes Wasser oder erwähnenswerte sanitäre Anlagen bewältigten.

*

Gent ächzt damals unter der deutschen Besatzung. Die mit Gewalt und enormem Tempo eingesetzte Militärverwaltung entlässt eine große Zahl der amtierenden Funktionäre, um sie durch Personen zu ersetzen, die bereit sind, mit ihr zusammenzuarbeiten. Mientje bohrt hartnäckig nach, und schließlich gesteht ihr Willem, dass er aufgrund guter Kontakte zur deutschen Besatzungsmacht eine Stelle angeboten bekommen hat, die er, auch durch Onkel Schamps Zureden, angenommen habe: Er war mit sofortiger Wirkung Direktor des berühmten städtischen Drahtfunksenders, der in den Dreißigerjahren für die musikliebende Bevölkerung Gents gegründet worden war. Bereits in der MEGA waren Mientje und Willem in den Genuss eines Radioanschlusses gekommen, und in wenigen Tagen sollten sie auch im Drongenhofer Haus über einen solchen verfügen, denn dieser sei, wie Willem sagte, für seine Arbeit »unerlässlich«.

Der Drahtfunksender war politisch sozial und fortschrittlich orientiert, das Programm hatte sich der Volkserziehung verschrieben. Mittels eines Leitungsnetzes wurde die Musik direkt vom Sender in der Stoppelbergstraat in die Wohnzimmer gebracht, wo die Zuhörer am recht großen, primitiven Knopf eines an der Wand befestigten kleinen, dunkelbraunen Bakelitkästchens zwischen »Unterhaltungsmusik« und »Ernster Musik« wählen konnten; außerdem gab es, wie ich meinen Großvater noch sagen höre, einen »Sprechkanal«. Ich kann mich gut an solch ein Kästchen erinnern, es hing in einem Haus im Arbeiterviertel, wohin ich als Kind an Sommertagen mit meinen Cousins zum Spielen ging. Helmut Zacharias und seine Wundergeige, *Ich küsse Ihre Hand, Madame*, ich erinnere mich an den nasalen Klang des Radioempfängers, als hätte ich ihn erst gestern gehört. Willems Tochter erzählt mir später, dass der frühere Direktor des Senders, ein gewisser Herr

De Vinck, »im Zusammenhang mit der deutschen Besatzung fliehen musste«.

Die Deutschen benötigten den Kanal für ihre Propaganda – ein Wort, in dem ironischerweise der alte lateinische Name der stolzen Stadt mitklingt: Ganda. Der Genter Drahtfunksender wurde in »Radio Vlaanderen« umbenannt und sendete von nun an vorwiegend Marschmusik, flämischen Chorgesang und Prahl- und Protzreden. Willem gefiel's.

3

Nachdem Suzys Füße wieder Bodenkontakt hatten, fährt Adri den Bollerwagen mit den Äpfeln bis vor die Haustür am Veerdam und stellt ihn mitten auf dem Gehweg ab. Die Kinder sollen die Äpfel mit Eimern in den Keller tragen. Willem fummelt mit dem Schlüssel an der Haustür herum; Mientje setzt keuchend die schweren Taschen voller Kleidung ab und wartet, bis die Tür offen ist. Ihr Blick fällt auf die kupferne Briefkastenklappe, auf der mit zierlichen Buchstaben das Wort *Lettres* geschrieben steht und die jetzt leise im Wind klappert. Es herrscht angenehmes Wetter, weiße Wolken in einem wässrig blauen Himmel, der Geruch verfeuerter Braunkohle mischt sich mit dem Duft von zubereitetem Essen. Die Stadt verharrt still und bedächtig unter der Besatzungsmacht.

Nun öffnet sich vor ihnen der Flur. Angesichts der schwarzen Fliesen, des hohen, schmalen Treppenhauses und durch die feuchte Zugluft, die ihr entgegenschlägt, erschaudert Mientje, und sie ahnt, dass das sorglose Leben in der Oudburg endgültig vorbei ist. Zu Willem, der sie mit seinem einen Auge anstrahlt, sagt sie: Was für ein schönes Haus, Willem.

Sie schleppt die Taschen hinein und stellt sie mitten im

Flur ab, dann folgt sie Adri, der einen Eimer voller Äpfel in den hinteren Teil des Hauses trägt, wo dunkel die Öffnung zur Kellertreppe gähnt. Die Stufen aus Buchenholz müssen wohl schon damals schiefgetreten gewesen sein. Der Junge entdeckt einen Porzellanschalter, fahl flackert eine Glühbirne auf, schau mal, Mama, da ist überall Wasser. Das kommt vom Kanal hinterm Haus, sagt Mientje, das Wasser sickert direkt durch die Wände. Wir werden den Keller leerschöpfen müssen, sobald wir ganz eingezogen sind.

Sie steht einige Stufen über ihrem Sohn, wie groß er schon ist für seine elf Jahre, denkt sie. Sie sieht sein störrisches Haar im Nacken, und ihr wird warm ums Herz. Komm, sagt sie, ist nicht so schlimm, dann bringen wir die Äpfel halt auf den Dachboden. Adri geht an ihr vorbei nach oben, sie hört die beiden Mädchen durch den Flur rennen und Willems hohle Schritte im Salon, sie bleibt noch einen Moment stehen, starrt auf die Brackwasserpfützen auf dem hellroten Stein.

In Gedanken sieht sie den Keller ihres Elternhauses vor sich – im vorderen Teil standen Weckgläser mit Eingemachtem, im hinteren Teil lagerten die Kohlen: glänzende Eierkohlen für den Küchenherd und Anthrazitkohlen für den Kachelofen in der Stube. Männer, in ihren Augen damals Riesen, schwarz vom Kohlenstaub und mit Kappen, als wären sie gerade erst den Tiefen einer Mine entstiegen, stellten sich vor den Pferdewagen, zogen einen Sack mit einem Ruck auf den Rücken und trugen ihn gebückt zu dem Schacht, der in den Keller führte; für einen Augenblick ähnelte die Last einem menschlichen Buckel oder einem missgebildeten Kind, dann schwangen sie den Sack herab, packten ihn während des Falls an der Halskrause, drehten ihn dabei blitzschnell um und entleerten ihn exakt über der schmalen Öffnung; den nun auf wundersame Weise erschlafften Sack warfen sie sich wie einen vom Stromstoß gefällten Menschen über den Arm, gingen zurück, falteten ihn zusammen, legten ihn ordentlich auf einen Stapel und stellten sich erneut mit krummem Rücken vor den Wagen, Schweißperlen glitzerten auf ihren wie flüssiges Glas schimmernden Stirnen, das Weiße in den Augen leuchtete bedrohlich, und sie schienen nicht mehr zu sehen als nur das kleine Stück Weg, das sie auf und ab gingen …

Letta schaut, wo die Mutter bleibt; Mien schreckt aus ihren Gedanken auf und eilt die restlichen Stufen hinauf zum Salon, wo Willem am Kamin gelehnt steht und auf den braunrosafarbenen Marmor deutend zu ihr sagt: Schau doch, was für eine prächtige Kaminverkleidung. Ziehen wir nicht in ein schönes Haus, Mien? Ihr Lächeln hat etwas Schmerzvolles, sie mag das feuchte Haus nicht, es stinkt nach Kanalisation. Ja, Wim, schön, sagt sie, schön, dass es dir so gut gefällt. Im Gegenlicht der hohen Fenster erscheint er größer, als er ist. Wie wenig sie doch weiß, was in seinem Kopf vor sich geht. Er lächelt sein schlaues Lächeln, hinter den Brillengläsern leuchtet ein triumphierender Blick; wir sind reich, Mien, wir sind reich, hat er vor zwei Tagen zu ihr gesagt, sie werden von nun an über ein mehr als großzügiges Gehalt verfügen. Erst Wochen später erfährt sie die genaue Summe: fünfzehntausend Franc pro Monat, sie ist schockiert. Was musst du für so viel Geld tun?, fragt sie ihn. Die meisten unserer Nachbarn verdienen nicht einmal genug für die Butter aufs Brot. Dennoch hüpft ihr Herz vor Freude, als sie die Geldscheine erblickt, die er ihr von jetzt an immer wieder zusteckt, damit kann sie die Kinder verwöhnen, Kohlen kaufen und das Haus in Schuss halten.

*

Fast vierzig Jahre später stehe ich mit Notar De Potter vor dem gleichen vollgelaufenen Keller, vor denselben alten Türen. Der Notar weiß nicht recht, ob er die wacklige Treppe hinabsteigen soll; die vielen kleinen Löcher weisen auf einen Befall mit Holzwurm und Hausbock hin. Aus dem Brackwasser steigt ein säuerlicher Geruch auf. Ach, sagt er schließlich mit einem Hüsteln, Sie können sich da unten ja auch allein umschauen.

Doch ich steige die Treppe nur halb hinunter, mein Auge fällt auf wenig Erfreuliches; ein paar Rohre ragen rostig aus der niedrigen Kellerdecke. Am Ende des Raums sehe ich im spärlich durch ein Lüftungsgitter sickernden Tageslicht unscharf ein paar Schlammpfützen schimmern. Das hübsche Gewölbe ist von Schimmel überzogen, an der Rückwand verläuft quer durch die schönen gemauerten Nischen, wohl für die Weinlagerung bestimmt, ein enormes Betonrohr, von dem es braun heruntertropft. Ach herrje, das Scheißrohr hat ein Loch, schießt es mir durch den Kopf, das schöne Weinlager ist ruiniert. An der gegenüberliegenden Wand hängen verstaubte Bretter an rostigen Drähten und beherbergen ein paar zweitverwertete Gläser voller Nägel, eingetrockneter Farbe oder ranzigem Öl. Was sich in diesen Kellern alles abgespielt, wer hier vor den Bomben einmal Schutz gesucht hat, werde ich erst sehr viel später erfahren.

Ich gehe wieder nach oben und sage zu Notar De Potter: Schön, aber da muss man eine Menge Arbeit reinstecken, überall Schimmel. Tja, mein Lieber, sagt er, das ist jetzt Ihr Problem. Zum Glück gibt's heute eine Menge Mittel dagegen. Und dann erklärt er mir noch, dass hinter dem Haus das Lieveke verlief, ein Seitenarm der Leie, und dass die Deutschen 1944 angeblich ein Boot darin versenkt hätten. Nach dem Krieg habe man das Flüsschen zugeschüttet, denn auf die Dauer, so weiß man ja, lässt sich Wasser nicht aufhalten.

*

Der Salon war recht geräumig. Links konnte man durch das Fenster die alte Drongenhofkapelle sehen. Sie stand schon seit vielen Jahrzehnten leer; auf dem Spitzdach spazierten Tauben. Die hohen Mauern warfen eckige Schatten auf das nasse Straßenpflaster. Über einem schmalen Bogenfenster in der Fassade war vage die mit glasiertem Backstein eingelegte Jahreszahl 1607 erkennbar; unter den gotischen Fenstern links davon hatte man einige Freimaurersymbole eingemeißelt. Einmal traute sich Mientje, als das große Tor zufällig offen stand, ins Innere der Kapelle – unaufhaltsam angezogen von allem Religiösen. Oft betrat sie die Kirchen der Stadt spontan, wenn aus deren Inneren Gesang ertönte, obwohl der Tinnef der Heiligenbildchen und schnitzereiverzierten Beichtstühle in ihren Augen fast unanständig war, sodass sie sich hinterher für ihre Neugierde ein wenig schämte. In der leerstehenden Kapelle sah sie vor sich auf dem Fußboden alte Grabplatten, deren Stein abgeplatzt, zerborsten oder ganz verschwunden war. Staub torkelte im einfallenden Licht, Tauben saßen in vollgeschissenen Nischen. Schweigend schüttelte sie den Kopf. Eine protestantische Kirche hätte man niemals so verfallen lassen, dachte sie. Und jetzt, wo sie das spitze Dach aus der Nähe betrachtete, hatte es etwas Bedrohliches – als müsste sie von nun an für immer unter einer merkwürdigen Sternenkonstellation leben. Gott der HERR wird uns beistehen, Gott der HERR ist gut, sang sie im Stillen, und zu Willem sagte sie: Ja, Wim, wir werden es hier sicher schön haben.

4

Ich wandte mich wieder der Innenausstattung des Hauses zu und bemerkte erst jetzt den Marmorkamin. Ein schönes Stück, nicht wahr?, sagte De Potter, echter Marmor aus Comblanchien … Er erwähnte diesen Umstand derart nachdrücklich, als hätte ich, der junge Kaufanwärter, eine Enzyklopädie aller Marmorsorten im Kopf; allerdings würde ich später, viel später, zahllose Male an den riesigen Steinbrüchen von Comblanchien vorbeifahren, irgendwo in Mittel-Frankreich, nicht weit vom burgundischen Beaune und seinen nach Kalkstein und Katzenpisse riechenden Weinbergen. Oft regnete es dann und der feuchte Stein war eher bräunlich als rosafarben. Eigentlich ist es gar kein echter Marmor, erklärte der Notar, Comblanchien ist ein harter, widerstandsfähiger Kalkstein. Er ist so beliebt, weil er zwar wie italienischer Marmor aussieht, aber viel billiger ist – daran können Sie erkennen, *mon cher*, dass die Bewohner des Hauses das gute Leben nicht verachtet haben. Der Notar meinte das keineswegs ironisch, sondern eher nostalgisch. Ach, im Grunde waren es anständige Leute, aber wie soll man sagen – ein Krieg stellt nun mal alles auf den Kopf, und eh man sich's versieht, steht man auf der falschen Seite, nicht wahr … Ich war als Kind mal hier, da hat auf dem Kamin ein Kopf gestanden, von, nun ja, hm, »dem Dolf«,

Sie wissen schon! Der war aber nicht aus Stein, sondern aus ordinärem Gips.

Eine Büste von …? In diesem Haus? Was für Leute haben hier denn gewohnt? Kannten Sie sie? Aber ja, antwortet er und nickt. Bedächtig zieht er die Nase hoch. Es waren keine schlechten Leute, gewiss nicht, obwohl, das stimmt nicht ganz, vom Vater vielleicht abgesehen, aber auch der war eigentlich kein schlechter Mensch, nur eben irregeführt, verblendet, verworren, mehr wohl nicht, dabei hat er meinem Vater selig viel Kopfzerbrechen … aber die Holländerin und die Kinder, das waren anständige Menschen … Ach ja, das ist der Lauf der Dinge, der Sohn ist jetzt ein gelehrter Professor an der hiesigen Universität, manchmal läuft's halt so. Das Haus steht jetzt schon seit Jahren leer, und das alles ist auch lange her.

Heute kann ich nicht begreifen, dass ich mir das, was ich schon damals hätte wissen oder vermuten können, so gedankenlos entgehen ließ.

*

Familie Verhulst zieht ein – die Möbel werden noch am gleichen Tag gebracht, Mientje wundert sich, wie untertänig sich einige der Umzugshelfer Willem gegenüber verhalten, während dieser die Männer herrisch und unhöflich behandelt; das ist doch nicht der Mann, den sie kennt, der stets gutgelaunte, begeisterungsfähige Wim, der allen gefallen will. Er schickt die Kinder nach oben, wo sie schon mal ihre großen Zimmer erforschen sollen. Dann befiehlt er, den Schrank dorthin, den Tisch mit den Löwentatzenbeinen ins Zwischenzimmer, die sechs Küchenstühle ins Hinterhaus; als Mientje auch etwas sagen will, fährt er ihr barsch über den Mund, als sollten die Arbeiter nicht sehen, dass auch sie eine Meinung hat. Gegen Abend werden zu Mientjes Erstaunen noch drei schwarze Ledersessel geliefert. Für den Salon, Mien, sagt Willem, die schickt die Militärverwaltung, wir müssen hier ja hochrangige Persönlichkeiten empfangen können. Sein klares Auge sieht sie irgendwie merkwürdig an, sie wendet den Blick ab. Etwas in ihr schlägt ihr bis zum Hals, sie rennt in den ersten Stock hinauf, wo zwei Männer gerade das Ehebett zusammenbauen, dann in den zweiten, dort haben die Mädchen ihre Puppen aus den in alten Bettbezügen transportierten Kleidern gezogen. Letta und Suzy werden hier gemeinsam im großen Vorderzimmer schlafen, Adri bekommt das Zimmer nach hinten. Der Junge hat sicher schon längst die Geige ausgepackt und in eine Zimmerecke gestellt, jetzt schaut er aus dem Fenster auf das schlammige Lieveke hinunter, auf die etwas schäbige Kneipe namens *Roosje* und beobachtet die paar Möwen, die über den Dächern kreisen; die Schulbücher hat er bereits aufgestapelt, gleich wird er sie in die Regale stellen. Ich werde hier gut lernen können, Mama, sagt er, geht auf sie zu und umarmt sie.

*

Willem verbringt den Abend allein im Salon, Mien ordnet ihre Sachen ein und bezieht das Bett. Er müsse Akten studieren, hat er zu ihr gesagt, und sie stellte fest, dass er sich dazu ein Gläschen Schnaps genehmigt. Er kommt spät ins Bett, am nächsten Morgen steht er ungewöhnlich früh auf, kleidet sich an und sagt zu seiner verblüfften Frau: Ich frühstücke im Büro. Bis heute Abend! Dumpf fällt die Haustür ins Schloss; Mien muss sich erst daran gewöhnen, denn die Tür klingt noch wuchtiger als das schwere Tor in der Oudburg. Sie weckt die Kinder, die sich dann in einer Zinkwanne im Hinterhaus waschen, während sie ihnen die Frühstücksbrote schmiert – uns wird es an nichts fehlen, hat Willem ihr versichert, alles wird gut, wir sind in Gottes Hand.

Schon zwei Tage später ist es so weit: Ein junger Obersturmführer stattet Willem einen abendlichen Besuch ab, sie setzen sich in die neuen Ledersessel, die Doppeltür zum Salon wird geschlossen, Mientje steht davor und lauscht. Sie hört, wie ihr Mann sich bei seinem Gast in einem mit vielen flämischen Wörtern durchzogenen Deutsch danach erkundigt, was im Rahmen der Neustrukturierung der Innenstadt geplant sei. Wie? Ihr Lagerverwalter der MEGA, ihr sympathischer Tunichtgut, der sie stets mit einem absurden

Spaß um den Finger zu wickeln vermochte, soll mit so etwas Wichtigem wie der städtischen Straßenplanung befasst sein? Der deutsche Offizier beruhigt, große Boulevards quer durch die Stadt werde es nicht geben – keine Haussmannisierung, die Militärverwaltung würde das niemals zulassen, Herr Hülst, niemand hat die Absicht, das historische Zentrum einer der schönsten deutschen Städte zu zerstören.

… Der Obersturmführer nennt Gent tatsächlich eine deutsche Stadt! Und ihr Mann stimmt auch noch zu … Zigarrendunst dringt unter der Tür durch, und sie hört den Deutschen sagen, man vertraue darauf, dass Willem dafür sorge, dass die »vertrauensvolle Zusammenarbeit mit den Flamen unempathisch« verlaufe. *Unempathisch.* Sie schluckt, eilt in die Küche im Hinterhaus, wo die Kinder sie fragen, wer denn der Mann sei, und sie antwortet, dass sie es nicht wisse. Als Adri vorschlägt, doch noch etwas zu singen, er würde sie auf der Geige begleiten, herrscht sie ihn gereizt an, sie habe dafür keine Zeit, dann wischt sie sich die Hände am Schurz ab und sagt: Los Kinder, ab in eure Zimmer, ich komme euch später gute Nacht sagen.

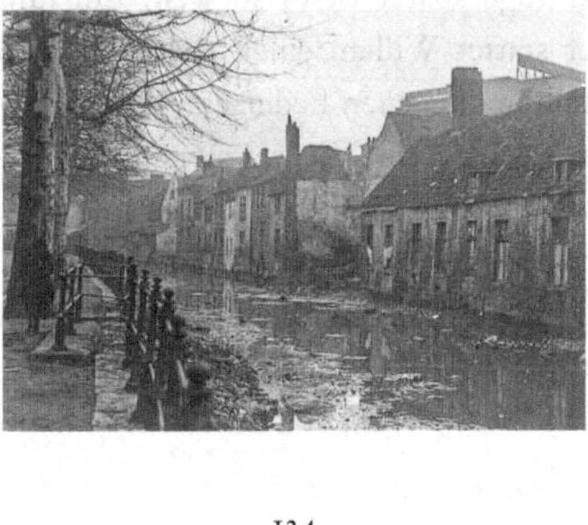

5

Einige Monate nach dem Einzug klingelt ein Arbeiter an der Tür und sagt zu Mientje: Madame, ich habe hier die Bestellung für Ihren Mann. Er nimmt eine Holzkiste vom Lieferkarren und fragt, ob er sie in den Hausflur stellen darf. Mientje sieht einen Adressaufkleber mit dem Namen Verhulst und einen Stempel der Besatzungsbehörde. Der Mann tippt sich zum Abschied an die Mütze, nimmt den Karren bei der Deichsel und geht davon. Ihr Herz klopft, sie macht den ganzen Tag einen großen Bogen um die Kiste, Willem wird ihr heute Abend sicher alles erklären.

Aber Willem kommt erst spät in der Nacht nach Hause, alle schlafen schon. Sie hört ihn im Hinterhaus rumoren, möglich, dass er sich noch etwas vom Abendessen nimmt, das sie ihm hingestellt hat. Dann geht er leise die Treppe hinauf, die Schlafzimmerdielen quietschen, er legt sich mit dem Rücken zu ihr hin und atmet so still, dass sie sich fragt, ob er noch lebt.

Am nächsten Morgen hat er es eilig, bricht nach einem schnellen Frühstück auf, scheint nervös zu sein, auf ihre Frage, was es denn mit der Kiste auf sich habe, murmelt er nur, dass sie das schon bald sehen werde; am Nachmittag kommt ein Mitarbeiter des Senders, er wurde eigens zum Drongenhof geschickt, um die Kiste zu öffnen. Was zum Vorschein kommt, schockiert Mientje zutiefst. Der Mann stellt eine große Hitler-Büste auf den schönen Kaminsims aus Comblanchien-Marmor, wirft ihr einen vieldeutigen Blick zu und sagt: Ihr Mann hat das so angeordnet. Ich wünsche Ihnen viel Erfolg. Er verbeugt sich und deutet einen Hitlergruß an. Wortlos begleitet sie ihn hinaus, geht in den Salon zurück und starrt den Kopf entgeistert an, die Hände in den Schurz gekrallt, blickt sie auf die leeren Augen aus farblosem Gips, eine flüchtige, ach, nicht mal drei Sekunden währende Flamme des Ekels flackert in ihr auf und wird abgelöst von Unruhe und Angst, die Kinder können jeden Moment nach Hause kommen, ich muss die Tür zum Salon geschlossen halten, ich will nicht, dass sie das sehen, außerdem muss ich noch für heute Abend einkaufen – sie geht in die Küche, ihr Mundwinkel zuckt, durch das Fenster blickt sie hinab auf den dunklen Kanal, hinter dem Zaungitter sieht sie Enten im Wasser schwimmen, das Leben scheint fast normal zu sein, trotzdem möge das Schicksal gnädig mit uns sein, murmelt sie, Gott der HERR weiß alles, er wird uns beistehen, Amen. Sie schüttet Kohlen in den Ofen, es ist kalt, doch der Kamin zieht nicht, bitterer Rauch dringt heraus, sie hustet, wie es wohl den Eltern in Oud-Zevenaar geht, gerne würde sie mit den Kindern für ein paar Tage hinfahren, aber was soll sie ihren Eltern erzählen, und kommt man überhaupt noch über die Grenze, vielleicht könnte Willem das ja für sie und die Kinder arrangieren.

*

Es ist unklar, ab wann Willem eine SS-Uniform trug, aber Letta erinnert sich, dass die Mutter es nicht duldete, wenn er sie im Haus anhatte. Aus diesem Grund hing immer eine Garnitur saubere, frisch gebügelte Alltagskleidung auf einem Bügel im Salon, sodass der von seinen heimlichen Aufträgen nach Hause kommende Ehemann die Stiefel und die von Mientje so verabscheute Kluft aus- und normale Kleidung anziehen und der Familie wie ein Durchschnittsbürger entgegentreten konnte. Den Kindern war es strengstens verboten, den Salon zu betreten. Mientje nannte das Zimmer ihnen gegenüber »Totenzimmer«, vermutlich durch den der Uniform applizierte Totenkopf dazu verführt; und Willem, der sympathische ewige Scherzbold, rächte sich auf seine krude Weise, indem er vor dem Abendessen die Hacken zusammenschlug, »Heil Hitler« rief und den bekannten Gruß brachte, bevor er sich zu den verblüfften Kindern an den Tisch setzte, während seine Frau den Kopf schamvoll gesenkt hielt und Gott dem HERRN dafür dankte, was er ihnen bescheret hatte.

*

Der Sonntagabend gleitet in die schläfrige Schwärze leerer Straßen; es ist schon spät, Stille kehrt ein; nur das beruhigende Geräusch der durch den Grauwpoort in Richtung des Gravensteen fahrenden Straßenbahn, die die Dielenböden des ganzen Hauses leicht erzittern lässt; Mien liegt wach im Dunkeln. In der schmalen Gasse unter ihr hört sie, wie ein Kind ins Haus gerufen wird, eine Tür fällt ins Schloss, die Stimmen werden leiser, ein paar lallende Soldaten gehen vorbei, dann kein Laut mehr, bis zwanzig Minuten später erneut der Stahl der Straßenbahnräder über die Gleise rumpelt, beruhigend auch diesmal, nur jetzt in die Gegenrichtung. Es ist, als zöge die Straßenbahn ihre Gedanken mit sich, in ihr erwacht der Wunsch, an den Schienen entlangzuspazieren, durch die Vorstadt und bis zum Hafenbecken, wo die Lastkähne wenden – ein riesiges schwarzes Bassin, in dem das schmutzige, strudelnde Wasser kurz zögert, bevor es sich der Strömung des von Industrien umgebenen Kanals ausliefert. So stark ist die von der ratternden Straßenbahn hervorgerufene Verlockung der Vorstadt, dass sie fast aufgestanden wäre, um sich leise aus dem Haus zu schleichen und an den Schaufenstern der Läden voll unnützem Zeug vorbeizuschlendern, durch die zunehmend menschenleerer werdenden Straßen bis zu den hölzernen Lagerhäusern zu streifen, wo die Winde kälter blasen und die Gerüche der Waren in der einsamen Flaneurin den Drang erwecken, ein Schiff zu besteigen und alles hinter sich zu lassen, ohne sich ein einziges Mal umzudrehen.

Aber sie bleibt im Bett, aus Furcht, Willem zu wecken. Ihr Blick fällt auf die Hefte, die neben ihr auf dem Nachttisch liegen. Sie hat sie vor Kurzem gekauft, weil sie ein Tagebuch führen möchte, was sie auch, mit Unterbrechungen, bis wenige Tage vor ihrem Tod tun wird. Und irgendwann werden diese ergreifenden Berichte auf meinem Schreibtisch landen.

*

Suzy hat Geburtstag, sie hat Blumen geschenkt bekommen, wir feiern zusammen mit den Freunden Vandermeulen und Welvaert, zum Glück sitzt Pappie auch mit am Tisch, aber auf ausdrücklichen Wunsch des Geburtstagskindes und von mir darf nicht über Politik gesprochen werden. Nach dem Essen soll ich für Pappie plötzlich Schlafanzug, Handtuch, Rasierzeug etc. packen, worauf Suzy lacht und sagt: »Und vergiss seine Badehose nicht, Mama, denn Papa geht nach Tielt.« Wir bleiben verdutzt zurück. Morgen gehe ich in die Brabantdamer Kirche, so Gott will.

6

Meine frühesten Erinnerungen, schreibt Adriaan, reichen bis in die Dreißigerjahre zurück. Alle meine Sommerferien verbrachte ich bei den Großeltern mütterlicherseits, in Oud-Zevenaar bei Arnhem im fernen Gelderland. Die Reise dorthin war lang, in manchen Jahren fuhren wir mit der ganzen Familie hin: Mama packte belegte Brote in einen Leinensack, und eines von uns Kindern trug die Milchkanne. Wir brachen früh am Morgen auf, meistens gingen wir zu Fuß bis zum Genter Bahnhof Sint-Pieters, aber manchmal nahmen wir auch die erste Straßenbahn, denn von der Oudburg war es doch ein ordentliches Stück. Er beschreibt die Fahrt: Zuerst fuhren sie von Gent nach Brügge, und von dort mit dem Bummelzug zum Hafenstädtchen Breskens, wo sie die Fähre nach Vlissingen bestiegen. An den salzigen Wind über dem grauen Wasser könne er sich noch gut erinnern. Von Vlissingen aus ging es mit dem Zug weiter, eine träge Fahrt über Middelburg, Goes, Bergen op Zoom, Roosendaal, Dordrecht, Gorinchem, Wageningen, Arnhem. Von dort war es dann noch eine Stunde Fußweg bis zum großelterlichen Hof in Oud-Zevenaar. Die Kinder halfen auf dem Bauernhof des Großvaters, Adri aß vor dem Schlafengehen mit den Knechten zusammen Milchbrei und hörte zu, wenn die

Männer über den Ministerpräsidenten Hendrikus Colijn diskutierten oder über einen Bauern redeten, der sich der *Nationaal-Socialistische Beweging* angeschlossen hatte. Er dachte dabei an seinen Vater und schwieg.

*

Letta erinnert sich an einen »Ausflug« ihrer Eltern nach Düsseldorf. Sie haben vermutlich die NS-Propagandaausstellung *Schaffendes Volk* besucht. »Ich glaube, das war 1937, ich war damals sechs Jahre alt, Adri acht.«

Die Ausstellung in Düsseldorf war Teil einer allmählich erstarkenden Kultur deutscher Ressentiments, die ihren Ursprung im Ersten Weltkrieg hatten. Ein NSDAP-Mitglied hatte sich in den Jahren davor für ein künstlerisches Forum zu Ehren des aus Düsseldorf stammenden Albert Leo Schlageter eingesetzt, eines deutschen Mitglieds des paramilitärischen Freikorps. Schlageter war 1923 wegen Spionage und Sabotageakten gegen die französische Besatzungsmacht im Ruhrgebiet von einem französischen Militärgericht zum Tod verurteilt worden. Die NSDAP erschuf einen Opferkult um diesen Mann und benannte sogar ein neues Stadtviertel nach ihm, die Schlageterstadt. Die Reichsausstellung *Schaffendes Volk* wurde in diesem neuen Viertel abgehalten und zog fast sechs Millionen Besucher an; die Ausstellung gab sich zukunftsorientiert. Die dort dargebotene Architektur war revolutionär für die Zeit. Die Touristen wurden in überfüllten Zügen über das Gelände transportiert. Mich selbst erinnerte das Ganze an meinen Besuch der Brüsseler

Weltausstellung von 1958, zu der mich mein Großvater als Kind mitgenommen hatte.

Willem muss zu diesem Zeitpunkt bereits Verbindungen zu deutschen Organisationen unterhalten haben; Mientje begleitet ihren Mann vermutlich aus einem Gefühl des Gehorsams heraus, denn die Ausstellung mit ihrer Großmannssucht, dem Militarismus und den aggressiven Vertretern politischer Hysterie dürfte ihr kaum gefallen haben.

Natürlich wusste Mientje, dass Willem, der im Ersten Weltkrieg Flandern-Aktivist und danach Anhänger der *Frontpartij* gewesen war, und dass der dem »deutschfreundlichen« *Vlaamsch Nationaal Verbond* beigetreten war, schließlich hatte sie ihm vergeblich auszureden versucht, 1936 im Namen der sich immer stärker radikalisierenden Partei für den Provinzrat zu kandidieren. Doch schon ein Jahr später trat er wieder aus der Partei aus, und als sie von ihm wissen wollte, warum er denn jetzt über Mitglieder herziehe, die er kurz vorher noch in den Himmel gehoben habe, gab er ihr zur Antwort: »Weil das doch nur ein Haufen konservativer Katholiken ist, darum.« Von einem guten Bekannten, einem gewissen Herrn De Pestel, erfährt sie allerdings eine andere Version der Geschichte: Willem war bei einer Versammlung mit Anhängern des Wallonenführers Léon Degrelle in Streit geraten. Der VNV sei ihm nicht radikal genug; er habe von den Mitgliedern verlangt, dass sie nicht nur für die Unabhängigkeit Flanderns kämpfen sollen, sondern auch für den Anschluss ans neue Großgermanische Reich. Willem habe gebrüllt: Wir Westgermanen müssen eine heroische Rolle spielen! De Pestel wirft ihr einen entschuldigenden Blick zu und sagt: Bitte verraten Sie niemandem, dass ich Ihnen das erzählt habe, Madame Verhulst. Ich bin nicht der Einzige, der vor Ihrem Mann Angst hat.

Mientje am Abend: Willem, ich versteh das nicht, mit was für Leuten gibst du dich da ab? ... Hast du vergessen, was Kees Boeke mal gesagt hat, und Pastor Wartena auch: Der Mensch steht immer vor Gottes Angesicht, keinem von ihnen würde gefallen, was du hier machst. Worauf er ihr zur Antwort gibt: Mutter, kümmere du dich um die Kinder, damit hast du genug zu tun. Er geht hinauf in sein Arbeitszimmer. Sie hört, wie er die Tür hinter sich abschließt.

7

Adri erfährt die absurde Sprachenpolitik des Schulunterrichts in Flandern am eigenen Leib. Selbst seine Mutter Mientje, die als niederländische Bauerntochter mit einem ausgesprochenen Sinn für Logik ausgestattet ist, hält es für unsinnig, dass die Kinder in der Schule französische Lieder lernen, deren Text sie nicht verstehen und auch nicht erklärt bekommen. Sie beklagt sich bei der Schuldirektion darüber und heimst sich eine Rüge ein. Auf der weiterführenden Schule, auf der durchaus Flämisch gesprochen wird, verspotten die Mitschüler Adri dann wegen seines von der Mutter geerbten nordniederländischen Akzents als *kaaskop*; zudem wird er gehänselt, weil er wegen des missgebildeten Fußes und des klobigen Schuhs nicht Fußball spielen kann; der Junge hinkt zum Schultor hinaus und geht zum Geigenunterricht. Auch bei der Lehrerschaft macht er sich nicht gerade beliebt, als er eine Spende für das Rote Kreuz verweigert, da ihm der Vater eingetrichtert hat, die Familie spende ausschließlich für *Het Vlaamsche Kruis*, worauf der Lehrer ihn fragt, ob Armut und Krankheit denn zwischen Flamen und Nicht-Flamen unterscheiden würden. Der unnachgiebige Vater verbietet Adri auch, bei der belgischen Nationalhymne strammzustehen, und mitzusingen sowieso. Wegen solcher Sonderlichkeiten wird

Mientje zu einem ermahnenden Gespräch mit dem Schuldirektor gerufen, der sich vor allem an Adris »deutschfreundlichen« Äußerungen stört. Mientje windet sich, erklärt und protestiert, hört zu, ist ziemlich verzweifelt und bedankt sich schließlich bei dem Mann, der sie mit kaum verhohlener Verärgerung zur Tür bringt.

Der Dichter Richard De Cneudt, Willems Kumpan aus der Zeit, als Elsa noch gelebt hat, kommt nun öfter ins Drongenhofer Haus. Unter den leeren Augen des gipsernen Führers im Totenzimmer tauschen die beiden Erinnerungen aus und diskutieren, je später der Abend und je mehr Schnaps ausgeschenkt wird, desto lauter, manchmal sogar auf Deutsch, weil die Kinder ja nicht alles mitbekommen müssen; nach Ansicht Willems könne Flandern nur mit Gewalt aus den Fängen der jüdisch-bolschewistischen und *franskiljons*-freimaurerischen Herrscher befreit werden, auf dem parlamentarischen Weg sei in diesem Scheißland nichts zu erreichen; solche Sätze dringen durch den Türspalt, und Mientje wird ihn deshalb später anfauchen, ob denn der Teufel in ihn gefahren sei. Hopphopp Kinder, Zeit fürs Bett.

Adri beschreibt in seinen Memoiren, wie er einmal ein Gespräch zwischen seinem Vater und Onkel Richard über die Deutsch-Vlämische Arbeitsgemeinschaft belauscht habe. Die sogenannte DeVlag war ein extremer Flügel der Flandern-aktivistischen Bewegung und kollaborierte eng mit der SS.

Letta erinnert sich noch vage an einen festlichen Abend im Jahr 1942, anlässlich eines neuen Gedichtbandes von De

Cneudt; Mientje und Willem hatten die Buchvorstellung einträchtig mitorganisiert, es gab ein Essen im Sint-Jorishof, direkt unter dem Turm des Belfort mit dem stolzen Genter Drachen auf der Spitze, gegenüber lag der Pacificatiezaal, das Gebäude, in dem Willem van Oranje 1576 versucht hatte, einen Religionsfrieden für die Niederlande zu erwirken. Ein Abend voller Trinksprüche und Reden, Poesie und Rhetorik, ständig wurde ein neuer Toast ausgebracht, begleitet von zahlreichen Heil-Hitlers und hochgereckten Armen. Alles flämische Idealisten, hier und da eine schwarze oder feldgraue Uniform, in einer milden Septembernacht mitten im Krieg.

*

Letta ist es auch, die mir erzählt, dass Adri damals Gedichte von Richard De Cneudt auswendig gelernt habe, um sie dann mit so großem Pathos und näselnder Stimme vorzutragen, dass die Schwestern ihn auslachten.

Stets hast du Schönheit mir zum Geschenk gegeben,
du, meine Heimatstadt, die mich, deinen Dichter, ehrt.
Stadt meiner Lieder, Quell meines Lebens,
wohin, ob nah, ob fern, mein schmachtend Herz sich kehrt;

Stadt der Türme, wo graue Nächte und der Belfort
drohend umgeben den altehrwürdigen Gravensteen,
Stadt der Kanäle, dunkel und voll stiller Tiefe,
Stadt der bunten Blumenfelder, die nie vergehen;

Stadt, wo ich in bittrem Scherz stets große Pein ertrage
und ich mannhaft jedem Kampf die Stirn noch biete,
Stadt meines zärtlichsten Glücks und der allerschönsten Tage,
wo ich, in stolzem Rausch, erlebte meine erste Liebe ...

*

Im Drongenhofer Haus wachsen die Kinder in Zimmern auf, die später die meinen sein werden. Sie wissen nicht, warum ihr Vater manchmal in der dunklen Küche im Hinterhaus sitzt und missmutig verkrampft ins Leere starrt, während Mientje geschäftig das Abendessen zubereitet. Solche Dinge erwähnt Adri in seinen Memoiren nicht; es kostete ihn vermutlich mehr Mühe, als wir denken, niederzuschreiben, dass er sich kaum an etwas aus der frühen Besatzungszeit erinnere, abgesehen von den *Verdinaso*-Anhänger und deren lautes Marschieren durch die Genter Innenstadt.

Ich habe Ratten gefangen, erzählt mir Letta, sie krochen immer wieder aus dem Lieveke heraus und kamen auf den Hinterhof. Abends habe ich eine Falle aufgestellt und am nächsten Morgen saß eine dicke Ratte darin. Mutter hat dann jedes Mal zu mir gesagt: Ach Lettie, mach du das doch; ich kann so was nicht. Aber ich hatte genauso viel Angst wie sie, und Mitleid hatte ich auch; keine Augen glänzen so hell wie Rattenaugen, als ob sie direkt durch einen hindurchschauen. Ich habe die Falle mitsamt der quiekenden Ratte in die Regentonne getaucht und dabei die Augen zugemacht, manchmal dauerte es Minuten, bis die Ratte nicht mehr zappelte. Noch heute höre ich das verzweifelte Fiepen, und wenn ich die Augen zwischendurch aufgemacht habe, konnte ich sehen, wie die Ratte ihre Schnauze durch die Gitterstäbe gepresst hat; ach, selbst nach siebzig Jahren erinnere ich mich noch an jede Einzelheit, stellen Sie sich mal vor, was das für ein Kind bedeutet hat.

8

Nun öffnete Notar De Potter mit einer etwas theatralischen Gebärde die Doppeltür zwischen Salon und zweitem Vorderzimmer. Das war der trübseligste Ort im ganzen Haus, eine architektonische Fehlleistung, wie sie sich in vielen großbürgerlichen Häusern findet: ein Zwischenzimmer ohne direktes Tageslicht. Der italienische Autor Mario Praz schreibt in seiner Autobiografie *La casa della vita*, dass Kinder, die in einem Haus mit dunklen Zwischenzimmern aufwachsen, ihr ganzes Leben nach einem fernen Licht, nach Transzendenz verlangen: Denn sie sind aufgewachsen mit dem Versprechen eines künftigen Paradieses und werden sich immer nach dem gelobten Land sehnen.

In dem schummrigen Zimmer war etwas Dunkelbräunliches vorherrschend, etwas, das noch aus der Zeit stammte, als das ganze Haus im Winter nicht beheizt wurde, und alles wie ein Hautkrebs überwucherte. Nicht nur die Türen, auch die breiten Dielen waren in diesem tristen Braun gestrichen, schiefgetreten von vielen verlorengegangenen Schritten, hier und da von einem herabgefallenen Gegenstand versehrt oder von einem scharfen Pfennigabsatz, einem im neunzehnten Jahrhundert üblichen Spazierstock mit Metallspitze, einer Schere oder einer Kohlenschaufel, auch die Stuckdecke war mit einem Tristesse verbreitenden Trübsinn bekleistert, der sich bis einen Meter unter die Zierleiste zog und einer Kuppel oder einer Schachtel glich, die man, als wollte man eine Kerze löschen, über das Zimmer gestülpt hatte. Alles war zu einem mitleiderregenden Craquelé verwittert; zudem waren die Wände mit dünnen Spanplatten verschalt, die sich mancherorts gelöst hatten und den Blick freigaben auf die darunterliegenden Löcher im Putz.

Weil sich sogar der Notar angesichts dieser Malaise sehr entsetzte, sah er sich zu aufmunternden Bemerkungen genötigt, lobte zum Beispiel die schönen Wandleuchten und dass man diese durch etwas Farbauffrischung wieder erstrahlen lassen könnte. Ach, beschwichtigte er, ist alles nicht so schlimm, die Dielen kann man abschleifen, dann sehen sie aus wie neu ... Bei diesen Worten stampfte er mehrmals mit einem seiner hübsch gewienerten Schuhe auf den Fußboden, der mit einem hohlen Echo antwortete, weil sich unter dem Zimmer offensichtlich ein Zwischenraum befand; ein paar der Dielen quietschten, eine davon sogar extrem laut – das fast tierische Geräusch fuhr mir ins Mark, als stoße das Haus einen Schrei aus und erwachte aus einem märchenhaften Schlaf. Verlegt, als Belgien gerade entstand, stieß die Diele eine Art Geburtskreischen aus; sie war aus rotem Fichtenholz, gesägt aus einem Baumstamm, der noch wuchs, als Österreich bei einem Kuhhandel mit Frankreich die Südlichen Niederlande gegen Venedig tauschte, schien diese stille Augenzeugin mich laut und verärgert zu begrüßen, einzuweihen, anzusprechen, mich ins Haus zu zerren, damit ich mittanzte im schlaftrunkenen Tanz der Dinge, die mich hier umgaben und die ich noch nicht zu deuten wusste. Stimmt, antwortete ich, es gibt eine ganze Menge zu tun hier. Worauf mich De Potter etwas heimtückisch belächelte, als wollte er sagen: So ist das halt, mein Junge, wenn man nicht genug Geld für was Besseres hat.

Mitten im Raum stand eine Schubkarre mit ein paar Schaufeln voller Sand und Schotter, und in eine der Wände war eine grobe Öffnung gehauen, darin eine bis zur zerrissenen Tapete herabgebrannte Kerze. In einer Ecke lag ein Stück Pappe mit Lumpen darauf. Offensichtlich verbrachte hier ein Obdachloser gelegentlich die Nacht – möglich, dass er sich durch die ausgehebelte Hintertür hereinschlich. Das Zimmer wurde von einem riesigen schwarzen Kamin aus graudurchädertem Ardenner Marmor beherrscht, verziert mit Muschelornamenten aus weißem Carrara. Von der Stuckdecke waren nur noch formlose Klumpen übrig, die entfernt an Früchte erinnerten; der vorgewölbte Bauch eines kleinen Bacchus ähnelte eher dem prallen Wanst einer ersoffenen Ratte als dem Embonpoint eines Weingotts. In der linken Ecke stand ein Tisch mit Löwentatzenbeinen, Zeitungen waren darauf ausgebreitet, als hätte der letzte Bewohner das Haus Hals über Kopf verlassen. Auf dem Fußboden lagen überall Pizzaschachteln. Vor dem Kamin Ruß und sogar ein Brandfleck. Der Notar, der sich erneut veranlasst sah, etwas Aufbauendes vorzubringen, hielt dieses Zimmer für prädestiniert, zum gemütlichsten Ort des Hauses zu werden.

Ich weiß nicht, ob auch die Familie Verhulst hier aß, wahrscheinlicher ist, dass der Raum nur als Esszimmer benutzt wurde, wenn hoher Besuch zu Gast war; die Küche lag ja im Hinterhaus, und Besteck, Geschirr und heiße Schüsseln hierherzutragen war umständlich, weil Mientje dabei entweder den kalten Flur entlang oder über die Veranda musste, wobei auf beiden Wegen drei Türen zu öffnen und zu schließen waren, unpraktisch bei vollen Händen und erst recht an kalten Tagen, in einem Haus, das zu groß war, als dass man es ohne Zentralheizung warm bekommen hätte. Mich ergriff ein zwiespältiges Gefühl: Einerseits fühlte ich mich, still wie es hier war, abgeschirmt von der Welt, wie in einem gemütlichen Kokon, der Verkehr vom nahen Sluizeken war nur als dumpfes Brummen zu hören; andererseits war da jedoch auch diese Beklemmung, der Eindruck, dass es einem die Luft abschnüren könnte, in solchen Zimmern lebte das Bürgertum, hängte seine Spiegel auf und bekam weltferne Düsteraugen, wie sie sich oft auf Léon Spilliaerts Bildern finden. Dieses Zimmer war ein Zwischenraum par excellence, eine Vorhölle, aus der sich in alle Richtungen Auswege boten; Verbindung und Zuflucht. Ich überlegte, ob ich die Wände bis zur Decke mit Bücherregalen vollstellen sollte, ich könnte hier Musik hören, die Augen schließen und mein hektisches Gedankengewirr langsam zur Ruhe kommen lassen.

Es war schon fast Mittag; der Himmel riss auf, und die Wolken gaben eine hellblaue, wässrige Lache frei. Vage spürte ich das leichte Vibrieren des Bodens; die Straßenbahn donnerte durch den nahen Grauwpoort Richtung

Lange Steenstraat und würde gleich bei der Kurve kurz vor dem mittelalterlichen Schloss anhalten, um Passagiere ein- und aussteigen zu lassen.

9

Eines Tages, es ist Mittag, hört Mientje wiederholt ein Hupen auf der Straße: Sie öffnet die Tür und sieht Willem in seiner Naziuniform in einem großen Auto sitzen, er strahlt über das ganze Gesicht und fragt sie stolz, ob sie Lust auf eine kleine Spritztour durch die Stadt habe, er ist ausgelassen und aufgeregt. Seine Fröhlichkeit ist ihr nicht ganz geheuer, aber sein Kinderblick lässt sie sagen: Aber sei ja vorsichtig, wäre nicht der erste Unfall, den du baust, weil du so schlecht siehst. Er hört kaum hin, sagt: Komm, Frau, steig ein, wir machen einen Ausflug. Anfangs bereitet ihm das Schalten Schwierigkeiten, das große schwarze Gefährt hustet sich ein paar Meter vorwärts, bockt wie eine widerspenstige Ziege, doch dann, hupps, sausen sie dahin – vorbei an den gesenkten Blicken der Nachbarschaft und Passanten, vorbei an den still vor sich hin stinkenden Kanälen, vorbei am mittelalterlichen Gravensteen mit den deutschen Flaggen auf den Zinnen, vorbei an den Terrassen der Cafés und Restaurants auf dem Korenmarkt, wo die Gäste aufschauen und sich gegenseitig mit den Ellenbogen anstoßen. Ach, sieh an, ist das nicht Willem, den kennst du doch auch, der hat mal bei der MEGA in der Oudburg gearbeitet, seine Frau ist Holländerin, glaub ich, der trägt die Nase ja ganz schön hoch, was, nimm dich vor dem bloß in Acht, der hat meinen Onkel an die Deutschen verpfiffen. Willem steuert den Wagen durch die Viertel der Bessergestellten, am Kouter entlang und an der Oper vorbei, wo die Banner mit den schwarzen Löwen neben Hakenkreuzfahnen wehen, und dann über den Kortrijksesteenweg am Sint-Pieters-Bahnhof vorbei Richtung Latem. Komm, Mien, sagt er, wir fahren nach Latem, zur Leie, sollen wir? Und sie: Aber Wim, ich muss doch noch das ganze Haus putzen, ich hab meinen Schurz an, und zur Brabantdamer Kirche will ich auch noch, das habe ich versprochen. Durch die Alleen gleiten sie zur Stadt hinaus und geraten in eine deutsche Straßenkontrolle, Willem zeigt seine Papiere, worauf der Posten die Hacken zusammenschlägt, den Pass sofort zurückgibt und den bekannten, von Mientje so verabscheuten Gruß erbringt.

Willem bringt seine Frau nach Hause zurück und fährt dann ins Büro. Mientje greift zur Bibel und liest noch ein paar Psalmen, bevor sie zur Brabantdamer Kirche aufbricht, wo Pastor Pichal ihre Verwirrung bemerkt und sie mit prüfendem Blick betrachtet. Ich muss für meinen Mann beten, sagt sie, ich muss um Gnade für ihn bitten, möge Gott der HERR uns beistehen, Gott der HERR ist gut, er kennt unsere Sorgen. Auswendig zitiert sie Deuteronomium 24:5:

> *Wenn jemand kurz zuvor ein Weib genommen hat, der soll nicht in die Heerfahrt ziehen, und man soll ihm nichts auflegen. Er soll frei in seinem Hause sein ein Jahr lang, dass er fröhlich sei mit seinem Weibe, das er genommen hat.*

*

Willem liebt Bücher, vor allem historische; wöchentlich liefert ein Kurier ein Päckchen ins Haus. Darin befinden sich auffällig viele französische Bücher, die den Stempel der *École des Hautes Études* am Korenlei tragen. Das Institut wurde 1923 gegründet, als ein Teil der Genter Universität niederländischsprachig wurde. Für den Salon wird ein neues Grammofon angeschafft, mit dem Willem seinen Besuchern Musik vorspielt; an der Ouvertüre zum *Rosenkavalier* kann er sich nicht satthören.

Er teilt Mientje mit, dass sie in Kürze in die Oper gehen werden, auf Einladung – das *Théâtre Royal Français de Gand* ist inzwischen zur *Vlaamse Opera* geworden, was dem großzügigen Einsatz von Willems Vorgesetzten zu verdanken ist. Willem scheint auch den neuen Intendanten der Oper gut zu kennen; der Mann kommt gelegentlich zu Besuch, um Willem über das Repertoire der nächsten Monate und die Neuordnung des Kulturlebens der Stadt aufzuklären. Die völkische Kultur soll Vorrang haben, fordert der deutsche Mäzen entschieden – keine französischen Experimente mehr, stattdessen viel Wagner, Webers *Freischütz*, Mascagnis *Cavalleria rusticana* meinetwegen, aber vor allem Beethovens *Fidelio*; erzieherische Musik, die dem so lange unterdrückten, germanischen Brudervolk den Stolz auf die eigene Kultur zurückgeben soll.

Willem ist in jeder Hinsicht ein anderer Mensch geworden – Wärme durchflutet Mientje, wenn sie sieht, wie zufrieden und selbstbewusst ihr Mann inzwischen ist; aber oft liegt sie nachts auch wach und fragt sich, warum er nicht nach Hause kommt, was jetzt schon wieder los ist, bis sie am frühen Morgen hört, wie sich die schwere Haustür mit dem leichten Schaben auf den Fliesen öffnet und wieder schließt, worauf sie in einen tiefen, trostlosen Schlaf fällt, aus dem sie eine Stunde später aufschreckt, weil die Kinder zur Schule müssen.

Trotz des großzügigen Gehalts, das Willem für seine Dienste erhält, und trotz des großen Autos, das er fährt – und in dem man ihn sogar regelmäßig chauffiert –, mangelt es der Familie immer wieder an gesundem Essen. Adri schreibt, dass sie in den frühen Kriegsjahren oft Hunger gelitten hätten; Lebensmittel waren durch Marken rationiert, das Brot war minderwertig, Butter und Gemüse gab es selten und wenn, waren sie teuer, Fleisch konnten sich nur die Bauern und die besseren Leute leisten, Stadtkinder waren zunehmend unterernährt; es ist verwunderlich, dass Willem in Anbetracht seiner Stellung keine bessere Versorgung für seine Kinder sicherstellen konnte. Doch dafür gab es einen Grund, und zwar einen ideologischen: Willem verbot der Familie, Lebensmittel auf dem Schwarzmarkt zu kaufen, weil das seine Stellung gefährden könnte, ganz davon abgesehen, dass es seinen Prinzipien widersprach. »Das Brot, das man für Lebensmittelmarken bekam«, schreibt Adri, »war sehr dunkel und oft nicht mal richtig aufgegangen, dann hatte es unten eine eklig schmeckende, klebrige Schicht aus Mehl und Hefe.« Andererseits kam es aber auch vor, dass der Familienvater Schinken, Butter und

Käse, Milch und Brot mit nach Hause brachte. Was Willem allerdings in seinem Büro im Hauptquartier der Besatzer vorgesetzt bekam – darüber schweigt Adri sich aus.

10

Ein Frühlingsabend im Jahr 1942; der Luftdruck sinkt, das Wetter ist mild, in den Straßen hängt lauwarm die Luft, aus der Kneipe *Roosje* am Sluizekenkaai kommen vier Soldaten herausgewankt und torkeln lallend zum Durchgang mit den wartenden Bezahlmädchen; im Schlick des übelriechenden Lieveke trippeln Wasserhühner, ein Kind wirft mit Steinen nach ihnen. Wer genau hinschaut, könnte hinter dem Zaungitter Letta und Suzy mit Pflänzchen und Schaufeln hantieren sehen.

Nach einem großen Tumult ist gerade alles wieder ruhig. Am Nachmittag hat Mientje beim Abstauben den verhassten Kopf vom Kaminsims genommen, ihn auf den Dachboden getragen und dort in eine Decke gewickelt. So, da kannst du jetzt mal für eine Weile bleiben, du hässlicher Fatzke. Doch ausgerechnet für diesen Tag hatte Willem zu einer abendlichen Versammlung geladen; als er das Fehlen des Gipskopfs bemerkt, fährt er aus der Haut, schreit Mientje an, vergisst, dass er die Uniform trägt; er läuft rot an, tobt wie ein Irrer, Mientje erkennt ihren Ehemann nicht wieder, sieht nur eine vor Wut rasende SS-Charge mit einer Totenkopf-Mütze. Sie spürt Ekel und Angst in sich auflodern, die sie am ganzen Leib zittern lassen. Beruhige dich, Pappie, schrei nicht so laut, die Kinder können dich hören. Willem schnaubt und befiehlt Adri brüllend, er solle sofort den Kopf vom Dachboden holen und dort wieder aufstellen, wo er hingehört.

Wenig später sitzt Willem Verhulst in vollem Ornat im Totenzimmer; er unterhält sich angeregt mit seinem ss-Kumpel Balliu und einem weiteren deutschen Offizier, stolz im Blickfeld der Hitler-Büste, ein Glas Riesling in der einen, eine holländische Zigarre in der anderen Hand, schöne Arbeit, was, Herr Sturmscharführer? Kolossale Ähnlichkeit, ein Meisterwerk, von der Hand eines großen flämischen Künstlers, lieben Sie die Künste auch so sehr? Ich kenne den großen Albert Servaes persönlich, jaja, die Künstler unseres Volkes, nur durch das Schöne und Wahre kann sich unser Volk zur Größe erheben, nicht wahr? Teilen Sie meine Meinung? Hält man bei Ihnen Bruegel ebenfalls für einen »deutschen Künstler«? Haha, dabei waren wir immer der Ansicht, Beethoven stamme aus Antwerpen! Sind Sie auch zur Audienz bei Obersturmführer Jungclaus geladen? Er wird nach Brüssel versetzt. Wenn das keine große Ehre für unser Land ist! Kunstgespräche gemütlich am Kamin sitzender Herren, derselbe Kamin, vor dem ich Jahrzehnte später blicklos in die Flammen starre und meine Freundin küsse.

Mientje hat keine Lust, die Unterhaltung mitanzuhören, sie hat noch Herzklopfen wegen des Streits am Nachmittag, Auseinandersetzungen machen sie krank, hinterher ist sie immer für Stunden verstört. Sie schließt die Doppeltür zum

Zwischenzimmer und fragt Adri, ob er Lust habe, noch ein wenig mit ihr zu musizieren. Nein, nicht um Willem zu ärgern. Als sie vorhin auf dem Dachboden war, hat sie dort eine alte Partitur wiederentdeckt, ein Geschenk ihres Musiklehrers in Oud-Zevenaar; überrascht hat sie in die Noten geblickt, sich sofort daran erfreut, ein paar Takte gesummt und Adri gebeten, sobald er von der Schule nach Hause kam, ihr doch bitte die Melodie vorzuspielen. Nach einigen tastenden Versuchen spielt Adri die Melodie, langsam zwar, aber fast fehlerlos; Mientjes aufgewühltes Inneres beruhigt sich sofort, Licht strömt in ihr Herz, Licht und eine Stimme, die nun nach außen dringt, leise singt sie das *Ombra mai fu*, wenn auch mit einem Kloß im Hals und etwas wackligen Tönen. Die Erinnerung übermannt sie, und sie muss noch einmal von vorn anfangen. Sie schluckt die Gefühle hinunter. Noch mal, sagt sie wie ein Kind, das den Spaß an einer Sache wiederentdeckt hat, noch mal, Adri, und jetzt ohne Fehler. Adri spielt die ersten Takte, und genau in diesem Augenblick kracht aus dem Salon ein ohrenbetäubender Knall. Kein Zweifel, ein Pistolenschuss; Adri lässt vor Schreck beinahe die Geige fallen, Mientje reißt entsetzt die Augen auf; sie hören Stühlerücken und Gemurmel; was war das, Mama?, fragt Adri. Mientje geht zur Tür, dreht vorsichtig den sechseckigen Holzknopf, öffnet sie einen Spalt. Willem steht mit dem Rücken zu ihr vor dem Kamin, in gebückter Haltung, der Sturmscharführer und Balliu blicken ihn entgeistert an. Dann sieht sie Gipsstücke auf dem Boden, den weggeschleuderten Büstensockel, der Kopf des Führers liegt in Scherben. Ach, Madame, sagt Balliu, als er Mientje entdeckt, was für ein Pechvogel

Ihr Mann doch ist! Er putzt seinen Revolver mit Terpentin, und ich sage noch: Willem pass auf, so darfst du die Waffe nicht halten, sei vorsichtig, das Terpentin macht den Revolver glitschig, der ist doch nicht geladen, oder? Und schon knallt's ... Mientje ist sprachlos, schnappt nach Luft und sagt dann so ruhig, wie sie kann: Halb so schlimm, Willem, halb so schlimm.

Willem dreht sich langsam zu ihr um, im Gesicht den Ausdruck des unbeholfenen Kindes, das er manchmal noch immer ist, er starrt sie mit dem einen Auge an, und es blickt fast genauso unbewegt und tot wie das andere, hilflos, herrje, so hilflos hat sie ihn schon lange nicht mehr gesehen; der Führer ist kaputt, stammelt er, dreht sich wieder den Scherben zu, sucht mit der Hand Halt am braunrötlichen Marmor aus Comblanchien. Mientje schließt die Tür, war nichts Schlimmes, sagt sie zu Adri, der bange gewartet hat, alles in Ordnung, ein Zeichen Gottes, fangen wir noch mal an, da capo, ja? Eins, zwei, los. Und im dämmrigen Zimmer erklingt von Neuem das unsterbliche *Largo*, dessen Text übersetzt lautet:

Zarte und schöne Blätter
meiner geliebten Platane,
euch möge das Schicksal leuchten.
Donner, Blitze und Unwetter
mögen nie den teuren Frieden euch stören
noch komme ein gieriger Südwind, euch zu
entweihen.

Nie war der Schatten
eines Gewächses
teurer, lieblicher
und süßer.

*

Letta nimmt die etwas mitgenommene Partitur aus der Schublade ihres Schreibtischs, schon den ganzen Nachmittag erzählt sie mir ihre Erinnerungen. Hier, sagt sie,

Sie dürfen sie ruhig in die Hand nehmen, meine Mutter hat sie immer aufgehoben, ich habe sie nach ihrem Tod im Drongenhof gefunden, sie lag neben ihrem Bett bei den Tagebüchern.

Letta überreicht mir das Kleinod, ihre Hände zittern etwas dabei, und wir verharren beide minutenlang in andächtigem Schweigen.

11

Das ist ein Symphonion, erklärt mir Letta. Es hat im Krieg im Drongenhof gehangen. Mit einem großen Schlüssel zieht sie die Antiquität an der Seite auf, und in der Eingangshalle ihres Hauses in Edegem, nicht weit von Antwerpen, erklingt ein leises Glockenspiel. Die rüstige Dame erzählt mir liebevoll und angeregt Geschichten von dem Haus, in dem ich zwanzig Jahre gewohnt habe und sie ihre Kindheit und den Krieg verbracht hat.

Das Symphonion, dieser *Automate à musique*, hing im Zwischenzimmer an der Wand, und die Kinder konnten die Musik spielen lassen, wann immer sie wollten – ich stelle mir vor, wie an Kriegstagen, wenn draußen der Lärm der rauen Wirklichkeit tost, drinnen eine Melodie aus harmonisch uneindeutigen Klängen ertönt, gesungen von unzeitgemäßen Engeln; auf dem Gehäuse sind drei Sterne und eine antike Leier in Gold abgebildet – ein christliches Symbol, kombiniert mit einem griechischen Instrument der Antike. Die Musik ergreift mich; Lettas Augen glänzen. Sie hat einen von der Gicht gekrümmten Finger erhoben, als wollte sie ein Kind zum Zuhören mahnen.

Lettas Haus ist hell und auf altmodische Weise gemütlich. Sie hat ein Leben als Lehrerin hinter sich – voller Sport, körperlichem Training, Ausdauer, aber auch liebender Aufopferung für die Familie. Ein gewisser Feminismus liegt ihr nicht fern, sie erzählt von den Suffragetten im Krieg, von ihrer Tante Suzanne und von der merkwürdigen Frau, die alle nur »Tante Mée« nannten und über die ich später noch mehr erfahren sollte. Sie spricht gern über das Leben im Patersholer Haus, doch bald merke ich, was sie würdevoll umschifft und was sie in einem nachdenklichen Moment des Schweigens ausspart. Das Symphonion hört mitten in der Melodie auf zu spielen, was sich anfühlt, als stürbe einem ein Vogel in der Hand; ihre knochigen Finger ziehen anmutig die Mechanik wieder auf, Musik wie aus einem Wiener Ballsaal erklingt, leise und fern, wie Schnee, der fällt in einem anderen Jahrhundert, und hinter der verzierten Glasscheibe zieht die Metallscheibe langsam ihre Kreise.

Symphonion, Drehleier, Musikautomat, Walzer, ein Volkslied – auf dem Flur ist es an Wintertagen klamm, die Türen schließen nicht richtig, selbst wenn man sie fest zusperrt, zieht es noch durch Risse und Spalten, im Keller ist es eiskalt und nass wie in den tiefsten Tiefen von Dantes Unterwelt.

Sie können mich gerne wieder besuchen kommen, sagt Letta und drückt mir die Schätze ihrer Vergangenheit in die Hände: die Tagebücher der Mutter, ihre eigene Lebensgeschichte, ein Heft mit einem Läufer, auf dessen Umschlag in der väterlichen Handschrift *Wils Kindheit und Jugend* geschrieben steht. Sie sei sehr gespannt zu sehen, was von der Geschichte ihres Vaters übrig bleiben wird, jetzt, wo sie die Kontrolle darüber aus den Händen gibt. Sie winkt mir nach. Auf dem Heimweg habe ich im Auto noch immer das knarrende Drehgeräusch der Aufzugfeder im Ohr, es klingt wie bei mechanischem Blechspielzeug, ein Vögelchen im Käfig, dessen leises Flügelflattern verstummt, weil das Ende einer Liebe naht, eine junge Frau zieht mit zarten Fingern die Spieluhr für ihren Liebsten auf und weiß doch schon, dass sie ihn verlassen wird – weiß, dass die Mechanik ihrer Gefühle nicht mehr dem Freunde gilt, der voller Verzweiflung lauscht und seine Geliebte unbeholfen ein letztes Mal umarmt. Doch Lettas Ohren hören eine andere Musik; ihre Hand blättert unbeirrt durch die alten Hefte und Fotos, während ich, nach Hause zurückgekehrt, mich frage: Wird es mir gelingen zu erzählen, dass ausgerechnet meine Ahnungslosigkeit mich das alles hören lässt, vor dem Hintergrund alles längst Vergangenen? *Symphonein* bedeutet zusammenklingen, gemeinsam einen Klang hervorbringen, dessen komplexes Ganzes mehr ist als die Summe seiner Teile.

Erst als ich am nächsten Tag ein Interview lese, das ein Doktorand mit Letta geführt und transkribiert hat, wird mir klar, wie schwer es ihr fällt, der unerbittlichen Wahrheit ins Gesicht zu blicken – die gewaltsame Übernahme des Drahtfunksenders durch die SS nennt sie »eine bessere Stelle, die meinem Vater von der Stadtverwaltung angeboten wurde, nachdem der ehemalige Direktor wegen der deutschen Besatzung geflohen war«. Diese unschuldige Formulierung ist nur ein dünnes Vlies, das kaum das rohe Fleisch darunter verdeckt. Nein, am Ende mag es keinen Zusammenhang zwischen allen diesen Teilen geben, nur ein leises, versterbendes metallisches Kratzen in einem Holzgehäuse.

12

Was für eine Arbeit macht Papa denn?, fragt Suzy, die Jüngste. Papa muss Berichte verfassen, antwortet Adri, er muss aufschreiben, wie es bei den Leuten zu Hause aussieht. Und was schreibt Papa da auf?, fragt Suzy, was für Leute sind das? Keine Ahnung, antwortet Adri, schlechte Leute, glaub ich, denn ich habe gehört, dass Papa ein Vertrauensmann ist. Ah, die guten Leute vertrauen Papa also so sehr, dass er die schlechten bestrafen darf? Na klar, sagt Adri, was glaubst du denn! Zieht eure Schlafanzüge an, Kinder, sagt Mientje, ab ins Bett, und es wird nicht mehr geplappert, sonst bringt euch der Weihnachtsmann keine Geschenke.

*

Willem wird von seiner Arbeit mehr und mehr vereinnahmt; manchmal bleibt er ganze Nächte weg, sagt dann, dass er zu einem *Sondereinsatz* musste und im Dienstgebäude geschlafen habe, der Concierge hätte ihm ein Bett vorbereitet. Oder: Heute Abend muss ich zu einer Besprechung nach Diksmuide, ich übernachte dann dort in der Nähe. Mientje denkt sich ihren Teil und schweigt.

Ich stelle mir vor, wie Willem manchmal im Zwischenzimmer bis spät in der Nacht am schweren Tisch mit den Löwentatzenbeinen sitzt und arbeitet. Diese Überstunden müssen mit den Jahren zugenommen haben, denn die Stelle eines V-Manns erfordert viel Einsatz. Willem hatte über jeden, der ihm oder seinen Mitarbeitern zufolge abweichendes Verhalten aufwies, Meldung zu machen: England-Sympathisanten, Freimaurer, Juden, Sozialisten, volksfeindliche Elemente, *Franskiljons*, Widerständler, Bolschewisten und – die Besatzungsbehörde bestand darauf – Pfadfinder mit ihrem aufreizenden Pazifismus, Mitglieder eines verdächtigen Billard-Clubs in der Sleepstraat und nicht zuletzt die fanatischen Belgizisten aus dem Ersten Weltkrieg, die lasen ja dauernd Jean Jaurès und Romain Rolland, denen konnte man keinen Zentimeter über den Weg trauen. Ja, die Überwachung der reinen Volksseele war zu einem respekteinflößenden Apparat angewachsen.

Dass der Vater inzwischen in einem großen Büro in der ehemaligen *École des Hautes Études* residierte, erfuhr Adri erst in der Schule, Willem behelligte seine Familie mit derlei Dingen nicht, jeder habe sein eigenes Päckchen zu tragen, pflegte er zu sagen. Manchmal wurde er zum Obersturmführer Jungclaus nach Brüssel zitiert, »zur Betreuung der flämischen SS«, wie es so schön hieß, und meist kam er von diesen Treffen äußerst aufgeräumt zurück und trank dann mit seinen deutschen Kollegen Siekmann und Erstling erst mal ein paar Gläser teuren Grauburgunder oder Eiswein, den er von wem auch immer als Dank für seine ausgezeichneten Dienste geschenkt bekommen hatte. Auf diesen Reisen wird er wohl oft von seinem Kameraden Richard P. aus der Spionageabteilung begleitet; dessen Deckname lautet Adolf, aber Willem nennt ihn lieber Rijkhart. Kamerad Rijkhart wird später verurteilt, weil er versucht, die belgische Kolonie an die Deutschen zu verhökern. Die Männer mögen die Geselligkeit am Kamin im Drongenhofer Hause. Potztausend, hier lässt sich's leben, und das mittenmang im Krieg, halten Sie sich Ihr Glück in Ehren, Herr Verhulst, aber vergessen Sie nicht: Vorsicht ist die Mutter der Porzellankiste, hier in der Stadt gibt's ja 'ne Menge dunkler Ecken, da purzelt einer nachts mal schnell die Treppe runter, wenn Sie verstehen, was ich meine, aber natürlich nehme ich noch ein Gläschen, herzlichen Dank.

Eine Woche später bringt Willem Adri ein Geschenk mit. Es ist schon Abend, als er seinen Sohn zu sich in den Salon ruft. Für dich, mein Sohn, damit du eines Tages zum Stolz deines Volkes wirst. Adri greift nach dem in braunes Papier gewickelten Gegenstand, packt ihn aus und öffnet das Futteral; er erblickt einen Dolch, auf dem in gotischen Lettern eine deutsche Inschrift prangt: *Meine Ehre heißt Treue.* Dem Jungen verschlägt es die Sprache; er ist ein dreizehnjähriger Bursche, der es mag, durch die Genter Wälder zu streifen und Stöcke zu schnitzen; er liebt Messer, besitzt Dutzende, in vielen unterschiedlichen Formen und für die verschiedensten Zwecke, doch dieser Dolch hier ist verdammt groß und verdammt schwer, ich danke dir, Papa, stammelt er. Er schiebt das Geschenk in das Futteral zurück und legt es beim Abendessen neben seinen Teller, der Vater nickt ihm ermunternd und liebevoll zu; die Mutter kann den Blick nicht von dem Gegenstand abwenden, und Suzy fragt, was er denn da bekommen habe. Das sei ein Geheimnis, antwortet Willem schnell, große Jungs haben Geheimnisse, und Suzy isst gehorsam den Teller leer. Nachdem Willem in sein Arbeitszimmer gegangen ist, fragt Mientje in scharfem Ton, ob sie denn das schöne Geschenk mal betrachten dürfe. Artig reicht Adri ihr das Futteral. Mientje zieht den ss-Dolch aus der Scheide, und was sie sieht, verschlägt ihr den Atem; hört Adri da etwa, wie seine gottesfürchtige Mutter einen Fluch unterdrückt? Sie schaut ihn mit aufgerissenen Augen an, zögert einen Augenblick, dann geht sie zur Hintertür hinaus, Adri schreit: Mama, nein! Sie überquert den Hof und wirft den Dolch mitsamt dem Futteral durch den Zaun ins dunkle Wasser des Lieveke. Adri sieht mit rot angelaufenem Gesicht zu, Tränen schießen ihm in die Augen, Mientje geht auf ihren Sohn zu und nimmt ihn in ihre Arme. Ach, mein dummer Junge. Er schüttelt sie unwirsch ab, geht ins Haus und schleicht sich leise am Arbeitszimmer des Vaters vorbei, wirft sich auf das Bett, wischt sich die Tränen ab und beobachtet, wie langsam die Dämmerung auf die Dächer des Sluizeken sinkt.

*

In der *École des Hautes Études* am Korenlei, wo sich inzwischen das von Willem gegründete *Comité voor Dietsche Actie* (Komitee für Deutsche Aktion) befand, herrschte große Betriebsamkeit; Willems Büro lag im ersten Stock, dort war es ruhiger, schließlich war er jetzt der Chef. Das Chaos und der Krach in den unteren Etagen waren unbeschreiblich, vor allem wenn Gaston Delbeke vor Ort war, denn der ging bei den Verhören mit den Volksfeinden nicht gerade zimperlich um. Gaston war ein ganz scharfer Hund, obwohl er sich den Mut meist erst antrinken musste, bevor sich in den Kellern ein Brüllen und Kreischen erhob, ein Weinen und Fluchen und Schlagen, da war es besser, man wusste nicht, was da unten genau vor sich ging. Eines Tages war Willem gerade unterwegs zu einem Mittagessen mit dem Obersturmführer, als er den dicken Widerständler Marcel aus dem Gebäude stolpern sah, das Gesicht war blauschwarz geschwollen, der ausgerenkte Unterkiefer baumelte herab, sein linkes Bein zog er nach, auf der Hose war ein großer, dunkler Fleck; der große Kerl plärrte wie ein kleines Kind und kam kaum von der Stelle, ein Anblick zum Erbarmen. Für so etwas ist Willem zu sensibel, das kann er nur schlecht ertragen, und für sein Herz ist es auch nicht gut, lieber spitzt er Bleistifte und achtet darauf, dass seine Fingernägel keine schwarzen Ränder haben, hält seine Listen in Ordnung, raucht seine feinen holländischen Zigarren der Marke Willem II und fragt abends die Kinder, ob sie in der Schule brav gewesen seien, gut gemacht, Lettie, weiter so, und übst du auch schön auf deiner Geige, Adri?

13

Wir gingen über den kleinen, sonnenlosen Hof zum linksliegenden Hinterhaus. Das schmucklose Gebäude war in einem jämmerlichen Zustand, die Fenster grau vom Staub, die Wände augenscheinlich feucht, das Flachdach einsturzgefährdet. Die Dachpappe, vom Notar *terre papier* genannt, eine für Gent typische französische Verballhornung des holländischen *geteerd papier* (geteertes Papier), war löchrig wie ein Sieb, und die Decke des Raums von Sickerwasser und Schimmel zersetzt, Balken waren geborsten und hatten sich durch den Gips gebohrt, der, wie früher üblich, mit Pferdehaar vermischt war. Hier also befand sich zu Zeiten der Familie Verhulst die Küche; hier saßen die vielen Studenten um einen Tisch, denn in den Jahren, die Willem im Gefängnis verbrachte, musste Mientje Zimmer vermieten, um die Familie durchzubringen.

Entsetzt blickte ich auf den still sich vollziehenden Verfall, der jahrelang an allem hier genagt hatte, als würde das Modern dadurch begünstigt, dass kein lebendiges Wesen die Luft bewegte. Es gab kaum Platz für eine Anrichte, nur ein Zinkbottich erinnerte noch daran, dass der Raum einmal von Menschen belebt war. Links in der Ecke gähnte im schmalen Kamin ein formloses, verrußtes Maul, aus dem schon längst das Ofenrohr gebrochen war; vielleicht wurde das Essen hier ja auf einem Brabanter Flachofen gekocht – den kannte ich noch aus meiner Kindheit. Die Reste einer schäbigen Spüle waren zu sehen, darunter das Loch, wo das Brauchwasser im Boden verschwand, in Richtung des inzwischen zugeschütteten Kanals; wo das Wasser jetzt hinfloss, wusste niemand, vielleicht versickerte es in den unterirdischen Schlammströmen, aus denen die hochgewachsenen Birken ihr Wasser sogen. Aus dem Bodenloch wuchs ein riesiger Farn. Das alles nahm ich mit Schrecken und mit Begeisterung wahr, denn etwas in mir ahnte bereits, dass ich dem Haus nicht würde widerstehen können. Notar De Potter notierte etwas in sein Abnahmeprotokoll, wobei sein Stift sich zu sträuben schien, als wäre er durch die stickige Luft in seiner Funktion empfindlich beeinträchtigt. Über unseren Köpfen, jenseits des teilweise eingebrochenen Flachdachs, flogen drei Gänse kreischend durch den grauen Himmel Richtung Hafen. Ein Feuerwehrauto raste mit lauten Sirenen über den Verkehrsknotenpunkt beim Sluizeken; im verwahrlosten Park jagte ein Straßenköter eine Hauskatze, die fauchend einen Birkenstamm hinaufflüchtete. Der Luftdruck stieg wohl, denn kühle Wolken erschienen verschwommen im wässrigen Blau; gelbe Blätter schwebten über dem tristen Anbau des benachbarten Treppengiebelhauses, bei dem sich ebenfalls still und leise ein Einsturz vollzog, nur wenige Millimeter pro Jahr, aber das war mehr als genug.

Eine Ratte schoss durch den Schuppen beim Zaun, wo unter einer intrikaten Girlande aus verstaubten Spinnweben ein Brennholzstapel feucht von Schimmel und Pilzen vor sich hin faulte. Mitten in diesem Verfall reckte sich im Innenhof ein schlanker Ahorn, umringt von einigen reglos in die graue Stadtluft aufragenden Brennnesseln, in eine Luft, in der sich stadtferne Gerüche (nach Pflanzenstecklingen, nassem Gras, Schweineställen) mit Impressionen aus der Vorstadt (Asphalt, Bushaltestellen, Diesel) vermengten; auch ein kleiner Mastixstrauch mit lichter Krone wuchs hier, ein Exot aus dem Mittelmeerraum, unbegreiflich, wie er an diesem sonnenlosen Ort überhaupt hatte keimen können.

Diese Bruchbude reiße ich ab, sagte ich mit einer Entschlossenheit, die mich selbst überraschte, ein Hinterhaus hat immer seine Tücken. Tun Sie, was Sie nicht lassen können, antwortete der Beamte würdevoll.

Kälte legte sich auf unseren Atem, die Worte schwebten in zarten Wölkchen vor den Mündern, bevor sie sich in der ruinösen Stille auflösten; wir sahen uns noch eine Weile um, laut ploppte ein Tropfen in den Zinkbottich. Als wir die Tür zwischen Küche und Flur öffnen wollten, klemmte sie so sehr, dass der Notar sich mit der Schulter dagegenwerfen musste. Durch die Wucht gab sie unerwartet schnell nach, der korpulente Mann verlor das Gleichgewicht und wäre um ein Haar mit dem ehrwürdigen Schädel gegen den Türrahmen geknallt. Er klopfte sich die feuchten Spinnweben vom Ärmel, räusperte sich und sagte, als handelte es sich um eine feierliche Verlautbarung: So, mein Lieber, im *rez-de-chaussée* sind wir fertig. Jetzt warten die Treppen auf uns. Folgen Sie mir. Das was? Womit sind wir fertig, mit der *marechaussée*?, fragte ich dümmlich, aber mein

Führer hob nur die Schultern und verschwand Richtung Treppenhaus, ohne den Tölpel, an den er dieses vermaledeite Haus gerade verscherbeln wollte, noch eines Blickes zu würdigen.

14

Herr Steffens, der deutsche Stationsvorsteher des Sint-Pieters-Bahnhofs, ist ein Mann mittleren Alters, korrekt und reserviert zwar, doch es ist unübersehbar, dass er für Mientje mehr als bloße Sympathien hegt. Manchmal sitzt er mit am Tisch im Hinterhaus, er hat Mitleid mit den Kindern, die das klebrige Brot, das man für die Lebensmittelmarken bekommt, mit langen Zähnen kauen und widerwillig die Kohlsuppe schlürfen. Er weiß zwar, dass Willem von der Militärverwaltung dazu verpflichtet wurde, einen Teil seines großzügigen Gehalts für die Unkosten der stetig steigenden Zahl an Mitarbeitern zu verwenden, aber trotzdem ... Eines Tages bringt er den Kindern deutsches Kommissbrot und Wurst mit. Für Willem eine Demütigung; ich muss mich vor meinen Vorgesetzten rechtfertigen, da kann ich mir keine Sonderrolle anmaßen, sondern muss zusehen, wie ich meine Familie mit Lebensmittelmarken über die Runden bringe, das Einzige, was ich tun kann, ist, mir beim Mittagessen was Leckeres vom Mund abzusparen und es den Kindern mitzubringen. Das verstehe ich durchaus, entgegnet Steffens, aber ich finde Ihre Kinder doch etwas blass um die Nase, immerzu in diesem dunklen Haus und dazu noch die Stadtluft, überlegen Sie doch mal, ob Sie die Kinder im

Sommer mit der KLV für ein paar Monate nach Deutschland schicken wollen, das würde ihnen guttun. Mientje erschrickt zu Tode; sie hat in den Zeitungen gelesen, dass Hitler Baldur von Schirach beauftragt habe, deutsche Kinder auf dem Land unterzubringen, um sie vor antideutscher Kriegsgewalt zu schützen – womit er die Bombardierungen deutscher Städte durch die alliierten Truppen meinte.

Von 1942 an versuchte die Besatzungsmacht, zu Propagandazwecken auch Kinder flämischer Kollaborateure nach Deutschland zu verschicken, damit sie erholsame Ferien auf dem Lande verbrachten. Doch die deutsche Bezeichnung »Kinderlandverschickung« klang zu sehr nach Kollaboration, und so entschied man sich unter Beibehaltung der Initialen für eine flämische Variante: KLV stand nun für *Kracht, Leven, Vreugde* (Kraft, Leben, Freude). Die KLV-Broschüren wurden nicht nur an Soldaten der Ostfront geschickt, sondern auch an Flandern-aktivistische, prodeutsche Familien: Man müsse auch an die zukünftigen Generationen des Tausendjährigen Reiches denken. Mientje sah die Informationsblätter erstmals, als sie einen Bekannten Willems besuchten, sie las darin und zischte Willem sofort zu: So was erlaube ich nicht, damit du's weißt. Jetzt schüttelt sie langsam den Kopf und schließt die Augen.

Es wäre gut für die Kinder, wiederholt Steffens, wir Deutschen pflegen die Kultur der Sommerlager schon seit Jahrhunderten, und die HJ setzt diese schöne Tradition auf großartige nationale Weise fort. Was ist die Hajott?, fragt Letta. Das ist eine Organisation, der ihr noch beitreten müsst, erklärt Steffens, unsere legendäre Hitlerjugend. Bei seinem nächsten Besuch bringt er Prospekte der KLV mit und einige Artikel aus *Volk en Staat*, in denen die Zusammengehörigkeit von deutscher und westgermanischer Jugend gerühmt wird; Himmler habe gesagt, dass flämische Kinder, die einmal an der KLV teilgenommen hätten, Deutschland für den Rest ihres Lebens lieben würden. Mientje läuft puterrot an; sie schaut zu Willem, der aber weicht ihrem Blick aus. Am Tisch herrscht unangenehme Stille; dann sagt Steffens, dass es Zeit sei aufzubrechen. Nachdem er das Haus verlassen hat, schickt Mientje die Kinder zu Bett. Sie sind kaum auf dem ersten Treppenabsatz, da hören sie in der Küche schon den nächsten Streit losdonnern.

Möglicherweise wollte Willem seine Beziehung zu Mientje nicht vollkommen entgleisen lassen, jedenfalls unternimmt er etwas: Mithilfe von »Beziehungen«, wie er seine Kontakte nennt, schafft er es, dass die Kinder mit der Mutter ausnahmsweise nach Oud-Zevenaar reisen dürfen. Der Empfang ist rührselig; sogar der alte Bauer wischt sich eine Träne weg, als er sieht, wie groß die Kinder geworden sind, vor allem Adri umarmt er mit überraschender Herzlichkeit. Mientje steht lange im Hof, prüft alles mit ihren Blicken, kehrt mit großen Augen ins Haus zurück, umarmt den Vater, so haben die Kinder die Mutter noch nie gesehen, der Tisch wird gedeckt, und zu ihrer Verblüffung gibt es Wurst, Schinken und Käse in ungekannten Mengen, frisches Brot und Milch im Überfluss. Als sie den Erwachsenen in die Keller folgen, finden sie dort üppige Vorräte an Schinken, Käse, Kartoffeln und Mehl. Können wir nicht für immer hierbleiben?, fragt Suzy. Die Mutter streicht ihr eine Locke aus der Stirn und schweigt.

Am nächsten Tag geht Mientje mit Adri das Ehepaar Wartena besuchen, die Mädchen bleiben auf dem Hof. Die Mutter will den Pastor um Rat fragen – Willem möchte die Kinder nach Deutschland verschicken, sagt sie und beißt sich auf die Unterlippe. Nicht doch!, antwortet die Pastorsfrau und legt Mientje die Hand auf den Arm. Adriaan Wartena starrt finster vor sich hin und schweigt. Was soll ich nur tun?, fragt Mientje. Ich kann doch nicht mit den Kindern hier in Oud-Zevenaar bleiben. Schließlich antwortet der Pastor, und Mientje erschrickt über seinen ernsten Ton: Vergiss niemals, dass die Deutschen nur scheinbar freundlich sind. Hat Goethe nicht geschrieben: »Im Deutschen lügt man, wenn man höflich ist«? In dem darauf sich entspinnenden Gespräch zeigt sich der Pastor bitter und betroffen; über Willem verliert er kein gutes Wort. Man braucht sich nicht die Hände schmutzig zu machen, um ein Verbrechen zu begehen, knurrt er. Bei diesen Worten zieht Adri den Kopf ein und blickt seine Mutter verstohlen an; die deutschen und flämischen Offiziere, die zu Besuch ins Haus kommen, sind doch immer nett. Er versteht das alles nicht. Mien schluckt die Tränen hinunter und blickt durchs Fenster auf die Felder und Wiesen ihrer Kindheit. Die Frau des Pastors bricht das Schweigen: Aber bedenkt doch, dass so ein deutscher Sommer für die Gesundheit der armen Kinder auch gut sein könnte! Warum wehrst du dich so dagegen? Der Vater wird schon dafür sorgen, dass nichts passiert. Das ist doch allemal besser, als den Sommer bei euch in dem rattenverseuchten kleinen Hinterhof zu verbringen, und das in einer Stadt voller betrunkener Soldaten und anderem Gesindel.

*

Adri und Letta haben das Ferienlager in Deutschland ihr Leben lang nicht vergessen, beide erwähnen es in ihren Memoiren – Suzy war zu klein, um mitfahren zu dürfen. Adri erinnert sich recht detailreich – schließlich war er ja schon dreizehn Jahre alt. Letta fasst sich im Allgemeinen etwas kürzer, was daran liegen mag, dass ihr Buch eine Antwort auf das des Bruders ist; während dieser vor allem über die problematische Vergangenheit seines Vaters schreibt, beabsichtigt sie, eine Ode an die Mutter zu verfassen. Was mit ein Grund dafür sein dürfte, dass sie über die Kinderlandverschickung nach Deutschland nicht mehr verlautbaren lässt als die Aussage, ihre Mutter sei ganz und gar nicht damit einverstanden gewesen.

»Meine Schwester und ich«, schreibt Adri, »zwei Kinder ohne Uniform und zum ersten Mal unter den Fittichen der Mutter hervorgekrochen, kamen uns auf der Zugfahrt nach Deutschland wie schwarze Schafe vor.« Die anderen Kinder schüchterten sie ein, denn sie sangen während der Reise nationalistische Kampflieder, die Jungs »flattierten« den Mädchen, wie Adri sich ausdrückt, und kamen sich in ihren Uniformen ungeheuer stark vor. Die Mutter erlaubte es nicht, dass die Kinder Uniformen trugen, obwohl Willem es immer wieder verlangt hatte – die

Kinder seiner Kollegen trugen alle die Uniformen der flämisch-nationalistischen Jugendbewegungen wie dem VNV oder *Rex Vlaanderen*; die Waggons waren erfüllt von ihrem fröhlichen Gebrüll, sie schrien sich heiser an proflämischen Kampfliedern und amüsierten sich prächtig. Doch die Mutter hatte sich verweigert, und dabei war es geblieben. Wim, bis hierher und nicht weiter, hatte Mientje gesagt, die Kinder fahren ins Ferienlager nach Deutschland, meinetwegen, sie brauchen dieses Lager, weil du ja unbedingt ein guter Germane sein willst und auf die Sonderzuteilung von Lebensmittelmarken verzichtest; aber es sind auch *meine* Kinder, ich bin für ihre Erziehung verantwortlich, mach du, was du für richtig hältst, aber *meine* Kinder tragen keine Uniform, nicht heute und nicht morgen, Punkt. Worauf Willem etwas einfältig geantwortet hatte: Ist schon gut, Mien. Reg dich nicht so auf. Und am nächsten Tag fuhr Herr De Pestel, der inzwischen zu Willems persönlichem Bediensteten geworden war, die Kinder zum Bahnhof.

*

Die Reise ist lang.

»Wir fuhren mit einem Sonderzug über Sankt Vith an der Vennbahn entlang«, erinnert sich Letta später in einem Gespräch, »das war eine Linie, die im neunzehnten Jahrhundert nach Aachen angelegt wurde und die die Deutschen verloren, als sie das Gebiet um Sankt Vith als Wiedergutmachung für die erlittenen Kriegsschäden an Belgien abtreten mussten. Während der Besatzung im Zweiten Weltkrieg haben die Deutschen die Verbindung mit Triumph wieder aufgenommen, es war ein wichtiger Eisenbahnknotenpunkt. Heute ist alles verlassen, die alten Tunnel in Lommersweiler sind zugemauert, in den dunklen Gängen hausen Fledermäuse; die Strecke der Vennbahn ist heute eine Fahrradroute für Touristen, ein paar von ihnen interessieren sich aber auch für die Geschichte des Bahnkomplexes.«

In Aachen bleibt der Zug die ganze Nacht stehen, es drohen Bombardierungen. Adri und Letta erfahren von einem Anführer in Lederhosen, dass man sie an getrennten Orten unterbringen würde. Hungrig, schüchtern und verwirrt wollen Bruder und Schwester aber lieber zusammenbleiben. Also schickt man beide nach Neuenstein, eine Kleinstadt in Baden-Württemberg, ungefähr sechshundert Kilometer von Gent entfernt, wohin ursprünglich nur Letta gebracht werden sollte. Die letzten Kilometer verbringen sie angespannt, da sie nicht wissen, ob Adri auch wirklich dortbleiben kann.

*

Der Zug hält an einem kleinen Bahnhof, die Türen werden geöffnet, Rufe gewechselt, und zusammen mit etwa einem Dutzend Kinder steigen die Geschwister aus. Ein schriller Pfiff, die Türen werden geschlossen, der Zug setzt sich wieder in Bewegung. Plötzlich ist es totenstill, Vögel pfeifen, ein paar Einwohner stehen schweigend auf dem Bahnsteig und warten; Verlegenheit macht sich breit, ein Kind fängt an zu weinen. Dann wird eine Liste mit Namen vorgelesen. Letta kommt beim Bürgermeister unter, einem Notar, sie versteht seinen Namen nicht. Eine Betreuungsperson nimmt sie an der Hand und führt sie mit sich. Für Adri muss erst noch eine Unterkunft gefunden werden, der unsicher blickende Junge wird von den neugierigen Einwohnern gemustert; ein Bauer nimmt ihn schließlich mit, weil er für sein Alter ein recht kräftiger Bursche zu sein scheint, der ihm auf dem Hof gut zur Hand gehen könnte. »Der Bauernhof war mittelgroß und lag mitten im Dorf, hinter einer kleinen Gasse, nicht weit vom Bahnhof entfernt«, erinnert sich Adri. Dort habe er viel gelernt: wie man Ochsen einspannt und den leeren Wagen auf den Acker fährt, wo Klee und Korn aufgeladen werden. Es stellt sich heraus, dass der Bauer keine ausgesprochen großen Sympathien für die Nationalsozialisten hegt; begegnet er dem Bürgermeister auf der Straße, beantwortet er dessen »Heil Hitler« mit einem mürrischen »Grüß Gott«. Bruder und Schwester lächeln verlegen, wenn sie sich treffen. Sie haben aber nur wenig Kontakt, Bauernhof und Bürgermeisterhaus liegen ein ganzes Stück auseinander.

*

Eine Verwandte des Bauern kommt aus Karlsruhe zu Besuch. Sie erkundigt sich bei dem flämischen Jungen, wo er denn herkomme. Auf seine schüchtern gestammelte Antwort ruft sie: »Aber dann bist du ja ein Feind Deutschlands!« Worauf der brave Adri, Sohn eines Kollaborateurs, zuvorkommend wie er ist, der parteitreuen Frau den flämischen Yserturm in Diksmuide aufzeichnet, um ihr zu erklären, »dass die flämischen Nationalisten sich nicht als Feinde Deutschlands verstehen«. Der abschließende Gedanke des erwachsenen Adri ist bemerkenswert: »Ich kann nicht vergessen, dass ich mit der Frau zum ersten Mal jemandem begegnete, der Menschen aus den besetzten Gebieten nicht automatisch für deutschfreundlich hielt.«

Je mehr ich in Adris Memoiren lese, desto öfter stoße ich auf Dinge, die er nicht bis zum Ende durchdenken konnte oder wollte. Als wäre Schuld vererbbar und als wäre er der Aufgabe, die er auf sich genommen hatte, nicht gewachsen:

Sohn zu sein mit der Bürde des Vaters auf den Schultern. Die Stille zwischen den Wörtern seines Bekenntnisses ist ein einziges Zeugnis des Schmerzes.

Jeden Sonntag begleitet Adri die Bauernfamilie zum Gottesdienst. Die evangelische Kirche liegt in der Nähe des Bürgermeisterhauses, in dem Letta wohnt, direkt gegenüber vom schönen Schloss Neuenstein. Manchmal darf er abends mit den Jungs der örtlichen Hitlerjugend etwas unternehmen. Er marschiert mit ihnen in die nahegelegenen Wälder, die Trompete spielt das HJ-Lied, alle singen oder brüllen, und es schallt im ganzen Wald: »Vorwärts! vorwärts! schmettern die hellen Fanfaren! Unsre Fahne flattert uns voran!«

»Politik spielte absolut keine Rolle«, schreibt Adri, was irgendwie absurd klingt; offensichtlich fand er das Ganze nur exotisch, »ich habe in diesem Sommer das reichliche Essen ungeheuer genossen, den schmackhaften Most, den wir bei großer Hitze schön kalt trinken durften, oder den Zwiebelkuchen, den die Großmutter aufs Feld brachte, wo mein Gastvater, meine Gastmutter und ich uns tüchtig abrackerten.«

Mehr ist nicht in Erfahrung zu bringen, die Archive der Berliner Reichsdienststelle KLV wurden in den letzten Kriegstagen zerstört.

15

Erst im Frühjahr 2019 finde ich Zeit, nach Neuenstein zu fahren – fast vierzig Jahre nachdem ich das Drongenhofer Haus zum ersten Mal betreten habe und siebenundsiebzig Jahre nachdem Adri und Letta hier einen Sommer verbrachten, an den sie sich ihr ganzes Leben erinnern werden. Der erste Eindruck ist der einer Provinzstadt, wie es sie in Deutschland viele gibt: an einem Ende der Hauptstraße der Kreisverkehr, am anderen die unvermeidliche Volksbank. Ich folge dem Schild Richtung Zentrum und sehe sofort das beeindruckende Schloss der Adelsfamilie Hohenlohe vor mir aufragen. Ich parke meinen Wagen unter den alten Bäumen beim Schloss und gehe zu Fuß zum Hotel. Es ist ruhig auf den Straßen. Das Hotel wird von einer Thailänderin geführt, die mit einem munteren Deutschen verheiratet ist; sofort verwickeln sie mich in ein langes Gespräch über die letzten Wahlen, die ein Erstarken fremdenfeindlicher Tendenzen in ganz Europa zutage brachten, worüber die beiden sich große Sorgen machen. Als ich später durch die Straßen gehe, treffe ich auf eine Gruppe junger Menschen, Schwarze, Inder und ein paar osteuropäisch aussehende Mädchen, Rumäninnen oder Bulgarinnen. Der türkische Kebab-Laden vor Ort hat auch Bratwurst und deutsches Bier im Angebot. Es scheint friedlich zuzugehen in der Kleinstadt, sie verströmt einen gewissen Charme, auch wenn die Passanten etwas mürrisch dreinschauen und den Blickkontakt mit Fremden meiden.

Das Schloss, der Bürgerturm, die Kirche, die Fachwerkhäuser, der Schlossgraben mit den Gänsen, die Schwalben in der milden Abenddämmerung, der Park und die Gärten – alles ist so ordentlich, so gepflegt, dass ich dahinter eher einen Sauberkeitsfimmel vermute als ein Glücksverlangen. Als ich ins Hotel zurückkehre, sitzt die Familie gemütlich beisammen. Ich bekomme ein vortreffliches, brennendscharfes thailändisches Curry zum Abendessen und gehe früh zu Bett.

Am nächsten Tag besuche ich das Schloss. Im Innenhof steht ein riesiger Grabstein. Er ist ziemlich verwittert, die Jahrhunderte haben die Inschrift verblassen lassen; doch das Datum ist noch lesbar: MDCXXIX, *3. Juli, morgens zwischen 8 und 9*. Links davon steht der Name *von Mühlen*, rechts *von Merlau*. Was hat sich am Morgen des 3. Juli 1629 zugetragen? Eine Hochzeit? Ein Begräbnis? Ich fahre mit meinen Fingerspitzen die Buchstaben entlang, die fast gänzlich der Erosion zum Opfer gefallen sind:

WER DA LEBT UND GLEUBT
AN MICH DER WIRT NIMMER
MEHR STERBEN

Die Worte Jesu, als er Lazarus wieder zum Leben erweckte. Worte der Hoffnung auf die Wiederauferstehung von den Toten.

*

Im Hohenlohe-Zentralarchiv Neuenstein im ersten Stock des riesigen Schlosses bekomme ich ein paar Dokumente und Publikationen ausgehändigt, aus denen ich erfahre, dass die Hohenlohes 1946 in das Schloss zurückkehrten, nachdem die russischen Truppen das Gutshaus in Oberschlesien beschlagnahmt hatten. Es kommt mir merkwürdig vor, dass ich mich, während ich auf der Suche nach den Spuren zweier flämischer Kinder bin, in der Wohnstatt einer der ruhmreichsten Familien Deutschlands befinde, deren Stammbaum bis ins vierzehnte Jahrhundert zurückreicht. Das Adelsgeschlecht besaß hier in der Gegend zahlreiche Landgüter, die dem Schloss an Reichtum und Größe in nichts nachstanden. Goethes Urahn, Johann Wolfgang Textor, stand in Diensten des ruhmreichen Geschlechts und wohnte in dem nach ihm benannten Textor'schen Haus in der Neuensteiner Schlossgasse; ich komme mehrmals daran vorbei.

Im *Heimatbuch*, das ich im stillen Lesesaal des Archivs vor mir liegen habe, lese ich, dass Neuenstein im letzten Kriegsjahr von Flüchtlingen geradezu überrannt worden ist. Sie kamen von überall her, flohen aus den Heimatstädten, weil die Russen einmarschierten oder die Alliierten sie bombardierten; auch diejenigen kamen zurück, die einst von den Nazis vertrieben worden waren und nun fremde Leute in ihren Häusern vorfanden; und es kamen auch Deutsche aus Schlesien, Tschechien und Rumänien, die die hiesige Bevölkerung nun für die Niederlage des Dritten Reichs verantwortlich machte. Nach dem Krieg war die Verzweiflung bei allen groß, man hatte jegliches Vertrauen in die Zukunft verloren, war unsicher, wie man das Leben neu beginnen sollte. Höhere Beamte, Verwaltungsangestellte, Richter und Lehrer, die der NSDAP angehört hatten, verloren ihre Posten, die daraufhin mit unqualifizierten Personen besetzt werden mussten, was zu Konflikten und tiefer Unzufriedenheit führte. Der Verfasser der Chronik geht sogar so weit zu behaupten, Neuenstein sei nach dem Krieg von den Amerikanern »besetzt« worden, das Wort »Befreiung« findet sich in seinem Text dagegen kein einziges Mal.

Nach einer Stunde des Suchens und Blätterns entdecke ich ein Dokument, wonach die NSDAP versucht habe, das

Schloss zu beschlagnahmen, weil sie dort vorgeblich eine Adolf-Hitler-Kunstschule errichten wollte, in Wahrheit aber beabsichtigte sie, das Schloss als Lager für Kunstschätze zu benutzen. Ein Mitarbeiter des Archivs versichert mir jedoch, dass das Schloss weder beschlagnahmt worden sei noch dass es dort eine Hitler-Schule gegeben habe.

*

In der »Stunde Null«, am 8. Mai 1945 um Mitternacht, bot Neuenstein, wie so viele andere Städte, einen deprimierenden Anblick, die Fensterläden wurden schon vor Einbruch der Dunkelheit geschlossen, es galt eine strenge Ausgangssperre, überall herrschte Mangel, die Versorgung der Bevölkerung war aufs Strengste rationiert. Die Bombardierungen hatten große Teile Deutschlands zerstört, die Verwirrung und das Durcheinander waren unbeschreiblich. Auf das sadistische Regime der Nationalsozialisten folgte nun ein nicht minder rigider moralischer Nachkriegskurs. Täglich wurden neue Vorschriften und Verordnungen erlassen. Um zu vermeiden, dass die Bevölkerung Neuensteins in vollkommene Armut stürzte, sollte alles geteilt werden, wer mehrere Wäschestücke, Hemden oder Pullover besaß, wurde dazu angehalten abzugeben, was er nicht dringend brauchte. Das Tragen einer Naziuniform war strengstens verboten, aber es gab zu wenig Kleidung, weshalb das Verbot nach einer Woche wieder aufgehoben wurde; manche Männer trugen bis in die Fünfzigerjahre bei der Gartenarbeit ihre zerschlissene Uniform, von der die Abzeichen entfernt worden waren. Nicht nur in Neuenstein wurde die Stadtbibliothek entnazifiziert, Bücher, die während des Dritten Reichs publiziert worden waren, mussten auf dem Rathaus abgegeben werden. Was die Bürgermeister mit den Büchern gemacht haben, weiß niemand – doch keiner von ihnen dürfte Lust auf eine zweite Bücherverbrennung gehabt haben. Wer jedoch Bücher versteckt hatte, die auf dem Index der Nazis gestanden hatten, konnte diese jetzt getrost hervorholen und den halb leeren Bibliotheken zur Verfügung stellen. Als der Winter vor der Tür stand, gab es folgende Bekanntmachung an das Volk: Seid sparsam mit dem Brennholz, heizt nur die Wohnküchen, dichtet bei strengem Frost die Spalten in Fenstern und Türen mit Lehm ab. Der letzte Ratschlag aber ist ein Fanfarenstoß: Wärme geht vor Schönheit!

Im Hungerwinter 1946/47 – zwei Jahre nach dem Winter, in dem Arnhem und der Rest der Niederlande hungerte und den die Deutschen auf dem Gewissen hatten – bestand die monatliche Lebensmittelration für eine erwachsene Person aus acht Pfund Brot, zwei Pfund nicht näher bestimmter Lebensmittel, vierhundert Gramm Fett, zweihundertfünfzig Gramm Käse und fünf Liter Milch. Suppen waren dünn und aus Fleischresten gekocht, am nächsten Tag wimmelten bereits die Maden darin; ein alter Mann, der auf einer Bank sitzt, erzählt mir, dass sie diese immer mitgegessen hätten: Die Maden waren nahrhaft, Augen zu und runter damit, wir hätten alles gegessen. Die Bürgermeister der Städte und Dörfer wurden angehalten, »unempathisch« aufzutreten; allerdings gegenüber Wucherern und Bettlern.

*

»Wärme geht vor Schönheit!« Dieser Satz spukt mir im Kopf herum, als ich am nächsten Tag in dem kleinen Büro des Kreisarchivs sitze und auf den Namen von Lettas Gastvater stoße: Arthur Zeilein, Notar und von 1940 bis 1942 Kriegsbürgermeister. Eine Stunde später stehe ich vor dem imposanten und düsteren Haus, an dessen Eingangstür noch immer das Schild mit der Aufschrift *Notariat* hängt. Für mich ein eindrücklicher Augenblick. Ich sehe vor mir, wie das zehnjährige Mädchen – das übrigens gezwungen wurde, seine Briefe an die Mama mit »Heil Hitler« zu unterzeichnen – hier die Treppen hochhüpft, die ersten Tage noch zurückhaltend, doch bald schon fröhlich, erleichtert, kräftiger werdend und den Überfluss genießend, die frische Luft, den Schlossgarten, das bäuerliche Leben. Ich mache ein Foto von der Eingangstür und schicke es Letta per Mail; die Erinnerung bewegt sie.

Durch einen Zufall finde ich auch den Ort, wo Adris Bauernhof gestanden haben muss. Nachdem ich die Umgebung des Bahnhofs abgegangen bin und nirgendwo Spuren eines Bauernhofs entdecke, spreche ich ein paar Passanten an, aber keiner weiß etwas, bis ich im Schaufenster des Blumenladens am Bahnhofsvorplatz eine Frau bei der Arbeit sehe. Ich gehe hinein und frage sie, ob sie sich an einen Bauernhof hier in der Nähe erinnern könne. Aber sicher könne sie das, bekomme ich zur Antwort: Die Familie Scheuermann hatte in der Bahnhofstraße einen großen Agrarbetrieb. Der Hof wurde in den Siebzigerjahren abgerissen und durch zwei Wohnblöcke ersetzt. Aber schauen Sie doch mal bei Eugen Vogg vorbei, sagt sie, beim Gärtner. Der wohnt am Ortsrand und kann sich mit Sicherheit an mehr erinnern.

Eine Stunde später stehe ich in der großen Gärtnerei eines Mannes, der meine Fragen freundlich beantwortet. Die Scheuermanns hatten drei Söhne, erzählt Vogg: Fritz, Jahrgang 1930, Ernst, Jahrgang 1932, und Walter, Jahrgang 1933. Ich sage ihm, dass Adri Jahrgang 1929 ist – dass dieser sich also bei den Jungs ein wenig wie ein Bruder vorgekommen sein muss. Adris Gastmutter Frau Scheuermann hat sich nach dem Krieg umgebracht. Als ich Vogg nach dem Grund dafür frage, senkt er den Blick, hebt die Schultern, schnaubt und sagt dann: Melancholie. Liegt bei denen in der Familie. Sie hat sich vergiftet, mit geflecktem Schierling aus dem Garten. Und ein paar Jahre später hat sich dann Walter erhängt. Irgendwas war bei denen im Kopf nicht in Ordnung. Er schweigt, wirft mir einen wohlwollenden

Blick zu, wie um zu sagen: Jetzt wissen Sie alles, was ich weiß. Ich ahne, dass ich ihn nicht direkt fragen kann, ob das vielleicht etwas mit der politischen Einstellung der Familie zu tun hat; Adri aber lässt keinen Zweifel daran, dass Bauer Scheuermann ein ausgesprochener Antinazi war.

Ich gehe zur Ortsmitte zurück und überlege, was ich eigentlich Neues erfahren habe: Warum wollte ich das alles unbedingt mit eigenen Augen sehen? Vielleicht möchte man durch den Besuch eines Ortes der Erinnerung, selbst wenn diese Erinnerung nicht die eigene ist, den Lauf der Geschichte für einen Augenblick aufhalten. Wie gerne hätte ich das alles meinem alten Professor Verhulst erzählt.

*

Am nächsten Morgen zögere ich, bevor ich in den Wagen steige. Ich ändere meine Meinung, gehe noch einmal durch das ganze Städtchen zum Gärtner Vogg hinaus und erkundige mich bei ihm nach einem Blauregen; die Kinder, die hier einen Kriegssommer verbrachten, seien in einem Haus mit einem Blauregen im Hof zu Hause gewesen, erkläre ich ihm und komme mir angesichts der ungefragt vorgebrachten Erklärung etwas idiotisch vor. Er sucht ein schönes Exemplar für mich aus und verlangt eine lächerlich kleine Summe dafür. Den Hotelbesitzern verspreche ich, eines Tages wiederzukommen; es ist ein unverbindliches Versprechen, schließlich habe ich gefunden, wonach ich gesucht habe. Trotzdem komme ich nicht ganz an die Wirklichkeit heran, die Letta und Adri damals vor Augen hatten:

ein Deutschland, das möglicherweise noch genauso aussah wie eine Landschaft zu Hölderlins Zeiten, nur anderthalb Jahrhunderte älter und durchseucht von Hakenkreuzen, Befehlsgebrüll, Trommellärm, Aufmärschen und Stiefeln, dröhnenden Volksempfängern und allgegenwärtigem hysterischem Gekreische; von Kriegslärm, vom unaufhörlichen Brummen der Flugzeuge, vom düsteren Triumph des Sommers im Jahre 1942. Der Siegeszug stockte bald, und die Hölle näherte sich unabwendbar. Doch das interessierte die spielenden Kinder herzlich wenig.

16

Ich frage Letta, was es nun eigentlich mit dem Auge des Vaters auf sich hatte, ob sie etwas davon gemerkt habe, im Alltag. Ist er mal auf der Treppe gestolpert, weil er eine Stufe übersah, hat er am Tisch mal neben das Messer gegriffen? Mhm, sagt sie, am deutlichsten erinnere ich mich an die dicken Brillengläser – das eine sah aus wie beschlagen. Ich glaube, ich habe ihn nie mit so einer Augenklappe gesehen, wie sie die Nazis in den Hollywoodfilmen tragen; das Auge selber war trüb, matt und grau wie ein toter Fisch im Eis. Natürlich ist er mal mit dem Auto gegen einen Pfosten gefahren oder hat bei einem Auffahrunfall einen Blechschaden verursacht, aber das war's dann auch schon, er durfte ja eh nicht schnell fahren. Aus dem Grund war er ja auch so ungeschickt mit Waffen, er sah halt immer nur die Hälfte vom Schützenfest, deshalb hat er auch Hitlers Gipskopf vom Kamin geschossen. Dabei war er im Gebrauch von Waffen unterrichtet worden, um im Notfall die Dienststelle verteidigen zu können. Für die Waffen-ss war Vater untauglich, also wurde er V-Mann, das heißt, Spion für den deutschen Sicherheitsdienst; 1943 wurde er befördert, und zwar ohne jegliches militärisches Training – das hätte er körperlich sowieso nicht ausgehalten –, möglicherweise hat er den höheren Dienstgrad als Dank für seine Verdienste erhalten, uns hat er nie verraten, was er im Krieg alles verbrochen hat. Und dann wurde er ja auch immer dicker, sein Gang war schwerfällig und langsam; trotzdem musste er »zum Marsch« antreten, wie er es nannte. Einmal zog er zu so einem Marsch in Pantoffeln los, er fand es lustig und war überzeugt, dass ihm dadurch die anstrengende Nachtwanderung erspart bleiben würde. Aber am nächsten Morgen saß er dann mit einem Fußbad in der Küche und musste unseren Spott über sich ergehen lassen: Der Kommandant hat ihn gezwungen, den kompletten Marsch in seinen Hausschuhen zurückzulegen. Bei Himmlers Volkssturm von 1944 hätte er vielleicht noch mitmachen können, zusammen mit den Jugendlichen und den kriegsversehrten Veteranen, die für die verzweifelte Tragödie vom »Totalen Krieg« mobilisiert wurden, sagt Letta und seufzt, mehr wäre er seinem Traumvaterland wohl auch nicht wert gewesen.

Doch so unbeholfen er mit der Waffe war, so clever war er im Umgang mit der Feder. Er ist zum Beispiel aktiv an der Vorbereitung der großen Razzia beteiligt, die am 28. Februar 1942 als Vergeltungsaktion für einen Anschlag des Widerstands durchgeführt wird. Es werden viele Gefangene gemacht – wie viele genau, weiß man nicht – und ins berüchtigte Lager von Breendonk gebracht, wo sie wahrscheinlich der Folter zum Opfer fallen. Willem aber sitzt derweil ruhig am Schreibtisch und erstellt Listen, Listen über Listen. Sein Spionagedienst arbeitet diskret und effizient; selbst die engsten Mitarbeiter lässt er durch Dritte überwachen, man kann ja nie wissen.

*

Als es dämmert, steigt Mientje in den ersten Stock hinauf. Sie leidet unter geschwollenen Beinen, und die feuchte Kälte tut ihren Lungen nicht gut. Auf dem Treppenabsatz bleibt sie stehen, von hier aus kann sie das Flachdach des Hinterhauses mit den Bleirohren sehen; trockene Blätter wehen im Kreis und bleiben dann liegen. Der Winter steht vor der Tür, sie geht ins große Zimmer, um schon mal den kleinen Kanonenofen anzufeuern. Willem hat einen mächtigen Bibliotheksschrank mit Glastüren aufstellen und die Ledersessel aus dem Salon raufbringen lassen, außerdem gibt es einen Konferenztisch für bis zu acht Personen. Auf dem Dielenboden liegen Teppiche, und im Kamin steht der besagte kleine Kanonenofen der französischen Marke Godin, auch »Teufelchen« genannt; er hat ein Mica-Fenster, durch das man die Kohlen glühen sieht. Mir nichts, dir nichts sind eine Menge Kohlen verfeuert, ohne dass das große Zimmer warm geworden ist, obwohl man sich fast das Gesicht verbrennt, wenn man direkt vor dem Ofen sitzt. Außerdem schließen die Fenster nicht richtig, genauso wie die in ihrem Schlafzimmer. Monatelang ist die Bettwäsche feucht und klamm, und wenn man vor Kälte zitternd drunterschlüpft, muss man zusehen, dass man das Bett mit dem eigenen Körper so schnell wie möglich warm bekommt. Am Morgen sind die Fenster mit Eisblumen übersät. Mientje hat bereits drei feuerfeste Steine auf das Rohr des großen Heizofens im Hinterhaus gelegt; sind sie heiß, werden sie in braunes Papier gewickelt. Bevor sie schlafen gehen, nehmen die Mädchen einen der heißen Steine mit und legen ihn ins gemeinsame Bett – sie schlafen jetzt in der Mansarde, wo sie es nicht hören, wenn die Eltern mal wieder streiten. Auch Adri bekommt einen Stein, er schläft noch immer im Hinterzimmer des zweiten Stocks. Der dritte Stein landet spät in der Nacht im Ehebett. Wenn man beim Einschlafen die Füße dagegenpresst, durchflutet einen ein beinahe tröstliches Gefühl der Geborgenheit; erwacht man in der Nacht, tasten die Zehen automatisch nach dem inzwischen lau gewordenen, leise knisternden Papier.

Mientje verbringt viele Nächte allein im großen Ehebett, bevor sie begreift, was los ist. Willem ist immer öfter weg, und wenn er überhaupt nach Hause kommt, ist es meist sehr spät. Dann parkt er das Auto an der etwas entfernt liegenden Tichelrei und geht das letzte Stück zu Fuß durch das Dunkel. Sie merkt, dass er vorsichtiger wird, nach dem Grund dafür will sie ihn aber lieber nicht fragen, in letzter Zeit reagiert er oft gereizt oder abweisend, schüttelt den Kopf und sagt nur immer wieder, sie solle sich keine Sorgen machen. In verzagten Momenten vermutet sie, dass ihr Mann eine andere hat, und wälzt sich schlaflos im Bett. Der Kohlenschlucker im großen Zimmer ist schon längst aus, es ist früher Morgen, die Temperatur unter null, sie zieht die Decke über die kalt gewordenen Schultern und schläft noch einmal ein, sie träumt von Oud-Zevenaar, alles ist hell und sommerlich, doch gleich wird sie in einer winterlichen Dunkelheit erwachen, in ihren abgetragenen Morgenmantel schlüpfen, verschlafen die vielen Treppenstufen zur Mansarde hochstolpern, aufstehen, Mädchen, dann in den zweiten Stock zu Adri hinabsteigen, es ist Zeit, Adri, mein Junge, aufstehen; vor Kälte zitternd geht sie in die Küche und feuert den Herd an. In der morgendlichen Stille hört sie die Straßenbahn durch die Lange Steenstraat donnern, dann durch den Grauwpoort, auf dem Sluizeken beginnt das Leben mit Alltagslärm; warum ist Pappie schon wieder nicht nach Hause gekommen? Hoffentlich ist ihm nichts passiert, es liegt in Gottes Hand, er kennt und lenkt all unsre Wege.

17

Willem Verhulst lernte seine neun Jahre jüngere Geliebte Griet Latomme wohl irgendwann Mitte der Dreißigerjahre kennen, als er noch für die MEGA »auf Achse« war, kreuz und quer durch Flandern vagabundierte und Häuser und Bauernhöfe abklapperte. Griet Latomme stammte aus einer armen Bauernfamilie, die im Norden der Provinz Oost-Vlaanderen wohnte. In ihren Memoiren, die sie auf einer altmodischen Schreibmaschine tippte und die heute im Antwerpener Archiv- und Dokumentationszentrum für den flämischen Nationalismus liegen – wo sie bezeichnenderweise im Dossier von Willem Verhulst aufbewahrt werden –, schildert sie die Armut ihrer Kindheit: »Ich war der dreizehnte Zuwachs unserer Familie. Wir wohnten in einem weißgekalkten, strohbedeckten kleinen Haus in Kaprijke, einem Ort in der Region Meetjesland, nordwestlich von Gent.« Kaprijke ist ein Dorf mit einem großen, von Bäumen und Häusern umgebenen Anger in der Mitte, wie es für das Spätmittelalter typisch war.

Griet Latommes Beschreibung ihrer Kindheit deckt sich mit dem allseits bekannten Bild des armen Kleinbauern: ein hartes Leben mit schwerer körperlicher Arbeit und ständigen Geldsorgen, das aber auch idyllische Szenen kennt – durch die Obstgärten toben, Früchte vom Baum essen, Flachs schwingen; die Mutter sitzt in der Frühlingssonne vor dem Haus und stopft die Kleider. »Ich war eine hübsche Blondine mit schönen blauen Augen«, schreibt sie kokett.

Die Matratze ihres Kinderbetts war mit Spelz gestopft, das Almosen eines reichen Bauern aus der Nachbarschaft, im Kopfkissen steckten Hühnerfedern. Obwohl Griet Latommes Eltern nach ihrer eigenen Aussage nicht besonders katholisch sind, schicken sie die Tochter auf eine Klosterschule, wo ihr bei der Ankunft eine Nonne schockiert die Puppe entreißt, weil diese nackt ist; erst Tage später bekommt das Mädchen die Puppe züchtig bekleidet zurück; das Kind versteht überhaupt nicht, was los ist. »Ich wurde eigensinnig und widerspenstig, ja sogar ein wenig frech«, schreibt sie.

Als Kind sei sie tatendurstig und unangepasst gewesen, ausgestattet mit einer gesunden Portion Aufmüpfigkeit und kritischem Widerstand gegenüber Nonnen und Pfarrern, sie litt, wie sie sagt, unter der dauernden Kontrolle durch Kirche und Oberin. In ihren Worten flirrt stets eine kaum verhüllte erotische Kraft. »Wir waren Mädchen in der Pubertät und spürten, wie uns herrliche Brüste wuchsen. Natürlich waren wir stolz darauf … und bald schon zeigten ein paar von uns den anderen ihre üppigen Schätze.«

Bei der Schule, die die Mädchen als Volksschullehrerinnen verlassen konnten, handelt es sich um das bekannte katholische Liebfrauen-zum-Dorn-Institut in Eeklo. Griet regt sich über die Französischstunden auf und darüber, dass es den Schülerinnen verboten ist, miteinander flämisch zu sprechen; doch an den Geschichtsstunden und am Niederländischunterricht beteiligt sie sich rege. »Klar, dass man in so einem *Franskiljons*-Milieu zwangsläufig zur Flamingantin wird.« So verballhornt sie beim Singen der belgischen Nationalhymne den ursprünglichen Text, zwar ganz leise und nur für die Ohren des vor ihr stehenden Mädchens bestimmt, doch die Aufseherin hört es, und die aufsässige Griet wird zu Mère Chantal zitiert, wo sie für diese unpatriotische Tat zurechtgewiesen wird. Die naive Selbstgefälligkeit, mit der die greise Griet sich der banalen rebellischen Akte ihrer Kindheit und Jugend rühmt, liegt wohl allem zugrunde, was sie in ihrem Leben unternimmt, und es ist offenkundig, dass sie bei der Niederschrift den bewundernden Blick ihres Geliebten, Willem Verhulst, auf sich spürt. All das zeichnet das Bild einer jungen Frau, die um jeden Preis auffallen, aus der Reihe tanzen, etwas Abenteuerliches erleben will, nur ja nicht das beschränkte Leben leben, das ihr vorbestimmt zu sein scheint. Als von ihr verlangt wird, während ihres Referendariats eine kleine schwarze Haube zu tragen, lässt sie darunter keck zwei »lange Nele-Zöpfe« heraushängen, worüber selbst die frommsten Kirchgänger lachen – »so verwandelte ich die Katastrophe in ein tolles Erlebnis«. Mit den Nele-Zöpfen spielt sie auf das Liebchen des legendären Till Eulenspiegel an; mit Nele und Till assoziierte man damals Romantik, Rebellion und ein wenig anarchistische Freiheit.

Nach dem Diplom kehrt Griet Latomme nach Kaprijke zurück; sie verbringt die Zeit mit langen Radtouren entlang der Polderkanäle, sie singt im Chor, besucht flämisch-nationalistische Vorträge und ist sogar Mitglied einer Mädchen-Theatergesellschaft, die einmal ein Stück einstudiert, das vom Leben »unseres großen Idealisten Dr. August Borms« handelt. Sie freundet sich mit Raf Van Hulse an, einem Lehrer aus dem Nachbardorf, der später ein berüchtigtes SS-Mitglied wird. Weil es, wie sie schreibt, damals ungeheuer schwierig ist, als Lehrerin eine Stelle zu bekommen, verdingt sie sich eine Zeit lang als Bedienstete. Irgendwann jedoch wird ihr eine Stelle im westflämischen Langemark in der Nähe der Stadt Ieper angeboten, ungefähr siebzig Kilometer oder eine fünfstündige Fahrradfahrt vom Elternhaus entfernt. Und so zieht sie nach Langemark. Auch dort engagiert sie sich sofort in einer Theatergruppe und darf sogar in einigen Operetten auftreten. »Das gefiel mir außerordentlich. Das Frei-Sein tat meinem Leben gut.«

Ohne weitere Erklärungen schreibt sie dann: »Ich machte Bekanntschaft mit der Familie Verhulst und dem Dichter Richard De Cneudt.« Und schon bald fährt sie auch nach Gent. »Nach und nach wurde ich eine Freundin des Hauses und lernte Willems anderen Freunde kennen, ein paar von ihnen waren wichtige Leute. Ich habe dort eine herrliche Zeit verlebt: Weihnachtsfeiern, Wanderungen, Opernbesuche und vieles mehr … Ab und zu durfte ich mit in die Niederlande fahren …«

So wird Griet Latomme für die Kinder allmählich zur »Tante Griet«, und Mientje muss duldsam dabei zusehen, wie die »gute Freundin aus Langemark« sich ins Familienleben drängt. Als wenig später »der entsetzliche Krieg« ausbricht und Willem in den Dienst der Besatzungsmacht eintritt, wird Griet Latomme nach Maria-Aalter versetzt. »Nun war es vorbei mit den Besuchen von Wim, Väterchen De Cneudt und allen anderen, die herkamen, um hier unsere sogenannten ›Kulturtage‹ zu verbringen ...«

Offenbar verfügt Griet Latomme während des Kriegs über einen guten Draht zu Wilderern und Bauern, denn es gelingt ihr, allerlei Lebensmittel zu organisieren; möglich, dass Wim einen Teil davon mit dem Auto abholt. Er fragt sie, ob sie dazu bereit wäre, der Familie während der Ferien ihr Häuschen zu überlassen, wozu sie gerne die Einwilligung gibt: »Dann fuhr ich nach Gent, um den Strohwitwer zu versorgen ...«

Ich starre auf den augenscheinlich so unschuldigen Satz, der eigentlich besagt: Mitten im Krieg schickt Willem seine fürsorgliche Mientje und die drei Kinder nach Maria-Aalter, sprich, in sein geheimes Liebesnest, während er sich in Gent mit der jungen, lebenslustigen und temperamentvollen Griet vergnügt und sich an ihren widerspenstigen Nele-Zöpfen und ihrer Begeisterung für die flämische Sache erfreut. Allzu viel verrät Griet Latomme nicht über diese Zeit, aber man braucht keine große Fantasie, um sich den Rest vorzustellen.

Es ist beachtlich, wie leichthin die Geliebte ihr geheimes Liebesverhältnis mit Wim zu einer unschuldigen Familienangelegenheit macht; sie genieße das »Stadtleben«, schreibt sie, die »Oper- und Kinobesuche und die Treffen mit den Freunden in vollen Zügen«.

Allmählich dringt die empörende Tatsache zu mir durch: Mientje wusste irgendwann Bescheid.

Das stimmt, erzählt mir die hochbetagte Suzy eines Nachmittags weißweintrinkend und kettenrauchend: Unsere Mutter tolerierte es zwar, aber sie litt darunter; ich glaube, sie hatte ein schlechtes Gewissen, weil sie unseren Vater am Sterbebett seiner ersten Frau kennengelernt hat, aber ganz sicher bin ich mir nicht. Letta sagt dazu: Immer wenn ich das Thema zur Sprache brachte, sagte Mutter mit einem traurigen Gesicht: »Ach, Mädchen, ich hoffe, dass du so was nie durchmachen musst.«

Auf einem Foto jener Zeit steht Griet neben einer leer vor sich hinblickenden Mientje und den Kindern, als wäre sie die Gouvernante. Das Foto stammt aus dem Jahr 1938 und wurde während eines Ausflugs in der Nähe von Nijmegen aufgenommen; im Hintergrund ist die später zerstörte Waalbrug zu erkennen. Links im Bild steht noch eine dritte Frau. Wer ist das?, frage ich. Ach, dass ist Aurélie Willaert aus Ertvelde, erklärt mir Suzy, eine Lehrerin. Ach herrje, die auch …? Das weiß ich nicht, antwortet sie, sie war Griets beste Freundin. Ich habe keine Ahnung, warum sie auf dem Foto ist, wahrscheinlich ist sie mit nach Oud-Zevenaar gefahren. Und Letta sagt: »Sein ganzer gottverdammter Harem. Diese Frechheit. Nicht zu fassen!«

*

Griet, ich hab dich so lieb.

Er seufzt. Dreht sich um zu der blonden Frau, gegen deren Bauch er sein Hinterteil während des gemeinsamen Schläfchens gepresst hatte. Sie lächelt ihn strahlend an. Er umarmt sie. Nun ist sie es, die seufzt. Sie krault mit dem Finger in seinem Brusthaar.

Du musst nach Hause, Willem.

Er brummt. Ihr Haar kitzelt ihn in der Nase. Er legt ihr die Hand auf die kleinen Brüste und beginnt sie zu streicheln, fährt mit den Fingern ihren glühend heißen Bauch entlang und spürt, unten angekommen, wie feucht sie ist. Sein Begehren erwacht von Neuem, sie spürt es, packt ihn heftig, führt ihn sich zwischen die Beine, küsst ihn vollmundig. Danach liegen sie schläfrig umschlungen da.

Willem, es ist schon Mitternacht vorbei, du hast Mien versprochen, zum Wochenende daheim zu sein.

Brummen. Ein kurzer Stoß.

Ich will hierbleiben.

Du musst nach Hause, Willem.

Ich will nicht, es ist so weit, es regnet und es ist dunkel. Du willst mich doch nicht tot sehen, oder?

Er versucht, sie unter den Achseln zu kitzeln. Sie stößt ihn lachend von sich weg.

Du weißt doch, dass Mien sich Sorgen macht, Wim …

Er küsst sie, trunken vom wunderbaren Duft ihrer beider dicht an dicht liegenden Körper, glühend, tief durchstrahlt von erbaulichem Glück. Und fällt in einen traumlosen Schlaf.

Am Samstagmittag kommt er nach Hause. Mientje kocht gerade Gemüse, das sie bei einem Bauer vor der Stadt geholt hat. Das Drongenhofer Haus ist voller Kinderstimmen; ein Geburtstagsfest für Letta, er hat es vergessen, er hat kein Geschenk.

Ich musste noch jemanden nach Hause bringen, Mammie. Und letzte Nacht hatten wir einen Rieseneinsatz, ich konnte nicht weg. Ich musste unterwegs übernachten.

Setz dich, Willem. Das Essen ist fast fertig.

Da ist etwas in seinem Innern, das ihn verzweifeln lässt. Das Gefühl, dass nichts mehr so sein wird wie früher. Er hat Angst, dass die Geliebte noch auf seiner Haut zu riechen ist, gleichzeitig könnte er vor lauter Verliebtheit losheulen.

Er nimmt die kleine Suzy auf den Schoß und sagt: Soll ich dir eine verrückte Geschichte erzählen?

Das Kind sagt: Aber nicht wieder die von den drei Lämmchen in der Höhle, Papa!

*

Zu Weihnachten vom Hauptsturmführer bekommen, sagt er und grinst, als Mientje überrascht auf die Kodak-Duex-Kamera in seinen Händen blickt. Was ...? Willem, wozu braucht man so was?

Um schöne Fotos zu machen, antwortet er, aufgeregt wie ein Kind.

Ach! Na ja, wenigstens brauchst du dir nicht die Mühe zu machen, ein Auge zuzukneifen.

Er blickt sie dümmlich an, bevor er loslacht.

Vorsichtig stellt er den Apparat in den Schrank in der Bibliothek.

Viele Jahre später, ihr Mann sitzt im Gefängnis, findet Mientje einen Zettel, den er hinter dem Apparat in einem Buch versteckt hat:

> *Für Dich, mein Wimpiemann, mach viele nette Schnappschüsse von uns. Mit viel Liebe, Deine Spele-Nele.*

Und darunter zwei Herzen und ein Hakenkreuz.

Sie steckt den Zettel in das Buch zurück; schon seit Wochen ist es im Haus so still, dass sie sich selber atmen hört.

18

Fast vierzig Jahre später strahlt das große Zimmer im ersten Stock friedvolle Leere aus, Gleichgültigkeit gegen das Vergehen der Jahre. Der Dielenboden ist abgetreten, die Tür schließt nicht mehr richtig, der Kamin aus dem schwarzen Ardenner Stein ist verstaubt, zarte Spinnweben hängen vor den Fenstern aus dünnem, leicht geflecktem Kriegsglas; ein Stück loser Fensterkitt hat sich an einem kleinen Nagel verfangen und tickt mit dem Wind an die Scheibe wie das Rotkehlchen in einem niederländischen Kinderlied. Ich zögere, sehe den Notar einen Moment nachdenklich vor dem Fenster stehen und geselle mich zu ihm, gemeinsam schauen wir hinaus. Da wendet sich mein ehrenwerter Führer mit seinem breiten Leib mir zu, legt das Klemmbrett mit dem Abnahmeprotokoll auf die Fensterbank, faltet die Hände auf dem Rücken und sagt: Eine nicht gerade reiche, aber ruhige Umgebung, nicht wahr? Auf dem Boden liegen Zeitungen und ein paar vergilbte, feuchtgewordene Fotos; ich beachte sie nicht.

Wir bleiben noch eine Weile so stehen und sehen nach draußen. Die Stille ist umgeben von den leise vibrierenden Geräuschen der Stadt, von einem unbestimmten Brummen in den Gemäuern, im grauen Himmel über den Dächern.

Das leerstehende Gebäude da drüben, was ist das?, frage ich.

Er schrickt aus seiner Nachdenklichkeit auf. *Ah ça*, die alte *biseautage*, Monsieur, ich meine, die Glasschleife.

Vor einer feuchtfleckigen Mauer mit den subtilsten Farbtönen, die Verfall annehmen kann, hängt ein Schild mit dem abgeblätterten Schriftzug *Glacegand*. Früher nannte man das Schleifen von Glas *biseauter*, erklärt mir De Potter. Vor allem von Glas, wie man es für die Innentüren und Schmuckfenster der besseren Häuser benutzt hat. Die Biseautage ist ein ehrenwertes Handwerk, das Genauigkeit und Geduld erfordert. Die Fabrik gibt es schon so lange, wie ich mich erinnern kann. Auch in unserer Kanzlei haben wir Türen mit Glas von hier. Heutzutage ist so was aus der Mode, Monsieur, aber Glasschleifer ist ein schöner Beruf. Man hat hier auch Buntglas auf Maß geschliffen, das war granitfarben, milchweiß, rubinrot und kobaltblau, manches hatte auch durchsichtige Flammen in hellblauer Farbe, oder Wolken, die wie im Glas gefangen waren.

Dort, wo das längliche Fabrikgebäude ungefähr einen Meter über die Abstandsfläche hinausragt, wird die Straße schmaler und dunkler, vorn grenzt es an die Drongenhofkapelle und zieht sich dann bis zum Ende der Straße hin, eine einzige, riesige Ruine. Wir blicken auf ein Gewimmel aus Flachdächern und offenen Innenhöfen hinab. Durch die zerbrochenen Fenster sind überall leuchtendblaue, korallenrote, gelbgrün-geflammte oder hellsmaragdene Schliffstücke zu sehen.

Später durchstreifte ich dieses Labyrinth oft; das Eisen und das Holz, ja sogar der Stein zerfielen im Lauf der Zeit, nur das Glas funkelte im Licht oder Regen weiterhin, als wäre es eben erst geblasen worden. In den Büros, die sich in einem besseren Zustand befanden, war noch alles so, als hätten die Angestellten den Betrieb von einem Tag auf den anderen verlassen, als wären sie vor einem Bombenangriff geflohen: Akten, Rechnungen, Briefe, Kassenbücher mit ihren taubengrauen, marmorierten Einbänden – das alles lag noch viele Jahre so da. Das Gebäude bestand aus Korridoren, Arbeitsräumen, Nebenzimmern, Ateliers, Büros; aus Mezzaningeschossen, zu denen schmale, gusseiserne Wendeltreppen führten, und Eingängen, die sich zu überraschend großzügigen, glasüberdachten Werkhallen öffneten, wo in lichten Höhen die kaputten Fenster im Wind klapperten, jederzeit bereit, einem im Fall den Schädel zu spalten. Unter diesen Fenstern standen auf mehreren Schichten knirschenden Glasstaubs gefällig aufgereiht die Schneidetische, mit Nuten, tief eingekerbt durch jahrelange Nutzung, und darauf die alten Schneidewerkzeuge; im hinteren Teil des Gebäudes befanden sich die versinterten, verrosteten Toiletten, wo ich in der Tasche eines braunen, vor Dreck starrenden Arbeitskittels einen Zettel mit folgender Notiz fand: *Roger, bring mir doch bitte für 20 fr Kitt mit, Danke, Jeanne*. Dort lagen auch die weitläufigen Kellerräume aus Bavegem-Stein, wo es nach Maschinenöl roch und heimlich hier nächtigende Obdachlose Lumpen und vergammelte Schaumgummimatten hinterlassen hatten; die Archäologie verfallener Industrie.

Willem, Mientje und die Kinder schauen jahrzehntelang auf die Werkstatt hinunter, und als ich Letta nach der Fabrik frage, sagt sie: Ja, die Glasschleife hat uns jeden Morgen um sieben Uhr geweckt. Zuerst hörten wir einen schrillen Schleifton, dann das Klirren von Kristall; wir konnten durch das Glasdach die Männer an ihren Schneidetischen arbeiten sehen, wenn auch nur verschwommen, in gelbem Licht. Als Nächstes sah man dann eine Wolke, funkelnde Glassplitter waren das, wie gläserner Schnee. Wenn wir nicht zur Schule mussten, hörten wir ungefähr eine Stunde später die Karren für den Transport. Die Hufe der Pferde klapperten auf dem Pflaster, die Holzräder rumpelten, und die Kutscher brüllten laut herum. Danach wurden die großen Glasscheiben auf- oder abgeladen, manche davon waren noch ungeschliffen und in Pferdedecken gewickelt, die hat man getragen, als wären sie kranke Menschen, mit denen man ganz vorsichtig umgehen musste.

Irgendwann in den Achtzigerjahren, als in den Räumlichkeiten Gras und Moos zu sprießen begannen und aus den Mauerrissen Farne und Brennnesseln wuchsen, beschloss die Stadt, die Ruine der Biseautage abzureißen und ein Apartmenthaus zu errichten. Je näher der Abrisstermin rückte, desto mehr schleppte ich aus der Fabrik nach Hause: Karteikästen, weiße Opalinfliesen für mein Badezimmer, Rechnungsbücher, einen kleinen Vorrat an romantischem Buntglas, ein paar Schneidewerkzeuge mit Diamantspitzen. In einem der Bücher fand ich einen Zettel, dessen Inhalt ich erst später verstand: ein kurzes Protokoll geleisteter Arbeitsstunden, mit Willem Verhulsts Unterschrift – und darüber, fein säuberlich getippt: »Heil Hitler!«

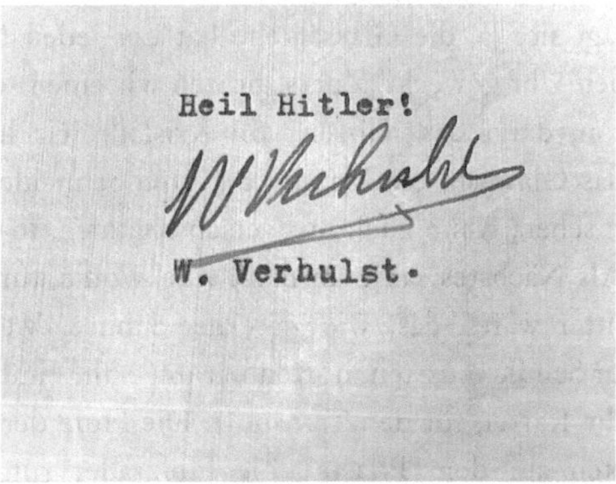
Heil Hitler!

W. Verhulst.

19

Der deutsche Dichter und bekannte Intellektuelle Heinz Flügel ist in der Stadt, Mien freut sich und ist sogar ein wenig aufgeregt. Sie trägt ihr bestes Kleid und um den Hals eine Perlenkette, nervös geht sie im Haus hin und her, gleich darf sie Pastor Pichal beim Vorbereiten von Flügels Vortrag helfen. Flügel wurde als Lektor an die von den deutschen Besatzern gegründete Deutsche Akademie berufen. Die Anstellung zwingt ihn dazu, vorsichtig zwischen seiner humanistischen Überzeugung und den unbarmherzigen Regelungen der Nationalsozialisten zu lavieren. Trotzdem verkörpert er für Mientje nahezu das höchste Ideal: Flügel ist der kosmopolitische Sohn eines deutschen Diplomaten in Brasilien, Verfasser des von ihr bewunderten Gedichtbandes *Mythen und Mysterien*, engagierter Theaterautor, Vortragsreisender, gemäßigt flämisch-aktivistisch, den Nazis gegenüber kritisch, aber gleichzeitig aufgrund seines tiefen protestantischen Glaubens niemals militant oder fanatisch – weshalb die Nazis ihm nicht nur recht viele Freiheiten lassen, sondern ihn auch für die geeignete Person halten, um die flämischen Intellektuellen der Stadt für sie einzunehmen.

1987 publizierte Flügel seine Memoiren *Zwischen den Linien*, worin ich äußerst interessantes Material über seine Genter Zeit finde. Er schreibt über seine Liebe zur Stadt, über die Sommerspaziergänge entlang der Leie; er gesteht, eine Affäre mit einer verheirateten Frau gehabt zu haben, die er liebevoll »Pau-Pau« nennt und die ihn im Schutz blühender Sträucher oder in einem kleinen Hotel am Flussufer sowohl in »die Liebe auf Französisch« als auch in die Geheimnisse der »Seele Flanderns« einweiht. Er flaniert gerne durch die Straßen von Gent, den Gravensteen nennt er »eine Geisterburg«, die über Händler, Fischverkäufer und Zauberer wache; in seiner romantischen Naivität entdeckt er unter den Bewohnern der Stadt lauter Till Eulenspiegels. Oft hört er den Namen des flämisch-nationalistischen Dichters Cyriel Verschaeve, rühmt dessen »mystische Seele«, verzeiht ihm aber seine nazistischen Gedichte nicht; da sei ihm der edle Stil Ernst Jüngers lieber. Er schreibt auch, dass die patriotischen Flamen sich in einer verzwickten Lage befinden. Er selbst verhält sich der deutschen Obrigkeit gegenüber so diplomatisch wie möglich, fürchtet jedoch die Gestapo, weil diese sich flämischer Agenten und Spitzel und außerdem der »fanatischen DeVlag-Leute« bedient. Die DeVlag ist jene Organisation, der auch Willem Verhulst angehört. Flügel beklagt sich gleich zu Beginn seiner Lektortätigkeit bei Generalmajor Walter Bruns über die flämischen Spione, die seinen Vorträgen beiwohnen, und auch darüber, dass seine Briefe geöffnet werden, worauf ihm der kultivierte Oberfeldkommandant antwortet, er könne ihn damit trösten, dass auch er beobachtet werde. »Hier misstraute jeder jedem«, fasst Flügel später zusammen.

An diesem Abend soll Heinz Flügel vor einem ausgewählten Publikum in einem städtischen Vortragssaal sprechen; es besteht aus den wenigen Humanisten und Pazifisten, die noch den Mut haben, öffentlich zu ihrer Gesinnung zu stehen; schweigsame Intellektuelle und pietistische Deutsche, die sich im erlesenen Kreis gegenseitig Hölderlin-Gedichte vorlesen, außerdem einige liberaler gesinnte Offiziere und gebildete Goethe- und Schiller-Liebhaber. Miens Herz zittert vor Erwartung, sie erinnert sich an die Abende bei Pastor Wartena in Oud-Zevenaar – die waren so inspirierend; während es draußen bereits dämmerte, wurden drinnen Gedichte vorgelesen und Psalmen gesungen, das Herz, »welches aus sich selbst zu leuchten schien«, der Klang der Erhabenheit in diesen Stimmen. Mientjes Schuhe sind abgetragen, aber damit ist sie im Krieg nicht allein; das Hütchen mit dem kleinen schwarzen Schleier trägt sie seit Jahren zum ersten Mal; Willem ist noch im Büro, das Essen für die Kinder hat sie ihnen bereitgestellt.

Sie geht an der Groot Kanon vorbei, über den verlassenen Freitagsmarkt, durch die Serpentstraat und die Schepenhuisstraat, lässt den Kontrollposten des verdunkelten Rathauses, den Belfort, die Kathedrale und den Duivelsteen hinter sich und biegt in die Vlaanderenstraat ein. Durch die Vermittlung der Deutschen Akademie ist sie im Besitz eines Passierscheins, der es ihr erlaubt, auch nach Einbruch der Dunkelheit nach Hause zurückzukehren. Als sie am Veranstaltungsort ankommt, sind bereits zahlreiche Zuhörer da, man ist höflich, spricht leise, die Männer, die vor dem Eingang stehen und diese stinkenden Kriegszigaretten rauchen, versuchen, die beiden auf der gegenüberliegenden

Straßenseite postierten Soldaten zu ignorieren. Dann betreten Pfarrer Pichal und Heinz Flügel den Saal, eine elegante Gestalt in langem Mantel, er hat trotz seiner fünfunddreißig Jahre noch etwas Jugendliches an sich, ein Mann wie ein großer Junge, denkt Mientje gerührt. Nach einigem Zögern setzt sie sich schließlich in die dritte Reihe, ihre Lieblingsreihe, von dort hat man die prominenten Leute in der ersten Reihe gut im Blick und kann ihre Reaktionen beobachten, man ist nah am Rednerpult, und trotzdem sieht einen nicht jeder. Flügel ist prächtig aufgelegt, gibt sich selbstsicher, verständnisvoll, nahbar und entspannt. Er richtet den Blick auf sein Publikum, holt tief Luft, lässt eine sekundenlange Stille folgen, in der keiner zu atmen wagt und das letzte Gemurmel im Saal schlagartig verstummt; auf Bitten des kleinen Hölderlin-Lesezirkels beginnt er seinen Vortrag mit einigen Zeilen des Dichters: *O komm*, rezitiert er feierlich, *Komm! ins Offene, Freund! zwar glänzt ein Weniges heute / Nur herunter und eng schließet der Himmel uns ein ...*

Ein Teil des Vortrags entgeht Mientjes Aufmerksamkeit, weil sie derart glücklich ist, dass ihre Gedanken in alle Richtungen schweifen, sie ist den Tränen nah. Was hat sie nur? Sie wischt sich eine Träne weg. Die Worte von Frieden und europäischer Kultur erheben ihr Herz, ach, sie kommt sich vor wie ein dummes kleines Mädchen, hier in diesem Raum, zwischen all diesen wohlwollenden, gläubigen Menschen. Flügel hat ungefähr zehn Minuten gesprochen, als sich die hintere Saaltür öffnet, Schritte sind zu hören, Gemurmel ertönt; Mientje blickt verärgert auf, wer wagt es, den Vortrag dieses wunderbaren Menschen zu stören, wo er doch gerade so schön Rilke und George zitiert; doch als sie sich umdreht, ein wenig zu unbeherrscht, sieht sie zwei Männer mit schwarzen Ledermänteln über der verhassten Uniform, die Mütze mit dem Totenkopf unter den Arm geklemmt, immerhin sind sie so höflich, sie abzusetzen, vielleicht wollen sie einfach nur … Doch da entdeckt sie voll Schrecken Willem, halb verdeckt von den beiden ss-Leuten steht er etwas unbeholfen da, die Kodak Duex im Anschlag, für nette Schnappschüsse, ja, nette Schnappschüsse von diesem Herrn da vorn. Ihr wird heiß, das Herz schlägt ihr bis zum Hals; er, hier, jetzt, an diesem Ort, nicht um zuzuhören, sondern um zu kontrollieren … Ihr wird schlecht, Magensäure stößt ihr auf, sie versucht, sich zusammenzureißen. Flügel hat die Männer ebenfalls bemerkt und besitzt den Mut, den Vortrag zu unterbrechen und sie mit eleganter Ironie anzusprechen: Gnädige Herren, hier vorne gibt's noch genug Plätze, darf ich Sie bitten … Die drei Gestalten, die aussehen wie die Raben aus einem Kinderbuch, drehen sich bei diesen Worten abrupt um und verlassen schweigend den Saal. Von da an ist Mien so gut wie taub für alles, worauf sie sich so sehr gefreut hat; Bilder wirbeln ihr im Kopf herum, und alles scheint wie von einem dunklen Strudel eingesaugt zu werden, als würde gleich das gesamte Leben in einem stinkenden Abfluss verschwinden; sie will nach dem Vortrag noch ein wenig bleiben, will sich unterhalten, aber sie steht nur dumpf herum; sie hatte sich so viele spannende Fragen überlegt, die sie Flügel stellen wollte, doch jetzt findet sie in ihren Gedanken nur feuchten Lehm, etwas Klumpiges, Schweres und Dummes, feuchten Lehm und drei schwarzlederne Raben, die sich zur Wand drehen, sie kann nicht mehr klar denken, ein Zustand, in den verzweifelter Kummer uns bisweilen zu versetzen vermag. Eigentlich wollte sie sich mit Flügel über sein Buch *Tragik und Christentum* unterhalten, und jetzt steht sie wie eine Idiotin da, wie vor den Kopf gestoßen, dabei blickt der liebenswürdige Flügel sie mehrere Male freundlich und neugierig an, von Pastor Pichal hat er nur Gutes über sie gehört. Doch dicker leimartiger Speichel lähmt ihre Zunge; Selbstmitleid verzehrt sie, sie hasst dieses demütigende Gefühl.

Niedergeschlagen kehrt sie durch die stockdunkle Stadt ins Drongenhofer Haus zurück, die Kinder sind in den Zimmern, sie hört Adri Geige üben und die Mädchen zusammen singen; ihr ist, als stürzten die Wände auf sie ein, sie geht in ihr Schlafzimmer und stellt sich vor das Fenster. Drüben sieht sie ein verschwommenes Licht tanzen, der Nachtwächter macht seine Runde durch die Werkstätten der Glasschleife; sie zieht die Vorhänge zu, schaltet die Nachtlampe ein, setzt sich auf den Bettrand, greift zum Gesangbuch, der HERR ist meine Rettung, der HERR ist nah bei mir. Sie versucht zu summen, doch es ist ihr alles zu viel, sie bricht in Tränen aus.

Willem küsst mich nicht mehr.

Sie öffnet ihr Tagebuch und schreibt ohne abzusetzen und mit zunehmender Erleichterung ihres Herzens eine Psalmennachdichtung, die sie bei einem Gottesdienst in der Brabantdamer Kirche vorlesen will. Dann schläft sie ein; Stunden später erwacht sie, als sie die Haustür ins Schloss fallen hört.

Willem poltert die Treppe herauf, legt sich mit dem Rücken zu ihr neben sie, er riecht nach Schweiß, Zigarren und Wein. Sie ist erleichtert und endlos betrübt, leicht berührt sie seinen Rücken.

*

»Ich muss mit meinen Listen nach Brüssel, bis morgen.«

»Ich muss zu einer Versammlung der Feldgendarmerie in Brüssel, ich werde dort übernachten. Es wird spät. Bis übermorgen.«

»Der Stadtkommandant schickt mich zur Messe nach Hannover. Bis nächste Woche dann. Kinder, seid schön brav, ja?«

»Vergiss deinen Proviant nicht, Pappie.«

»Danke, Mammie, das ist lieb von dir.«

20

Ein kühler Abend im März 1943, es dämmert, als er vom Dienst zurückkehrt, den Gravensteen hinter sich lässt und in die schmalen Gassen des Patershol einbiegt. An der Ecke Ballenstraat und Haringsteeg stehen ein paar Männer und unterhalten sich. Ohne aufzublicken, geht er an ihnen vorbei, er ist müde und schlecht gelaunt; da hört er einen von ihnen zischen: Dreckskerl!

Wie von der Tarantel gestochen dreht er sich um; fragt die Männer, wie sie heißen.

Geht dich einen feuchten Kehricht an, dreckiger Faschist, sagt der Älteste und sieht ihm so fest in die Augen, dass Willem den Blick senkt.

Er kocht innerlich vor Wut, versucht, ruhig zu bleiben.

Wo wohnen Sie?, fragt er so unbewegt wie möglich. Wenn Sie nicht antworten, muss ich Sie abführen.

Ach, und wie willst du das anstellen? Du bist allein und willst uns alle abführen? Der Mann grinst.

Sein Blick ist so durchdringend, dass Willem unsicher wird; dieses verschwörerische Gesindel würde er am liebsten sofort auf seine Listen für die Sicherheitspolizei setzen.

Ich werde schon rauskriegen, wer Sie sind, brummt er.

Ist mir doch egal, sagt der Mann, bring dann bloß deine schwarzen Raben mit. Mein Gewehr ist schon geladen.

Die anderen Männer grinsen provozierend. Einer streicht sich mit dem Finger quer über die Kehle.

In einem der ärmlichen Häuser öffnet sich im oberen Stock ein Fenster.

Salaud! Fasciste!

Eine Frauenstimme. Eine wohlklingende Stimme. Die Stimme einer jungen Frau. Er schaut nach oben: eine sehr attraktive Frau, der er auf der Straße schon das eine oder andere Mal nachgestarrt hat. Sie ballt die Hand zur Faust.

Willem wird schwarz vor Augen, von einer Sekunde zur anderen steht er wieder auf dem Schulhof, die Erinnerung an die Demütigungen springt ihn an wie ein bösartiges Tier, das es nach all den Jahren noch immer auf seinen Hals abgesehen hat. Er denkt an die Bürgersöhnchen, die ihn ständig gehänselt haben; und jetzt, jetzt ruft ihm verdammt noch mal schon wieder jemand etwas auf Französisch nach, eine junge Frau, ihm, dem persönlichen Freund von Jungclaus ... Ach Gott, die französich redenden Mädels von früher, der süße Blitz unter ihren Röcken; ein schmerzhafter Stich durchfährt ihn, eine Flamme des Hasses, oder eigentlich eher der Traurigkeit, einer immens großen Traurigkeit, so groß, dass sie sich in Hass verwandelt, am liebsten würde er sie alle sofort verhaften, ins Gefängnis stecken, diesen ganzen gottverdammten Abschaum.

Belgizistisches Gesocks!, brummt er, doch als er weitergehen will, versperrt ihm plötzlich ein Mann den Weg, und diesen Mann kennt und fürchtet und hasst er.

Ach nee, sagt der Mann, wen haben wir denn da, unseren großen Jäger!

Ah, Omer De Ras, antwortet Willem, was machst du denn hier, willst sicher Unruhe stiften, was?

De Ras spuckt auf das Straßenpflaster.

Du mieser Faschist willst mir sagen, was ich tun darf und was nicht? Klingst ein bisschen schwach auf der Brust, wenn du ohne deinen Rattenschwanz unterwegs bist!

Willem geht einen Schritt zur Seite, will an De Ras vorbei; doch der macht ebenfalls einen Ausfallschritt.

Soll ich dich für 'ne Stunde zu Gaston Delbeke schicken, De Ras?

Plötzlich spürt er dessen eiserne Faust am Kragen.

Hör gut zu, Verhulst: Keine Ahnung, ob das auch in euren deutschen Zeitungen steht, aber der Wind dreht sich. Pack schon mal deine Sachen und hau ab, sonst kommen wir dich nach dem Krieg besuchen. Hast du verstanden, du widerlicher Mistkäfer?

Er lockert den Griff, und Willem eilt davon, die Hand an der malträtierten Kehle.

Als er im Drongenhof ist, denkt er: Was, wenn die hier ins Haus kommen, und Mientje ist mit den Kindern allein …? Liebende Sorge um die Familie durchflutet ihn. Ich muss eine Sicherheitskette an die Haustür montieren lassen. Gleich morgen werde ich es veranlassen, jemand vom Dienst kann das machen. Er trinkt im Hinterhaus ein Glas Wasser, schluckt eine Pille, geht noch für einen Moment in die Bibliothek, blickt auf die Kapelle, die trübselig und steil in die Nacht ragt. Hab gehört, dass sich unterm Dach Kommunisten verstecken. Muss das dringend überprüfen lassen.

Am nächsten Tag setzt er mit vor Wut knirschenden Zähnen und gespitztem Bleistift Omer De Ras auf seine Liste; ein knappes Jahr später, am 20. Mai 1944, wird De Ras in einer Kneipe verhaftet, brutal verhört, krankenhausreif geschlagen und nach Buchenwald deportiert, doch er überlebt. Während des Verhörs sitzt Willem oben im Büro und arbeitet, die Schreie aus dem Keller hört er nur gedämpft, was weiß er schon, fällt ja nicht in seinen Aufgabenbereich, jeder tut, was er tun muss. Ob sich die Wege von Omer De Ras und Willem Verhulst nach dem Krieg in den engen Gassen vom Patershol noch einmal gekreuzt haben?

*

Von da an trägt Willem Verhulst in einem Lederholster eine Waffe mit sich; manchmal, wenn er zu Hause die Uniform auszieht, beobachten die Kinder, wie der Vater vorsichtig den Ledergurt löst, die Pistole bedächtig in die Schublade legt, diese sorgfältig verschließt und den Schlüssel in die Hosentasche steckt, wo er bleiben wird, bis Willem ihn für die Nacht unter das Kopfkissen legt. Seinen Dienstwagen parkt er nicht länger im Tempelhof um die Ecke, sondern lässt ihn beim *Comité voor Dietsche Actie* stehen, das Tag und Nacht bewacht wird. Kommt er etwas später nach Hause, ruft er vorher Mientje an und bittet sie, eines der Kinder zum Gravensteen zu schicken, um ihn dort abzuholen. Einen Vater mit Kind lässt man doch wohl in Frieden, oder?

*

Es ist ein schöner Septembertag, Willem ist auf dem Weg zur Arbeit, als die hellen Wolken über der Stadt plötzlich zu brummen beginnen, alles vibriert, eine riesige Bewegung nähert sich, alle Blicke richten sich erschreckt gen Himmel; da tauchen auch schon die ersten Flugzeuge auf, drehen ab, lassen schwarze Punkte fallen, die schnell größer werden, panisch stürzen die Menschen in alle Richtungen davon, jetzt donnern die Einschläge, die Vorstädte werden bombardiert; Willem rennt die paar Hundert Meter zum Haus zurück, Mientje ist mit den Kindern schon im Keller, er eilt die Treppe hinunter, sieht dort im dämmrigen Dunkel nicht nur die Familie, sondern auch Nachbarn sitzen, die Vandermeulens vom Grauwpoort. Dann läutet die Klingel, lange, dann noch einmal, es wird gegen die Tür gehämmert, sie hören eine Männerstimme hysterisch um Hilfe rufen. Mientje springt nach oben, rennt den Flur entlang, öffnet das kleine Fenster in der Haustür, vor ihr steht ein Mann in ss-Uniform und weint vor Angst; sie lässt ihn herein, zusammen eilen sie in den Keller.

Die Bombardierung Ledebergs vom fünften September kommt einem Signal gleich, danach ändert sich die Lage abrupt. Von nun an erstarkt der Widerstand enorm, und die Kollaborateure sind die Verfolgten. Letta erinnert sich an den Bombenangriff, als wäre es gestern gewesen: Im Keller saß ich neben dem ss-Mann, erzählt sie, der hat in seiner Naziuniform vor Angst gezittert, wir Kinder dagegen fanden es einfach nur spannend. Ich hatte ja keine Ahnung, dass an dem Tag hundertelf Menschen gestorben sind.

21

Mientje kniet im Hausflur und bohnert den Fliesenboden mit dunklem Wachs, bringt die angegrauten schwarzen Steine wieder zum Glänzen; für die Bordüre aus Carrara nimmt sie farblose Paste, es riecht nach Bienenwachs und Terpentin. Sie bohnert und poliert, ihr Gesicht ist von der Anstrengung ganz rot, die Fliesen schimmern, der Hausflur sieht aus, als befände er sich in einem vornehmen Patrizierhaus. Hoher Besuch steht bevor, und Willem hat ihr nahezu befohlen, das Haus auf Hochglanz zu bringen. Das Porträt von Kees Boeke verschwindet aus dem Flur und wandert in Adris Zimmer; es wird durch Fotografien von August Borms und Heinrich Himmler ersetzt, den Helden des Augenblicks, doch das Prunkstück ist das Symphonion.

Erst nachdem ich mich durch die Unterlagen des Brüsseler Kriegsgerichts-Archivs und der Genter Archive gearbeitet habe, wird mir klar, wie viel Willem tatsächlich auf dem Kerbholz hatte. Dass er auf der Hierarchieleiter der Kollaborateure ziemlich weit oben stand, beweist dieser Tag des hohen Besuchs. Am späten Nachmittag biegen mehrere deutsche Dienstlimousinen in den Drongenhof ein und halten, den Gehweg blockierend, direkt vor dem Haus,

Wagentüren werden zugeschlagen, man nimmt Haltung an, Heil-Hitlers gellen durch die enge Straße, und Arme fliegen in die Luft, langsam, fast feierlich öffnet sich die Haustür; die Arbeiter der Glasschleife haben sich vor dem offenen Tor versammelt, das einschüchternde Spektakel wollen sie sich nicht entgehen lassen; die Motoren der schwarzen Limousinen laufen noch, als Willem in vollem Ornat und mit stolzgeschwellter Brust die Gesellschaft willkommen heißt. Der Pulk marschiert in den Flur, die Stiefel quietschen auf den frischgebohnerten Fliesen, und »es gab ein endloses Hackenzusammenschlagen«, erinnert sich die betagte Letta. Die Kinder werden sofort auf ihre Zimmer geschickt, Mientje verschwindet grollend im Hinterhaus und weigert sich, mit Tee und Keksen anzutanzen. Die Haustür schließt sich, die Sicherheitskette wird vorgelegt; die Herren treten in den Salon, wo auf dem schönen Comblanchien-Kamin eine neue Hitler-Büste prangt, denn die Militärverwaltung versorgt treue flämische Volksgenossen wenn nötig noch immer fleißig mit Nachschub. Im Salon nehmen Platz: der stets kurzatmige, korpulente Jef Van de Wiele, Angehöriger der Waffen-ss, Chefredakteur der Zeitschrift *De Vlag*, gleichzeitig Leiter der gleichnamigen Organisation, unverbesserlicher Antisemit und Verfasser widerwärtiger Pamphlete, aufgrund seiner Alkoholsucht auch unter dem Namen Jef Cognac bekannt; Jef François, Obersturmführer in der 27. ss-Freiwilligen-Grenadier-Division »Langemarck«, Leiter der ss-Vlaanderen; Raf Van Hulse, ein guter Freund von Griet Latomme, Kriegsberichter an der Ostfront, zukünftiger Obergebietsführer der Hitlerjugend Vlaanderen und ein alter Bekannter im Haus; des

Weiteren noch ein Obersturmführer, dessen Name nicht überliefert ist, dazu Oberfeldkommandant Bruns und einige höhere Offiziere der Militärverwaltung. Die Gesellschaft genießt einen ausgezeichneten, von der Militärverwaltung organisierten Weinbrand, den Mientje zusammen mit Gläsern schon auf dem polierten Salontisch bereitgestellt hat; es gibt Zigarren, natürlich der Marke Willem II, die Namensgleichheit muss Sie doch trefflich amüsieren, Herr Verhülst, nicht wahr?; das Feuer im offenen Kamin brennt, daneben hat Adri auf Pappies Bitte hin Holzscheite gestapelt, die Doppeltür zum wenig repräsentativen Zwischenzimmer ist geschlossen.

Der Geruch nach Zigarren, Ledermänteln und dem gemütlich knisternden Feuer dringt unter der Tür durch; die Stimmen klingen aufgeräumt, unterbrochen von einem höflichen Lachen hie und da, nach mehreren Gläsern klingen die Stimmen schon schriller, Flämisch und Deutsch fließen durcheinander wie die musikalischen Bächlein in Beethovens *Pastorale*, gelegentliches Gläsergeklirre, begleitet von einem zackigen »Heil!«; Mientje steigt langsam die Treppe hinauf, die Töchter lesen, Adri steht vor dem Fenster und schaut auf die Dienstlimousinen hinunter, deren Motoren noch immer laufen, die Angestellten der Glasfabrik sind längst wieder bei der Arbeit, das hohe Pfeifen der Schleifmaschinen ist zu hören, gefolgt vom Zerbersten unbrauchbarer Glasreste; Mientje streicht Suzy übers Haar, das Mädchen stellt keine Fragen, sondern bohrt beim Lesen in der Nase. Von fern nähert sich das Brummen schwerer Flugzeugmotoren, über dem Gravensteen sieht Mientje die Flaggen wehen, ein ganz normaler Kriegstag, keine nennenswerten Vorkommnisse, Gemütlichkeit ist Trumpf im Salon. Später, als die Gesellschaft das Haus verlassen hat und Willem in seinem Arbeitszimmer ist, wird sie die deutschen Zeitungen im Ofen verbrennen.

ZEITUNG

Preis: In Belgien 1,25 Fr., in Frankreich 2 f. Frs., in Deutschland 20 Rpf.

Flamen an der Front im Osten

MG.-Posten in vorderster Linie

Konsilium beim Patienten

In Moskau findet grosse Botschafterkonferenz statt

Telegramm unseres Korrespondenten

bs. Ankara, 7. August.

Nachdem Churchill und William Bullitt bereits seit einigen Tagen in Moskau eingetroffen sein sollen, denen dann Roosevelts Sonderbeauftragter, General Bradley, folgte, haben auch die angelsächsischen Botschafter in Ankara sich jetzt auf den Weg nach Moskau begeben, um an einer dort stattfindenden Konferenz teilzunehmen. Es handelt sich um den USA-Botschafter Steinhardt und

Die konstante Grösse

Bedeutung der italienischen Mittelmeerflotte

Der grosse Aufmarsch, der sich augenblicklich in der Schlacht in Aegypten vollzieht, steckt voll von Dramatik. Hüben wie drüben kommen Geleitzüge an. Beide Bomberwaffen tasten das nahe und weite Aufmarschgebiet ab. Gerade in der letzten Woche hat der britische Generalstab im Mittleren Osten ... gab, um aber stets in respektablem Abstand von der Insel die auf ihm stationierten Jäger ... die Luft zu schleusen, damit diese imstande wären, die mitgenommene Jagdverteidigung Maltas wieder aufzufüllen.

Gegenüber dem Ausfall der britischen Schlachtschiffflotte — im

22

Immer besessener arbeitet Willem an seinen Namenslisten. Er hat einen Mitarbeiterstab unter sich, der ihn fürchtet und nur allzu bereit ist, Mitbürger zu denunzieren. Die Besatzungsbehörde lobt seine Arbeit, manchmal wird er aber auch grundlos zusammengestaucht, worauf er seine Anstrengungen verdoppelt, als wäre er süchtig nach dem anerkennenden Schulterklopfen von oben – »er hat wirklich alles gesammelt«, erinnert sich Letta, »das Listenmachen verschaffte ihm große Befriedigung, bis tief in die Nacht hat er am Schreibtisch in der Bibliothek gesessen«. Je unsicherer die Weltlage wird, desto tiefer vergräbt er sich in seine Arbeit, als verspräche er sich davon Rettung. Kamerad Frits Sabbe soll ihm bei der Aufgabe helfen, Kunstwerke »mit jüdischer Inspiration« aufzuspüren, was immer das heißen mochte. Sein Kollege Joannes De Boevé unterstützt ihn bei der Erstellung einer langen Liste mit Englandsympathisanten, von denen einige kurz danach verhaftet und deportiert werden. De Boevé soll auch die Namen hochrangiger Freimaurer für ihn ermitteln, dabei haben die Genter Logen ihre Tätigkeit längst eingestellt; auch die reichsten Industriellen der Stadt stehen – vermutlich einfach, weil sie meist eine elitäre, französischsprachige Erziehung genossen haben – bald auf einer Liste. Wobei die

Textilbarone unter ihnen verschont bleiben, weil sie dem Deutschen Reich Uniformstoff liefern.

Als einige englische Kriegsgefangene aus dem Lazarett in der Ekkergemstraat fliehen können, verfolgt Willem hartnäckig die Helfershelfer. Er lässt spezielle »Wachmänner« ausbilden – die natürlich zuerst einen Ariernachweis erbringen müssen – und unterhält geheime Verbindungen zum berüchtigten Inlandsnetz der Spionageabwehr. Als ein Anschlag auf die *Vlaamsche Wacht* verübt wird, kommt es auf sein Betreiben hin zur Verhaftung von fünfzig Personen. Sieben der Verhafteten werden wegen »Gewalttaten gegen die deutsche Wehrmacht« angeklagt und zum Tode verurteilt.

Am 15. Januar 1943 wird eine Gruppe »Israeliten«, die einige Tage vorher verhaftet worden ist, von Gent nach Mechelen transportiert. Unter ihnen befindet sich eine gewisse Martha Geiringer; die Frau genoss den Schutz ihres Hausarztes, doch ein Kamerad Willem Verhulsts verrät sie; im Denunziationsbrief, den Verhulst als »Akte Martha« klassifiziert, steht: »eine Jüdin, eine Kreatur von etwa 28, braunhäutig, schwarzhaarig, mit der unvermeidlichen Nase«.

In seinem Büro der *Dietsche Actie* ist er der große Chef, aber auf seinem Nachhauseweg spätabends kommt es immer öfter zu Zwischenfällen: »Du Kanaille, euch geht die Luft aus, was?«, »Na, du Stück Scheiße in Uniform, pass auf deine Kinder auf, sonst passiert ihnen noch was«, »Sieh zu, dass dein Haus nicht in Flammen aufgeht, Kumpel, wenn das mal brennt, reicht 'ne Kanne deutscher Wein nicht, ums zu löschen«. Meist geht er unbeirrt weiter, dreht er sich doch einmal um, weil er etwas entgegnen will, ist da keiner mehr. Zu Hause angekommen gibt er sich gebieterisch, hat einen grimmigen Zug um den Mund, will unbedingt, dass die Zeitung beim deutschen Namen genannt wird – Adri, hol mir doch den *Beobachter* vom Tisch –, und ständig grüßt er mit hochgerecktem Arm, egal ob er das Haus verlässt oder betritt.

Manchmal denkt Mientje: Ich glaube, er verliert den Verstand.

Wim, lass das Theater hier im Haus, du machst dich lächerlich.

Mammie, wüsst ich's nicht besser, könnt ich glatt glauben, du wärst beim Widerstand.

Das bin ich doch auch, Willem.

Frau, geh mir nicht auf die Nerven, ich hab schon genug am Hals.

Immer wieder schluckt er Pillen, Pervitin, er könne sich damit besser konzentrieren, erklärt er. Heimlich prüft Mientje die Packung: Methamphetamin, gegen Depressionen und Ermüdungserscheinungen. Er hat eine neue Brille, von seinem Arbeitgeber bezahlt, ein furchtbares Gestell, viel zu schwer, und dann auch noch dieses dicke Mattglas, sie findet es grässlich; wenn ich ihn nicht schon früher kennengelernt hätte ..., denkt sie und sagt: Schön, Wim, die neue Brille steht dir gut.

An einem Samstag kommt er mittags von wer weiß woher nach Hause, sichtbar erschöpft, er setzt sich an den Tisch, offensichtlich in ein hitziges, stilles Selbstgespräch versunken. Mientje schöpft ihm etwas Suppe auf, er nimmt ein Stück Brot, beißt hinein, zu unaufmerksam, zu nervös, er verschluckt sich. Er springt auf, ächzt und hustet so heftig, dass es ihn würgt. Mientje kommt ihm zu Hilfe, klopft ihm auf den Rücken, ach, lieber Mann, was ist denn los? Beruhige dich, atme ganz ruhig, so, jetzt setz dich, Pappie, es ist alles gut. Er atmet schwer, wischt sich die Tränen aus den Augen, sieht die Kinder, die ihn erstaunt anblicken, und bricht in Tränen aus. Er klammert sich an Mientje fest, schluchzt, heult wieder los wie ein Tier. Die Kinder sind entsetzt; Mientje streicht ihm übers Haar, redet auf ihn ein, komm, Pappie, ist gut; aber es ist vergebens, das Weinen wird immer lauter. Kinder, sagt sie, geht auf eure Zimmer. Sie poltern die Treppen hinauf. Minutenlang hält das Weinen an, unterbrochen von stockendem Atem, wenn der Krampf sich wieder einstellt; Mientje drückt ihn auf einen Stuhl. Langsam beruhigt er sich, bis nur noch ein stoßhaftes Keuchen zu hören ist; sie setzt sich neben ihn, legt ihm die Hand aufs Knie.

Dann sagt er leise: Ich seh wieder nichts.

Er rührt sich nicht; draußen rauschen blassgrüne Blätter im Regenschauer.

Mientje hilft ihm die fünfzig Treppenstufen in den zweiten Stock hinauf, er stolpert, schluchzt immer wieder laut auf; Mien, sagt er, liebe Mien, Mientje, und versucht sie, blind, wie er ist, zu küssen, doch sie wehrt ihn ab, lass das, Wim, sieh erst mal zu, dass du nach oben kommst; sie hilft ihm ins Bett, wo ihn erneut ein Weinkrampf schüttelt. Sie deckt ihn zu, schließt die Tür und geht die Treppen hinunter. Die Kinder kommen aus ihren Zimmern, was hat Pappie denn? Nichts, Kinder, Papa ist einfach nur sehr, sehr müde.

Die Blindheit hält bis zum nächsten Abend an. Es dämmert schon, als er kaum hörbar sagt: Ich kann dich wieder sehen. Die gestrige Szene wiederholt sich, nur gemäßigter, stiller jetzt. Er presst die Brust an ihre grobe, schmutzige Arbeitsschürze; sie spürt sein Schluchzen, sagt, beruhige dich, fragt, was ist denn los? Dann sagt sie nichts mehr und hält ihn einfach nur fest, unsicher, ob sie glücklich sein soll oder zutiefst beunruhigt. Sie denkt an den von Gott in Damaskus mit Blindheit geschlagenen Saulus, sie hofft, wie sie es immer tut, aber schweigt.

*

Auch Willem weiß nicht, wo dieser Dämon herkommt, der ihn Tag für Tag, Nacht für Nacht so quält.

Nichts ist der Lebensfreude abträglicher als das heimliche Gefühl, sich dauernd vor einem unbekannten, innerlichen Richter rechtfertigen zu müssen, einem Richter, der alles sieht und alles verurteilt, was man auch tut, es ist nie genug, immer zieht man den Kürzeren. Mal ähnelt der Richter einem Menschen, den man einmal geliebt hat, dann einem verräterischen Freund oder der Frau mit dem durchdringenden Blick, die ihn im Halbdunkel auslacht; dann wieder ist der Dämon heiter und ironisch, der eigenen Unvollkommenheit gegenüber nachsichtig, aber nur, um sogleich alles zu verspotten, was man eigentlich tunlichst vermeiden wollte, was aber dennoch geschieht, und zwar durch die eigene Schuld, die eigene große Schuld, die eigene törichte, untilgbare Schuld; beim nächsten Mal ist der Richter ein mörderisch eleganter Bourgeois, der sich abwendet, weil man gerade eine Dummheit begeht, die nur er bemerkt; er erwartet einen beim morgendlichen Erwachen und lässt einen ratlos einschlafen, weil man nun mal getan hat, was man getan hat, ohne eine Ahnung zu haben, wie man es anders hätte tun sollen.

Du bist viel zu gut, Wim, sagt Griet, während sie ihm einen Muckefuck hinstellt; du musst es nicht allen recht machen. Er seufzt. Seine Vorgesetzten setzen ihm zu, in ihren Augen arbeitet er noch immer nicht genug, mit jedem Tag werden sie aggressiver und nervöser, ständig liegen sie ihm in den Ohren, dass die Flamen niemals gute Deutsche sein werden, dass er zu langsam sei, dass er zu wenig Namen auf seinen Listen habe. Eine blasse, tiefstehende Sonne stößt durch den Morgennebel über den Äckern von Maria-Aalter, es ist März 1944; Division Langemarck, sagt er, soll ich jetzt beitreten oder nicht? Ich weiß es einfach nicht. Ah, Langemark, sagt Griet, wollen wir da nicht noch einmal hinfahren, Wim? Wir haben doch so schöne Erinnerungen daran! Sie zwinkert ihm zu, beugt sich über den Tisch und küsst ihn auf seine unrasierte Wange.

23

Division Langemarck? Mein Vater? Wo denken Sie hin!, sagt Letta und lacht, der konnte ja nicht mal eine Pistole richtig halten. Wissen Sie, mein Vater hat abends die Haustür mit einer schweren Kette verschlossen, und wenn am Tag jemand geklingelt hat und er zu Hause war, dann mussten wir immer zuerst durch das kleine Fenster in der Tür fragen: »Was wollen Sie?« Zu uns kamen ja immer wieder Leute, die meinen Vater darum baten, sich für sie einzusetzen, einen Pass für sie zu besorgen oder dergleichen; aber vor der Feindseligkeit, die ihm auf der Straße entgegenschlug, hatte er eine Heidenangst. Immer wieder hat er gesagt, dass er sich für die wahre Sache einsetzt, doch meine Mutter hat dann immer nur die Augen verdreht.

Das »Gesindel« und das »Lumpenpack«, wie er seine Nachbarn im Patershol zu nennen pflegt, werfen ihm wütende Blicke zu. Die Erde unter Willems Füßen wird heißer, er bleibt oft weg, und Mientje sieht dann morgens allein die Dämmerung durch die dünnen Vorhänge anbrechen, hört die Tauben auf dem Dach der Glasfabrik girren und das Schleifen der Opalinplatten, mit dem drüben in der Biseautage der Arbeitstag beginnt.

Eines Tages, so erinnert sich Suzy, hing neben der Haustür ein schwarzer Schlagstock – ein »matrak«, der den Kindern Furcht einflößte. »Wofür ist der, Papa?« – »Ab ins Bett, Kinder!«

*

Mammie, würdest du mir mal kurz helfen?

Leichte Panik klingt in der Frage mit.

Mann und Frau gehen in aller Herrgottsfrühe zu den Gebäuden der DeVlag.

Bei sich haben sie einen Jutesack mit belastenden Dokumenten und das große Führer-Foto, das in den vergangenen Monaten im Flur hing. Sich fortwährend umschauend eilen sie durch die Straßen.

Das Gebäude wird von zwei ss-Soldaten bewacht. Als Willem näherkommt, springen sie in Hab-Acht-Stellung und recken den Arm, der bekannte Schrei allerdings bleibt aus. In Willems Büro sind ein paar Soldaten bereits damit beschäftigt, seinen Schreibtisch leerzuräumen. Einer der Männer zerreißt das Papier stapelweise und schmeißt die Fetzen in eine Tonne; Mientje wirft Hitler-Foto, Bücher, Dokumente und Briefe aus dem Drongenhofer Haus hinterher. Sie empfindet Erleichterung und Ekel zugleich, denn sie hilft ihrem Mann dabei, seiner gerechten Strafe zu entgehen. Aber er ist nun mal ihr Ehemann. Das Ausräumen dauert Stunden – und sie bekommt Dokumente zu Gesicht, von denen ihr schlecht wird. Hat Willem wirklich all das …

Sie müssen die Tonne etliche Male leeren; und als sie dann

eine kurze Pause machen, steckt Willem ihr rasch einen braunen Umschlag zu.

Hier, Mien, das wirst du brauchen.

Es ist ein dicker Packen Geldscheine.

Sie nickt und stopft den Umschlag in ihre Tasche.

Was wirst du jetzt tun, Willem?

Ich weiß es nicht. Aber ich werde für euch sorgen. Es wird schon alles gut werden.

Mientje schnaubt bitter und schüttelt den Kopf.

Sie gehen wieder nach Hause.

Irgendwo hören sie, wie ein paar Männer die *Brabançonne* singen, Belgiens Nationalhymne.

Sie singen die verballhornte Version, die Willem und Mien nur allzu gut kennen.

O liebes Land, o Belgiens Erde,
Der Esel kann nicht scheißen,
Man hat dem Narrenmeister
Das Arschloch zugeklebt mit Kleister.

Da sagt der Esel weise:
Ach bitte, beiß hinein.
Mein Vater überlegt nur kurz
Und tat's.
Da ließ der Esel einen Furz.
Tararara, tara tara taraara …

Willem wird von einem Lachkrampf durchgerüttelt, ein peinlicher Anblick: ein Mann in SS-Kluft, der sich vor Lachen auf die Schenkel schlägt. Mientje starrt ihn entgeistert an, sieht, wie er sich krümmt, wie es ihn schüttelt, wie er blau anläuft, wie ihm eine Träne aus dem guten Auge rinnt, und verflixt, sie glaubt es nicht: Sogar unter dem Brillenglas des trüben Auges quillt eine Träne hervor. Sie rennt so schnell sie kann nach Hause, wirft die Tür ins Schloss, legt hastig die Kette vor und lässt Willem minutenlang klingeln, bevor sie ihm endlich aufmacht.

24

In ihren Memoiren beschreibt Griet, wie den Kollaborateuren damals zumute war. »Die deutschen Soldaten zogen ab, und die ›Deutschfreundlichen‹ mussten sich auf schwere Repressalien gefasst machen, obwohl fast die gesamte hiesige Bevölkerung die Deutschen einmal jubelnd empfangen hatte. Wie schnell sich ein Blatt doch wenden kann!«, schreibt sie verächtlich.

Während die Familie angstvoll abwartend von einem Tag zum nächsten lebt, überlegt Willem, ob es nicht besser wäre zu fliehen. Er bespricht es mit Mientje, fragt, ob sie mit ihm nach Arnhem und von dort nach Deutschland gehen würde. Mientje weigert sich, sie will mit den Kindern im Drongenhofer Haus bleiben. Es ist Juli 1944, die Zeitungen verkünden gellend den Anschlag auf Hitler, allerorten herrscht Verwirrung und Panik, die Folterkeller sind voll ausgelastet. Von der Dossinkaserne in Mechelen, dem ss-Sammellager, bricht einer der letzten Transporte Richtung Auschwitz auf. Unter den Deportierten befindet sich auch der deutsche Maler Felix Nussbaum, der mehrere Jahre in einem Versteck in Brüssel gelebt hat. Während die flämischen ss-Angehörigen mit ihren Volksgenossen noch vom Großgermanischen Reich träumen, werden Le Mans,

Alençon und Orléans befreit. Es ist anzunehmen, dass die von Willem so geliebten deutschen Zeitungen nicht davon berichten, doch allmählich wird es für die Deutschen eng, ihre bisher verdrängten Gräueltaten werden ruchbar. Im Hinrichtungsort Oostakker-Rieme, nördlich von Gent, erschießen und verscharren die Nazis noch immer Widerständler. Standen die Namen dieser Hingerichteten vorher auf den Listen des fleißigen Verhulst? Seine Angst wächst. Und es ist nicht zu übersehen, dass die Front nun auch mitten durchs Drongenhofer Haus verläuft.

An einem frühen Sonntagmorgen steht Adri am Fenster seines Zimmers und sieht eine Rauchsäule. Er öffnet das Fenster und sieht auf dem Innenhof seinen Vater inmitten von Unterlagen, Zeitungen, Zeitschriften und Büchern stehen; vor ihm prasselt ein Feuer; erst zerreißt oder zerknüllt er das Papier noch, doch gleich darauf wirft er es packenweise in die Flammen.

Papa, was machst du da?, ruft Adri.

Sein Vater schaut nach oben und legt den Finger auf die Lippen.

Sei still, Adri!

Der Junge rennt im Schlafanzug hinunter, warum machst du das, Papa? Soll ich dir helfen? Nein, Adri, geh nur, ich … ich mach das schon.

Der Junge geht wieder hinauf, klopft an die Tür des Elternschlafzimmers, fragt seine Mutter, warum Papa seine Bücher und Zeitungen …

Lass gut sein, Junge, sagt sie, Papa hat eine Menge Dreck wegzuräumen.

Nach dem Mittagessen gibt es dann mal wieder Streit. Im Hinterhof riecht es noch nach Asche, glimmt noch so mancher Zeitungsstoß. Sie sitzen im Salon. Mientje fragt Willem, was er nun zu tun gedenke, jetzt, da er sich nach Sonnenuntergang kaum noch aus dem Haus traue.

DE GAZET

AANSLAG OP HITLER MISLUKT

De dader, graaf von Stauffenberg, neergeschoten!

Een gedeelte der verraders pleegden zelfmoord

DE SOWJETS BIJ BREST-LITOWSK TERUGGEWORPEN

DE KLEURFILM

De reaktie in Duitschland en het buitenland

Dr Goebbels kondigt nog andere vergeldingswapens aan

JAN SMUTS

Divisies van Patton moeten komen helpen in Normandië

Wir gehen nach Hannover, sagt er, dort sind wir sicher.

Mientje schaut ihn entsetzt an.

Bist du noch ganz bei Trost! Liest du deine deutschen

Zeitungen überhaupt? Die Zustände in Deutschland sind die Hölle, und das wird nur noch schlimmer.

Nein, er schüttelt trotzig den Kopf, nein, die Lage wird sich wieder bessern, du wirst sehen. Wir gehen einer schönen Zukunft entgegen …

Schweig, Willem! Und lass vor allem die Kinder aus dem Spiel.

Komm mit, bedrängt er seine Frau weiter, die Kinder sind in Deutschland sicherer.

Papa, und in ihrem Blick glüht etwas auf, was ihm Angst macht, Papa, das mach ich nicht, sagt sie. Wenn du gehen willst, dann geh.

Aber … wer soll dich denn dann beschützen?, stammelt er. Und die Kinder …

Mientje wiederholt: Willem! Geh!

Sie steht auf, dreht sich um und geht den Flur entlang zur Küche, ruft verärgert: Herrgott noch mal, im ganzen Haus stinkt es nach Asche.

Und Willem geht. Oder besser: Er flüchtet Hals über Kopf.

In Lettas Memoiren findet sich eine ziemlich genaue Beschreibung davon.

»Also floh Vater Anfang September 1944. Ich sehe es noch deutlich vor mir, wie er die Straße hinunterfuhr, Richtung Lange Steenstraat, ganz allein im Auto, zum Treffpunkt bei der DeVlag. Dort versammelten sich die ehemaligen Mitarbeiter, um von dort mit zwei Autos und einem Anhänger aufzubrechen.«

Letta berichtet auch, dass sich der Vater noch einmal umgedreht habe, um ihr auf Deutsch zuzurufen: »Wir kommen zurück!« Und zu allem Überfluss habe er dann auch noch versucht, im Auto die Hand zum Hitlergruß zu heben, wodurch er kurz die Kontrolle über den Wagen verlor und beinahe gegen die Biseautage gefahren wäre, schlingernd kriegt er gerade noch die Kurve am Ende der Straße und verschwindet aus ihrem Blickfeld. Verstört geht das Mädchen die drei Stufen zur Haustür hinauf, macht sie zu, durchquert den klammen Flur und steigt die zweiundsiebzig Stufen zu ihrem geliebten Mansardenzimmer hinauf, wo sie weiter in ihrem Buch liest.

Als Mientje am nächsten Morgen zusammen mit Letta zur *École des Hautes Études* am Korenlei geht, um sich zu vergewissern, dass ihr Mann tatsächlich geflohen ist, erfährt sie von De Pestel, dass Willem weg ist; aus einem Impuls heraus fragt die dreizehnjährige Letta, ob auch eine gewisse Griet Latomme unter den Flüchtenden gewesen sei. De Pestel blickt Mutter und Tochter etwas verschämt an und sagt dann leise: Ja.

Mientje ist, als hätte ihr jemand mit der Faust ins Gesicht geschlagen, sie blinzelt und sagt zu Letta, in einem Ton, als spräche sie zu sich selbst: Also doch …

Schweigend gehen sie nach Hause zurück. So richtig kann Letta die Tragik dessen, was sie soeben gehört hat, nicht ermessen – das wird sie erst viele Jahrzehnte später, als ihr Vater sie auf dem Sterbebett um einen ungewöhnlichen Gefallen bezüglich Griet Latomme bitten wird. Mientje jedoch, deren Wangen aschfahl sind, bleibt abrupt vor dem Schaufenster eines Blumenladens stehen; sie kennt den Verkäufer, unterhält sich manchmal mit ihm über Gartenarbeit, viel gebe es da ja im Krieg nicht zu tun, sagt er, worauf Mientje antwortet: Ganz im Gegenteil, guter Mann, gerade in düsteren Zeiten muss man viel pflanzen. Doch jetzt ist sie wie gelähmt, etwas zwischen Wut und Schicksalsergebenheit brodelt in ihr, schnürt ihr die Kehle zu. Auch ist da diese Angst, diese Angst vor dem, was noch alles kommen wird. Ein Auto nähert sich stotternd und hupend, sie schrickt auf und betritt die Blumenhandlung, wo sie ganz hinten im Gewächshaus, in einer Ecke voller Spinnweben und Gerümpel, eine verkümmerte Kletterpflanze entdeckt, oh, sagt sie, oh, das ist ja ein Blauregen ... So einen hatten wir in Oud-Zevenaar auch, an der Südseite des Hauses, im Frühling hat er immer wahnsinnig süßlich gerochen ... Und sie sieht sich als Kind, umgeben von diesem Duft, der sie wie eine Kuppel des Glücks beschützt ... Mitten in ihre Gedankenverlorenheit hinein sagt der Gärtner: Nehmen Sie ihn nur mit, meine Liebe, den schenke ich Ihnen, pflanzen Sie ihn dort in die Erde, wo er tüchtig blühen kann. Sie weiß nicht, was sie sagen soll, weigert sich aus Höflichkeit, vielleicht ein wenig auch aus Stolz, aber der Mann drückt ihr den Topf in die Hände, hier, nehmen Sie, der bringt etwas Farbe in Ihren Hinterhof, sagt er, *courage*, Madame Verhulst, möge Gott der HERR Ihnen beistehen, auf Wiedersehen, Letta, auf Wiedersehen, Madame Verhulst. Und Mientje trägt den Blauregen nach Hause, wo sie – noch immer verstört, doch mit ungebrochenem Stolz – die große Kohlenschaufel zur Hand nimmt, denn Gartenwerkzeuge besitzt sie nicht, und ein Loch in den schwarzen Boden neben dem Hinterhaus gräbt, direkt vor dem Zaun, der den Hof vom Brackwasser des Lieveke trennt; und in dieses Loch pflanzt sie den Blauregen, gießt ihn mit Bedacht, murmelt ein Gebet, dreht sich zu den Kindern um und sagt: Mit Gottes Hilfe wird er wachsen, und er wird auch dann noch wachsen, wenn wir lange tot sind, Amen. Und die Kinder, die es gar nicht mögen, wenn vom Tod gesprochen wird, da sie das zu sehr an die schwarzen Männer im grusligen Totenzimmer erinnert, schweigen und betrachten den zarten Zweig, den Mientje mit einem Faden an den Gitterzaun bindet.

25

In dem Moment, als ich mit dem Notar im zweiten Stock schweigsam vor dem Fenster stand und hinausstarrte, brach die Sonne neuerlich durch die Wolken, und die graue Stadt verwandelte sich in eine Oase aus Pastelltönen wie auf einem impressionistischen Gemälde. Alles leuchtete auf, das Loch, durch das die Sonne schien, wurde größer, und hinter dem spitzen Dach der Kapelle trieben weiße Wolken über den Gravensteen; die auf dem Dach der Biseautage verlegten tiefrilligen Ziegel flammten ockerrot und sienafarben auf.

Später stellte ich fest, dass das Gebäude nach Südwesten ausgerichtet war, dadurch fiel die Sonne an schönen Tagen mittags schräg ins Haus und bildete ein langgestrecktes Parallelogramm, das sich über den Dielenboden schob und mit jeder Etage, die man im Hause höher stieg, verbreiterte. In den nach Nordosten gelegenen Hinterzimmern blieb das Licht blau und kühl, komplementärfarben, auch war die Luft dort feuchter, und auf den kleinen Innenhof gelangte die Wärme der Sonne so gut wie nie; nur an ganz wenigen Tagen im Hochsommer, kurz vor Mittag, fiel das Sonnenlicht von Südwesten her ein, um schon nach etwa einer Stunde wieder hinter dem hohen Dach zu verschwinden. Das Haus stand sich buchstäblich selbst im Weg.

Plötzlich war im Haus links von uns Lärm zu hören. Er kam aus dem Treppenhaus, als taperte jemand mit einem Stock die Stufen hinauf … Ich spitzte die Ohren, die Brauen des Notars fuhren in die Höhe. Ach ja, mhm, sagte er, Ihre zukünftigen Nachbarn … Wissen Sie, meiner Familie gehören noch mehr Häuser in der Straße, und die Leute direkt nebenan sind auch unsere Mieter … Das Geräusch wurde lauter, eine schrille Stimme kreischte etwas Unverständliches, das Tocken des Stocks kam näher und befand sich jetzt in der gleichen Etage, in der der Notar und ich uns befanden; dann eine Männerstimme, nochmals ein Rumpeln, als kämpften zwei Menschen miteinander, alte Menschen mit unüberhörbar greisen Stimmen, Geisterstimmen aus einem B-Movie, Echos in hohlem Raum, und dann, kaum hörbar und in westflämischem Dialekt: *Arnold, lot mie gerèst verdomme toh, Arno-old nèje.* Tock, tock, tock, tockte der Stock weiter die Treppe hinauf, Krawall, Rabatz, dann ein gedämpftes Kreischen: *blyf van me luf, vulak, smèrlap …*

Entgeistert sah ich den Notar an.

Wie …? Was …?

Ach, sagte er, achten Sie nicht weiter darauf, Sie werden die beiden noch kennenlernen, die tun keiner Fliege was zuleide, na ja, außer sich gegenseitig vielleicht, aber gut …

Später erfuhr ich, dass ungefähr zur gleichen Zeit, da Willem nach Deutschland flüchtete, neue Mieter ins Nachbarhaus einzogen. Ada, eine Krankenschwester mit dünnem rötlichem Haar und einem Kopf wie von einem fedrigen Geier, sie ging am Stock, hatte einen Klumpfuß und trug einen hohen, unförmigen orthopädischen Schuh; dazu ein Mann, der, wie sich herausstellte, nicht ihr Mann war, sondern ein armer Tropf aus dem Pflegeheim, den sie, nachdem es bombardiert worden war, zu ihrem endlosen Unglück bei sich aufgenommen hatte. Anfangs hielt sich Arnold, dieser einfältige, von Begierden und Verlangen alles andere als verschont gebliebene Mensch, noch zurück, doch mit der Zeit bedrängte er die gebrechliche Ada immer stärker, zuerst nur abends vor dem Zubettgehen, bald aber hämmerte er auch mitten in der Nacht mit Fäusten an ihre von innen verbarrikadierte Tür, schimpfte und brüllte, dass er ihr etwas antun würde, wenn sie nicht sofort aufmachte, dass sie ihn sapperment reinlassen solle, dass er …

Jahrelang habe ich dieses Schimpfen und Hämmern gehört, bis an die Grenze des Erträglichen, oft dachte ich, jetzt reicht's, ich geh dazwischen, und klingelte an der Haustür, worauf es vollkommen still wurde, manchmal für Stunden, manchmal gar für Tage, als hielten sich die beiden versteckt.

Hin und wieder traf ich Ada auf der Straße. Guten Tag, *minère*, sagte sie dann, ihr dünner Hals zitterte beim Nicken, und der Stock tockte auf das blauschimmernde Straßenpflaster. Ada behielt stets ihre Würde, sie humpelte mit ihrer alten Teppicheinkaufstasche in der Hand die drei Stufen zur Haustür hinauf, öffnete diese mühsam und verschwand im dämmrigen Inneren, wo der Terrorvogel sie mit Schimpfen und Schelten in Empfang nahm. Diese Erfahrung muss ich mit Mientje und den Kindern geteilt haben: Zu hören, wie Ada und Arnold ungefähr um elf Uhr abends die Treppen hinaufstiegen, begleitet vom hohlen Rhythmus von Adas Stock, dem dunklen Poltern ihres schweren linken Schuhs und dem keuchenden Gezeter und Gefluche der beiden Greise. Manchmal hörte ich, wie Ada eine Kommode oder einen Tisch verschob, vermutlich vor ihre Tür; das Ganze war das stetig scheiternde, sich ewig hinziehende Liebesspiel zweier aneinandergefesselter Moribunder, ein wändedurchdringendes Stockgetock, das Echo eines in einem Haus gefangenen antiken Dämons – habe ich so etwas Ähnliches nicht einmal in einem Kinderbuch gelesen, eine herrliche Gruselgeschichte, die sich irgendwo in der Genter Altstadt abgespielt haben soll?

Wie auch immer, ich kannte Ada und Arnold viele Jahre, und wenn ich sie auf der Straße traf und von ihr wissen wollte, wie denn die Leute so waren, die vor mir in meinem Haus gewohnt hatten, antwortete sie jedes Mal, dass sie das nicht wisse, von Langemark, so sagte sie, habe sie die Nase voll und außerdem habe sie rein gar nichts damit zu tun. Auf Wiedersehen, *minère*.

26

6. September 1944. Griet hatte irgendwo in Gent eine Unterkunft gefunden, wodurch sie schon morgens um halb sieben vor der *Dietsche Actie* steht; sie hat Proviant bei sich, ein Bündel mit Kleidern und ein paar persönliche Gegenstände. Bei ihrer Ankunft herrscht bereits rege Betriebsamkeit – manche der Anwesenden haben ängstliche und angespannte Mienen, andere lachen: »Ach, du auch? *Allez*, lasst uns einen hübschen Ausflug machen.« Die Autos werden vorgefahren, der Anhänger wird angekuppelt, das Ende der kleinen Kolonne bildet ein offener Lastwagen, auf dessen Ladefläche sich mehrere Dutzend Personen niederlassen. Das gesamte Personal des Drahtfunksenders ist zur *Dietsche Actie* beordert worden, Griet wird gesagt, dass Willem im ersten Stock vor den Mitarbeitern gerade eine Ansprache hält; in der Zwischenzeit hängt man an sein Auto eine große Remorque, die den benötigten Benzinvorrat in Kanistern transportieren soll. Gesichert werden sie mit einer dicken Plane. Als sich der Zug schließlich in Bewegung setzt, gibt es einen Tumult: Am Straßenrand stehen überall Genter Bürger, die die Aufbrechenden wütend anbrüllen, die Fäuste ballen, ein Mann schleudert sogar einen Stein auf einen der Wagen, worauf ein SS-Mann herausspringt, eine Pistole zieht und dicht

über die Köpfe der flüchtenden Menge ein paar Schüsse abfeuert.

Sie verlassen die Stadt. Griet sitzt neben Willem, zu Tode erschrocken, er sagt kein Wort und schaut starr geradeaus. Wie gut er aussieht. Er trägt seinen feldgrauen Mantel, schwarze Handschuhe, die schwarze Uniformmütze. Das Auto tuckert beruhigend vor sich hin. Sie legt ihm die Hand aufs Knie.

*

Die Lage radikalisiert sich an allen Fronten. Überall kommt es zu Auseinandersetzungen zwischen probelgischen Patrioten und prodeutschen Kollaborateuren, beide Seiten verüben Anschläge, Menschen werden aus den Betten gezerrt und auf einsamen Gassen und Feldwegen erschossen. Rachegelüste vergiften den Verstand der Menschen, die vor dem Krieg friedlich zusammengelebt haben. Widerstandskämpfer berichten später, dass ihre proflämischen Mitbürger sich erniedrigten zu Landesverrat, illegaler Eigentumsaneignung, der Bespitzelung und der Denunziation von Nachbarn und Verwandten, wobei sie sich immer fanatischer auf ihren flämischen Idealismus beriefen; doch auch unter ihnen waren Opfer zu beklagen, weil Verwandte aufgrund ihrer prodeutschen Gesinnung von Angehörigen des Widerstands zusammengeschlagen, niedergestochen oder erwürgt wurden. Hass und Verbitterung nahmen zu; die Gesellschaft war in zwei unversöhnliche Lager gespalten. Die Kollaborateure vertraten Ansichten, die bis in die zweite oder gar dritte Generation hinein weiterleben werden: Schuld trugen nicht sie, die ihr eigenes Land an die Deutschen verraten haben, sondern die Patrioten, die Belgien treu geblieben waren. Der wahre Missetäter war ohnehin der Staat Belgien, logisch, dass die Kollaborateure die belgische Nationalflagge als »Lappen« bezeichneten und Widerstandskämpfer und Patrioten als Gesocks, Abschaum, Lumpenpack, volksfremde Brut waren ... Sie sahen sich selbst als die eigentlichen Opfer, was übrigens auch die KZ-Aufseher oder die Angehörigen der SS taten, schließlich mussten sie ja Hals über Kopf aus dem verhassten Belgien in das gelobte Deutschland flüchten und alles zurücklassen, was ihnen lieb war.

Aus allen Richtungen kommen die Flüchtenden, treffen sich auf Straßen und Wegen, in abgelegenen Scheunen, unter Dachvorsprüngen, wo man vor dem Regen Schutz sucht, in einer halbzerbombten Dorfschule; sie alle wollen irgendwohin, doch wo das sein soll, wissen sie nicht genau, und wie sie dorthin kommen, wissen sie auch nicht, die Nachrichten sind zu widersprüchlich, sie dürfen sich unterwegs nicht verraten. Die Lage hat sich ins Gegenteil verkehrt, die Messer werden gewetzt; wer vorher unter Angst gelebt hat, bekommt nun Oberwasser, wer seine Nachbarn bisher eingeschüchtert hat, muss nun selbst fliehen; niemand hat vergessen, wer hungerte und wer am üppig gedeckten Tisch saß, wer welcher Partei angehörte und wer welche politische Gesinnung vertrat. Die Straßen sind voller Menschen, und fast täglich kommt es irgendwo zu brutalen Gewaltakten unter Bürgern.

Willem fährt an der Spitze der kleinen Kolonne; in den Autos hat man Gewehre im Anschlag. Als Willem während einer Rast kurz vor der niederländischen Grenze die Papiere der auf dem Lastwagen mitfahrenden Flüchtenden kontrolliert, stößt er auf den nervösen, verängstigten Heinz Flügel. Willem erinnert sich an ihn, die beiden Männer sehen sich schweigend an, dann gibt Willem dem zitternden Mann behutsam den Pass zurück. In den nächsten Stunden ist er mürrisch und wechselt mit Griet kaum ein Wort.

Sie halten sich von den Dörfern und Kleinstädten fern, manchmal stoßen sie auf eine Straßensperre und müssen dann einen großen Umweg machen. Griet verfolgt die Route auf einer Karte, Willem knurrt gelegentlich voller Ungeduld, dass sie doch besser aufpassen solle. Hinter Eindhoven, irgendwo zwischen Veghel und Uden, biegen sie falsch ab, und die Kolonne muss auf einem schmalen Feldweg wenden, der Lastwagen gerät mit einem Reifen in einen Graben und droht umzukippen, alle müssen aussteigen. Willem brüllt, dass sie zusammenbleiben sollen; mit zwei Autos versuchen sie, den Lastwagen mit Abschleppseilen herauszuziehen, minutenlang drehen die Motoren auf hohen Touren, bis er wieder auf dem Weg steht. Sie lassen Nijmegen hinter sich und fahren Richtung Arnhem, das sie am späten Nachmittag erreichen. Man findet Unterkunft in einer Pension, es gibt aber nicht genug Zimmer, worauf einige Männer sich bereit erklären, im Garten zu schlafen; doch dann organisiert ein Kollaborateur der niederländischen NSB-Partei Übernachtungsmöglichkeiten in einem nahegelegenen Bauernhof. Willem und Griet haben ein recht großes Zimmer für sich allein, geh schon mal schlafen, sagt er, ich fahr noch schnell nach Oud-Zevenaar rüber.

Um sieben Uhr abends parkt Willem den Wagen. Es ist still und friedlich auf dem Hof, er hört das Vieh im Stall, erinnert sich an früher, steht eine Weile vor dem Mühlstein, wo seine Liebesbriefe an Mientje versteckt waren. An der Haustür zögert er einen Moment, hört die tiefe Stimme von Mientjes jüngerem Bruder Gerbrand. Er klopft, und die Schwiegermutter öffnet; mit der Totenmütze auf dem Kopf erkennt sie ihn nicht sofort. Dann sagt sie leise: Komm rein, Willem. Am Ofen sitzend wirft der Schwager einen Blick auf ihn, erhebt sich wortlos und verlässt laut die Tür zuschlagend den Raum.

Die Schwiegermutter unterhält sich mit ihm; der alte Wijers ist vor Kurzem verstorben.

Was willst du hier, Willem?

Wie geht es meiner Tochter?

Sind die Kinder in Gent auch sicher?

Ganz bestimmt?

Ist dir eigentlich klar, was du angerichtet hast?

Was wirst du jetzt tun?

Hast du denn überhaupt kein Verantwortungsgefühl?

In deiner furchtbaren Verkleidung brauchen dich die Nachbarn nicht zu sehen.

Wenn ich du wäre, würde ich mich zu Tode schämen.

Es ist besser, du gehst jetzt.

Draußen steht Mientjes Bruder gegen die Scheune gelehnt.

In lauernder Haltung verfolgt er Willem mit dem Blick.

Der murmelt: Schönen Abend noch. Und steigt in sein Auto.

Winkt, als er losfährt.

Der Bauer reckt die geballte Faust und ruft Willem etwas nach, was dieser nicht versteht.

Letta später, außer sich, in einem unserer Gespräche: »In der Uniform nach Oud-Zevenaar! Unverschämter geht es nicht!«

In der Pension erwartet ihn seine Geliebte, im schwarzen Negligé, sie strahlt über das ganze Gesicht.

Ist schon spannend, nicht wahr, mein Wimpiemann? Endlich fahren wir nach Deutschland! *Allez*, zieh deine Uniform aus und komm in die Heia, damit ich dich verwöhnen kann!

*

Die Flüchtenden erreichen die Gegend um Arnhem. Dort wird in wenigen Tagen die von den Alliierten geführte Operation *Market Garden* stattfinden, einer der größten Fehlschläge des ganzen Krieges, Stadt und Umland werden danach in Schutt und Asche liegen; in Griets Erinnerungen findet sich darüber kein einziges Wort, sie berichtet nur, wie froh sie darüber waren, »in einem Kleiderstapel ein paar Uniformen der Hitlerjugend zu finden – die Hosen und Jacken konnten wir gut gebrauchen«.

Dank Willems deutschen Papieren gelangen sie problemlos über die Grenze. »Welche Dokumente genau Willem vorzeigte, weiß ich nicht, aber die Beamten ließen uns vorrangig passieren. Für uns war das wie eine Befreiung. Die deutsche Bevölkerung zeigte vollstes Verständnis für unsere tragische Flucht. Alle begrüßten uns, und man versorgte uns mit Torten und anderen Lebensmitteln … Wim war unser findiger Anführer.«

Lettas Erinnerungen klingen da ganz anders: Sie weiß zu berichten, dass die beiden Dienstautos sofort konfisziert wurden und dass der Vater nur knapp einer Verhaftung entging, dass er davongerannt sei »wie ein Hase«, im Grunde sei er, sagte sie später, nachdem sie in Erfahrung gebracht hatte, was er der Familie sein ganzes Leben lang verschwieg, »eine Memme« gewesen, »ein richtiger Hosenscheißer«.

27

Zwei Tage später. Drongenhof. Es ist der 10. September, ungefähr elf Uhr. Was jetzt passiert, bezeichnen Adri und Letta als den Moment, als das »Lumpenpack« an die Haustür hämmert; sie hören Poltern und Schreie, hier wohnt der Dreckskerl, hier ist es, dieser Feigling, kommt, wir schmeißen ihm die Fenster ein, ich werde ihm höchstpersönlich die Kehle durchschneiden – doch da schießt Mientje aus der Küche wie ein Tier, das sein Nest beschützt, wischt sich die nassen Hände am Schurz ab; an der Tür wird Sturm geklingelt, es klingt, als läute Großalarm im ganzen Haus; sie nimmt die Kette vom Haken, öffnet die Tür mit entschlossenem Schwung und fragt mit schneidendscharfer Stimme: Was soll der Krach?

Die beiden Männer an vorderster Front weichen zurück und schlucken; sie tragen Stöcke bei sich, auf ihren Ärmeln ist das Abzeichen der Widerstandsgruppe *Onafhankelijkheidsfront* zu sehen. Nachdem sie die Fassung wiedererlangt haben, sagt einer von ihnen: He, krätzige Vettel, wo ist dein feiner Gatte? Das Spiel ist aus, er soll rauskommen, der weiß schon, was ihn erwartet; und Mientje antwortet: Er ist nicht hier, und merkt zu ihrem Entsetzen, dass Adri hinter ihr steht. Sie schiebt ihn zurück und will schnell die

Tür schließen, doch es ist zu spät. Ein Mann aus den hinteren Reihen schiebt sich die Mütze aus dem Gesicht und sagt: Na und, dann greifen wir uns halt den kleinen Ableger von dem Scheißkerl! Und schon hebt einer den Stock, um Mientje aus dem Weg zu räumen, während ein anderer sich anschickt, sich über ein Fenster Zugang ins Haus zu verschaffen; doch just in diesem Augenblick, es ist wie ein Wunder, kommt Herr Wellens vorbei, ein ehemaliger Angestellter der MEGA und Mitglied des Widerstands. Mientje ist auf das Schlimmste gefasst, da tritt Wellens näher, erkennt die Gefahr, stellt sich neben sie in die Tür und sagt zu dem erregten Mob: Lasst die Frau in Ruhe, sie und die Kinder haben damit nichts zu tun. Verhulst ist schon weg.

Etwas betreten halten die Männer inne, sie wagen es nicht, ihm zu widersprechen; dann fällt plötzlich ein Schuss, die Gruppe stiebt auseinander, doch nachdem die Männer prüfende Blicke um sich geworfen haben, versammeln sie sich erneut vor Mientjes Haustür. Ein Mann mit Gewehr tritt vor, die Menge scheint auf ihn zu hören. Es ist der in Gent allseits bekannte Jean Daskalidès, ein gebürtiger Grieche und später nicht nur ein weltgewandter Charmeur, Jazztrompeter, Gynäkologe und Cineast, sondern auch Hersteller der weltberühmten belgischen Leonidas-Pralinen; doch im Moment ist er zunächst mal Jean der Widerständler, ein zorniger Zweiundzwanzigjähriger, der sagt: Davon wollen wir uns lieber selbst überzeugen, kommt! Worauf er Mientje zur Seite stößt, ins Haus eindringt, den erstarrten Adri am Hals packt und sagt: Und du kommst mit, du Rotzbengel, gib uns mal eine hübsche Führung durchs

Haus, und dass du ja nichts vergisst, sonst machst du nähere Bekanntschaft mit diesem Stock hier. Adri hinkt mit seinem Unglücksfuß durch die Zimmer, drei Männer hinter ihm, er riecht den Schweiß, das Fett, die Eisenfeilspäne in den Overalls der Arbeiter, die alle Schränke aufreißen, Geschirr zur Seite schieben, wobei, o Wunder, nicht eine einzige Untertasse zu Bruch geht, als hätten sie Respekt vor der würdevollen, stillen Mientje, die die Männer genau beobachtet und keinerlei Angst zeigt, ihr Blick ist scharf und aufmerksam. Wenn du meinem Jungen auch nur ein Haar krümmst, kratze ich dir die Augen aus, murmelt sie. Adri, gebückt unter Daskalidès' Faust im Nacken, strauchelt die Treppe hinauf, wo einer der Männer das Porträt des Scheißkollaborateurs August Borms entdeckt, es von der Wand reißt und zu Boden schleudert; Unruhe plötzlich, die Männer sind nervös, sie kommen wegen Adris Unglücksfuß zu langsam voran, stoßen ihn deshalb grob vorwärts, werden immer ungehaltener, weil sie nichts finden, und da rutscht Adri aus und stürzt, und der Mann hinter ihm stolpert und stürzt ebenfalls, Panik, Daskalidès' Gewehr klickt, er ist bereit zu schießen, und Adri schreit: Nein! Die Mädchen stehen oben an der Treppe und weinen, die Mutter versucht, die Männer zu beruhigen, sie sind gereizt und aufgeregt, Herrgott, was für ein Durcheinander?, schreit einer. Adri rappelt sich auf und geht beherzt weiter. Sie sind jetzt im Arbeitszimmer des Vaters, doch auch hier können sie nichts finden, denn alles Belastende ist verschwunden; erleichtert erinnert sich Adri an den Tag, als der Vater im Hinterhof Berge von Papier verbrannt hat und jede Menge Zeitungen und Zeitschriften mit Namen wie *Brüsseler Zei-*

tung, *Freude und Arbeit*, *De* ss *Man*, *Völkischer Beobachter* oder *Volk en Staat*, er sieht noch das erhitzte Gesicht seines Vaters im Feuerglühen leuchten. Die Männer durchsuchen auch die Mansarde, wo Lettas kleiner Schreibtisch steht, daneben ein Kinderbett und eine ausgediente Wiege, Holzspielzeug liegt auf dem Boden, eine Puppe mit nur einem Auge; der Dachstuhl ist hoch und dunkel, blasses Licht dringt durch ein paar lose Ziegel, vom First flirrt feiner Silberstaub herab, Tauben girren in der Dachrinne, unter einem Haufen Lumpen liegt versteckt die Hitler-Büste, mein Gott, denkt Mientje, warum hat Willem sie nicht zerschlagen, hat er es vergessen, oder war er zu feige dazu? Dieser Idiot, dieser gottverdammte Idiot – Mientjes Herz setzt einen Moment aus, jetzt haben sie uns, aber die Widerständler interessieren sich nicht für den Altkleiderberg, unter dem der Gipsführer schlummert. Sie sagen zu Adri: Wir werden deinen Vater, diesen Dreckskerl, schon noch finden, wenn du die feige Memme siehst, sag ihm, dass sein Strick schon hängt. Dröhnend und polternd verlassen sie das Haus, knallen die Tür zu, Mientje legt die Kette vor. Die Mädchen weinen noch immer. Kommt, sagt die Mutter, ich habe Suppe aus Futterrüben gekocht, es ist gut jetzt, lasst uns Gott den HERRN loben und preisen, er hat uns vor dem Schlimmsten bewahrt.

Am nächsten Morgen verunstaltet ein großes schwarzes Hakenkreuz das Haus; das haben wir natürlich so schnell wie möglich wegmachen lassen, erzählt mir Notar De Potter, als ich ihn viele Jahre später, da ist er schon ein Greis, zufällig in der Stadt treffe. Als angesehene Familie konnten wir diesen Schandfleck auf einem unserer Häuser nicht dulden, und das alles nur wegen dieses ehrenwerten Herrn, aber so ist das Leben, *n'est-ce pas*.

Mientje geht hinauf auf den Dachboden, zieht die Hitler-Büste unter den alten Kleidern hervor und betrachtet den unbeholfen gestalteten Kopf, dann schwingt sie den Hammer, den sie bei sich hat, hoch in die Luft und lässt ihn auf den Schädel niedersausen, immer wieder, bis nur noch Gipsstaub übrig ist. Dann fegt sie das weiße Grieß zusammen, schüttet es in einen Kohleneimer, geht in den Hof hinunter, öffnet die Zauntür und schüttet es in den schwarzen Schlamm des Lieveke, wo es sogleich breiig wird und versinkt.

28

Wir steigen höher hinauf und haben nun volle Aussicht auf die Hinterhöfe und Gärten, auf das holprige Straßenpflaster der Lange Steenstraat und des Grauwpoorts, den armseligen kleinen Park des Sluizeken und die zernarbte Fassade der Kneipe *Roosje*, wo man gerade den Bürgersteig mit Seifenlauge schrubbt; die hochgeschossenen Birken streifen mit ihren langen Blattgirlanden an den Dachrinnen der Häuser; Amseln und Lerchen picken in Hundehaufen, suchen nach Würmern in der schwarzen Erde des trockengelegten Kanals, auf dessen Grund am Ende doch kein deutsches Boot lag, wie der Notar behauptet hatte. Es ist fast Mittag, und für einen Moment schweigt das Donnern der Lastwagen auf dem Grauwpoort, im Park tapst eine alte Frau mit Stock über das vertrocknete, von Hunden vollgepisste Gras, hinter ihr geht widerstrebend ein Mann, plötzlich dreht die Frau sich um, hebt den Stock und droht dem Mann hörbar bis zu uns herauf: *Arnold, noh één woord en ik schup joen kleppe toe, è-je mien goed verstoan?*

*

Inzwischen sind Griet Latomme und Willem Verhulst nach Hannover unterwegs. Griet trägt eine der HJ-Uniformjacken, sie steht ihr verdammt gut, als sie sich dann noch Willems SS-Mütze aufsetzt, muss er lachen, jetzt siehst du aus wie ein Filmstar, sagt er. Um Benzin zu sparen, werden die beiden Autos aneinandergekoppelt; die Insassen fluchen oder lachen über das heftige Geschaukel, mit dem der primitive Konvoi sich mühsam durch Deutschland bewegt. An einem Waldrand wird angehalten. Große Quadersteine liegen herum. In einem der Wagen entdeckt jemand Werkzeug, auch Hammer und Meißel, und kommt auf die Idee, eine Inschrift in einen der Steine zu gravieren. Der Vorschlag dafür lautet *Naar Oostland willen wij rijden* (Nach Ostland wollen wir fahren), die erste Zeile eines Liebesliedes aus dem *Antwerps Liedboek* des sechzehnten Jahrhunderts, die Flüchtenden jedoch verwenden einen neuen Text, den der niederländische Kollaborateur Piet Hein zu Ehren der flämischen Soldaten an der Ostfront verfasste: *Ten strijde! Ten strijde! Wij helpen Germanje bevrijden!* (Auf, auf in den Kampf, wir helfen befreien der Germanen Land!)

»Wim hat das erste Wort gemeißelt«, schreibt Griet in ihren Memoiren, also *Naar*, ein gewisser Fons macht mit *Oostland* weiter, und sie als Dritte soll nun das Wort *willen* in den Stein ritzen, doch sie zögert; die Männer haben sich gerade zum Rauchen abgewendet, und sie nutzt den unbeobachteten Augenblick und ritzt stattdessen *moeten* (müssen). Sie wollte damit ausdrücken, so erklärt sie, dass sie ihre Lage »eher pessimistisch« einschätzte. Wer nach ihr für das Wort *rijden* zuständig war, ist nicht überliefert, wohl aber, dass die Gesellschaft danach den flämisch bemeißelten Stein mit vereinten Kräften an den Straßenrand rollte, zum Beweis, dass die Flamen treu zu Deutschland stehen. Heil!

Ich habe Stunden damit verbracht, auf Landkarten zu starren, aber es war mir schlichtweg unmöglich herauszufinden, welche Route der Konvoi genommen hat. Von Arnhem aus könnte er vielleicht zunächst Richtung Hengelo und Osnabrück gefahren sein – ach ja, Osnabrück, stand das nicht auf den Gullydeckeln in Gent –, genauso gut könnten sie aber auch die Landstraßen via Bocholt, Münster und Minden genommen haben. Ich frage mich, ich weiß, es klingt absurd, ob vielleicht tatsächlich noch irgendwo neben einem Weg, in der Nähe einer Waldschenke, von Tannen oder Buchen beschattet, ein Stein mit vermutlich krumm und schief gemeißelten Worten liegt, vielleicht vollkommen von Moos und Brombeeren und Brennnesseln überwuchert, aber die Schrift würde noch lesbar sein, weil in Stein gehauene Worte bekanntlich Jahrhunderte überdauern, während die Knochen derer, die sich durch sie mitteilen wollten, in der Erde längst verrottet sind.

*

Der Zustrom belgischer Kollaborateure nach Deutschland war beträchtlich – die Zahl der »Deutschfreundlichen« aus Flandern wird auf ungefähr fünfzehntausend geschätzt, hinzu kommen knapp sechstausend wallonische Anhänger der rexistischen Léon-Degrelle-Partei. Der größte Teil dieser Flüchtlinge landete irgendwo nördlich von Hannover, in Kleinstädten wie Verden an der Aller und Soltau. Die NS-Volkswohlfahrt, die einige Jahre zuvor auch die Landverschickung flämischer Kinder organisiert hatte, konnte den Ansturm kaum bewältigen. Und obwohl man inzwischen vom Grauen an der Ostfront wusste, konnten sich einige der geflüchteten Kollaborateure nicht schnell genug der berüchtigten SS-Division »Langemarck« anschließen.

Jef Van de Wiele, alias Jef Cognac, ist bei der Unterbringung der Flüchtlinge unverzichtbar, denn er ist mit dem Gauleiter von Südhannover-Braunschweig, Hartmann Lauterbacher, befreundet, der persönlich bei Himmler vorspricht, damit dieser Gelder für die Unterbringung von ungefähr achttausend rund um Hannover gestrandeten Flamen bewilligt. Von Lauterbacher, einem fanatischen Nazi und Judenverfolger, ist die Forderung überliefert, dass nicht nur die Juden selbst, sondern sogar jegliche Erinnerung an sie ausgemerzt werden müsse. Und als die Alliierten immer näher rücken, warnt er die deutschen Frauen mit Flugblättern davor, dass die amerikanischen Soldaten sie in »Negerbordelle« stecken würden.

Auch Willem und Griet – die sich in Deutschland jetzt manchmal Titi nennt, Titi Latomme, das klingt wie der Name einer Sängerin, die sie einmal werden wollte – gehen unter im flüchtenden Menschenstrom aus verjagten Exilanten, sich ungerecht behandelt fühlenden Bürgern, Deserteuren, Zwangsarbeitern, Witwen mit Kleinkindern, jungen Heißspornen, verzweifelten Greisen und Greisinnen, die aus Angst vor Repressalien ihr gesamtes Hab und Gut zurückgelassen haben. Manchmal werden die Flamen als deutsches Brudervolk mit offenen Armen empfangen, es kommt aber auch vor, dass ihnen Türen verschlossen bleiben, weil sie Belgier und somit Angehörige eines feindlichen Landes sind. Es gibt Gerede, panische Reaktionen, Wut auf das belgische Vaterland, das »sein eigenes Volk auskotzt«. Es herrscht ein Durcheinander aus Hoffnung, Angst, Verrat und Verdrängen. Einige der flämischen Kollaborateure behaupten später – beispielsweise vor den Kriegsgerichten – auch verblüffend Absurdes: Sie seien nur deshalb geflohen, weil sie abwarten wollten, bis sich ihr flämisches Vaterland triumphierend ins edle Deutsche Reich eingegliedert hätte, was ihrer Ansicht nach in Kürze geschehen würde. Währenddessen rücken die Alliierten unaufhaltsam vor, die Deutschen erleiden an allen Fronten Verluste, die SS agiert planlos, die sich rasch zurückziehenden Milizen erschöpfen sich in sadistischen Racheaktionen, die Öfen der Konzentrationslager werden schleunigst geräumt, die höllischen Todesmärsche beginnen, die Ermordungen im Osten nehmen kein Ende, die deutsche Wirtschaft bricht vollends zusammen, und in den zu Ruinen gebombten Städten leiden die Menschen unter Hunger, Chaos und Gewalt. Schon bald wird auch die 27. SS-Division »Langemarck« bei Kämpfen an der Ostfront empfindlich dezimiert.

Für Griet muss die Erfahrung merkwürdig gewesen sein: mit einer vollkommen naiven Vorstellung ins gelobte Land zu reisen und dort apokalyptische Szenen des Chaos und der Vernichtung vorzufinden. Hannover war am 9. Oktober 1943 durch ein britisches Bombardement stark zerstört worden, und obwohl Griet eine Augenzeugin ersten Ranges hätte sein können, verliert sie in ihren Memoiren kein einziges Wort über diese harte Realität, die wohl in einem zu großen, schmerzvollen Widerspruch zu ihrer ideologischen Erstarrung stand.

*

Griet und Willem bekommen im ländlich geprägten Soltau, achtzig Kilometer nördlich von Hannover, im Klassenzimmer einer Schule ein Obdach zugewiesen. Dort machen sie offensichtlich unangenehme Bekanntschaft mit einigen Niederländern, die sich »sehr unsympathisch« verhalten; als die ehemalige Geliebte eines hochrangigen deutschen Offiziers, eine junge Frau aus Eeklo, beraubt wird – ihr Badeanzug und der ganze Schmuck sind verschwunden –, bekommt Willem den Auftrag, den Fall zu klären. Griet schreibt, dass Willem, empört wie er war, nicht gerade zimperlich vorging, er ließ sämtliche Bewohner bis aufs Unterhemd untersuchen (sofern sie eines besaßen), worauf der Dieb oder die Diebin tatsächlich gefunden wurde. Genaueres erfahren wir nicht, auch nicht, wie die Strafe ausfiel, fest steht nur, dass die Flüchtlingsgruppe danach auseinanderfällt. Willem und Griet werden nach Hannover beordert, wo Willem beauftragt wird, unter seinesgleichen zu spionieren; aufs Neue erstellt er Namenlisten und denunziert »verdächtige Elemente«. Griet hilft ihm als eifrige Sekretärin und berichtet voller Stolz, sie korrigiere seine Rechtschreibfehler, arbeite »ehrenamtlich« und sei von den Vorgesetzten für ihre gute Arbeit gelobt worden.

V-Mann Verhulst bekommt eine wunderschöne möblierte Wohnung zur Verfügung gestellt. »Die Bewohner sind irgendwo hingezogen, wo es sicherer ist«, schreibt Griet. Ich stutze angesichts dieser verharmlosenden Formulierung: Im Grunde steht da, dass Griet und Willem eine Wohnung beziehen, deren frühere Bewohner geflüchtet, abtransportiert oder gar ermordet worden sind. Sie könnten aber auch vor den Bombern der Royal Air Force geflohen sein.

Sie erleben unzählige Bombenangriffe – dreiundfünfzig, wenn wir Griet Latommes Angaben glauben dürfen. Nachts hören sie die gefürchteten RAF-Bomber, die die deutschen Städte in Schutt und Asche legen; dennoch unternehmen sie gemeinsam Ausflüge und Reisen, etwa nach Hildesheim, Dresden und Berlin. Als dann bei einem Luftangriff auf Hannover auch ihr Wohnhaus getroffen wird, erhalten sie unverzüglich eine nicht minder luxuriöse Wohnung in einem etwas außerhalb von Hannover gelegenen Landhaus; in Griets Beschreibung klingt es fast wie ein Idyll: »Wir lernten, im Wald nach Butter- und Steinpilzen zu suchen ... und diese Köstlichkeiten verzehrten wir unter einer Trauerweide.« Sie erzählt auch von Willems Abhängigkeit vom Tabak, von seiner ständigen Suche danach; manchmal kann er nur getrocknete Weidenblätter rauchen. Ihren Landsleuten misstrauen sie, halten Abstand, als litten diese an einer ansteckenden Krankheit – »Wim ist überzeugt, dass diese Leute im Grunde ihres Herzens doch wahre Belgier sind.« Kein Wort über Gräueltaten, Opfer, Kampfhandlungen, kein Wort über Plünderungen und zerstörte Straßen voller Leichen, kein Wort über das, was an allen Ecken und Enden nicht zu übersehen ist; nein, Titi in Arkadien genießt köstliche Steinpilze mit ihrem Wim, nachdem dieser pünktlich seinen Denunziationsbericht abgeliefert hat. Es liest sich, als erzählte sie die Erinnerungen an einen fröhlichen Urlaub.

Ich sitze im stillen Lesesaal des Antwerpener Dokumentationszentrums vor Griets Memoiren und starre betroffen in den friedlichen Innenhof hinaus.

*

An einem frühen Herbstmorgen des Jahres 1945 steht plötzlich ein Kommando der belgischen Widerstandsgruppe *Witte Brigade* vor der Tür; ob hier Sturmbannführer Raf Van Hulse wohne. Die deutsche Frau, die die Tür geöffnet hat, versteht den Namen nicht richtig, ja, sagt sie, hier gibt es einen Herrn Hülst, das Zimmer ist im ersten Stock rechts, ich glaube, er schläft noch.

Und so wird Willem, dessen Familie sich im Drongenhof ohne eine Nachricht von ihm durchschlagen muss, verhaftet und ins Polizeipräsidium von Hannover gebracht. Griet steht ihm bei, selbst unter den schwierigsten Umständen – sie findet heraus, wo er gefangen gehalten wird, spricht mit den Beamten, versucht überall, Tabak für ihn aufzutreiben, Eier und Brot, schnürt Pakete, die sie ihm durch einen Wachmann bringen lässt, den sie mit schönen Worten, Lächeln und Zigaretten bezirzt.

Doch schließlich wird auch sie verhört und ins Gefängnis gesteckt. Ein »Belgier in Uniform«, schreibt sie, schlägt ihr vor, sie freizulassen, wenn sie mit ihm schlafen würde; sie weigert sich stolz, behauptet, keinen der genannten Namen zu kennen. Im Gefängnis trifft sie auf Menschen, mit denen sie bisher nie etwas zu tun gehabt hat: »Hast du auch die Syph?«, hört sie eine junge Frau fragen. Und die Antwort einer anderen: »Nein, 'nen Tripper« ... Voller Abscheu schreibt sie, dass die beiden deutsche Mädels gewesen seien, die »mit englischen Besatzungssoldaten rumgehurt« hätten – und verschließt die Ohren vor den Berichten über flämische Frauen und Mädchen, die sich mit deutschen Offizieren eingelassen haben.

Trotz Kälte, Entbehrung, eiternden Wunden, Hautausschlag, Hunger, Verzweiflung, mangelnder Hygiene: die widerspenstige Titi hält sich stets provozierend und eigensinnig aufrecht. Der Kaffee im Gefängnis ist so schlecht, dass sie das Gebräu grimmig »Judenschweiß« nennt. Schließlich werden beide in getrennten Transporten verlegt; kurz vor der Abfahrt sieht sie den gefesselten Wim in einer Gruppe von Männern auf dem überfüllten Bahnsteig stehen, und es gelingt ihr, »mit Handzeichen und liebevollem Augenzwinkern« seine Aufmerksamkeit auf sich zu ziehen. Griet wird zunächst in Vorst inhaftiert, danach in der Begijnenstraat in Antwerpen, am Ende landet sie in einer zum Gefängnis umgebauten Fabrik in der Genter Wollestraat; Willem verbüßt seine Strafe anfangs im Brüsseler Sint-Gillis-Gefängnis, doch auch er endet in Gent, wird dort aber immer wieder verlegt, sitzt mal in der ehemaligen Fabrik, mal in einem Gefängnis namens *Nieuwe Wandeling*, mal im Lager von Lokeren – an all diesen Orten werden die Kinder den stark abgemagerten und hilflos erscheinenden Vater gelegentlich besuchen.

Verbittert bezeichnet Griet ihr Gefängnis in der Wollestraat als »Konzentrationslager« – *of all things*.

Damit war das Abenteuer in Oostland zu Ende.

PERSONENBESCHREIBUNG

Staatsangehörigkeit: Belgien

Beruf: Angestellter

Geburtsort: Antwerpen

Geburtstag: 10.8. 10.7.1898

Wohnort oder Aufenthaltsort: Hannover

Geburtsd. amtl. geändert

Gestalt: mittel (171 cm)

Gesicht: oval

Farbe der Augen: braun

Farbe des Haares: braun

Besondere Kennzeichen: Augenfehler u. Brillenträger

Nr. 62553 0/43

Unterschrift des Inhabers

Willem

W Verhulst

Nr. 62553 0/43

29

Es muss Griet Latomme sehr beeindruckt haben, wie groß die symbolische Bedeutung Langemarks – des Ortes, wo sie einst gewohnt und wo sich ihr flämisch-nationalistisches Bewusstsein gebildet hat – für die Kollaborateure war. Langemark hatte während des Ersten Weltkriegs mitten in der Front gelegen; als die Deutschen eine schwere Niederlage bei Bikschote und Noordschote erlitten, behaupteten sie einfach, dass diese im benachbarten Städtchen Langemark stattgefunden hätte, weil der Name großdeutscher klang und ihnen leichter von der Zunge ging. »Langemarck« – mit deutschem *ck* – wurde zu einem Mythos, bei dem der reale Ort zwar gar keine Rolle spielte, aber dennoch zum Symbol des Heldenmuts der deutschen Soldaten werden konnte; auch für den Soldaten Adolf Hitler, der zwanzig Kilometer entfernt in Wervik an der flämischen Front gekämpft hatte, besaß der Name aufgrund der hohen Verluste, die die Deutschen dort erlitten hatten, einen fast sakralen Klang, und so wurde die 1941 gegründete Legion aus flämischen Freiwilligen, die Vlaams Legioen, 1943 in 6. SS-Freiwilligen-Sturmbrigade »Langemarck« umbenannt. Reichsführer SS Himmler lobte, dass die außergewöhnliche Division stets eine Ehrbezeugung an das Blutopfer des germanischen Stamms auf flämischem Boden bleiben werde. Die später in 27. SS-Freiwilligen-Grenadier-Division »Langemarck« umbenannte Sturmbrigade nahm ein unrühmliches Ende: Sie wurde in der letzten Phase des Krieges im Kampf gegen die Sowjetarmee aufgerieben.

Nachdem sich im Mai 1944 das Kriegsglück von Nazideutschland auf nahezu null reduziert hatte, wurde die 6. SS-Freiwilligen-Sturmbrigade »Langemarck« weitgehend in die Lüneburger Heide versetzt, »weil im Gau Osthannover«, wie Himmler es formulierte, »der größte Teil der flämischen Flüchtlinge untergebracht worden war«. Griet und Wim konnten diese flämisch geprägten Truppenbewegungen im ländlichen Soltau beobachten und nahmen Kontakt zu ihren Landsleuten innerhalb der SS-Division auf. Heute wissen wir, dass einige dieser ehemaligen Ostfrontkämpfer zum Wachpersonal von Konzentrationslagern gehörten oder die infernalischen Todesmärsche begleiteten, auf denen furchtbare Gräueltaten begangen wurden. Langemark! – das erste Liebesnest des Paars und Namensgeber für eine verlogene Heldensage, so verlogen wie die pangermanische Schwärmerei der beiden, die in einem Flüchtlingsdasein in einem zerbombten und ausgezehrten Land endete.

*

Und dann fällt mir plötzlich etwas Peinliches ein.

Mai 1968, ich war siebzehn und hatte eine große Klappe, wir waren aufgestachelt von den Gerüchten um uns herum, die Fernsehnachrichten zeigten die Aufstände in Paris, und nicht nur dort, auch in Leuven und Gent, in unseren Augen war das Ganze ein riesiges Fest der rebellischen Energie, der überschwänglichen Fröhlichkeit und des großen Abenteuers, und wir, ständig gegängelt von unseren griesgrämigen, tiefgläubigen Priester-Lehrern und fast platzend vor einer Vitalität, die wir kaum kontrollieren konnten, überlegten uns in der großen Pause, wie wir es schaffen könnten, an den für den nächsten Tag in Gent und Leuven angekündigten Demonstrationen teilzunehmen. Wir hatten uns gegenseitig aufgehetzt; Zeitungen, Radio und Fernsehen berichteten ununterbrochen von der Revolution auf der Straße, von der neuen Jugend, die mit viel Kritik, aber auch Sympathie bedacht wurde; die Gesellschaft spaltete sich, unsere jungen Gehirne schienen wie unter Drogen, uns war ganz schwindlig davon; die Studenten strömten auf die Straßen, und wir Schüler wollten nicht hintanstehen, wollten dabei sein, egal wie, nur raus aus den muffigen Klassenzimmern.

In den Straßen von Gent hatten sich die Studenten versammelt, Ströme junger Leute mit Schildern und Transparenten; die einen skandierten, man solle eine Einheitsfront mit den Arbeitern bilden, die anderen brüllten etwas vom Löwen von Flandern und »Wallonen raus!« oder so etwas Ähnliches; war das der Befreiungskampf, von dem man auf den Straßen von Paris sprach, Proletarier aller Länder? Ging es dabei nicht um Studenten, die sich mit den Arbeitern solidarisch erklärten? Oder hatten wir in unserem Enthusiasmus nur nicht richtig hingehört? Ach, egal, der Löwe von Flandern, na und? Ich und ein paar andere Hitzköpfe brachten die Klassenkameraden schließlich so weit, dass wir am nächsten Morgen streikten und im Fahrradpulk, stolz und erhobenen Hauptes wie mittelalterliche Ritter, vom Schulhof fuhren, wir platzten vor Energie und sausten durch die Straßen, auf ins Stadtzentrum, wo wir die Räder vor der berüchtigten Kneipe *Schippershuis* auf einen Haufen warfen, um im nach schalem Bier stinkenden Uferkeller die gerade erkämpfte Freiheit mit übermäßigem Alkoholgenuss zu feiern, obwohl wir wussten, dass uns diese Freiheit teuer zu stehen kommen würde. Am Nachmittag waren wir bereits sinnlos betrunken, als eine lose Gruppe tatsächlich demonstrierender Studenten an der Kneipe vorbeizog; wir stürmten hinaus und schlossen uns ihnen an; großes Geschrei und Gebrüll, tolle Party! Revolution, endlich passierte mal was! Doch leider achteten wir nicht auf die Kopfbedeckungen der Demonstrierenden, auf deren Abzeichen, und mischten uns arglos unter die Studenten mit den altertümlich aussehenden Käppis und den nagelbewehrten Stöcken, brüllten aus voller Brust mit, die Hirne benebelt von der halbverdauten Revolution: *Vlaanderen Vlaams en Walen buiten* (Flandern den Flamen, Wallonen raus) und *Linkse ratten rolt uw matten* (Linke Ratten, wir werden euch packen), ist das hier nicht die Revolution aus Paris? Einer schrie sogar »Sieg Heil«, was zwar nicht besonders französisch klang, wir aber trotzdem ganz lustig fanden, denn wir brüllten vor Lachen, bis sich, als wir gerade durch die Langemunt zogen, irgendwo über uns ein Fenster öffnete und ein Frauenkopf erschien, der schöne Kopf einer elegant aussehenden Frau um die sechzig, und sie rief, nein schrie: *Fascistes! Bande de Nazis! Allez à Langemarck, bande d'idiots!* Ja, sie schrie tatsächlich »Langemarck« – doch wir kapierten nicht, was glasklar war, aber wir waren Revolutionäre und – meine Fresse! – wie genossen wir die Energie. Kurz darauf zogen wir mit ein paar versprengten Krakeelern durch das Patershol und landeten im Drongenhof, wo ich eine alte Frau in einer Tür stehen sah, ihr Blick voller Angst und Schwermut; es ist unmöglich, ich muss es mir eingebildet haben, und diese Einbildung quält mich jetzt umso mehr: Hatte ich in der Tür des Hauses, das ich einmal bewohnen sollte, die alte Mientje gesehen, die gefürchtet haben muss, ihre Albträume von früher wären wieder da und marschierten durch die Straße, vorbei an der Kapelle, der Glasfabrik und an ihrer Haustür, die alte, einsame Mientje wenige Monate vor ihrem stillen Tod im dämmrigen Zwischenzimmer jenes Hauses, in dem ich später mit meinen Hippie-Freunden und -Freundinnen rauschende Partys feiern würde? Ja, dort in der Tür, die ich später schwarz streichen werde, wobei ich in meiner Ungeschicktheit den Farbeimer von der Leiter fallen lasse und das Schwarz in alle Richtungen spritzt, über den ganzen Bürgersteig und die halbe Straße, ein riesiger schwarzer Fleck, na, geht dir ein Licht auf, du großer Rebell?

Als du noch am selben Abend deinen Vater nach der Bedeutung von »Langemarck« fragtest, senkte der brave Mann den Blick und murmelte, dass ich das doch besser den Großvater fragen solle, der allerdings stand kopfschüttelnd auf und ging in den Garten, um etwas frische Luft zu schnappen. Am nächsten Tag wurde dein Vater in die Schule einbestellt, wo man ihm mitteilte, dass der Sohn an der Schule nicht mehr willkommen sei – ein fauler Apfel in einem Korb voller guter, Ihr Sohn, sagte der Pastor-Schuldirektor, Ihr Sohn wird eines Tages noch im Gefängnis landen, das prophezeie ich Ihnen. Und dein Vater, der arbeitsame Mann, kam mit schamrotem Gesicht nach Hause und wollte etwas sagen, was ihm aber nicht gelang, weil er etwas herunterschlucken musste, und seine Augen wurden feucht, und du hast nur gelacht, weißt du das noch, du toller Hecht? Du hast nur gelacht.

*

So etwas macht man nicht ungeschehen, indem man Jahrzehnte später in den Wiesen von Langemark steht, an einem der seltenen milden Tage im Februar, nachdem man die vielen, in den feuchten Poldergrund eingelassenen Gedenksteine mit den deutschen Namen betrachtet hat und ein Stück entfernt davon den Stein, auf dem nur *Flandern* stand, und auch die drei in regelmäßigen Abständen aufgestellten, tristen schwarzen Kreuze aus rohem Granit; so etwas macht man auch nicht ungeschehen, indem man das von Kindern der ganzen Welt geschmiedete Mohnblüten-Denkmal besucht; nichts macht so etwas ungeschehen. Und wenn man dann ins Zentrum des einst so gepeinigten Ortes fährt, sind die Straßen aufgerissen, und es gibt eine Umleitung; schmucklose, supermoderne Häuserblocks für anspruchsvolle Bewohner werden gebaut, nagelneuer Asphalt gegossen; wo mag Griet gewohnt haben, wo haben sie und ihr Wimpiemann sich geliebt, ich weiß es nicht. Aus der Kirche dringt Gesang, flämisch gesungene Popsongs, Krampfreime über Frieden und Liebe; und um die Baustelle zuhauf Rohre, Steine, Betonstahlmatten, Gerätschaften, zerrissene Plastikplanen und Müll – die Gemeinde scheut keine Kosten.

Der Rückweg führt durch eine flache Landschaft, über einen ausgetrockneten Meeresboden, der in der frühlingshaften Sonne nach Gülle und Erde riecht; kurz hinter Langemark dann ein Zwischenstopp und das Foto eines Straßenschilds mit dem Namen eines Dorfes.

Das Schild verkündet: *Die neue Welt – benannt nach der ehemaligen Herberge gleichen Namens.*

30

Das Eindringen der Männer verunsichert Adri so sehr, dass er von da an kaum noch das Haus verlässt. »Mein Vater hatte mir vorher große Angst gemacht«, schreibt er in seinen Memoiren, »er hat mich davor gewarnt, dass sie sich an mich halten würden, wenn er nicht da wäre.« In seinem Kopf vermischen sich die Bilder: Daskalidès mit dem entsicherten Gewehr hinter ihm, der unglückselige Treppensturz, der ihn fast das Leben gekostet hätte, er tritt so stark in die Pedale, dass ihm sein Fuß wieder weh tut; er sieht die Gesichter der Männer, deren Misstrauen gegenüber der Mutter, die den Töchtern still und würdevoll übers Haar streicht, die Angst in den Augen der kleinen Suzy; gestern ist er über den Korenmarkt geradelt, wo in der Nacht zuvor heftige Kämpfe stattgefunden hatten, und sah die großen dunklen Flecken auf dem Pflaster, ihm wurde übel davon; bei einem Straßenhändler kaufte er die Zeitung mit der Schlagzeile *Bevrijding!* (Befreit!) und brachte sie seiner Mutter zum Lesen.

Er fährt nach Deurle zu seinem Freund Willy Welvaert, wo er eine Weile bleiben darf. Er schwitzt, ächzt, stöhnt und radelt, er sieht die stillen Wälder am Horizont, riecht das Gras, den Waldboden, erinnert sich an den langen, schönen

Sommer bei der Familie Scheuermann im friedlichen Neuenstein, wie es wohl Fritz und Ernst und Walter gehen mag? Er ist ganz außer Atem, er hat die zwölf Kilometer vom Patershol nach Deurle in einer halben Stunde geschafft, unterwegs hat er Häuserfassaden mit Einschusslöchern gesehen, eine zerstörte Scheune, eine mit einem Hakenkreuz verschmierte Tür, Aschehaufen und geschmolzenes Eisen, ein fensterloses Gebäude mit rußgeschwärzten Mauern. In der Waldsiedlung soll er sich erholen, abwarten, was geschieht, der Krieg scheint vorbei zu sein, doch er vertraut nichts und niemandem mehr. Er sieht Männer in halb zerstörten Häusern ein und aus gehen. Dort ist der große Garten seines Freundes, und, sieh an, Oswald, der Nachbarsjunge vom Grauwpoort, ist auch da und mit ihm seine kleine Schwester Lieve, in die Adri heimlich verliebt ist, Lieve mit den Zöpfen. Aber das darf keiner merken. Es riecht nach Tannen, nach feuchtem Farn, sein Hemd klebt ihm schweißnass auf dem Rücken. Willy kommt ihm entgegen, er steigt vom Rad, sein Freund sagt: *Bienvenue Adrien,* und umarmt ihn. Adri bricht in Tränen aus.

Die Welvaerts bewohnen im ländlichen Deurle ein großes Haus, sind wohlhabend und eine für die damalige Zeit typische Familie: Anhänger des flämischen Nationalismus, doch hinsichtlich ihrer Bildung der zweisprachigen Logik des gehobenen Bürgertums verpflichtet. Dennoch haben sie mit der kulturellen Kollaboration sympathisiert und in ihrem weitläufigen Garten jährlich ein Treffen flämisch gesinnter Dichter organisiert. Von seinem Freund Willy erfährt Adri einiges über die Missetaten seines Vaters; das schockiert ihn, zerreißt ihn innerlich, aber mit der Zeit lernt er, sich still von allem zu distanzieren, wofür sein Vater gestanden hat, ohne ihn aus seinen Gedanken zu verbannen. Wie es Pappie jetzt wohl geht?, fragt er sich fortwährend in seinen schlaflosen Nächten.

Was ihn an seinen Freunden irritiert, ist deren religiöse Überzeugung. In seinen Memoiren schreibt er: »Zu Hause wachte meine Mutter diskret und auf alles bedacht über meine geistige Entwicklung. Sie bewahrte mich davor, durch den Umgang mit Freunden wie Willy und Oswald in rechtskatholische Strömungen zu geraten ... Die beiden waren trotzdem meine besten Freunde. Das Zusammensein mit ihnen, die langen Waldspaziergänge, die Ausflüge nach Sint-Martens-Latem oder nach Deurle – all das gehört zu meinen schönsten Erinnerungen ...«

Mit Oswald bastelte er auch ein Radiosendegerät; im Haus befand sich ja genug Material aus der ehemaligen MEGA. Die beiden Jungen stellten ein eigenes Programm zusammen, *Radio Dietsland*, in dem sie die neuesten Entwicklungen der deutschen Besatzung kommentierten. Adri schreibt: »Ich weiß nicht mehr genau, wie unser Programm aussah, nur, dass die Sendungen sehr kurz waren und immer mit der niederländischen Nationalhymne – das *Wilhelmus*, das ich auf Platte hatte und auf meinem handbetriebenen Grammofon abspielte – anfingen und endeten.«

Eine Woche bevor die Widerstandskämpfer ins Haus eindrangen, hatten sich die beiden Freunde noch gesehen. Adri war nervös gewesen. Der Vater schlief schon seit einer Weile nicht mehr daheim, am Tag zuvor war er am frühen Nachmittag kurz im Drongenhofer Haus gewesen, hatte eiligst ein paar Sachen zusammengepackt und, bevor er wieder davongehetzt war, zu den Kindern gesagt: »Gott segne und schütze euch«, und zu Adri dann noch: »Pass gut auf meine Bücher auf!« Tatsächlich war ein Teil der Bibliothek im Haus verblieben; Adri hatte keine Ahnung, was er mit den aus der *École des Hautes Études* gestohlenen französischsprachigen Büchern machen sollte. Die Alliierten rückten auf die Stadt zu, die Widerständler trauten sich immer mehr, was, wenn sie das Haus in Brand steckten? Es musste schnell gehandelt werden. Die wenigen Wertsachen, die die Familie besaß, hatte Mientje schon auf dem Dachboden des Kohlenschuppens versteckt, unter Holzscheiten und Lumpen – einen schönen antiken Kerzenleuchter von ihren Eltern, Wäsche mit Spitzenborten und ein altes Uhrwerk ihres Großvaters, dazu Kupfertöpfe und Kochgeschirr.

Sie bitten ein paar unverdächtige Nachbarn in der Oudburg, möglichst viele Bücher in Verwahrung zu nehmen. Adri radelt hin und her, schleppt Kartons; eine der Bücherkisten bringt er mit dem Fahrrad nach Deurle zu Familie Welvaert. Nachdem die Regale geleert sind, steht Adri vor dem Problem der großen Plattensammlung seines Vaters – Platten mit populärer klassischer Musik; Oswald und er haben sie oft für ihre Radiosendungen verwendet; er hat keine Ahnung, was er damit machen soll, der Schellack ist tonnenschwer, unmöglich, die Platten mit dem Fahrrad zu transportieren. Doch dann erinnert Willy ihn an das Kanu hinter der Garage der Drahtfunkanstalt, das der Vater einst hatte bauen lassen und mit dem sie an schönen Tagen oft auf der Leie herumschipperten.

Die Jungen schleppen die Schallplatten ins Kanu und decken sie mit Tüchern zu, Adri legt auch noch sein Briefmarkenalbum mit hinein. Sie fahren das Kanu auf der Leie bis nach Latem, brauchen Stunden, sind schweißnass vom Paddeln; am nächsten Tag holen sie die zweite Ladung – ein nicht ungefährliches Unternehmen.

Nur eine einzige Platte landet im Wasser der Leie: das Horst-Wessel-Lied. Als Willy die Platte sieht, sagt er: Nein, Adri, die muss weg, und schleudert sie mit großem Schwung in den Fluss, die Platte hüpft übers Wasser, kappt eine kleine Wellenkrone und versinkt.

*

Adri ist bei den Welvaerts in Deurle in Sicherheit, doch immer wieder werden die Jungen von Gefühlen der Angst und Erleichterung überwältigt; manchmal hören sie Schüsse, undeutbare Laute, Rufe und das Ächzen und Stöhnen schwerstarbeitender Menschen oder aber den aufjaulenden Motor eines über den Waldweg rasenden Geländefahrzeugs. Auf Baumstämmen am Wegrand stehen englische Warnungen, Adri versteht sie nicht, er hat auf der Schule nur Deutsch als Fremdsprache gehabt, Willy übersetzt. Sie verbringen ihre Zeit im Wald oder am Fluss. Lieve Vandermeulen hat ihre Erinnerungen ebenfalls aufgeschrieben und erinnert sich, dass Adri aufgrund seiner Gehbehinderung mit den anderen nicht mithalten konnte, weshalb sie oft auf ihn wartete, sie schreibt auch, dass er nicht viel sprach.

Als ich Lieve besuche und im Gespräch verrate, dass Adri jahrelang in sie verliebt gewesen sei, erschrickt die alte Dame; davon habe ich nie etwas gemerkt, sagt sie, von wem wissen Sie das? Von Letta, antworte ich. Ihr Blick wandert zum Fenster hinaus, jetzt, wo Sie davon sprechen, sagt sie, kann ich die Wälder von Latem und Deurle wieder vor mir sehen. Es gab dort einen alten Eiskeller … im Schlossgarten, das war ein dunkles, unterirdisches Gewölbe … man kam nur durch einen engen Tunnel unter dem Hügel hinein … Manche Jungs nahmen ihre Mädchen dorthin mit, um … Sie wissen schon … Ich war damals noch ein Kind, ein Mädchen mit blonden Affenschaukeln … Den Geruch im Eiskeller, die kühle Erde im Dunkeln werde ich nie vergessen … Irgendwo gab es dort auch eine Mariengrotte, wie damals überall in Flandern ... Liegt alles wie unter einem Nebel ... Die Angst vor allem, was mit Sexualität zu tun hatte, war ständig da in meiner Kindheit und Jugend, flatterte herum wie ein Schwarm Fledermäuse ...

31

Kaum zwei Wochen nach Willems Flucht brach rund um Arnhem das Inferno los. Mientje hatte seit Wochen nichts von ihren Eltern gehört; die Telefonleitung war tot. Die alliierten Truppen begannen mit der Operation *Market Garden*, jener umfangreichen Luft-Boden-Invasion, die das Ziel hatte, die Deutschen vom Rhein zwischen Nijmegen und Arnhem zurückzudrängen. Es war eine der eindrucksvollsten Aktionen der Alliierten, nie zuvor war so viel Kriegsmaterial aufgeboten worden wie bei dieser apokalyptischen Offensive. In seinem Buch über die Schlacht um Arnhem berichtet Antony Beevor von vierundachtzig Mosquito-Jagdbombern, Boston- und mittelgroßen Mitchell-Bombern, achthundertzweiundsiebzig Flying Fortresses mit Splitterbomben an Bord und hundertsiebenundvierzig P-51 Mustangs. Die Operation scheiterte auf ganzer Linie, vor allem, weil der britische General Montgomery die Widerstandskraft der Deutschen enorm unterschätzt hatte; zahllose Fallschirmjäger wurden erschossen, bevor sie auch nur einen Fuß auf den Boden setzen konnten. Für die Alliierten eine tragische Niederlage, für die Bewohner des Landstrichs durch die darauf folgenden Repressalien der Deutschen die absolute Hölle und für Hitler ein letzter großer Sieg.

Mientje hört mit summenden Ohren bis spät in die Nacht die Radionachrichten. Ohne eine Möglichkeit, mit ihrer mitten im Katastrophengebiet wohnenden Familie Kontakt aufzunehmen, kann sie nur warten und beten. Adri sitzt in Deurle mit Oswald und Willy vor dem Apparat und hört englisches Radio, beklommen vernimmt er die Reden von Churchill, dann wieder Bruchstücke vom hysterischen Geschrei des vollkommen wahnsinnigen Führers, während Mientje im Drongenhof im Zwischenzimmer sitzt und leer vor sich hin starrt. Ab und zu jagen britische und polnische Bomber tief über Gent hinweg; laut knatterndes Gewehrfeuer. Immer mal wieder beobachtet sie, wie verstörte und verwahrloste Soldaten wild um sich schießend ein Fahrrad stehlen und davonradeln, als wäre ihnen der Teufel auf den Fersen. Sie denkt an Willem, er muss irgendwo in Deutschland sein, der Himmel weiß wo, vielleicht ist er ja schon tot? Opfer von Kampfhandlungen oder einem Luftangriff? Bis nach der Kapitulation Deutschlands wird Mientje im Ungewissen bleiben, Tag für Tag hat sie Angst um ihn. Oft geht sie am Nachmittag in die Brabantdamer Kirche, wo sie sich mit einfachen Aufgaben ablenkt, den Klagen der Menschen lauscht, die im friedlichen Kirchenraum Zuflucht suchen. Anschließend beeilt sie sich, nach Hause zu kommen, sie weiß genau, wie gefährlich es ist, nach Einbruch der Dunkelheit unterwegs zu sein.

*

Es ist eine schwere Zeit. Steinkohle ist kaum noch zu bekommen, die Bauern, zu denen Mientje fährt, um Lebensmittel zu ergattern, werden immer habsüchtiger. Ihr Fahrrad ist kaputt, das Vorderrad ist verbogen, nachdem sie an einem nebligen Morgen in der Straßenbahnschiene steckengeblieben war, und der langhaarige Fahrradmonteur im Patershol ist auf Nimmerwiedersehen verschwunden; Busse und Straßenbahnen verkehren nur unregelmäßig; und noch immer zischen ihr manche Leute nach, dass sie eine Nazinutte sei, die Frau des verhassten Verhulst. Die Berichte, wonach es in den Niederlanden einen Hungerwinter gebe, häufen sich, sie hofft, dass der Vorratskeller des Bruders gefüllt ist und dass er gut für die alte Mutter sorgt – wie gerne wäre sie jetzt bei ihnen, aber eine Reise nach Oud-Zevenaar ist angesichts der schießwütigen deutschen Kontrollposten glatter Wahnsinn; um Arnhem herum wird heftig gekämpft. Die Lage in Gent hat sich einigermaßen beruhigt, Letta und Suzy können wieder sicher zur Schule, Adri ist aus Deurle zurück, wagt sich aber erst im Januar 1945 allmählich wieder aus dem Haus, mit Mütze und Schal vermummt. Im Frühjahr stellt Mientje überrascht fest, dass viele Bekannte aus Deutschland zurückgekehrt sind – einige von ihnen waren als Zwangsarbeiter dorthin verschickt worden, andere waren freiwillig gegangen oder geflohen, weil sie kollaboriert hatten. Mientje erkundigt sich flehentlich nach Neuigkeiten: Wisst ihr etwas von meinem Mann? Doch sie erntet nur achselzuckendes Schweigen.

»Eines Tages im Mai 1945«, schreibt Adri, »klingelte der Bruder von Aurélie Willaert an der Tür. Sie war eine Lehrerin aus Ertvelde, eine gute Bekannte meiner Eltern. Der Bruder hatte als Bäcker in Deutschland gearbeitet und bei Hannover oder Hildesheim unseren Vater getroffen. Vater gab ihm mündlich eine Nachricht mit: Es gehe ihm gut und wir sollten uns keine Sorgen machen.« Dann zog der Mann einen braunen Umschlag hervor und überreichte ihn Mientje. Erschrocken starrte sie auf Banknoten im Wert von tausend Francs in ihren Händen; wie war Willem an das Geld gekommen, was sollte sie damit anfangen? Nach dem Ende der Besatzung herrschten in Belgien finanzielles Chaos und Inflation, die Finanzminister Camille Gutt mit einer Währungsreform zu beenden versuchte; das alte Geld wurde ungültig. Die Bürger tauschten Unmengen von wertlos gewordenem Inflationsgeld gegen wenige Scheine des neuen Geldes ein; ging es um größere Summen, wurden diese auf ein von der Regierung kontrolliertes Konto überwiesen. Camille Gutt machte Klarschiff: Durch Kriegsgewinnlerei oder illegale Transaktionen verschafftes Schwarzgeld wurde dadurch entlarvt und deshalb vielfach verbrannt oder einfach weggeworfen; Vermögen wurden eingefroren, Depots und Wertpapiere konfisziert und neu taxiert. Für Mientje war Willems Geld daher nahezu wertlos. Nur einen kleinen Teil davon konnte sie verwerten, indem sie weniger begüterten vertrauten Personen einen Betrag des alten Geldes übergab, was diese dann eintauschten und ihr aushändigten – das war Mientje allerdings sehr peinlich. Den Rest des Geldes warf sie schließlich weg. Und da sie niemals Willems Gerichtsakten einsah, erfuhr sie auch nie, dass er das Geld einen Tag vor seiner Flucht dem *Comité voor Dietsche Actie* gestohlen hatte. Hätte sie es gewusst, hätte sie den ganzen Packen gleich ins Feuer geworfen.

*

Ohne jedes Einkommen beschließt Mientje, die leerstehenden Zimmer und die Mansarde zu vermieten. Die Mädchen ziehen in das Hinterzimmer im ersten Stock, sie bleibt in ihrem Schlafzimmer, wo sie auch ein kleines Büro einrichtet, weil sie das Zwischenzimmer und den Salon ebenfalls vermietet. In der Mansarde steht noch ein altes Eisenbett, das sie mit einer geliehenen Matratze und ein paar Kissen brauchbar macht. Adris Freunde sollen die Nachricht verbreiten, dass hier Zimmer zu haben sind. Lange braucht sie auf Interessenten nicht zu warten, denn nach den Bombenangriffen ist die Wohnungsnot groß. Und natürlich finden sich auch Kollaborateure ein, ehemalige Freunde von Willem, um zu fragen, ob sie im Haus untertauchen dürfen. Schon bald hat sich eine bemerkenswerte Gästeschar versammelt. In dieser Zeit wartet Willem auf seinen Prozess; offenbar ist es ihm nicht möglich, der Familie ein Lebenszeichen zu übermitteln.

32

Mientjes Tagebücher wurden später von Letta sorgfältig fotokopiert, um sie der Forschung zur Verfügung zu stellen. Das erste Heft, das ich in Händen halte, beginnt am 29. August 1944 und endet am 26. Juni 1946. Mientje schreibt lebendig und detailreich, wir erfahren genau, was in den Tagen um Willems Flucht herum passiert ist, auch wenn sie über die Flucht selbst oder über jene Szene, die wir durch Lettas Beschreibung kennen, kein Wort verliert. Eindrucksvoll beschreibt sie die Angst, die sie während der heftigen letzten Kämpfe in Gent ausgestanden hat, die Zerstörung der Häuser in der Ottogracht, dem Dampoort und in der Lange Steenstraat, die heftigen Gefechte bei der Tolhuisbrug und in der Sleepstraat: »Die Hölle ist ganz nah, aber es ist herrliches Wetter, wir sitzen oben im Zimmer in der Sonne.« In der Nacht hört sie das »entsetzliche Kreischen und Explodieren der Granaten«. Und jedes Mal berichtet sie, dass sie und die Kinder verschont geblieben seien, dass ihr Schicksal fest in Gottes Hand liege. Um sich Mut zu machen, schreibt sie den 91. Psalm zur Gänze ab: »Es wird dir kein Übel begegnen, und keine Plage wird sich deinem Hause nahen. Denn er hat seinen Engeln befohlen, dass sie dich behüten auf allen deinen Wegen.«

Sie notiert auch, wie schwierig es ist, wegen der Rationierungsmaßnahmen an Lebensmittel zu gelangen, und dass sie sich täglich darum bemüht, das Leiden von Flüchtlingen und Verwundeten zu lindern, unter denen sich auch eine ganze Reihe von Freunden und Bekannten befinden, die sie namentlich erwähnt. Sie hilft in den Krankensälen des Bijloke Hospitaals aus, wo auch Verletzte aus den Niederlanden eingeliefert werden, aus Hoofdplaat, Biervliet und Breskens; die meisten Küstenorte wurden zerstört, die ehemaligen Einwohner sind ausgebombt, viele sind schwer verwundet, sie wurden von englischen Soldaten angegriffen, als die Deutschen sie zwangen, ihnen bei der Flucht zu helfen. Täglich geht sie ins Krankenhaus, hört zu, schenkt Trost, muntert die schwerkranken Patienten auf, sitzt stundenlang am Bett einer weinenden Frau und hält ihre Hand. Sie schreibt, dass die »Holländer« von herzlosen Einwohnern Gents bestohlen werden, sie nehmen ihnen an Lebensmitteln, was sie noch haben, und beschimpfen sie danach: »Ihr Kaasköppe, das war lecker!« Doch niemals findet sich in Mientjes Notizen Bitterkeit, niemals ergreift sie Partei; wenn sie hört, dass die Familie eines geflüchteten Kollaborateurs aus Rache schikaniert wird, geht ihr das genauso nahe wie der Besuch des Gottesdienstes, in dem die Befreiung gefeiert und an die von den Deutschen an der Stadt begangenen Gräueltaten erinnert wird. Auf dem Weg zu einer Adresse, wo sie hofft, Lebensmittel zu ergattern, steht sie plötzlich vor schwerem Artilleriegeschütz; es regnet und stürmt, dunkle Wolken rasen dicht über die halbzerstörten Häuser, die Kriegsmaschinen leuchten im letzten Dämmerlicht grell vor dem grauen

Himmel, sie glaubt sich mitten in die Apokalypse versetzt:

»Panzer mit ihren Kanonenrohren, die irgendwann wieder Tausende von Menschen töten werden. Alles ist so voller Gewalt, und der Sturm unterstreicht es noch. Ich muss an den Propheten Elija denken, als er allein war, während der Sturm über ihn hinwegzog, und er das WORT hörte, aber der HERR war nicht im Sturm. Und dann nach dem Sturm das Säuseln einer sanften Stille; und es geschah, da Elija dies hörte, dass er wieder sehen konnte und rief: HERR, entferne dich von mir, denn ich bin ein Sünder …«

Sie fährt fort mit der Klage, dass die Straßenbahn wieder einmal eine dreiviertel Stunde zu spät kommt; sie schleppt die Lebensmittel nach Hause und eilt danach mit Letta ins Krankenhaus, um einem holländischen Mädchen beizustehen, das von Granatsplittern schlimm verletzt worden ist. Ihr Leben nimmt seinen Lauf. Kein Wort über ihren Mann – aber sie ist dankbar, dass Adri bald an der Universität studieren darf.

»Inzwischen wächst die Zahl der Märtyrer für die flämische Sache; Watervliet ist ein einziges Durcheinander, in Ertvelde geschieht Furchtbares.« Es kommt zu heftigen Gefechten in der Stadt, die Häuser am Krommewal und in der Speldenstraat werden bei Luftangriffen schwer beschädigt, Granaten sausen durch die Sleepstraat. Wir schlafen gut, schreibt sie, Adri hat von dem ganzen Krach überhaupt nichts mitbekommen, erst am nächsten Tag wird uns klar, wie knapp wir dem Tod und der Vernichtung entgangen sind, alle Nachbarn haben die Nacht in den Kellern verbracht. »Gnädig ist Gott der HERR, wir danken ihm für seinen Schutz …« Eine bildhafte Szene in einem der Zimmer des Hauses: Die Kinder sitzen mit gefalteten Händen und gesenkten Köpfen rund um die laut betende Mutter.

Sie trägt die Wäsche körbeweise in die Wäscherei des Viertels, hat sie alles erledigt, setzt sie sich für eine Weile zur Erholung in ihr Zimmer, bevor sie am Nachmittag zu ihren Besuchen bei hilfsbedürftigen Nachbarn aufbricht. Als sie durch die stark zerstörte Ottogracht geht, denkt sie: »Ist das Krieg? Was für eine entsetzliche Verwüstung … Als ob wir aus einem Traum erwachen oder nach einem furchtbaren Erdbeben aus den Kellern hervorkriechen und sehen, was passiert ist; wir hatten ja keine Ahnung, wie schlimm es wirklich war …«

20. September: »Wir hören sehr viele Flugzeuge, die Luftlandetruppen sind in der Gegend von Arnhem – Nijmegen …«

23. September: »Die Kämpfe rund um Arnhem sind grauenvoll …«

Ich bin in Gottes Hand, schreibt sie und liest, um sich Mut zu machen, einen alten Text ihres geliebten Pastor Wartena: *De Apostel van het Overwinnend geloof* (Der Apostel des siegenden Glaubens). »Welche Reichtümer des Geistes offenbaren sich mir; welch ein Segen, ein Leben des Glaubens führen zu dürfen …« Drongenhof ist unser Zufluchtsort, schreibt sie, solange wir uns hier verbergen, kann uns nichts geschehen.

*

Adri tritt sein Studium an, Letta hat eine grässliche Ohrenentzündung, Suzy feiert Geburtstag. Mientje sieht Greise und Greisinnen durch die Straßen tattern, Kriegsversehrte mit Krücken, Menschen, die verzweifelt mit zerschundenen Händen in den Trümmern wühlen, weil sie alles verloren haben. In der Provinz Zeeland wütet ein erbitterter Kampf, schreibt sie, der Deich wurde zerbombt und Walcheren steht unter Wasser; die Eisenbahner streiken, von einem Ort zum anderen zu gelangen wird von Tag zu Tag schwieriger. Auch in Maldegem und Eeklo wird heftig gekämpft; von Breskens ziehen die abscheulichen Gefechte weiter nach Breda, Venray, Nijmegen, »aber zu meiner großen Freude habe ich heute für die Kinder Zucker gefunden, und Obst im Überfluss, ach, käme doch bald der Frieden«.

Als sie erfährt, dass einige Angeklagte ins Gefängnis von Lokeren gebracht werden, gesteht sie sich nicht ein, dass auf Willem das gleiche Schicksal warten könnte. Sie schreibt: »Das Leid der Schwarzhemden ist entsetzlich«, aber »ein Vater bleibt immer ein Vater und wird sich des irregehenden Sohns erbarmen ... Der Blauregen im Hinterhof blüht herrlich.«

Die Kinder bekommen Schwierigkeiten; Letta, die auf Wunsch des Vaters kurz bei der Hitlerjugend gewesen sein muss – im Archiv befindet sich ein von ihr mit »Heil Hitler« unterzeichneter Brief –, soll vor dem Oberschulamt erscheinen. Mientje verbietet ihr hinzugehen und gibt ihr stattdessen einen Brief mit, in dem sie erklärt, ihrer Meinung nach sollten Kinder nicht in politische Angelegenheiten hineingezogen werden. Mientjes selbstsicheres Auftreten führt dazu, dass Letta in Ruhe gelassen wird.

»Heute ist Sonntag, woher nehme ich das Recht, mich nach diesem Ruhetag zu sehnen, an dem es still ist und die irdischen Anfechtungen für eine Weile hinter die Dinge des Geistes zurücktreten ... Warum nur verspüre ich ein wachsendes Verlangen nach dem König, dem Erlöser – aber es ist ein irdischer König jetzt, allein Jesus Christus bringt dem menschlichen Herzen Erfüllung ... Als ich heute Morgen noch vor Sonnenaufgang aufstand, sah ich den Morgenstern und musste an die Worte der Offenbarung denken: Ich bin der strahlende Morgenstern, der vorangeht der aufgehenden Sonne.«

24. Juni 1945: »Der Sommer quillt über vor Fruchtbarkeit, viel Obst, aber immer noch teuer – von allen Seiten erfahren wir, wie es den Flamen in Deutschland ergeht; Cyriel Verschaeve wurde zusammen mit seiner gesamten Entourage verhaftet, das hat er nun davon, dass er als Pastor Soldaten für die Ostfront angeworben hat ... Mit jedem Tag wird mir klarer, wie das arme flämische Volk verführt wurde ... aber so sind sie, die Volksirreführer – jetzt läuft alles auf ein politisches Chaos hinaus, und langsam werden die Dinge sichtbar ... Immer neue empörende

Berichte erreichen uns, zum Beispiel, dass alle Mitglieder der SS ein Erkennungszeichen tragen, als ich das hörte, musste ich sofort an das Malzeichen des Tieres aus der Offenbarung denken … UND DAS TIER WARD GEGRIFFEN UND MIT IHM DER FALSCHE PROPHET, DER DIE ZEICHEN TAT VOR IHM, DURCH WELCHE ER VERFÜHRTE, DIE DAS MALZEICHEN DES TIERS ANBETETEN; LEBENDIG WURDEN DIESE BEIDEN IN DEN FEURIGEN PFUHL GEWORFEN, DER MIT SCHWEFEL BRANNTE … Oft aber plagt mich irdische Not, ich habe gerade meine letzten Francs ausgegeben und muss mir wohl Geld borgen – doch treu ist der HERR, der mich ruft.«

In ihrer Verzweiflung fängt sie an zu beten, und ausgerechnet an diesem Tag bekommt sie endlich die Erlaubnis, Willems Privatauto, das er bei seiner Flucht zurückgelassen hat, zu verkaufen. Mit dem Erlös kann sie die nächsten paar Monate überleben. »Lobe den HERRN, meine Seele, und vergiss nicht, was er dir Gutes getan hat.«

10. Juli 1945: »Heute hat Pappie Geburtstag. Wir denken an ihn, und in unserem Glauben vertrauen wir auf Gott den HERRN, der die Schritte unseres Lebens lenkt.«

Am selben Abend besucht sie den Vortrag eines Pastors, der über seine Erfahrung als Häftling im KZ Dachau berichtet: »Er schildert uns den Alltag der Gefangenen, wie viele sich als Gebrochene in den Stacheldraht warfen, der ihnen den Tod brachte, weil er unter Strom stand, jeden Morgen sah er die Toten in einer Linie aufgereiht« … »Was bedeutet eigentlich Nationalsozialismus? Mitglied der SS?«, schreibt sie nach dem Vortrag schockiert.

Am nächsten Tag, es ist der 11. Juli, der Gedenktag der Goldene-Sporen-Schlacht von 1302, besucht sie einen weiteren Vortrag. Diesmal ist das Thema die »Ehrenrettung des für falsche Zwecke missbrauchten flämischen Löwen«; am 21. Juli schreibt sie einige Sätze über die sogenannte Königsfrage, die in Belgien gerade die Politik spaltet: die Katholiken fordern die Rückkehr des während des Krieges in Deutschland inhaftierten Leopold III., während die Sozialisten, Liberalen und Kommunisten das verhindern wollen; am 22. Juli gedenkt sie »in aller Stille, nur mit den Kindern« ihres Hochzeitstages, »trotzdem haben unsere Hausgenossen Blumen besorgt«.

Ein neuer Hausbewohner zieht ein, dessen Namen sie nicht nennt, aber sie ist froh, dass er den Kindern mit den Schularbeiten helfen kann. »Ich habe so viel zu tun«, schreibt sie, »immer sind viele Menschen um einen herum, das macht mich müde, ich bin fast am Zusammenbrechen, ich weiß, wenn ich anfange, darüber nachzudenken, bin ich verloren … Liebe Kinder, wenn ihr dies später einmal lesen werdet, dann wisst, dass eure Mutter nur ein einziges Gebet kannte: Lieber Gott, bewahre die Kinder vor allem Bösen.«

Wieder hat sie kein Geld mehr, sie muss eine Goldkette verkaufen. »Befreie mich von allem, was ich habe, HERR, solange ich dir folgen und in deinem Licht darf wandeln.«

Am 23. Januar 1946 erhält sie einen Brief von Rechtsanwalt Henri De Potter, ihrem Vermieter, der ihr mitteilt, dass ihr Ehemann bereits im letzten Jahr in Deutschland aufgegriffen und zunächst ins Brüsseler Sint-Gillis-Gefängnis verbracht worden sei. Am 26. Januar erreicht sie dann ein Brief von Willem selbst, der kurz darauf vom Sint-Gillis ins Genter Gefängnis *Nieuwe Wandeling* und von dort nach Lokeren verlegt wird. Sie unterhalten sich durch Gitterstäbe und Maschendraht; er sehe vergleichsweise gut aus, schreibt Mientje, obwohl er in Deutschland Hunger gelitten habe; sie bringt ihm etwas zu essen mit – »ein Häftling, nun gut, jetzt weiß ich auch, was das ist«.

Im April stattet sie dem Elternhaus in Oud-Zevenaar einen Besuch ab. Nach der Fahrt durch das zerstörte Land offenbart sie, die sich in ihrem Tagebuch sonst so reserviert und gelassen gibt, Zeichen tiefer Betroffenheit: »Die Westervoortsche Brücke ist kaputt, und von Nijmegen bis Arnhem herrscht eine einzige Verwüstung … Trotzdem, wie schön die Veluwe doch ist! Die Reise von Beekbergen nach Silvolde ist herrlich! … Das alles habe ich gestern Nacht auch im Dunkeln gesehen, aber so ganz ohne Licht war es ein Labyrinth, und ich, man stelle sich das vor, ich habe mich verlaufen … Aber durch so manches Labyrinth führt uns Gottes Hand gewiss …«

*

Der Anblick all der Zerstörung muss bei Mientje die Sehnsucht nach der Landschaft ihrer Kindheit geweckt haben, nach der großen Weite, den bis zum Horizont sich hinziehenden Wiesen und Feldern, nach dem friedlichen Bauernleben, das sie so leichtfertig verlassen hatte, um einem flämischen Döskopp nach Belgien zu folgen und dort in einer düsteren Straße ein Leben inmitten so vieler Mitbewohner zu führen, so was hätte sie sich nicht einmal in ihren absurdesten Träumen vorstellen können, und erst recht nicht, dass sie diese Leute auch noch versorgen würde: kochen, schmutzige Unterwäsche waschen, Hemden bügeln. So viel Leben, dass da die Treppen rauf- und runterrennt und an ihrem Tisch aus ihren Tellern isst, während der Ehemann sich in einer trostlosen Gefängniszelle in Einsamkeit verzehrt.

Für ihre Töchter näht sie bunte Blumenkleidchen; der Stoff dafür war sehr schwer zu bekommen, er stammt aus den Niederlanden.

33

Und dann wage ich es schließlich doch.

Ich beantrage beim *Rijksarchief* von Brüssel Einsicht in die Akten des Kriegsgerichtshofs. Ich bin im Besitz von Lettas schriftlicher Einverständniserklärung, und einige überaus hilfsbereite Wissenschaftler unterstützen mein Gesuch mit ihrer Empfehlung. Nach ein paar Wochen erhalte ich per Post die von der Oberstaatsanwaltschaft erteilte Erlaubnis.

Ich fahre zum Archiv, das in der Biegung einer etwas abgelegenen Straße liegt, es hat hohe Fenster, wie bei einer Fabrik, und eine Tür mit altmodisch geschliffenem Glas. Die Treppen aus Ardenner Stein hinauf, durch eine Doppeltür hindurch und in den Lesesaal hinein, Stille unter großen gelben Lampen. Ein Bücherwagen steht schon für mich bereit und wird hereingefahren, darauf sieben große, randvolle Kartons: halbverwittertes Papier, zerfledderte Manuskripte, hauchdünnes Kohlepapier, Bleistiftanmerkungen, markierte Listen, Anträge, Zeugenaussagen, Geständnisse, Erklärungen, Strafmandate, verweigerte Anträge zur Einsicht, abgewiesene Gnadengesuche, Berichte über gute oder weniger gute Führung im Gefängnis und noch ein Antrag auf frühzeitige Entlassung, doch *njet* sagt die Hand des Gesetzes. Akten, Stempel, Paragrafen, Unterschriften, Notizen, Verbesserungen, Wiederaufnahmen, mit einer Kordel zusammengehaltenes Papier, auf dem obersten Blatt steht in Großbuchstaben GEHEIM; die Kordel ist aus schwarzem, gelbem und rotem Faden gezwirbelt, den Farben der belgischen Trikolore.

Die Gegenwart schwindet, die Geräusche der Straße werden immer leiser, die Papiere knistern, und ich werde konfrontiert mit einem Vielklang an bürokratischem Kauderwelsch, hinter dem mir wie durch den aufgewirbelten Staub der Geschichte ein Mann entgegentritt, dessen Brille vor dem linken Auge mit Mattglas versehen ist, was man im Dunkeln nicht so genau sieht, was man aber weiß, außerdem trägt er eine schwarze Uniform mit einem langen schwarzen Ledermantel darüber, es ist halb drei Uhr nachts, hinter ihm ein Dutzend Soldaten mit Gewehren im Anschlag, er hämmert an das Tor eines großen Gebäudes am Korenlei, es ist ein französischsprachiges Institut, eine Enklave für eine untergehende Kaste, doch da es Nacht ist, sieht es niemand, aus dem Kanal, der am Gebäude vorbeiführt, steigt Nebel. Alles schläft, der Portier ist längst zu Hause. Ein junger Mann, es ist der Sohn des Nachtwächters, wird wach vom lauten Klopfen und dem gellenden Schrei: Sofort aufmachen! Noch mehr Hämmern, noch mehr Gebrüll, es wird immer lauter am Korenlei, das Licht starker Taschenlampen schweift über das Gebäude, der junge Mann öffnet rasch das Tor, während in einem der Zimmer im oberen Stock der Vater erwacht und hektisch in die Kleider fährt. Er blinzelt in das grelle Licht, was ist los? Es ist mitten in der Nacht! Da sieht er die SS-Männer bedrohlich vor sich stehen, sie stoßen das Tor weit auf, schieben ihn zur Seite und marschieren schwarzglänzendgestiefelt direkt auf das Büro des Verwalters zu; ein Mann namens Verhulst brüllt Bedrohliches, grinst und sagt: Da staunst du, was? Das ist die Revanche für das, was ihr uns nach 14–18 alles angetan habt.

Ach, bei Gott! Niemand würde in dieser Person den lieben Pappie wiedererkennen, den Mientje zur gleichen Zeit nichtsahnend in ihrem einsamen Ehebett vermisst, bei ihrem heiligen protestantischen niederländischen Gott nicht, und doch, er ist es; böse sieht er aus, das künstliche Licht verwandelt die Soldaten, die in dem wehrlosen, aus dem Schlaf gerissenen Gebäude umherstampfen, in Gespenster und Ungeheuer.

An diesem Ort fügen sich für mich alle Puzzleteile und Geschichten zu einem Ganzen zusammen. Der Beweis liegt schwarz auf weiß vor mir. Die *École des Hautes Études* wurde von den Nazis tatsächlich auf diese brutale Art und Weise beschlagnahmt und der V-Mann Verhulst als Dank für seinen tatkräftigen Einsatz mit dem Direktorenposten des in das Gebäude einziehenden *Comité voor Dietsche Actie* belohnt, zusätzlich zu seiner Führungsposition beim Drahtfunksender. Er wird das Institut insgesamt vier Jahre leiten; irgendwann im Jahr 1943 macht er sein gesamtes Personal ohne deren Einverständnis zu Mitgliedern der ss-Organisation DeVlag; dagegen wehren sich einige, weshalb er die Maßnahme am nächsten Tag rückgängig macht und den Angestellten dabei an den Kopf wirft, dass sie undankbare Idioten seien, die nicht verstehen würden, was sie der großen flämisch-deutschen Organisation alles zu verdanken hätten, zum Beispiel ihre Stelle beim Institut. Als er in den letzten Tagen des August 1944 erkennt, dass es bald vorbei sein wird, stellt er dem Personal noch zwei Monate Lohnfortzahlung in Aussicht (manche Zeugen sprechen in den Prozessen gar von drei Monaten; andere sagen hingegen aus, Willem habe die Zahlung zwar versprochen, jedoch nie in die Tat umgesetzt, im Gegenteil, die Löhne hätten exakt den Betrag ergeben, mit dem er geflohen sei, nämlich anderthalb Millionen belgische Franc). Das Benzin, das er für seine Flucht veruntreut habe, hätte einen Wert von sechsunddreißigtausend Franc gehabt. Willem wird in einem Verhör erklären, dass es nicht für den Eigengebrauch gedacht gewesen sei, außerdem sei es ihm sowieso abgenommen worden, und was das Geld betreffe, so habe er es nur in Gewahrsam genommen, um die Löhne nach seiner Rückkehr auszahlen zu können …

Aus den Zeugenaussagen anderer Kollaborateure erfahre ich, in welchem Maße und wie systematisch vor Gericht gelogen wurde, um die eigene Rolle herunterzuspielen. Verhulst ist da keine Ausnahme; auf jeden Vorwurf hat er eine Antwort, die allerdings von den Zeugen umgehend als Lüge entlarvt wird. Bis zu seiner Verhaftung 1945 scheint er tatsächlich geglaubt zu haben, zurückkehren zu können, »um alles wieder in Ordnung zu bringen«. Ein Kamerad sagt aus, er könne nicht bestätigen, dass Verhulst das Personal mit einer Pistole bedroht habe, er habe es nur mit lautem Gebrüll eingeschüchtert, und rettet ihm dadurch den Hals. Alle Stimmen dieser unbeholfen niedergeschriebenen Zeugenaussagen widersprechen und ergänzen sich, sie flüstern, legen dar, schreien oder leugnen hartnäckig die Sachverhalte: ein seltsamer Chor, der sich im stillen Lesesaal des Archivs sturmartig erhebt.

Ich öffne die Akte über die Besetzung der Eekloer Textilfabrik von Raymond Goethals. Das Vorgehen entsprach auch hier dem eines Mini-Blitzkriegs: gewaltsam, überraschend und unerbittlich, in diesem Fall, so berichten Zeugen, sei eine ganze Schwadron schwarzgestiefelter Männer an der Aktion in der kleinen Polderstadt Eeklo beteiligt gewesen, nur einen Bogenschuss vom friedlichen Kaprijke entfernt, wo eine gewisse Greta Latomme ihre Kindheit verbrachte, jene Frau, die den Schneid ihres Geliebten unendlich bewundert und am Tag, als es geschieht, irgendwo im Land als Lehrerin vor ihrer Klasse steht; aber gut, es geschieht ja in Eeklo, Eiken-Lo, wörtlich »der Wald, wo die Eichen wachsen«, die Eiche, der Lieblingsbaum des Führers, der heilige deutsche Baum, aber im Klang Flanderns ist das Wort weicher, Eeklo – die kleine Stadt, wo sich einst ein großes militärisches Sperrgebiet befand, das später der neuen Bestimmung eines friedvollen Nationalparks zugeführt wurde; doch an diesem Kriegstag wird der Direktor Raymond Goethals heftig bedroht, angebrüllt, der Mann zittert vor Angst und gesteht schließlich, größere Mengen Seife versteckt zu halten, aber es herrscht doch an allem Mangel, da muss man doch Vorräte anlegen, oder nicht, Herr Verhulst, das müssen Sie doch verstehen? Aber mit Empathie braucht der ehrenwerte Mann nicht zu rechnen. Ein paar Augenblicke forschen Stiefelgetrampels und herrlich beherzten Umstoßens der aufgestapelten Waren genügen, um noch mehr nicht gemeldete Konsumgüter zu Tage zu befördern: Säcke voll Mehl, Kartoffeln, Pökelspeck, ja sogar Kaffee und Konserven. Ach, was haben wir denn da, auf frischer Tat ertappt, da haben Sie sich aber eines richtig schwerwiegenden Vergehens schuldig gemacht, guter Mann! Der deutsche Soldat grinst breit. Ach ja, er weiß es wohl, er stammelt und stottert: Ich bitte um Vergebung! Vergebung! Herr Verhulst scheint über jeden Schritt des Direktors informiert zu sein, was er wohl seinen unermüdlich spionierenden Schergen zu verdanken hat; umgeben von mehreren deutschen Soldaten hört Herr Goethals nicht mehr auf zu zittern und gesteht angesichts ihrer einschüchternden Präsenz, dass er, ja, er gebe es ja zu, in der Tat eine doppelte Buchführung praktiziere. Nun, mein Lieber, das ist Hochverrat, und Hochverräter werden nach Deutschland deportiert, es sei denn natürlich, Sie entschlössen sich zu einer uneingeschränkten Zusammenarbeit, sollte das nicht der Fall sein, sind Sie im Nu auf Transport, und, und, und … O Gott, diese SS-Männer marschieren hier drohend durch seine geliebte Fabrik, und die Arbeiter nehmen die Mützen ab und murmeln artig einen Gruß, ein wallonischer Arbeiter jedoch sagt *Bonjour*, man stelle sich das mal vor, er grüßt auf Französisch, was für eine Provokation, und seht, da sausen die Augenbrauen auch schon in die Höhe, Männer, setzt doch nicht so leichtfertig euer Leben aufs Spiel … Goethals ist den Tränen nah, ihm wird befohlen, unverzüglich sein Kassenbuch zu Hause zu holen. Doch eifrig, wie dieser Verhulst ist, traut er dem Mann nicht und herrscht ihn an, dass er ihn zu begleiten gedenke; und so schreiten die beiden durch die Eekloer Straßen, einige Passanten bekreuzigen sich beim Anblick von Herrn Goethals und Verhulst mit gezogener Waffe hinter ihm. Beim wunderschönen Direktorenhaus angekommen, stammelt Goethals, er müsse in den Keller, denn dort befinde sich der Tresor, und das würde er lieber alleine machen; doch tüchtig, wie dieser Vertrauensmann der flämischen SS ist, schreit er den Mann an, dass er sich das aus dem Kopf schlagen könne, und als Goethals zu widersprechen wagt und sagt, er habe das R…, das R…, das Recht dazu, brüllt ihn der feine Herr Verhulst aus dem Drongenhof mit den biblischen Worten nieder: Welches Recht? Recht gibt es hier keines mehr. Sofort aufmachen!

Willem verhört den braven Goethals selbst. Nein, eine gemütliche Plauderei ist das gewiss nicht. Die widerlichen Details sind in den Protokollen nachzulesen, in einem Plädoyer ist vom »Verbrecher« Verhulst die Rede, und ein Zeuge spricht von dessen »Gangstermethoden« … Inzwischen kann ich mir gut vorstellen, warum Adri diese Gerichtsakten nie einsehen wollte … Was ich jedoch noch schwerer ertrage, ist, dass die flämische Presse den Besatzern derart zu Willen war – diese Nazipresse leckt sich nach einer solchen Heldengeschichte buchstäblich die Finger. Einer der Tintenkleckser empört sich, was für ein Erzhalunke dieser Goethals doch sei, was für ein Aufschneider, was für eine belgizistische Kanaille: Benzin und Seife unter Kohlen zu verstecken! »Die reichen Fettsäcke, die jeden Tag ihre Stickpantöffelchen oder Glacélederslipper unter üppig gedeckte Tische strecken, während ihre Arbeiter hungern«, und wie gut, dass diese Fabrik nun die erste nationalsozialistische Fabrik im rassenreinen Meetjesland sein wird, und stolz müssen wir sein, wir Flamen, dass unser germanisches Brudervolk uns dieses ehrenvolle Geschenk macht, was bildet sich dieser Raffke Goethals überhaupt ein? Verräter am flämischen Volk, diese ganze elitäre Clique, es lebe der völkische Staat. »Endlich wird der Augiasstall ausgemistet. Der deutschen Wehrmacht sei Dank.« Anlässe für solche Heidenspäße hatte die kollaborierende Presse damals zuhauf.

Verdientermaßen wird der heldenhafte Verhulst nach dieser Aktion zum neuen Fabrikdirektor ernannt, muss den Posten jedoch nach einer Woche schon wieder abgeben, weil ein echter, ein germanischer, ss-Mann sich andient, denn ein Flame, er mag sich noch so anstrengen, ist nie mehr als ein Ersatz- oder Westgermane, Division Langemarck, vergessen?

Viele Zeugen werden zu diesem Fall vor den Richter geladen. Die Protokolle nehmen kein Ende, ich fummle und friemle an den Durchschlägen herum, die zum Teil nicht mehr lesbar sind, weil die rot-gelb-schwarze Kordel bei der primitiven Bindung nicht ordentlich am Rand entlang, sondern mitten durch das Schriftstück gezogen wurde; zum Kopieren müsste man sie lösen, was aber nicht geht, weil die Knoten zu klein sind und von der strengen Hand des Gesetzes zu fest angezogen wurden, aus Furcht, die Dokumente könnten zerrissen oder zerstört werden, verbleichen oder verschwinden wie Hieroglyphen im grellen Tageslicht eines gerade geöffneten Grabs; also lese ich, so gut es geht, in den Bündeln aus hauchdünnem Kohlepapier, in das die Typenhebel der Schreibmaschine bisweilen tiefe Löcher geschlagen haben. Die Details aus den Zeugenaussagen der Arbeiter, Ingenieure, Techniker und sogar vom Gockel Goethals selbst zeichnen ein ziemlich widerliches Bild. Als ich den soundsovielten nummerierten Karton vom Bücherwagen nehme, kommt mir unter den gemütlich strahlenden gelben Lesesaallampen sitzend der Gedanke, wie es möglich sein konnte, dass dieser Mensch sich am Abend in der Drongenhofer Küche vor Suppe und Kartoffeln setzte – womöglich prächtig gelaunt, denn schließlich verdiente er ja enorme fünfzehntausend Franc im Monat –, während die dem belgischen Staate treu gebliebenen Mitbürger sich mühten und hungerten und die Arbeitslosenunterstützung für eine Familie mit drei Kindern mickrige vierhundert Franc betrug. Dennoch konnte er sich nicht sicher fühlen – immer wieder wurden bei der deutschen Besatzungsbehörde Bedenken geäußert, dass Verhulsts Gehalt das Ausgabenkonto der Dienststelle finanziell zu sehr belaste, Bedenken, die in den Schriftstücken immer häufiger auftauchen, je größer die Verluste der Deutschen wurden. Die gottesfürchtige Mientje bemerkt, dass Pappie zunehmend angespannt ist, es ist nichts, gute Frau, alles ist in bester Ordnung, sagt er, schluckt noch etwas Pervitin und fragt die Kinder, wie es ihnen in der Schule ergehe, und hört doch, wie schön der brave Adri auf der Geige spielt, nicht wahr, Mammie, das klingt doch wunderbar, und wie schön du dazu singst, sing doch noch mal Händels *Largo* für Papa, da wird mir so schön schwer ums Herz.

Auf dem Foto, aufgenommen vor der Eingangstür des Drahtfunksenders, ist Verhulst der Dritte von rechts.

34

Angeklagter Willem Verhulst. Erheben Sie sich.

Ja, Herr Vorsitzender.

Die gegen Sie vorgebrachten Anschuldigungen sind Ihnen bekannt?

Ja, Herr Vorsitzender.

Wir kommen nun zur Verlesung der Anklageschrift.

Ja, aber Herr Vor–

Schweigen Sie, Verhulst. Sie sind noch nicht an der Reihe. Setzen Sie sich.

Herr Beyer. Sie haben das Wort.

Vielen Dank, Herr Vorsitzender.
Wir kommen zur Darlegung der Sache.

Verhulst hört nur mit halbem Ohr zu.

Mitglied der separatistischen Frontpartij, später auch des dem Nationalsozialismus nahestehenden Vlaamsch Nationaal Verbond … Spion für den deutschen Sicherheitsdienst, »exécuteur des hautes œuvres« vom Comité voor Dietsche Actie … Gewaltsame Beschlagnahmung des Genter Drahtfunksenders, der École des Hautes Études und der Fabrik

Goethals & Goethals in Eeklo … Gründungsdirektor des Comité voor Dietsche Actie … Spion für die deutsche Propagandastaffel und mehrere Kommandanturen … Chef und Propagandaführer des Veiligheidskorps DeVlag … Rekrutierter für die Abteilung VI der Sicherheitspolizei … Mitglied der Allgemeinen SS, Gründer der Vlaamsche Filmactie … Diebstahl einer knappen Million an Geldern, die dem Genter Drahtfunksender gehörten … Verrat unzähliger Landsleute …

Willem rutscht unruhig auf seiner Bank hin und her, rollt gelegentlich mit den Augen, seufzt missbilligend, schüttelt hin und wieder den Kopf; einmal tippt er sich sogar mit dem Zeigefinger an die Stirn.

Fortsetzung der Verlesung der Anklageschrift.

Sehr geehrter Herr Vorsitzender,

hiermit möchte ich zur Verlesung eines höchst belastenden Dokuments kommen. Es handelt sich um das Sitzungsprotokoll bei der Gründung des *Comité voor Dietsche Actie* – auch Verhulst-Aktion genannt – und um die dabei vom Angeklagten geäußerten Forderungen.

… radikale Ausrottung aller sich in Flandern befindlichen Zentren der Entartung und des Sittenverfalls … gnadenlose Bekämpfung sämtlicher kontrarevolutionärer Einrichtungen … ein belgisch-plutokratisches Regime … Omver en erover – Nieder mit Belgien! … Heil Hitler!

Sehr geehrter Herr Vorsitzender,

zum Schluss möchte ich noch folgende Worte des Angeklagten aus einem Schreiben an seine Kollegen zitieren.

Wir sind der Überzeugung, dass die wiedervereinigten Niederlande als selbstständige Einheit der großgermanischen nationalsozialistischen Völkergemeinschaft eingegliedert werden sollten, und zwar unter der Führung des germanischen Kernlandes, des Deutschen Reiches.

Gut.

Angeklagter Willem Verhulst.

Erheben Sie sich, wenn der Herr Richter mit Ihnen spricht.

Geben Sie zu, geschrieben zu haben, dass Ihr Vaterland gemäß dem Slogan der Frontbewegung »gestürzt« und mithilfe Ihrer ss »vernichtet« werden soll?

Herr Vorsitzender, ich möchte meinen Anwalt ersuchen, dass er Herrn Rechtsanwalt Beyer für all diese Lügen belangen wird. Er ist ein belgiz–

Verhulst, Sie haben gar nichts zu ersuchen.

Er lässt sich auf die Bank zurückfallen.

Angeklagter Verhulst, geben Sie zu, dass Sie um drei Uhr nachts mit der Unterstützung von sechs bewaffneten ss-Männern den Genter Drahtfunksender auf widerrechtliche Weise an sich gerissen haben?

Willem bricht der Schweiß aus, er schüttelt heftig den Kopf.
Er springt auf.

Herr Richter, ich habe lediglich meine Pflicht für Flandern getan! Aus reiner Menschenliebe! Ich habe meinem Volk aus purem Idealismus gedient. Und das ist nun der Dank! Der reinste Affenzirkus ist das hier!

Verhulst, verschonen Sie uns mit Ihren Auslassungen, beantworten Sie nur die Fragen, die Ihnen gestellt werden.

Angeklagter Willem Verhulst, geben Sie zu, Herrn Vinck, den Direktor des Genter Drahtfunksenders, bedroht zu haben, bevor Sie ihn zum Verlassen des Senders zwangen und ihn seiner rechtmäßigen Funktion beraubten?

Aber Herr Vorsitzender, ich habe diesen komischen Vogel Vinck niemals zu Gesicht bekommen …

Alles für Flandern! Ich weigere mich, Herrn Rechtsanwalt Beyer als gesetzlichen Vertre–

Verhulst, mäßigen Sie sich!

Geben Sie zu, verantwortlich zu sein für die Deportation einer nicht näher bekannten Anzahl von Genter Bürgern?

Belgikske Nikske! Vlaanderen de Leeuw!

Lachen und Pfiffe im Saal.

Verhulst, noch ein Mal, und ich lasse Sie abführen.

Die Zeugen werden der Reihe nach in den Saal gerufen.

Manche von Willems früheren Bekannten vermeiden es, ihn anzublicken; als einer der Zeugen eine Erklärung abgibt, zischt ihm Willem »Volksverräter« zu. Andere Zeugen, vor allem Mitglieder des Widerstands, werfen ihm triumphierende Blicke zu, während sie ihn mit ihren Aussagen schwer belasten.

Zeuge N, Portier der *École des Hautes Études*.

Ich lüge nicht, Herr Vorsitzender, er hat mir seine Pistole an die Brust gedrückt und gebrüllt: Ihr dämlichen *Franskiljons*, das hier ist die Rechnung für Versailles!

Zeugin X, Sekretärin.

Ich schwöre es Ihnen, am 6. September hat er seine Waffe auf uns gerichtet und geschrien, dass er und die SiPo in ein paar Wochen wiederkommen und sich an denen rächen werden, die ihn anzeigen …

Zeuge Y, Arbeiter.

… er hat die Schusswaffe an den Kopf von Herrn Goethals gedrückt und geschrien, dass er ihn einsperren lassen wird, und unser Herr Direktor stand da und hat gezittert und geweint …

Zeuge Z, Wachpersonal.

Ja ja, ich musste das ganze Benzin in die großen Bidons pumpen, die haben sie dann auf eine große Remorque geladen und sind damit nach Deutschland gefahren …

Verhulst?

Aber Herr Vorsitzender, das ist doch kalter Kaffee, man hat mir das Benzin ja später wieder abgenommen … Wollen wir nicht lieber mal vom jüdischen Verbrecher Gutt reden, der uns als Finanzminister auf 'n Arsch belackmeiert hat? Die französischsprachigen Juden werden in Belgien noch immer privilegiert behandelt. Und ich war so blöd, einen ungarischen Juden und seine Madame zu retten. Dabei habe ich meinen Kopf riskiert. Und das hier ist der Dank!

Ihre Meinung über die jüdischen Mitbürger unseres Vaterlandes ist dem Gericht bekannt, Verhulst.

Willem wird höchst beklommen zumute. Mit dem Zipfel seines grauen Hemdes putzt er sich die Brillengläser.

Die Sitzung wird für einen Moment unterbrochen.

Willem fühlt sich nicht wohl, es knurrt und kollert in seinem Gedärm. Verdammter Gefängnisfraß, wollen einen damit kleinkriegen. Er will protestieren, aber plötzlich sieht er alles nur noch verschwommen, ihm ist schlecht, er wird zur Toilette gebracht, wo der ganze Unrat aus seinen Eingeweiden schießt. Hab ich denn noch nicht genug gelitten, ihr Sadisten? Er wischt sich den Hintern mit dem Fetzen einer belgischen Gazette und zieht sich die Hose hoch.

Er wird wieder zu seinem Platz geführt und auf die Bank gedrückt.

Au, geht's auch etwas weniger grob, Herr Polizist, ich bin doch kein Vieh!

Willem Verhulst, geben Sie zu, sich an der gewaltsamen Vereinnahmung der Festsäle des Lokals *Vooruit* beteiligt zu haben, um dort das sogenannte »Wehrmachtskino« zu eröffnen und unter Ihrer Programmleitung Propagandafilme des Dritten Reichs zu zeigen?

Das waren kolossal schöne, herzerhebende Filme, Euer Ehren, die Leute haben sie gern gesehen.

Ach! Würden Sie das auch von einem Film wie ... *Jud Süß* sagen?

Jetzt machen Sie mal halblang, ein Huhn ist nun mal kein stolzer Adler, Herr Vorsitzender, das ist doch lachhaft.

Das Wort hat die Verteidigung.

Herr De Potter?

Ich danke dem Vertreter der Anklage.

Ich leugne nicht, dass der Angeklagte die meisten ihm hier zur Last gelegten Taten, auf die wir später noch zurückkommen werden, begangen hat, aber ich möchte bereits an dieser Stelle festhalten, dass der Angeklagte diese Taten zumeist beging, um in schwierigen Zeiten seine Familie zu ernähren. Wir wollen nicht verhehlen, dass der Angeklagte dabei von falsch verstandenem Idealismus irregeleitet wurde, und gleichzeitig betonen, dass seine Ehegattin, Frau Harmina Wijers, dem Gericht bekannt als Frau Verhulst, wohnhaft im Drongenhof Nummer soundsoviel und Mutter dreier Kinder, welche der Ehe mit dem Angeklagten entstammen, uns darüber aufklärte, dass der Angeklagte ein fürsorglicher Vater und jederzeit bereit war, sich für eben erwähnte Familie einzusetzen, und dabei gänzlich aus dem Auge verlor, wie sehr seine Sorge für die Familie in ideologischem Widerspruch zu seiner Verwaltungstätigkeit im Dienste einer feindlichen Nation stand. Ferner wollen wir auf die pazifistische Einstellung der Ehefrau hinweisen. Sie ist für ihr Engagement in der vaterlandstreuen Gemeinde der protestantischen Kirche am Genter Brabantdam bekannt, wo sie sich sehr für die Förderung der Völkerverständigung im Allgemeinen und der Verständigung unter den großniederländischen Völkern im Besonderen einsetzt …

In Anbetracht der guten Führung des Angeklagten in der Untersuchungshaft, während derer er sowohl einen guten Willen erkennen ließ als auch die Bereitschaft für die Übernahme einer Verantwortung für …

In Anbetracht der guten Erziehung, die er seinen Kindern angedeihen ließ …

Es ist brütend heiß und stickig im Saal.

Verhulst döst ein, es übermannt ihn, er hat eine schlaflose Nacht hinter sich. Der Kopf fällt auf die Schulter, ein tiefes Schnarchen entfährt ihm, von dem er mit Schrecken erwacht. Verteidiger De Potter hat gerade sein Plädoyer beendet.

Wir danken Herrn De Potter.

Verhulst, haben Sie dem etwas hinzuzufügen?

Willem springt auf.

Herr Vorsitzender. Ich hatte einzig die Absicht, mein Land zu verteidigen, mein Vaterland, unser Volk, das seit der Gründung des verbrecherischen belgischen Staates fortwährend von der siechen, frankofonen Elite gequält wur–

Verhulst, schweigen Sie! Sie machen sich erneut all dessen schuldig, wofür Ihr Verteidiger gerade Strafmilderung erwirken möchte. Sie zeugen hier von großer Uneinsichtigkeit.

Aufruhr im Saal. Gehämmer des Vorsitzenden.

Ruhe! Ruhe!

Das Kriegsgericht und die Anwälte ziehen sich nun zur Beratung zurück. Das Urteil wird heute Nachmittag um fünfzehn Uhr verkündet.

*

15.12 Uhr

Bitte Ruhe im Saal! Wir verlesen nun das Urteil.

Unter Berücksichtigung ... In Anbetracht ... Nach Prüfung der Zeugenaussagen von X, Y, Z und N ... Nach einem ausreichenden und allen rechtlichen Anforderungen genügenden Prozess der Abwägung verurteilen wir den Angeklagten Willem Verhulst als Rädelsführer, Leiter des *Comité voor Dietsche Actie*, Mitglied der Waffen-ss, V-Mann und Spion, aktives und einflussreiches Mitglied von volksfeindlichen und das Vaterland schädigenden Organisationen während des Krieges, unter Heranziehung des nachgewiesenen, wiederholten Einsatzes von Gewalt, der Duldung von Gewaltanwendung bei Verhören von vaterlandstreuen und anderen Bürgern, und in Anbetracht der vor diesem Gericht wiederholt demonstrierten Uneinsichtigkeit in das eigene, kaum zu überbietende Fehlverhalten zum Tod durch Erschießen.

Die offizielle Anklage kurz und bündig zusammengefasst: *Bewaffneter Angriff gegen den Staat Belgien und seine Bundesgenossen, politische Kollaboration, Denunziation und Diebstahl.*

Die Todesstrafe wird auf Betreiben der Verteidigung in eine lebenslange Haft und dito Aberkennung der bürgerlichen Ehrenrechte umgewandelt.

Ein Hammerschlag des Vorsitzenden beendet die Sitzung.

Gemurmel und Stühlerücken im Saal.

Willem Verhulst wird in Handschellen abgeführt.

Er scheint wie blind zu sein, stolpert den Gang entlang, das Wachpersonal muss ihn nahezu mitziehen.

Zurück in der Zelle, beginnt sich alles um ihn herum zu drehen.

Er muss aufs Klo.

Er kotzt sich die Seele aus dem Leib.

Ruft jämmerlich: »Mammie, Adri, Lettie, Suzy ...«

Sinkt auf die Pritsche.

*

Der emeritierte Professor Adriaan Verhulst erinnert sich in seinen Memoiren, dass die Familie im Sommer 1947, jenem Sommer, in dem Willems Prozess stattfand, »auf eine schmerzhafte Probe gestellt wurde«. Willem wurde für die Verhöre ständig von einem Gefängnis ins andere verlegt; Anklagevertreter Beyer schien sich in den Fall verbissen zu haben – Adri glaubt den Grund dafür darin zu erkennen, dass dieser selbst einmal Flamingant gewesen sei und Rache an allen ähnlich Irregeleiteten nehmen wollte: »Außerdem wollte Beyer, wie mein Vater behauptete, aus dem Prozess einen Prestigefall machen. Das würde erklären, weshalb beim Prozess meines Vaters nicht über ein einzelnes Individuum zu Gericht gesessen wurde, sondern über eine angeblich kriminelle Vereinigung, die der Anklagevertreter Beyer dadurch zu entlarven meinte, dass er meinen Vater mit Personen in Verbindung brachte, mit denen dieser wenig oder gar nichts zu tun hatte ... Wir sind deshalb erst gar nicht zu den Verhandlungen erschienen.« Für den sonst so akribisch arbeitenden Historiker sind das merkwürdige Formulierungen; denn dass das *Comité voor Dietsche Actie* in juristischer Hinsicht eine kriminelle Vereinigung gewesen war, daran herrscht kein Zweifel. Wie viel Wahrheit kann ein Mensch ertragen, wenn es um den eigenen Vater geht?

Der Fall kam am 11. Juli 1947 vor Gericht, einen Tag nach Willems neunundvierzigstem Geburtstag. Mientje war mit den Kindern zu Hause geblieben und buk Pfannkuchen. Doch ihre Hände zitterten so sehr, dass es ihr nicht gelang, den Teig zu rühren, worauf Adri ihr die Schüssel und den Schneebesen abnahm. Sie aßen in aller Stille, anschließend spülten Letta und Suzy das Geschirr. Kein Wort über das, was gerade andernorts geschah; doch als Mientje spät am Abend zu Bett ging, war sie der Verzweiflung nahe, sie konnte die ganze Nacht nicht schlafen und fühlte sich am nächsten Morgen wie gerädert. Anwalt De Potter besuchte sie am Vormittag, während die Kinder draußen waren, und berichtete ihr vom Ausgang des Prozesses. Mientje brach in Tränen aus, sie war sichtbar einer Ohnmacht nah, ihr Rechtsbeistand musste sie stützen.

35

Mientje blieb auch nach dem Prozess in engem Kontakt mit De Potter, denn sie setzte all ihre Hoffnungen auf ein Gnadengesuch. Der Anwalt ließ nichts unversucht, um Mientjes Kummer zu mildern. Als Vorsitzender der Genter Anwaltskammer war er eine einflussreiche Persönlichkeit, und Adri hielt ihn, wie er in seinen Memoiren schrieb, für »einen toleranten und verständnisvollen Mann, unter dessen gestrengem Äußeren ein warmes Herz schlug«. Mientje hatte den Anwalt davon überzeugen können, dass Willem nicht aus Gewinnsucht oder anderen niederen Motiven gehandelt habe; die Interpretation von Willems irregeleitetem Idealismus stammte von ihr. Dabei wusste sie es besser – sie hatte ja lange genug mit ihm im Streit gelegen. Nun aber war sie entschlossen, den Vater ihrer Kinder bedingungslos zu beschützen. Als sich abzeichnete, dass Willem zusätzlich eine hohe Geldbuße drohte, kamen der Anwalt und Mientje zu dem Schluss, dass es das Vernünftigste sei, wenn sie und Willem eine Trennung von Tisch und Bett vollzögen. »Auf diese Weise«, erklärt Adri, »drohten unsere Möbel nicht länger vom Gerichtsvollzieher beschlagnahmt zu werden, was eine weitere Vermietung der Zimmer, mit der wir unseren Lebensunterhalt bestritten, unmöglich gemacht hätte.«

Dann kommt Hilfe von unerwarteter Seite: Während der Jahre, die Willem im Gefängnis verbringt, lässt die Familie Verhulst aus Antwerpen Mientje einen bescheidenen monatlichen Betrag zukommen, der ihr und den Kindern das Überleben sichert. »Wir sind der Familie dafür bis auf den heutigen Tag dankbar«, schreibt mir die siebenundachtzigjährige Letta.

*

Mientje, die niemals genau erfahren sollte, was Willem tatsächlich alles verbrochen hatte, jedoch stets die schlimmsten Vermutungen darüber hegte, besuchte ihren Mann anfangs regelmäßig. Sie schleppte Taschen voller Gemüse, Obst, Milch und Brot ins Gefängnis. Er klagte fortwährend über Magenschmerzen, behauptete, unter einem Geschwür zu leiden, und bat deshalb immer wieder um große Mengen Milch. Bei den Besuchen saß er unter dem Licht einer nackten Birne hinter einem Gitter an einem Tisch und starrte sie aus seinen dicken Brillengläsern hilflos an. Mientje saß wie die Besucher und Besucherinnen neben ihr vor einem Tisch auf der anderen Seite des Gitters; alle sprachen sehr laut, denn der Abstand zwischen den Gefangenen und den Besuchern betrug anderthalb Meter. Eine private Unterhaltung war daher unmöglich. Sie fragte ihn: Pappie, geht's dir gut? Worauf er antwortete: Ich halte es kaum aus, Mien, ich habe wieder Magenschmerzen. Und sie: Ich wünsche dir Kraft, lieber Mann, also dann, bis zum nächsten Mal. Sie häufte den Inhalt ihrer Tasche auf den Tisch, von dem Willem gerade weggeführt wurde, obwohl sie wusste, dass das Wachpersonal die meisten Lebensmittel einheimsen würde. Als sie sich dann irgendwann im Laufe des Jahres 1948 in die Besucherliste eintrug, entdeckte sie den Namen einer vorigen Besucherin: *Greta Latomme*. Wie konnte das sein? Unmöglich! War die etwa schon wieder auf freiem Fuß? Und da zerbrach etwas in ihrem Innern, knackte wie die Spitze einer zarten Phiole, und Gift trat aus, strömte in ihren Magen, Hals und Mund, und voll Bitterkeit im ganzen Leib drehte sie sich um, ließ die Tasche mit den Lebensmitteln und der sauberen Unterwäsche einfach stehen und verließ das Gefängnis. Gott steh mir bei, murmelte sie, es ist Gottes Wille und Prüfung, ich muss zu den Kindern, und sie ging, so schnell sie konnte, über die Nieuwe Wandeling Richtung Stadt, vorbei an den Patrizierhäusern der Coupure, hin zu ihrem Haus im armen Patershol, »dem stinkenden Arsch der Pater«, wie Willem die Gegend abschätzig nannte. Doch nicht ohne vorher eine Kirche betreten zu haben. Eine katholische Kirche? Ach, was solls! Und erst jetzt, als sie sich auf die stroherne Sitzfläche eines Stuhls niederließ und die abblätternde Farbe des Jesuskindes ihre Verzweiflung noch vergrößerte, brach sie in Schluchzen aus und schluckte und schniefte und dachte: Ich geh da nie wieder hin, soll *die* doch für ihn sorgen, möge Gott uns beiden vergeben, amen.

Sie kehrte ins Drongenhofer Haus zurück, in ihre Zuflucht und Zuversicht, zu Kindern, Mietern, Geldsorgen, Alltag, und zu den Dankgebeten, mit denen sie den Herrgott stets bedachte. In ihrem Tagebuch gibt es nur einen einzigen

Hinweis auf die traumatische Entdeckung im Gefängnis, einen einzigen, schmerzvollen Satz:

»Pappie bekommt auch Besuch von jemand anderem.«

36

Nach Ostland

Nach Ostland sollten wir fahren,
Nach Ostland wollten wir gehen,
Zwei Fords und ein Anhängerwagen,
Eine moderne Karawane war zu sehen.

Hui, seht, wie wir über die Heide jagen,
Doch bei Soltau blieben wir stehen,
Unsre Autos wurden uns weggenommen,
das war zu beklagen,
Denn wir mussten zu Fuß weitergehen.

Unser Gepäck durften wir tragen.
Wir kamen an unser Ziel,
Wo's Bomben gab alle Tage,
Auch der Osten war kein Kinderspiel!

Dann kam vom Westen eine ganze Armee
Und suchte uns im östlichen Land,
Belgier fanden uns schließlich, o weh,
Und brachten uns zurück ins Flandernland.

Welch unser Vaterland denn sei,
Die Frage brauchten wir uns nicht mehr
zu stellen,
Wir waren Teil ihrer Verbrecherkartei
Und flogen in ihre Gefängniszellen.

Jetzt brummen wir und blasen Trübsal
Und sagen uns, es ist doch gleich,
Ob Jef recht hat oder Rik,
Und ob es heißt Reich der Germanen oder
großgermanisches Reich.

Es spricht für Willem Verhulst, dass er bei seinen eifrig im Gefängnis verfassten klappernden Gedichten Sinn für Ironie besaß. Ein Beispiel dafür ist diese Umarbeitung eines altflämischen Gedichts zum Bericht seiner glimpflich verlaufenen Flucht. Und wer weiß, vielleicht erinnerte er sich beim Schreiben ja an jenen Stein mit der armseligen Inschrift, der irgendwo am Rand einer deutschen Straße lag …

Seine »Gefängnisbriefe«, wie er sie nennt, sind ein wunderliches Allerlei. Darin finden sich mit stumpfem Bleistift fast wütend hingekritzelte Philippiken gegen den belgischen Staat, »Aphorismen über den Nationalismus« und Stoßseufzer darüber, dass der Flame, unterdrückt von den verhassten frankofonen Kolonialbeamten, doch nur ein »Neger« im eigenen Land sei. In einigen Heften sind die Notizen immer wieder durchgestrichen, unleserlich verbessert und voller Flecken, auch findet sich dort der überzeugte Ausruf, dass die Flamen ihren flämischen »Lebensraum« eines Tages zurückverlangen, Belgien übernehmen und die Wallonen kolonisieren werden. Außerdem schrieb Willem auch Klagegedichte, religiös inspirierte Verse, eine Elegie anlässlich des Geburtstags seines jüngsten Kindes Suzy und ein Liebesgedicht für sein »Roosje«, wobei nicht klar ist, wen er damit meint; einige der Verse hat er später mit Tinte ins Reine geschrieben.

In einem weiteren Gedicht verteidigt er den bei seinem eigenen Volk in Ungnade gefallenen König Leopold III. Für Willem und seine Gesinnungsgenossen war Leopold der heldenhafte König, der dem deutschen Brudervolk den alliierten Mächten zum Trotz stets wohlgesonnen blieb – weshalb er sich in seiner Dichterei auch den Spott in Richtung England nicht verkneifen konnte. Dass er mit seinen Versen den König des von ihm so verabscheuten Belgien verehrte, störte ihn offensichtlich kaum.

Genug gezögert, genug versagt,
Der König sah ganz klar,
Wie sehr dem Land geschadet hat,
Dass die Regierung im Krieg in London war.

In einem seiner »Aphorismen« bezeichnet er den Nationalismus als biologische Evidenz und die sich für Versöhnung einsetzenden Priester als »heuchlerische Raubtiere«. Er verfasst zahlreiche polemische Gedichte. Gewissermaßen als flämischer François Villon will er sich mithilfe seines Ideengebräus Mut machen, einerseits, um die Eintönigkeit des Gefangenenalltags zu durchbrechen, andererseits, um sich zu rechtfertigen. Das alles ist eine Ansammlung von aufgestauten Frustrationen, vagen Ideen und Ergüssen von gelegentlich kindlicher Einfalt – es ist der peinliche Einblick in das Gemüt eines Mannes, der sich nach wie vor als Opfer eines verbrecherischen Regimes versteht. Verblendung, Verlangen nach der Freiheit, manchmal tränenrührige Balladen für Frau und Kinder. Meistens aber ist sein Schreiben geprägt von der Verbitterung über die Gefängnisstrafe.

Mach, lieber Gott, dass dein Licht
In unsere dunklen Zellen leuchte,
Damit der schlaue Bösewicht
Nicht unsere Moral verseuche …

Worauf eine Strophe folgt, deren letzte beiden Zeilen als höhnische Spitze gegen die Ehefrau gedeutet werden könnten:

Ade, du schönes Vaterland
Belgien, es gräbt sein eigen Grab.
Der Flame aber, wie er's immer tat,
Schüttelt das fremde Joch am Ende ab.

Wir haben es satt, das Betteln und Flehen,
Gleichheit wollen wir in Tat und Zeichen
Und dass die Feigen endlich untergehen,
Auf dass wir verschont bleiben von ihrem
edlen Begreifen …

Nein, es gibt wohl wenig, was Willem in der Zelle zur Einsicht hätte bringen können. Die symbolische Heirat zwischen den Niederlanden und Flandern ist ihm ein ständiges Thema, was fast einer freudianischen Allegorie auf seine eigene, schuldbeladene Ehe gleichkommt, in die er sich jetzt so manches Mal heftig zurückwünscht; während sich der Hass auf den belgischen Staat, der ihn verurteilt hat, in der Einsamkeit der Zelle zu einer regelrechten Obsession auswächst. Er ist nicht der erste Verurteilte, der sich in der Haft radikalisiert. Der Demagoge August Borms – der noch 1943 Auschwitz mit einem Besuch beehrte, von dem er in gehobener Laune zurückkehrte – wird für ihn mehr und mehr zu einer Art Heiland.

O Schmerzensmann, o großer Märtyrer …
O Leidensmann, o großer Mann der Trauer …

Eine eigene Abteilung bilden die eigentlichen »Gefängnisbriefe«, sie sind mit römischen Ziffern nummeriert und wurden wohl auf der Grundlage früherer, vermutlich verloren gegangener Entwürfe ins Reine geschrieben. Es dürften die merkwürdigsten Dokumente im Dossier sein. So schreibt er anfänglich über Situationen, in denen er besonders vom Heimweh geplagt wird, oder über die geträumten Schäferstündchen mit einem »Liebchen, das nicht meine Angetraute« ist. Der Inhalt seiner Niederschriften wird immer krasser: In Antwerpen stellt sich ihm ein früherer Wachmann, der in ihm die »Nummer 430« wiedererkennt, während eines Spaziergangs in den Weg und stößt ihn in einen Lastwagen; er berichtet von Kämpfen mit den »Dieben und Mördern des Widerstands« und davon, dass es ihn mit Stolz erfülle, ein *Incivique*, ein Kollaborateur, zu sein; dann wieder nehmen ihn die »trägen Fäuste von sechzehn Ringern« in die Mangel. Aber das alles sind Träume, die er sämtlich mit der sarkastischen Pointe beschließt, dass er ja noch immer auf seiner Pritsche liege; die Zelle selbst beschreibt er als prähistorische Höhle, in der eine riesige Ratte sitzt und ihn anstarrt. Mit den Jahren nimmt die Gewalt seiner Traumszenen zu; verdrängte Scham, Reue und Gewissensbisse tarnen sich als rachedurstige Albträume, doch die Beschreibungen der ständigen Verlegungen in andere Gefängnisse, der Demütigungen, der Frustrationen und des Schmerzes sind real: »Ich lugte durch die Ritzen der Ganovenkutsche, an meinen Handgelenken scheuerten die Ketten, und eine große Trauer erfasste mich – mein Gott, mein Gott, sind wir in den Augen der Gesellschaft denn wirklich so große Verbrecher?«

An Weihnachten 1948 wird ihm gehörig schwer ums Herz – »mein vierter Heiligabend in der Zelle!«. Er erinnert sich an einen feierlichen Weihnachtstag im Jahr 1944, den er in Deutschland verbracht hat: »Wir Flamen von Hannover werden das niemals vergessen, wir sind den Deutschen ewig dankbar … Ich legte mich still auf mein Stroh, und die Tränen kullerten wie Sterne auf meine Krippe, aus lauter Dankbarkeit für diese schöne Nacht in meiner kahlen Zelle … Und dann höre ich das *Largo* von Händel, das mein Junge so oft für mich gespielt hat – vor meiner Flucht –, und in mir wird alles traurig, und ich heule los wie ein Kind und kann nur noch flüstern: Adri, Lettie, Suzy, Mammie …«

*

Im fünften Jahr seiner Gefangenschaft beeinträchtigt die Einsamkeit allmählich seine geistige Gesundheit; er beschreibt einen Traum, in dem er in der Zelle das Fliegen übt, er hüpft auf der Pritsche auf und ab, flattert mit den Armen, immer stärker, immer schneller, er springt hoch, los, hopp, schneller, schneller, ja, ja, hoch in die Luft, los, Freiheit! Freiheit! Er stößt mit dem Kopf an die Decke, landet mit einem Fuß im Nachttopf, verletzt sich an Knie und Hintern. Ach, er erwacht, wieder nur ein Traum, sieht das Gesicht des verdutzt durch die Luke schauenden Wachmanns und fängt an zu lachen und zu kreischen wie ein Hahn. Kikerikikikeriki!

»Haben Sie jetzt vollkommen den Verstand verloren?, rief mir der Wachmann zu. Unter meiner Decke liegend schüttelte ich mich vor Lachen, es war ja mitten in der Nacht, mit meinem lauten Gekrähe habe ich vermutlich alle Küken im Hühnerhof geweckt.«

Da er irgendwann zum Faktotum ernannt wurde – zuständig für Handlanger-, Boten- und Putzdienste –, ist anzunehmen, dass er alles in allem ein anständiges und freundliches Verhalten an den Tag legte. Als ich im Genter *Rijksarchief* seine Straf- und Personalakten einsehen möchte, erklärt mir ein Mitarbeiter, dass er solche zu Willem Verhulst nicht finden könne. Es sei möglich, fügt der Beamte hinzu, dass die Akten zu einem Konvolut gehören, das in den feuchten Kellern des Brüsseler Sint-Gillis-Gefängnisses von Ratten und Mäusen zernagt wird.

*

Im Drongenhofer Haus hört Letta eines Nachts, wie ihre Mutter Selbstgespräche führt; sie schleicht die Treppe hinab und lauscht an der Tür. Ach, lieber Gott, der du alles weißt und alles verstehst, hört sie Mientje sagen, beschütze Pappie in seiner Zelle, amen.

Letta kommen die Tränen, als sie mir davon erzählt.

37

Im Drongenhof geht das Leben weiter, von Sorgen geplagt. Noch immer klingeln verängstigte Menschen an der Tür: »Ich habe gehört, dass es hier Zimmer zu mieten gibt, Madame!« Unter ihnen sind Angehörige von verurteilten Kollaborateuren, deren Häuser bombardiert oder beschlagnahmt worden sind, deren Vermieter ihnen gekündigt haben oder die aus Angst vor Vergeltung aus ihrer Nachbarschaft geflohen sind. Mientje wählt ihre Mieter mit Bedacht; sie bittet die Anwärter herein, unterhält sich mit ihnen, prüft vorsichtig und fällt dann auf Grundlage dieses Eindrucks eine Entscheidung. In Adris Zimmer kommt ein junger Mann aus den Niederlanden, der umgehend ein Stalin-Porträt an die Wand hängt. Adri betrachtet es für einen Moment verwundert und wechselt dann in das Schlafzimmer seiner Mutter, die wiederum in die leerstehende Bibliothek im ersten Stock zieht.

Mientje kocht für ihre Pensionsgäste, wäscht deren Kleider, putzt die Zimmer, unterhält sich mit ihnen über ihr Studium, liest ihnen aus ihrer abgegriffenen Bibel vor. Neben all dem hilft sie nach wie vor in der protestantischen Gemeinde aus und sorgt dafür, dass die Kinder stets sauber und ordentlich gekleidet das Haus verlassen. Viel Zeit für Kummer über den sich in Haft befindlichen Ehemann bleibt da nicht.

Einer von denen, die im Drongenhof Zuflucht suchen, ist der damals bekannte Musikwissenschaftler André Pols. Der Mann mit dem typischen Äußeren eines zerstreuten Professors steht eines Tages vor Mientjes Tür und fragt, ob sie nicht zufällig noch ein »Zimmerchen« für ihn frei hätte. Er sieht verängstigt aus, verlegen, unbeholfen und ruhelos. Kommen Sie herein, sagt sie und seufzt, weil er an diesem Tag schon der Vierte ist, der ein Zimmer sucht, und die anderen vor ihm behagten ihr ganz und gar nicht.

Im Hausflur hört sie sich seine Geschichte an: Er liebe Beethoven und Bach, habe zahlreiche Schriften veröffentlicht, sei flämischer Idealist gewesen, ach ja, und Goethe, ach, von Platen! Welch schöne Musik und Poesie, Madame! … Er habe zahlreiche Reisen in wundervolle deutsche Städte unternommen, Heidelberg, Dresden, Tübingen, doch jetzt sei alles zerstört, was für eine Tragödie, die Alliierten hätten ein blutiges Massaker am Land der Dichter und Denker begangen, eine umfangreiche Studie über Wagners *Tristan und Isolde* habe er verfasst, viele Vorträge auf Deutsch gehalten, über den wunderbaren *Parsifal*, ihn, den reinen Toren, und da er während des Krieges weiterhin Konzerte dirigiert habe, habe man ihn der Kollaboration bezichtigt, können Sie sich das vorstellen, und oh, wie schön, ich sehe, dass es hier im Salon auch ein Klavier gibt, da könnte ich ja … Begierig streckt er schon die Hände nach dem Instrument aus.

Mientje findet den Mann etwas sentimental, außerdem riecht er aus dem Mund, dennoch gibt sie ihm das Zimmer, nicht, weil er ihr rundum sympathisch wäre, aber ach … die Musik.

Im Moment habe ich nur ein kleines Zimmer frei, sagt sie, die Mansarde unter dem Dach; dort gibt es ein Eisenbett und einen kleinen Tisch, ich werde Ihnen noch einen Stuhl aus der Küche bringen, mehr habe ich gerade nicht. Es muss erst jemand ausziehen, dann können Sie ein besseres Zimmer bekommen.

Pols ergreift ihre Hände und stammelt *merci, merci*, Madame! Ist schon gut, sagt Mientje mit halbabgewendetem Gesicht, haben Sie Ihre Sachen schon dabei?

Nein, antwortet Pols, meinen Koffer müsste ich noch holen, aber ich trau mich nicht zurück.

Aber …, sagt er und sieht sie plötzlich mit festem Blick an. Seien Sie doch so lieb und nennen mich Verschuren, ja? Denn eigentlich suche ich einen Ort, wo ich mich verstecken kann …

Erst jetzt begreift Mientje, dass es nicht ungefährlich ist, diesen Mann bei sich aufzunehmen.

Im Zusammenhang mit dem von Anwalt De Potter für Willem gestellten Antrag auf Begnadigung durchforsten regelmäßig Beamte die Zimmer, stellen kritische Fragen. Würden sie diesen Mann hier im Haus vorfinden, könnte sie das Gnadengesuch vergessen.

Aber, ach, die Musik …

Gut, sagt Mientje, seien Sie willkommen, Herr Verschuren.

Und den Kindern erklärt sie am Nachmittag: Wir haben

einen neuen Gast. Das hier ist Herr Verschuren. Er kann sehr schön Klavier spielen.

Und Pols zieht ein, so wie er kam: Nur mit den Kleidern, die er am Leib trägt, und etwas Erspartem in der Innentasche seines Mantels.

Wenn Herr Verschuren gerührt war, so erzählt mir Letta, und das war er immer, wenn er für alle im Haus wohnenden Studenten am Klavier sitzend einen Vortrag hielt, zerkratzte er sich den fast kahlen Schädel bis aufs Blut, das ihm dann oft als rotes Bächlein über die Stirn lief, worauf wir Kinder ihn hänselten: Herr Verschuren! *O Haupt voll Blut und Wunden!* Mientje versorgt danach die Wunde: Aber Herr Verschuren, so geht das doch nicht, um Gottes willen, kommen Sie her, damit ich Ihnen Jod drauftue, Ihre Fingernägel sind ja auch nicht gerade die saubersten ... Ja, ich weiß, Madame, aber ich vergesse mich eben ... Und zum Dank spielt und singt er für sie noch einmal das schöne Schubert-Lied *Ungeduld*, und Mientje stimmt mit ein: *Dein ist mein Herz, / Und soll es ewig bleiben ...*

Mama, sagt Adri, pass auf, sonst verliebt sich Herr Verschuren noch in dich.

Da muss er vorher aber erst lernen, wie man sich richtig den Mund spült, antwortet die Mutter.

Pols war ein Gelehrter aus Passion. Als junger Mann verfasste er einen Essay über Modest Mussorgsky; später übersetzte er zahlreiche Libretti, schrieb eine »Trilogie über die Leidenschaft«, in deren Mittelpunkt die Opern *Don Giovanni*, *Tristan und Isolde* und *Pelléas et Mélisande* stehen, ein Buch über den Klavierbau in Flandern, Monografien über Haydn, Mozart und Beethoven und schließlich jenes Buch, das ihn berühmt machen sollte, *Het raadsel van de muziek* (Das Rätsel der Musik), eine aufgrund ihrer romantischen Schwärmerei heute etwas veraltet wirkende Studie, die man auf dem antiquarischen Büchermarkt hinter der Genter Sint-Jacobskerk, drei Minuten Fußweg vom Drongenhof entfernt, für ein paar Cent kaufen kann.

*

Ja, ich habe sie gekannt, erzählte mir Notar De Potter später einmal, als ich ihn auf der Straße traf und er trotz seiner offensichtlichen Eile – die Hand wegen des Herbstwinds am Hut, die krokodillederne Aktentasche unter den Ärmel des Lodenmantels geklemmt – kurz stehen blieb, um mich zu begrüßen. Ja, mein Lieber, das war ein einziges Kommen und Gehen, ein reges Leben, denn es war ein offenes Haus, wo sich die Intellektuellen trafen. Mein Vater war wegen des Gnadengesuchs häufig dort zu Besuch, und manchmal durfte ich ihn begleiten, ich war noch Student, und mein Vater meinte, ich könnte von solch heiklen Fällen eine Menge lernen.

Ich lud den sichtlich gealterten Notar auf eine Tasse Kaffee ein. Ja, gerne, bei dem Hundewetter, antwortete er, mein Klient wird die paar Minuten warten können. Wir betraten die Brasserie *Het Vosken*, setzten uns ans Fenster, und der Notar wünschte sich noch ein gutes Tröpfchen zum Kaffee, dann redet's sich leichter.

Unter den jungen Männern, die bei Madame Verhulst »'ne Bude hatten«, waren einige mit eindrucksvollen Namen, auch wenn diese der heutigen Generation kaum noch etwas sagen.

Trotz der Anstrengung, die die Versorgung des großen Haushalts für Mientje bedeutete, fand sie immer wieder Zeit, mit Adri zu musizieren, wobei André Pols – *o holde Kunst!* – die beiden auf dem Klavier begleitete. Das Haus, das einst mit einem Hakenkreuz beschmiert worden war, platzte nun vor Leben, Freundschaften, Gesprächen, Zusammenkünften. Mehrmals am Tag läutete die Haustürklingel, und keiner hielt es mehr für nötig, »die Kette vorzulegen«.

Plötzlich erinnert De Potter sich an seine Verabredung und stoppt seinen Redefluss, springt auf, packt Aktentasche und Fedora, entschuldigt sich, sagt auf Wiedersehen und *au revoir*, verbeugt sich vor der Serviererin, läuft fast gegen die Tür, weil gerade jemand die Brasserie betritt, stürzt nach draußen, bei allem und jedem um Verzeihung bittend, bei den Regenwolken und der Kathedrale, beim Drachen auf dem Belfort und bei den vorbeifahrenden Straßenbahnen, hetzt über den Sint-Baafsplein und verschwindet in der Menschenmenge, ein Mann wie aus einem Gemälde von René Magritte.

Ich habe ihn nie wieder gesehen.

*

Eines Tages hat Herr Verschuren die Nase voll vom dauernden Drinnensitzen, die Sonne lockt, er öffnet das Mansardenfenster, hört die Tauben gurren und ihr Trippeln auf dem Dach. Dünne, weiße Wolken ziehen vorüber, die frische Luft ist verlockend. Er zieht sich den Mantel über, setzt den Hut auf und sagt zur verblüfften Mientje, er mache einen kurzen Spaziergang. Tief saugt er die Luft ein, schreitet mit leichter Euphorie durch die engen Gassen des Patershol, im Kopf das *Frühlingslied* von Schubert, es rührt ihn zu Tränen.

Die Luft ist blau, das Tal ist grün,
Die kleinen Maienglocken blühn,
Und Schlüsselblumen drunter …

Er erreicht die Geldmunt, oh wie schön Gent doch ist! Am Gravensteen geht vor ihm eine junge Frau, ach, was für ein hübsches Fräulein, denkt er sich, wie elegant sie durch den Frühling tänzelt, prachtvoll, diese Waden, und sie bewegt sich so schön, ihm wird leicht im Kopf; auf der anderen Straßenseite ist eine Brasserie, und er bekommt große Lust auf ein frisches Bier, es ist so lange her …

Pols überquert die Straße, setzt sich ans Fenster und bestellt ein Geuze. Vergnügt nippt er am Glas, als ein Mann auf ihn zukommt und ihn fragt: André Pols? Der Komponist? Sie sind verhaftet. Kommen Sie mit!

Darf ich erst noch mein Glas …

Der Mann zeigt seine Polizeimarke.

Mitkommen, Pols. Sie haben ausgesungen. Wir verhaften Sie wegen des Vergehens der Kollaboration!

Unter den überraschten Blicken der übrigen Gäste werden dem zerstreuten Musikwissenschaftler Handschellen angelegt; der Polizist schubst ihn zur Tür hinaus.

38

Lieve Vandermeulen, das Nachbarsmädchen aus dem Grauwpoort, wohnt heute in einem stillen, baumreichen Viertel in Brasschaat in der Nähe von Antwerpen. Ich besuche sie an einem schönen Spätnachmittag im Mai 2018. Sie bittet mich in ihre gemütliche Wohnung, die mit vielen alten Büchern gefüllt ist: Novalis, Kleist, von Platen, Grillparzer. Ich habe Lieves Memoiren gelesen und will mich mit ihr über zwei Frauen unterhalten: Aimée Jacobs und Margarethe Fürth.

Noch im hohen Alter erinnert sie sich an den Blauregen am Zaun vor dem schlammigen Kanal; an die Freudentänze der Kinder, als in den Straßen gerufen wurde: »Es ist Krieg, es ist Krieg«; an einen deutschen Soldaten, der sie *Liebe* nannte statt *Lieve*, »Ich habe zu Hause ein Mädchen wie du«; an das schwarze Brot, bei dem Kartoffelschalen mitgebacken wurden; daran, wie bitter der Lebertran schmeckte; an die auf dem Schwarzmarkt mühsam ergatterten wenigen Lebensmittel; an die Tage, an denen von einem Moment auf den anderen die Hölle los war, die Sirenen jaulten, die Kinder gerufen wurden, schnell nach drinnen rannten und sich fast kichernd vor Aufregung unter den Weinregalen versteckten, wo sie die Jagdbomber dumpf vorüberbrummen und in der Ferne die Bombardierung der Vorstädte hören konnten: Merelbeke, Melle, Ledeberg, Gentbrugge. Lieve wusste immer, dass sie im Drongenhofer Haus, das gleich um die Ecke lag, auch in den Jahren der Entbehrung und Unsicherheit stets willkommen war. Das große, dunkle Gebäude war ein Spiegellabyrinth, erzählt sie mir, und wir wussten nicht mehr, wer wer war bei den vielen unbekannten Bewohnern, die in den Zimmern ein und aus gingen …

Lieve war die Vermittlerin, die nur wenige Wochen nach Willems Flucht dafür sorgte, dass ihre Tante Aimée Jacobs in das dämmrige Zwischenzimmer einziehen konnte. »Tante Mée« war eine emanzipierte Frau. Sie hatte an einer der ersten Sozialwissenschaftlichen Hochschulen der damaligen Zeit studiert, unterhielt jahrelang eine geheime Beziehung zu einem geflüchteten deutschen Kommunisten und besaß Kontakte zum Widerstand. Vor dem Krieg hatte sie als Redakteurin bei der Zeitung *Vooruit* gearbeitet; doch als die Redaktion 1940 nach London flüchtete und die Zeitung von den Nazis weiterbetrieben wurde, verlor sie ihre Stelle. Nur wenig später engagierte sie sich schon bei einer Organisation, die jüdische Mitbürger mit Lebensmitteln versorgte und Orte ausfindig machte, an denen sie sich verstecken konnten. Nach dem Krieg wusste sie nicht so recht, wohin, führte ein unstetes Leben und landete schließlich im Drongenhof. Als die Zeitung zurück in den Händen der Sozialisten war, übernahm sie wieder ihre alte Stelle. Tante Mée begann ein Verhältnis mit dem Geschäftsführer der Zeitung, und wenn er zu Besuch kam, achtete Mientje streng darauf, dass die Bewohnerin des Zwischenzimmers von den Kindern nicht gestört wurde. Aimée war Geliebte, Suffragette, Redakteurin und alleinstehende Frau in einem dunklen gemieteten Zimmer … Als Willems Gnadengesuch stattgegeben wurde und er 1953 plötzlich vor der Tür stand, zog Tante Mée noch am selben Tag aus dem Drongenhofer Haus aus, weil sie keine einzige Nacht mit einem ehemaligen Mitglied der SS unter einem Dach wohnen wollte.

Tante Mée gelang es sogar, eine jüdische Frau aus den Klauen der Nazis zu befreien, gewissermaßen unter Willems Nase. Auf ihrer Flucht aus dem besetzten Österreich landete Margarethe Fürth eher zufällig in Gent. Als Kind war sie mit Gustav Klimt befreundet gewesen, der sie, wie Lieve mir erzählt, eines Tages sogar malen wollte, doch ihre strenge jüdische Erziehung erlaubte ein Posieren vor dem notorischen Verführer nicht. Irgendwie gelang es der Österreicherin, auf ihrer Irrfahrt durch den Kontinent ein paar Möbel aus ihrer vornehmen Wiener Wohnung mitzuschleppen. Mehr als diese Möbel seien der alten Dame als Erinnerung nicht geblieben, fährt Lieve fort, in Gent sei sie sehr einsam gewesen und habe ständig auf ein Lebenszeichen ihrer in die Vereinigten Staaten geflüchteten Familie gehofft. Aimée half ihr schließlich, sich im Genter Altersheim *Avondster* zu verstecken, aber selbst da war eine jüdische Frau nicht sicher. Tante Mée drängte sie dazu, einen anderen Namen anzunehmen, da der Sicherheitsdienst irgendwann zweifellos die Liste aller Bewohner anfordern würde – Willem war nun mal verrückt nach Listen, und die SiPo arbeitete immer enger mit der *Anti-Joodsche*

Centrale zusammen, die ihrerseits mit dem berüchtigten Institut zur Erforschung der Judenfrage verbunden war. Die betagte Dame fühlt sich zu alt für solche Aufregungen, in Gedanken lebt sie noch im Wien der Vorkriegszeit, bei ihren Künstlerfreunden, in dem eleganten Haus an der Langen Gasse in der Josefstadt. Man trinkt Tee aus edlem Porzellan; auf einem Tablett liegt etwas Konfekt; man spricht nur *en sourdine*; die Silhouette der Frau spiegelt sich im Lack der Wiener Schränke. Schließlich kann Tante Mée sie doch noch überzeugen: Margarethe Fürth wird von nun an Marie Fallaert heißen; unter keinen Umständen darf sie ihren richtigen Namen nennen, wenn die SS ins Heim kommt und die Bewohner unter Androhung von Gewalt nach ihren Namen fragt. Und so geht die vornehme Wienerin in ihren grazilen Knopfstiefeletten, das Haar zu einem herrlichen Dutt gewunden, im Zimmer auf und ab und skandiert mühsam auf Flämisch: *Ik heet Marie Fallaert, ik heet Marie Fallaert* … Lieve, die damals ein junges Mädchen war, beschreibt Margarethe Fürth als eine Dame »mit kerzengerader Haltung, stets elegant gekleidet, um den Hals einen weißen Spitzenkragen inmitten ihrer wunderbaren Wiener Jugendstilmöbel«.

Es ist doch unglaublich, sage ich zu Lieve, dass vom Drongenhof aus die Wurzeln der Erinnerung direkt zurückreichen bis ins Wiener Haus von Gustav Klimt … Eigentlich unvorstellbar auch, dass Margarethe ihre Freundin Aimée in ausgerechnet jenem Haus zum Tee besuchte, in dessen Salon sich nur wenige Jahre zuvor noch hochrangige Vertreter der flämischen Waffen-SS versammelt hatten …

Nach dem Krieg zog Margarethe Fürth nach New York, um ihre dem Holocaust entronnene Familie zu suchen, schickte jedoch zu feierlichen Anlässen wie Neujahr oder Weihnachten stets eine Postkarte oder einen Brief. Lieve besitzt sogar noch zwei Stühle, die Margarethe gehört haben. Sie zeigt sie mir voller Rührung. »Echter Wiener Jugendstil, Apfelholz.« Und dann sagt sie: »Wenn Sie Ihr Buch eines Tages beendet haben, möchte ich Ihnen einen dieser Stühle schenken.« Auf einer Genealogie-Website recherchiere ich den Namen Margarethe Fürth: Sie wurde 1866 in Prag geboren und zog später nach Wien, wo ihr Ehemann Dr. Hugo Fürth eine Fabrik für Fez-Hüte besaß: Ein böhmischer Jude produzierte die traditionelle Kopfbedeckung der einst in Wien so gefürchteten Türken! *Alla Turca*, *Mozartkugeln*, Wienerwald und Gustav Klimt: *Die Welt von gestern.*

Margarethe Fürth hatte einen Sohn namens Otto, der früh in die Vereinigten Staaten floh und 1942 unter dem Pseudonym Owen Elford das Buch *Men in Black. Fighting the Nazi Secret Police* veröffentlichte. Es beschreibt die Schicksale von Mitgliedern des tschechischen Widerstands gegen die Nazis und die Gestapo. Auch das Attentat auf Reinhard Heydrich kommt darin zur Sprache; die eiskalte Miene des berüchtigten Sadisten verunstaltet den Umschlag des Buches, das Fürth den »Victims of Nazism all over the world« gewidmet hat.

»Viele Jahre lang«, erzählt Lieve, »habe ich von Margarethe Fürth Briefe aus Amerika bekommen, denn Tante Mée wurde krank und depressiv und schrieb ihr nicht mehr … Sie war Aimée ewig dankbar dafür, dass sie ihr das Leben gerettet hatte, und vermachte ihr die schönen Möbel. Und als Tante Mée dann in ein kleines Apartment am Stadtrand zog, landeten die Möbel schließlich bei uns …«

Die Schränke, in denen Margarethe Fürth ihre jüdischen Paraphernalien aufbewahrte, stehen heute im Haus von Lieves Tochter in Maarn, nur wenige Kilometer vom niederländischen Austerlitz entfernt, wo Willem einst mit seiner kranken Elsa übernachtet hatte. Die Kreise der Geschichte.

*

Einige Monate nach unserem Gespräch empfange ich ein Päckchen Briefe, umwickelt mit einem weißen Satinband: wiedergefundene Post von Margarethe Fürth an ihre »kleine Freundin Liebe«. Schal gewordener Veilchenduft steigt aus dem dünnen, fragilen Papier, wie es damals für Airmail-Briefe verwendet wurde. Margarethe Fürth besaß inzwischen ihr eigenes Briefpapier mit einem schönen gedruckten Briefkopf. Offenbar wohnte sie zunächst in der Knollwood Road in Norwalk, Connecticut, bevor sie, wie so viele jüdische Flüchtlinge, in den *Big Apple* zog: 5400 Fieldston Road, Riverdale, in der Bronx.

Sie schrieb weiterhin auf Deutsch, die Sprache ihrer Habsburger Heimat.

> *Meine kleine Freundin Liebe! Ich fand heute im Briefkasten eine wunderschöne Karte mit lieben Weihnachts- und Neujahrsgrüßen in deutscher Sprache …*

39

März 1951, Palmsonntag. Der Frühling kündigt sich an, Kinder werden geboren, Menschen sterben, die Sonne scheint über den Gassen des Patershol. Letta ist inzwischen zu einer jungen Frau von zwanzig Jahren herangewachsen, sie will den Vater, den sie schon so lange nicht mehr gesehen hat, im Brüsseler Gefängnis besuchen.

Bei der Zuidstation steigt sie aus dem Zug, durchquert den Hallepoort-Park in Richtung Sint-Gillis, das imposante Gebäude des ehemaligen Stadttors taucht vor ihr auf, es erinnert sie an eine Burg aus der Zeit der Kreuzfahrer. Beim Eingang des Gefängnisses werden ihre Identität und ihre Tasche kontrolliert, sie hat ein paar Leckereien für Pappie eingepackt, sie will ihm an diesem feierlichen Sonntag eine Freude machen, denn sie hat ein schlechtes Gewissen, weil ihr letzter Besuch so lange zurückliegt. Ihr Vater wird in den Besucherraum gebracht. Er trägt einen braunen Kittel und ist entgegen aller Erwartung nicht mager, sondern eher aufgedunsen, das Gesicht ist rot, das Haar mit Brillantine streng nach hinten gekämmt. Er setzt sich, sieht seine Tochter hereinkommen, ach, mein Mädchen, mein Mädchen, seufzt er, er ist außer Atem, denn man hat ihn rasch hergeführt, seine Raucherlunge pfeift hörbar. Letta sagt, dass sie ihm ein Stück Pflaumenkuchen mitgebracht habe, den esse er doch so gerne, und etwas Obst, denn du musst viel Obst essen, Papa.

Ach, Lettie, wo ich doch so starke Magenschmerzen habe, hast du das vergessen?

Sie schweigen.

Was macht die Schule, mein Mädchen?

Aber Papa, ich gehe doch schon auf die Universität.

Die meine ich ja, ist doch auch eine Schule.

Wie geht es dir, Papa?

Ich kann mich nicht beklagen, ich bin ein Faktotum, ich genieße etwas mehr Freiheiten als die anderen. Wie geht's Mammie? Gesundheitlich alles in Ordnung? Sie kommt mich gar nicht mehr besuchen.

Mammie geht es gut, sie kommt schon irgendwann mal wieder. Aber du musst verstehen, wenn Griet auch …

Bist du deshalb hier? Um mir Vorwürfe zu machen …

Papa, ich bin hier, weil ich dir eine Freude machen will. Gibt es etwas Neues von deiner Begnadigung?

Ach, reden wir lieber nicht darüber. De Potter regelt das.

Er zündet sich eine Zigarette an.

Still sitzen sie einander gegenüber.

Nach ein paar Minuten sagt Letta: Dann geh ich jetzt mal wieder, Papa.

Auf Wiedersehen, mein Mädchen. Streng dich an auf der Universität, ja?

Sie geht den langen, mit kaltem Licht beleuchteten Gang zurück zum Kontrollposten. Während sie noch auf die

Rückgabe ihres Personalausweises wartet, tritt jemand hinter ihr durch die Tür.

Guten Tag, Frau Latomme, sagt der Schalterbeamte. Schon wieder Sonntag, was? Willem wird sich freuen.

Letta dreht sich ruckartig um und schaut Griet direkt in die Augen.

Hallo, Letteke, sagt diese, was für ein Zufall.

Letta schluckt schwer, blinzelt und antwortet: Hallo, Griet.

Erst im Zug erfasst sie die Wut.

Nie mehr geh ich da hin, brummt sie, ich will ihn nie wieder sehen.

Als Mientje sie zu Hause fragt, ob Pappie sich über den Pflaumenkuchen gefreut habe, sagt sie: Ja, sehr! Er hat übers ganze Gesicht gestrahlt, so sehr hat er sich gefreut.

Sie schleudert die Tasche in die Ecke und schimpft.

Mientje fragt nicht weiter nach.

*

Ich bringe nur wenig über diese Jahre in Erfahrung; meine wichtigste Quelle sind Mientjes Tagebücher, sie zeugen von ihrem unerschütterlichen Glauben und ihrem großen sozialen Engagement. Täglich verfolgt sie die Nachrichten und kommentiert sie besorgt. Das Jahr 1951 hatte mit Problemen begonnen; zum 1. Januar erhöhte die Familie De Potter die Miete um zehn Prozent, außerdem ist »das Dach undicht, es tropft durch, und ich werde die Hälfte der Reparaturkosten bezahlen müssen«. Am 28. März 1951 reist sie nach Zevenaar, sie klagt, dass es ununterbrochen regnet. Mit Pastor Wartena hat sie bis kurz vor dessen Tod im Jahr 1948 korrespondiert, jetzt bezieht sie ihn in ihre Gebete mit ein. Willem ist erneut verlegt worden; er sitzt jetzt im Gefängnis von Merksplas. Dort ist er einer der Gärtner und darf sich um die Pflanzen kümmern.

Letta und Suzy erzählen mir unabhängig voneinander und auf unterschiedliche Weise, dass die Mutter in den Fünfzigerjahren ein Diplom erlangt habe, welches sie zum Religionsunterricht befähigte. Suzy ist der Ansicht, die Mutter habe einige Prüfungen sogar bei Adri abgelegt, wobei sie ihn gebeten habe, besonders streng zu sein; Letta dagegen behauptet, der Prüfer sei ein Pastor gewesen – wie dem auch sei, fest steht, dass Mientje jahrelang Religionsunterricht gab und während dieser Zeit die spirituellen Schriften von Bernard Delfgaauw, Teilhard de Chardin und Pieter van der Meer de Walcheren verschlang, Letzteren nennt sie in ihren Tagebüchern einen »wunderbaren Menschen«;

gelegentlich verfasst sie auch ein religiös inspiriertes Gedicht.

Von Letta erfährt Mientje, dass Adri ernsthaft überlegt, zum Katholizismus überzutreten, angeregt von einer Studentin, in die er sich verliebt hat. »Mir wird bange bei dem Gedanken«, schreibt Mientje, »ich erinnere mich an die katholische Hochzeit des Dichters Lieven Rens: Es war entsetzlich, mitansehen zu müssen, wie dessen Eltern die Hostie küssten.« Das Tagebuch von 1951 endet abrupt mit ein paar Notizen zur Königsfrage und zur Krönung des zwanzigjährigen Boudewijn: »Wehe dem Land, dessen König ein Kind ist.«

Adris Anwandlung, sich dem Katholizismus zuzuwenden, ist schon bald wieder verflogen; nicht viel später spielt er eine maßgebliche Rolle bei der Bekehrung einiger flämischer Liberaler zum Protestantismus. Die Zusammenkünfte finden in der Brabantdamer Kirche statt, wo Mientje jede Woche die Predigten von Pastor Van Stipriaan-Luïscius hört, über die sie im Tagebuch schreibt: »Das war heute eine wunderbare Predigt darüber, wie unabdingbar Gemeinschaft für den Menschen ist – allerdings sollte sich eine solche nie romantischen Zielen unterwerfen, da so etwas nur in Enttäuschung endet.« Romantik, die in Enttäuschung endet. Manchmal sind Mientjes Untertreibungen herzzerreißend.

Mit der Zeit vertritt sie eindeutige politische Ansichten. Von Willem übernimmt sie die Sympathien für den Flamingantismus und äußert die Meinung, dass die Flamen das Recht hätten, sowohl Unterricht in der eigenen Sprache zu erhalten als auch in der eigenen Sprache verwaltet zu werden, »für so etwas muss sich jeder wahre Demokrat einsetzen«. Dabei ist ihr jede Form des Militarismus zuwider: »Kein Idealismus rechtfertigt Gewalt, jeder Kampf ist ein kultureller Kampf«, schreibt sie. Ihr Abscheu vor Uniformen ist so stark, dass sie jedem, der es wagt, sich im militärischen Habit an ihrer Tür zu zeigen, den Zutritt zum Haus verwehrt.

Im Zusammenhang mit Mientjes Pazifismus erzählt Letta etwas, das bezeichnend war für ihre Mutter: Mientje ging manchmal in die großen Warenhäuser *Grand Bazar* und *Innovation* in der Veldstraat und stellte sich in die Spielwarenabteilung, um den Eltern, die sich anschickten, Spielzeugwaffen, Zinnsoldaten oder anderes Miniaturwaffenzeugs zu kaufen, ins Gewissen zu reden, was immer mal wieder in Streit und Geschrei endete: Was mischen Sie sich eigentlich ein, Sie dumme Gans! Wenn es Ihnen hier nicht passt, dann gehen Sie doch nach Holland zurück! Lassen Sie mich in Frieden, Herrgott noch mal ... Für diese einsamen Protestaktionen wurde die Friedensaktivistin mehr als einmal vor die Tür gesetzt – dennoch führte sie sie bis in die Sechzigerjahre fort.

40

Gefängnisbrief XVI
Abtransport der Inciviques

Wir wurden von einem enormen Lärm geweckt, schwere Schritte und laute Stimmen waren zu hören. Wir mussten unsere Sachen zusammenpacken und uns in Zweierreihen aufstellen: zum Transfer!
Wir wurden aneinandergekettet und auf große Lastwagen geladen, um uns herum Soldaten mit Maschinengewehren. Der Dritte Weltkrieg ist ausgebrochen, flüstern einige – die Russen rücken gemeinsam mit den Truppen des Generalfeldmarschalls Friedrich Paulus nach Westen vor.
Unter schwerer Motorradbewachung wurden wir in Lastwagen aus Sint-Gillis weggebracht. Wir hörten panischen Tumult in den Straßen. An der Zuidstation hielten wir an; wir wurden in Viehwaggons umgeladen. Nachdem sie voll waren, wurden sie zugesperrt. Wir saßen fest – alles fluchte, brüllte, drohte. Erst gegen Abend setzte sich der Zug in Bewegung. Alle zehn Kilometer blieb er stehen, mal für zehn Minuten, mal für Stunden.
Bei Tagesanbruch hat man die Türen geöffnet, wir

waren in Gent. Jeder von uns bekam ein halbes Brot, und wir durften uns Wasser aus einem Eimer schöpfen. Zwischen den Soldaten entdeckte ich einen alten Bekannten, ich winkte ihn heran, und er flüsterte mir ins Ohr: Die Russen und Generalfeldmarschall Paulus sind schon in Belgien … die halbe Armee weigert sich weiterzukämpfen, es gibt massenhaft Verhaftungen, die Besten von uns werden weggeschleppt wie Vieh. Euch bringt man vielleicht nach Le Havre, und von dort nach England …

Ich bat ihn, meiner Familie zu sagen, dass sie auf keinen Fall fliehen solle … und vor allem müsse er Greta informieren, wo sie mich hinbringen!

Dann zwangen sie uns wieder in die Waggons, und nach einigem Hin- und Herrangieren setzten wir unsere Fahrt fort.

Sie dauerte lange, und es herrschte ein unbeschreibliches Elend in unserem Güterwaggon. Gegen Abend kamen wir in eine größere Stadt mit einem schmutzigen Bahnsteig und großen Schiffen im Hafen. Die ganze Nacht blieben wir auf dem Bahnhof stehen. Es gab viele Kranke, um die wir uns kümmern mussten – manche wurden ohnmächtig, einer war sogar dem Wahnsinn nah. Der unerträgliche Gestank von Urin zog von den Türspalten, gegen die wir uns erleichterten, ins Innere, einige verrichteten ihr »großes Geschäft« notgedrungen auf einem Stück Papier, und auch der Gestank davon verbreitete sich im ganzen Wagen. Endlich, am nächsten Morgen, gingen die Türen auf. Aneinandergekettet mussten wir uns in Reih und

Glied aufstellen. Schwerbewacht gingen wir durch die Stadt, verspottet und verhöhnt von der französischen Bevölkerung, beworfen mit Steinen, Pferdeäpfeln und anderem Unrat. Wir waren erleichtert, als wir eine Art Konzentrationslager erreichten, das vollkommen mit Stacheldraht umzäunt war. Jetzt konnten wir uns endlich etwas frisch machen. Und dann traf ich auch noch meinen alten Kumpel Fons. Er flüsterte mir zu, dass eine Flucht ganz leicht wäre, und wenn wir doch geschnappt würden, sollten wir einfach die Parole Skorzeny sagen.

Diese Nachricht machte mich nervös, ich hatte Angst, jemand könnte mir auf die Schulter tippen; fast hätte ich, um die Parole ja nicht zu vergessen, sofort laut Skorzeny gerufen …

Am Abend tauchten plötzlich Männer und Frauen von der belgischen Regierung auf; unsere Hoffnung auf Flucht war zerschlagen. Doch auf einmal rief es von allen Seiten Skorzeny, eine Sicherheitsbeamtin packte mich, ich wollte mich losreißen, aber sie hielt mich fest, ich wollte ihr einen Fausthieb versetzen, aber sie hängte sich an meinen Hals, küss mich, rief sie, küss mich, sag die Parole, Wim! Ich bin's, Griet, Wim! Ich bin's! Da erst erkannte ich Griet und schrie aus voller Brust: Skorzeny!

Da wurden wir vom Boden gehoben, stiegen zusammen in den Himmel auf, und Griet sagte: Schling mir die Arme um den Hals und deine Beine um meine, drück dich ganz fest an mich. Das brauchte sie mir kein zweites Mal zu sagen, das tat ich nur allzu gerne,

und schon sausten wir durch die Luft, gemeinsam mit hundert anderen, die alle Skorzeny schrien. Die Kugeln pfiffen an uns vorbei, Kampfflugzeuge schossen mit Maschinengewehren auf uns, doch in schnellem Zickzack fliegend entkamen wir ihnen. So durch die Luft sausend erzählte mir Griet, wie sie sich zusammen mit anderen Schwarzhemden diesen Fluchtplan ausgedacht hatte. Skorzeny habe sich dafür verbürgt, dass er gelingt, aber der Plan musste streng geheim bleiben, weshalb ich hier auch nicht mehr verraten darf.
Derart eng aneinandergepresst wurde mir ganz anders, denn mein kleiner moteur *regte sich mächtig so nah an Gretas Maschinchen … Wir beobachteten, wie die weißen Wölkchen des Abwehrgeschützes zerplatzten, und kurz hinter Gent setzten wir, noch immer im Zickzack fliegend, zur Landung an, ganz sacht. Auch Fons und seine Freundin Mady waren da. Danach zogen wir unter dem lauten Hurra der Anhänger von Generalfeldmarschall Paulus durch die Stadt. Doch leider war das Zentrum von den Atlantikern besetzt, und meine Kinder mittendrin.*
Auf einmal fiel mir der alte unterirdische Gang ein, der von der Sint-Pietersabdij bis zum Gravensteen verlief, und der Gravensteen war nicht weit von unserem Haus entfernt. In einem Keller entdeckte ich den Zugang, ich hatte eine Lampe von der MEGA *bei mir und nahm einen Knüppel zur Hand. Vor meinen Füßen sprangen die Ratten in alle Richtungen davon, und manchmal musste ich eines der frechen Biester mit dem Stock wegschlagen. Ich drang immer weiter vor, watete*

durch Schlamm und Sickerwasser. Schließlich gelangte ich in einen Raum mit einer modrigen Tür, die unten von Ratten zernagt war. Ich stieß sie mit der Schulter auf und betrat ein Grabgewölbe voller Eisensärge. Ich hörte ein leises Geräusch, es klang wie Musik, von der Decke rieselte weißer Staub. In den Särgen lagen die Leichen zweier alter Belgier, mehrmals quiekte eine Ratte, das Quieken schien aus den Eisensärgen zu kommen, mir brach vor Angst der Schweiß aus. Ich wartete den Abend ab, bevor ich einen großen Stein aus der Gewölbedecke löste und durch das Loch in eine alte Kapelle kletterte. Ich schlich mich hinaus und sah überall bewaffnete Atlantiker. Als ich durch die Stadt ging, war sie wie ausgestorben, viele der Häuser waren zerschossen. Ich zog mir den Hut tief ins Gesicht und nahm meine Brille ab, damit man mich nicht an ihr erkannte, so kam ich über die Lange Steenstraat zum Drongenhof. Als die Tür aufging, herrschte große Verblüffung und Freude. Ich führte meine ganze Familie durch das Grabgewölbe in den Gang hinein und rief an dessen Ende die Parole: Paulus.

Wir waren frei! Und einige Tage später war es die ganze Stadt.

Und Greta zeigte mir ihr Skorzeny-Maschinchen – ich küsste es voller Dankbarkeit und vergnügte mich zahlreiche Male damit … Heil Wim, der ein wahrer Eulenspiegel ist und es immer sein wird, und wer da was dagegen hat, der hat einfach Pech gehabt.

41

Als ich den doch etwas wahnsinnigen »Gefängnisbrief« zum ersten Mal lese, stutze ich. Der darin beschriebene freudianische Traum schockiert mich beinahe, ein Musterbeispiel der *ars combinatoria* oder des *tongue-in-cheek*; Politik und Abenteuer, eine Frau als Sexroboter, Fliegen und Ejakulieren, das böse Märchen von der »Befreiung« durch den Generalfeldmarschall Friedrich Paulus – Paulus war einer der Oberbefehlshaber beim *Unternehmen Barbarossa*, nach der katastrophalen Niederlage bei Stalingrad kapitulierte er nicht nur, sondern schloss sich der antifaschistischen Widerstandsbewegung an. Doch was mich am meisten erstaunt, ist die schockierend genaue Beschreibung dessen, was Juden während der Nazitransporte in den Güterwaggons und danach erleiden mussten, Gestank, unbeschreibliches Elend, Stacheldraht und Konzentrationslager, das alles aber außerordentlich zynisch entlehnt für die Beschreibung des Abtransports der heldenhaften Schwarzhemden durch die Alliierten (»Atlantiker«): das Calimero-Syndrom der flämischen Kollaborateure *in a nutshell.*

Willems Verkehrung der wahren Sachverhalte ist so obszön wie faszinierend. Man fragt sich, wann und wie er von den

Judendeportationen und deren Begleiterscheinungen erfahren hat. Als Angehöriger der ss wusste er ungefähr seit 1942 von der Existenz der Transporte, den Razzien in Antwerpen und dem Schicksal der Juden, die er auf seine Listen setzte – die Zeitung des *Vlaamsch Nationaal Verbond*, *Volk en Staat*, schrieb am 13. August 1942 unverblümt: »Die Säuberungsmaßnahmen gegen die Juden werden nun häufiger und täglich strenger durchgeführt. Von nun an werden wir um unsere Redaktionsbüros herum leichter atmen, und da sich die benachbarten Häuser und Wohnungen Woche für Woche in zunehmendem Maße leeren werden, können wir in Zukunft endlich unbehelligt von zu Hause ins Büro und vom Büro nach Hause gelangen.« Willem war wohl auch bekannt, dass die Juden in der Dossinkaserne wie Vieh zusammengetrieben wurden, bevor man sie nach Deutschland deportierte; möglicherweise unterhielt er gar direkte Verbindungen zur radikal-antisemitischen Abteilung der Antwerpener ss. Ob er über die grauenhaften Zustände im Auffanglager Breendonk informiert war, lässt sich nicht mit Sicherheit sagen, angesichts des Rangs, den er innerhalb der ss innehatte, ist es aber wahrscheinlich: Die SiPo unterhielt dort nämlich ihr eigenes Gefängnis. Die unterdrückte Angst, selbst zu erleiden, was dort durch sein Zutun anderen angetan wurde, schreit aus diesem peinlichen Märchen geradezu heraus. Ihm sind unverkennbar die misslichen Zustände in den überfüllten Viehwaggons bekannt – und er »verplappert« sich hier gewissermaßen durch die Nacherzählung seines schlüpfrigen Traums über die Geliebte, die wohl nicht nur die Gesinnung mit ihm teilte, sondern auch sein Wissen; Griet, die das belgische

Frauengefängnis mit einem Konzentrationslager verglich und schlechten Kaffee mit »Judenschweiß« und die bis zu ihrem Tod das Hitler-Porträt auf dem Kaminsims nicht missen wollte. Aber in Willems Traum sind die Abenteuer der beiden nur unbeschwert und frivol, nichts anderes – ein Aufstieg zur orgiastischen Befreiung, zum Höhepunkt im Freudenrausch über die gelungene Flucht vor den »Atlantikern«.

*

Dass über die grauenhafte Wahrheit der Pogrome und Deportationen geschwiegen werden musste, war Teil des SS-Kodex, den Himmler, der in direktem Kontakt mit dem Sicherheitsdienst stand, für den Willem arbeitete, deutlich umrissen hatte: Wer für die SiPo oder den SD arbeitete, wusste genau, was er zu tun hatte, was die »Endlösung« beinhaltete und vor welch »schwieriger« Aufgabe das Deutsche Reich stand, da es sich vom »jüdischen Virus« befreien musste, selbst wenn dies unendliche Grausamkeiten erforderte und den geistigen Zusammenbruch zahlreicher Soldaten zur Folge hatte, die zur Teilnahme an Massenhinrichtungen gezwungen wurden. Ein SS-Mann hatte »unempathisch« zu sein, so gefühllos, wie man es einst im Salon des Drongenhofer Hauses von Willem gefordert hatte. Dieses »Opfer« zu erbringen sollte ein SS-Mann bereit sein; er musste, wie Himmler es in seiner üblichen Perversion formulierte, die schwere moralische Pflicht still und schweigsam ertragen und nach dem Krieg darauf beharren, von alledem nichts gewusst zu haben, sondern nur der

»Ehre« und der »Treue« gefolgt zu sein – das Gesetz der Omertà, das auch Willem während seines Prozesses standhaft befolgte: »Davon habe ich wirklich nichts gewusst, Herr Vorsitzender …« Ausgerechnet sein Traum beweist das Gegenteil … Wobei es schon zum Lachen ist, dass ein paar tote alte Belgier in ihren Gräbern ihm so eine Heidenangst einjagen können!

Rätselhaft bleibt das von Willem erwähnte Codewort »Skorzeny«. Otto Skorzeny, 1908 in Wien geboren und 1975 in Madrid gestorben, war in ss-Kreisen ein Held mythischen Ausmaßes. Er machte eine steile Karriere und brachte es bis zum ss-Standartenführer. Ihm wurden zahlreiche spektakuläre »Heldentaten« zugeschrieben, wobei nicht immer klar ist, was wirklich geschah und was der Legendenbildung zuzuschreiben ist. Skorzeny war 1943 an der waghalsigen Befreiung von Mussolini beteiligt und angeblich auch Mitglied eines Komplotts zur Ermordung von Stalin, Roosevelt und Churchill; außerdem arbeitete er an einem geheimen Plan mit, Tito zu beseitigen, und ordnete während der Ardennenoffensive an, dass die Soldaten Englisch lernen sollten, um die amerikanischen Linien infiltrieren zu können. Es heißt, er habe Hitler dazu gedrängt, eine neue Superdroge zu entwickeln, die die Soldaten emotional unempfindlich machen sollte, denn das Aufputschmittel Pervitin, das auch auf Willems Nachtschränkchen lag, genügte den Ansprüchen nicht mehr. Er war bei den letzten Verteidigungsaktionen von Hitlers Berghof in Berchtesgaden aktiv involviert und gilt als Gründer der berüchtigten O.d.e.ss.A. – der Organisation der ehemaligen ss-Angehörigen –, die den wichtigsten ss-Schergen nach dem Krieg zur Flucht verhalf, unter anderem nach Argentinien. Skorzeny selbst rettete sich ins Spanien des Diktators Franco und wurde dort zu einem vermögenden Industriellen; später stand er zudem in Diensten des ägyptischen Staatspräsidenten Nasser und des argentinischen Präsidenten Juan Perón.

Vielleicht erklärt sich die Skorzeny-Parole dadurch, dass sich Willem in Isolationshaft befand und wenig bis gar keinen Kontakt zur Außenwelt hatte. Er konnte also nur auf seine Erinnerungen aus der Kriegszeit zurückgreifen, und vermutlich hatten die deutschen Zeitungen und die für Kollaborateure bestimmten Medien häufig über den von Willem offensichtlich bewunderten »Helden« Skorzeny berichtet. Dass der Name zum zentralen Motiv von Willems erträumter »Befreiung« werden konnte, beweist somit zum einen, dass er während des Krieges gut informiert gewesen war, und zum anderen, dass ein Traum ein Schuldbekenntnis zu sein vermag: die Gefängnispritsche als Couch des Psychoanalytikers.

Die »Briefe« wurden erst nach seinem Tod von den Kindern gefunden und hatten wohl nur einen imaginären Adressaten. Wahrscheinlich schrieb Willem sie, um sich vor sich selbst zu rechtfertigen – mithilfe einer empörten Version des in seinen Augen aberwitzigen Laufs der Dinge. Auch Mientje dürfte die Briefe und Gedichte nie zu Gesicht bekommen haben; sie waren in einer Schublade versteckt, im selben Umschlag, in dem Letta sie noch heute aufbewahrt.

In der Traumszene taucht Mientje erst gar nicht auf, ist nur Teil der »ganzen Familie«. Die unsichtbare Mutter steht in drastischem Kontrast zu der zum Flugsex bereiten Geliebten. Es ist erbärmlich, wie sich Willem hier selbst zeichnet, so gar nicht als Held, sondern als frivoler Chorknabe, banaler Taugenichts, Persiflage eines jämmerlichen Halunken, der lediglich das Pech hat, verächtliche Feinde zu haben. Er ist nichts als ein Angsthase, der davon träumt, ein flämischer Skorzeny zu sein, jedoch durchaus realisiert, dass ihm eine solche Rolle nicht beschieden ist; ein Mann, der später auf den Schutzumschlag seiner Memoiren schreiben wird:

Selon que vous serez puissant ou misérable,
Les jugements de cour vous rendront blanc ou noir.

Eine nähere Betrachtung dieses Zitats aus einer Fabel von La Fontaine lohnt sich. In der Fabel müssen sich die Tiere während einer Pestepidemie vor dem König Löwe verteidigen, denn dieser will herausfinden, wer das Unglück über alle heraufbeschworen hat. Ein Tier nach dem anderen gesteht seine Verfehlung. Der Fuchs zum Beispiel gibt zu, kleine Lämmer getötet und gefressen zu haben, was er jedoch nicht unbedingt als Verbrechen bezeichnen würde, da der König diese ja auch zu fressen pflege und es außerdem eine Ehre für die niedrigeren Tiere sei, wenn sie den edleren Tieren als Nahrung dienen dürfen. Demnach haben auch Tiger und Bär nichts Schändliches getan. Angesichts solcher sophistischen Verdrehungen ist sich der Esel seiner Unschuld gewiss und gesteht, er habe unlängst auf einer zum Kloster gehörigen Wiese ein Büschel Gras verzehrt, obwohl dies verboten gewesen sei. Sofort brüllen alle Tiere los, was für eine große Missetat das sei und dass der Esel die Pestepidemie verursacht habe, worauf dieser zum Tode verurteilt wird. Und die Moral von der Geschicht':

Ganz je nachdem, wie mächtig oder schwach wir sind,
Macht weiß uns oder schwarz das Urteil des Gerichts.

Anders gesagt: Wer schlau ist und flink mit der Zunge, entgeht der gerechten Strafe; nur ein Esel redet sich um Kopf und Kragen. Ich lese das Zitat in Willems krakeliger Schrift noch einmal, notabene ein französisches Zitat, also in der Sprache jener Leute, die er tief verabscheute. Hier zeigt sich Willem, wie ich ihn inzwischen kenne: Entweder will er sich mit diesem Zitat voller Selbstmitleid über seine Verurteilung beklagen, was dann vollkommen aberwitzig wäre, oder es entlarvt ihn, falls er die Moral der Fabel tatsächlich verstanden hat, als grenzenlosen Zyniker. Sah er sich tatsächlich als schlauen Fuchs? Und dachte dabei an die Lämmer auf seinen Listen?

Wie auch immer, absolute Arglosigkeit einerseits und verschlagene Schläue andererseits: die Fabel eines Lebens.

*

Gefängnisbrief XVII
Einsamkeit

Noch ein paar Tage und das fünfte Jahr meiner Gefangenschaft bricht an. Schon drei Jahre sitze ich jetzt in stiller Einsamkeit in einer Zelle, ohne Aussicht auf rasche Veränderung. Das Alleinsein in einer Zelle von 2,80 auf 4 Meter, hinter dicken Gitterstäben, fällt mir ungeheuer schwer. Diese paar Quadratmeter sind meine ganze Welt, und das Notwendige, was ein

Mensch braucht, ist nur in der primitivsten Form vorhanden – Stroh, ein paar Eimer, ein unvollständiger Stuhl und ein Tisch, der gegen die Wand gelehnt werden muss, damit er nicht umfällt … So ein Verschlag bringt keine besseren Menschen hervor, im Gegenteil, hier wird man zum Tier, wenn der Geist das Ich nicht unter der Knute hält … Nein, zu Hunden sind wir noch nicht geworden, wir haben noch unsere Manieren, als Gottes Geschöpfe sind wir noch zu sehr Mensch … Alles außerhalb unseres Lebens hier ist tot … Alle Menschen, die wir zu Gesicht bekommen, sind nur Spiegelbilder unser selbst, die Wachleute sind Gefangene von uns, die wir gefangen sind, obwohl sie Uniform tragen … Meine Gedanken wandern zu Frau, Kindern, Haus, Beisammensein, Glück und Arbeit! Gutes Essen und ein gutes Bett und alles, was mir lieb ist. Freiheit! Freiheit! … Bis später. Ich muss zum Rapport.

42

Willem hat keine Ahnung, welches Wetter draußen herrscht, aber durch die Ritzen im Fenster kann er den Wind pfeifen hören, und er weiß, dass es ein Frühlingswind ist. Eine Panflöte, durch einen Spalt gepfiffen, der hohe, Kopfschmerzen erzeugende Ton eines schurkischen Gottes, der ihn damit verhöhnt. Auf dem Gang ist Lärm zu hören, er ist gerade in die Zelle zurückgekehrt, er hasst die Aufgaben, die er im Gefängnis zu erledigen hat. Er verfällt in Melancholie, am Tag zuvor ist er wegen seiner anhaltenden Magenschmerzen zum x-ten Male beim Gefängnisarzt gewesen. Die bitteren Pülverchen helfen nicht, er ist auch wieder so missmutig, vielleicht wegen des Traums, der ihn noch immer beschäftigt, obwohl er sich nach dem Erwachen nicht mehr daran erinnern kann – er erfüllt ihn schon den ganzen Tag mit zermürbender Niedergeschlagenheit, wie etwas, das an ihm nagt, weil er nicht weiß, wo es ist.

Da ist sein Bewacher wieder, diese ewige Schikane, er hat sich gerade erst für ein Nickerchen auf die Pritsche gelegt, ihn friert, sein Scheißeimer stinkt, er hört den Schlüssel im Türschloss, warum lassen sie ihn nicht einfach in Ruhe, sie sollen ihn am Arsch lecken, und umdrehen wird er sich auch nicht, der Bewacher brüllt näselnd dauernd Verhulst hier, Verhulst da, er hört auch den Namen De Potter, Rechtsanwalt De Potter! Ihr Anwalt ist hier, Herr Verhulst, er hat gute Nachrichten.

Was für gute Nachrichten?

Willem dreht sich mühsam um, stützt sich auf den Ellenbogen, und tatsächlich, da steht Rechtsanwalt De Potter, wie immer im nachtblauen Anzug.

Eh voilà bonjour, schon wieder eine Weile her, nicht wahr, sagt der Mann, und wie geht es Ihnen heute, Monsieur Verhulst? Ich bringe Ihnen die besten Wünsche von Madame und den Kindern.

Ah, Herr Anwalt, seufzt Willem und richtet sich auf, er setzt sich auf den Pritschenrand, tastet mit den Füßen nach den abgetretenen Hausschuhen und sieht dabei ein wenig aus wie ein Kind, das vor Ungeduld die Beine baumeln lässt, was für Neuigkeiten, Herr Anwalt? Wissen Sie schon was …

Verhulst, sagt De Potter, Monsieur Willem Verhulst, Sie haben Glück, Sie gehören zu denjenigen, die im nächsten Monat begnadigt werden. Wie finden Sie das? Ihre gute Führung und Ihre bekundete Absicht, dass Sie als Gärtner die Forstwirtschaft in den Ardennen aktiv unterstützen wollen, war Ihrer Sache sehr förderlich.

Ach, Herr Rechtsanwalt, das kann ich gar nicht glauben, ich träume doch schon wieder, warten Sie, ich werde mich in den Arm zwicken, sagt Willem, als wäre er der Kasperle im Puppentheater.

Es stimmt aber, antwortet De Potter, Sie stehen auf der Liste der im Rahmen der Lex Lejeune »auf Bewährung zu

Entlassenden«. Bedanken Sie sich bei Ihrer Madame, sie hat monatelang mit mir zusammen an Ihrer Akte gearbeitet. Sie können von Glück reden, Sie kommen ganz gut weg.

Ich komme ganz gut weg?, sagt Willem. Verehrter Herr Rechtsanwalt, dass ich nicht lache. Ich sitze hier seit Jahren eingesperrt wie ein Vieh im Stall, schauen Sie mich doch nur mal an, ich bin ein einziges Wrack, nur Schmerz, Entbehrung, Gram …

Nun ja, sagt De Potter, wenn Sie nicht vor Glück aufspringen wollen, von mir aus, aber Ihnen ist schon klar, dass das nicht von heut auf morgen ging.

Ich muss mich erst einmal an den Gedanken gewöhnen, sagt Willem, und dann zeichnet sich doch ein leichtes Lächeln ab, eine gequält-verzückte Grimasse auf einem gepeinigten Antlitz, er setzt die schiefe Brille mit dem zerbrochenen Bügel ab, putzt die Gläser mit einem Zipfel seines schmutzigen grauen Hemds, ich kann's wirklich kaum glauben, Herr De Potter, ist es wirklich wahr? Kein Traum? Doch da, jetzt riecht er ihn schon, den Frühlingswind, der eben noch durchs Gittterfenster pfiff.

Ich muss dazu noch sagen, Monsieur, fährt De Potter fort, dass auch Ihr Sohn viel zu diesem unerwarteten Glück beigetragen hat. Adri ist mit seinem Studium an der *Université de Gand* fertig, unterhält ausgezeichnete Verbindungen zum Liberalen Flämischen Studentenverband und überlegt sogar, aber das wissen Sie ja vermutlich, ob er selbst Maurer wird …

Hä? Wie? Was? Er will ins Handwerk gehen?

Nein, Verhulst, Ihr Sohn denkt darüber nach, Mitglied bei einer der Freimaurerlogen von Gent zu werden, wie ich, nur dass er die Loge *De Zwijger* bevorzugt, er war ja schon immer ein Bewunderer von Willem de Zwijger, aber das wissen Sie ja, das hat sicher mit Ihrer holländischen Frau zu tun. Jedenfalls, Ihr Sohn –

Was?! Mein Sohn Mitglied bei so einem Sauverein wie den Freimaurern? Woher wissen Sie das?

Jetzt machen Sie mal halblang, Herr Verhulst, Ihr Sohn hat bei politischen Freunden eine Fürsprache für Sie erwirkt, und das in seinem jugendlichen Alter, der ehemalige liberale Minister Albert Lilar hat Ihre Akte persönlich gelesen und die Begnadigung befürwortet, Sie sollten Ihrem Sohn dankbar sein.

Aber Herr Rechtsanwalt, was soll ich denn davon –

Sie sollen überhaupt nichts, Herr Verhulst, ich bin gekommen, um Ihnen eine gute Nachricht zu überbringen, und Sie tun so, als wäre ich nur hier, um Sie zu bescheißen. Ich werde Sie über alle weiteren Schritte *à la hauteur* halten, aber der wichtigste Schritt davon wird Sie hier rausbringen, so viel werden auch Sie erraten können. *Allez*, jetzt erholen Sie sich erst mal von der Neuigkeit, ich komme Anfang nächster Woche wieder und gebe Ihnen endgültig Bescheid.

Bescheid, bescheißen, beschissen, das wurde ich schon, Herr Rechtsanwalt, das können Sie hier in meiner Zelle riechen.

De Potter klopft kopfschüttelnd an die Tür, der Wachmann schließt auf, der Rechtsanwalt tritt auf den Gang hinaus, die Tür fällt ins Schloss, die Schlüssel rasseln. Willem starrt mit offenem Mund vor sich hin, seine Füße sind geschwollen, komisch, dass er das als Erstes spürt; aber für alles andere ist es noch zu früh. Mein Magen, denkt er, mein Magen, vielleicht wird's damit ja besser, wenn ich erst mal draußen bin, mein Magen tut mir so verdammt weh.

Am 13. November 1953 unterzeichnet er das Dokument seiner »Freilassung auf Bewährung unter der Auflage einer strengen Führungsaufsicht durch die Aufsichtsstelle zur Überwachung des Verhaltens der verurteilten Person und der Erfüllung der Weisungen, mit Sitz in Antwerpen«. Das ursprüngliche Urteil wird noch einmal wiederholt: »Lebenslange Gefängnisstrafe, nach dem Beschluss vom 22/05/1950 umgewandelt in eine zwanzigjährige Gefängnisstrafe«.

Ein paar Wochen später, nachdem er obiges Dokument gelesen und unterzeichnet hat, packt er seine Sachen, das heißt, die paar Habseligkeiten, die er bei seiner Verhaftung in Hannover bei sich gehabt hatte und die im feuchten Gefängnisdepot längst halb vergammelt sind, in seinen kleinen Koffer, der nun gefüllt ist mit: ein paar ausgeleierten Unterhosen, Rasierzeug, ein oder zwei löchrigen Hemden, seinen Heften, dem Stapel vollgekritzelten Papiers und drei Stiften; der Ring seines seligen Vaters mit dem schönen Brillanten passt nicht mehr an seinen geschwollenen kleinen Finger, also steckt er ihn in die Tasche der Wollweste.

Dann wird er entlassen.

Man hat ihm erklärt, dass seine vorzeitige Freilassung an Bedingungen geknüpft sei; unter anderem dürfe er Gent fünf Jahre lang nicht betreten. Ich darf nicht nach Gent!

Sind die eigentlich noch ganz bei Trost? Meine Frau! Meine Kinder!

Herr Verhulst, Sie haben wohl vergessen, dass Sie und Ihre Frau von Tisch und Bett getrennt leben, sonst wäre Ihre Frau an der Geldstrafe bankrottgegangen, zu der Sie wegen Diebstahls verurteilt worden sind. Außerdem ist der Gerichtskanzlei bekannt, dass Ihre Kinder prächtig ohne Sie auskommen.

Knurrend und murrend und mit der Herzerleichterung eines schulschwänzenden Kindes tritt er auf die Straße hinaus; für die letzte Woche seiner Haft war er ausgerechnet ins Genter *Nieuwe-Wandeling*-Gefängnis verlegt worden, also in jene Stadt, in der er zu Hause ist, und jetzt, jetzt soll er sie gleich wieder verlassen? Das ist doch der reinste Irrwitz!

Was soll's, er geht an der Coupure vorbei, die Begijnhoflaan entlang, lässt das Rabot hinter sich – und sieh nur, wie schön die Platanen vom Regen glänzen! So schön, dass er seine Tränen nicht zurückhalten kann. Er kommt an der Feuerwehrkaserne und an der *Academie voor Schone Kunsten* vorbei, jetzt ist er schon fast zu Hause! Im Drongenhof angekommen, kann er es nicht fassen, es nimmt ihm die Luft, um die Lippen ist er etwas blau, sogar das gute Auge ist jetzt in seiner Sicht eingeschränkt, er biegt in die Gasse ein, kommt an der Biseautage vorbei, und ja, tatsächlich, er ist zu Hause! Mit zitterndem Finger drückt er auf die Klingel, Suzy macht auf, ach, mein Mädchen, mein Suuzeke, aber vor ihm steht kein Suuzeke, sondern ein neunzehnjähriges Mädchen, Teufel noch mal, und das Mädchen sagt: Papa???

Da steht er wirklich, mit zittrigen Lippen, was bist du doch für ein hübsches Fräulein am Werden, darf ich vielleicht für einen Moment reinkommen?

Suzy ruft: Mama …! Mamaa …!

Mientje kommt aus dem Zwischenzimmer, sieht ihn in der Tür stehen, ihren Heulepeter, und auch ihr schießen die Tränen in die Augen.

Ach, mein Willem …

Mien … weiter kommt er nicht, es ist ein einziges Schluchzen und Weinen.

Ich darf eigentlich gar nicht hier sein, Mien, ich muss gleich wieder weg …

Das war doch schon immer so, Wim, sagt Mien mit einem gequälten Lächeln, du hast immer gleich wegmüssen, aber in die Arme nimmt sie ihn trotzdem.

III

Als Eulenspiegel diese Schalkheit vollbracht hatte,
blieb er nicht mehr lange in Nürnberg,
sondern zog wieder weiter.
Denn es war ihm nicht lieb, geschlagen zu werden,
wenn sein Streich herauskäme:
die Nürnberger würden ihn nicht als Spaß angesehen haben.

Till Eulenspiegel

I

Ja, sagte der Notar bei unserem Rundgang durch das leere Haus und stellte sich vor das Fenster im Hinterzimmer, wo etwas Heu und Gerstenkörner davon zeugten, dass hier einmal Hamster gehalten worden waren: Da unten auf dem Flachdach können Sie sich eine schöne Terrasse bauen, wäre doch angenehm, so vom Haus auf eine Plattform treten zu können und ein wenig auf die Welt hinabzusehen?

Ja, mit dem Auf-die-Welt-Hinabsehen kannte der alte Dante sich aus.

Wir verließen das Zimmer, der Notar zog mit einem kurzen, prüfenden Blick die Tür hinter sich zu, und wir bereiteten uns darauf vor, die dritte Treppe hinaufzusteigen, die Treppe ganz nach oben, zu den Geheimnissen all dessen, was in der Zukunft lag und dort als Brachfläche auf dem verlassenen Dachboden auf mich wartete, mich, ihren Störenfried und zukünftigen Haustyrannen.

Stört es Sie, wenn ich rauche?, fragte ich, worauf der Notar, seine Corona in Händen, mit einem Murren meine Frage zur Dummheit stempelte. Ich fummelte eine Zigarette aus der Brusttasche meiner Army-Jacke, ließ zuerst den Notar Feuer in die Zigarrenspitze saugen und sog dann selbst den Rauch der Zigarette bis in die äußersten Enden meiner Lungen; bläulich stieg unser Rauch ins Treppenhaus hoch, kringelte sich im grauen Licht und verschwand die Stufen hinauf, die viel weiter zu führen schienen, als wir von hier aus sehen konnten.

Und durch die gewichtige Entschlossenheit, mit der der Hauseigentümer den Fuß auf die erste Stufe der Treppe zum Dachboden setzte, erkannte ich in ihm plötzlich einen Weisen, einen Schamanen für den Hausgebrauch. Ich empfand doch wahrlich so etwas wie Sympathie für ihn. Die Stufe war nicht mehr ganz so stabil wie die anderen, möglicherweise war ihm aber auch schwindlig vom übermäßigen Genuss der ersten Züge der frischentflammten Tabakware; der Herr Notar jedenfalls tat einen falschen Schritt, knickte auf jämmerliche Weise den Fuß um, verlor das Gleichgewicht, ruderte mit den Armen nach einem Halt, drehte sich einmal halb um die eigene Achse und schlug mit einem Donnern auf den Boden auf, dass das ganze Treppenhaus erzitterte; ich reagierte zu langsam und konnte den Fall des Körpers nur unzulänglich abfedern und auch nicht verhindern, dass mein Führer schmerzhaft mit dem Kopf gegen das Treppengeländer knallte; worauf der ehrwürdige Diener der Gesetze bezüglich der Eigentumsübertragung im Rahmen des Immobilienkaufvertragsrechts keuchend und erschrocken und fortwährend ojemine, ojemine, ojemine jammernd, mein Angebot, ihm wieder auf die nun etwas zittrigen Beine zu helfen, annahm. Mit einer schlaffen Handgebärde deutete er an, dass alles in Ordnung sei, reichte mir das Klemmbrett mit dem Übergabeprotokoll, zog ein lilafarbenes Taschentuch aus der Hosentasche und wischte sich damit den auf der mächtigen Stirn perlenden Schweiß. Erst jetzt bemerkte ich die auf dem Dielenboden vor sich hin schwelende, stinkende Zigarre; ich hob sie, ob des durchsabberten Mundstücks leicht angewidert, auf und hielt sie so lange zwischen Daumen und Zeigefinger, bis der Notar sich vom Sturz ein wenig erholt hatte und ich sie ihm überreichen konnte. Der dienstbeflissene Vollzieher der Immobilienveräußerung nahm sie dankbar an, legte das von mir ebenfalls zurückgereichte Klemmbrett auf die fünfte Stufe der noch zu besteigenden Treppe, seufzte tief, schloss für einen Moment die Augen, öffnete sie wieder, zwang sich zu einem versöhnlichen Lächeln, setzte die Brille ab, putzte sie mit einem Taschentuch und sagte: Seien Sie doch so lieb und gehen Sie alleine nach oben, Sie können es nicht verfehlen. Leicht gerührt von der altmodischen Attitüde des bei mir so viel Vertrauen erweckenden Notars, antwortete ich mit einem verständnisvollen Nicken und stieg, etwas unerwartet, die Treppe zum Dachboden alleine hoch.

Auf dem Treppenabsatz angekommen, fand ich mich unter einem nur schwaches Licht durchlassenden Dachfenster wieder, von draußen drang das Rauschen der Bäume und das Brummen der Autos auf der vielbefahrenen Kreuzung des Sluizeken herein. Ich setzte meinen Aufgang fort, die Stufen knarrten, die Wände dünsteten das Gift des Hausschwamms aus und boten der stets fleißigen Schar der Staubmilben einen schier grenzenlosen Tummelplatz; die Kornblumen, die derart blass auf der Tapete kaum noch zu erkennen waren, warteten in tödlicher Stille auf den Vorübergehenden, auf den, der erst noch lernen musste, ein Vorübergehender zu werden, denn wie Jesus im apokryphen Thomasevangelium sagte: *Werdet Vorübergehende!* – auf mich, der ich nun leicht nach Atem ringend die höchste Höhe erreicht und tief unten den bereits unhör- und unsichtbar gewordenen Notar zurückgelassen hatte, dessen Zigarrenrauch jedoch mit mir aufgestiegen war. Ich drehte mich um und schaute hinab, sah das sich windende Gerippe des Treppenhauses in der dämmrigen Tiefe verschwinden, sah bis hinunter zu den schwarzen Bodenfliesen des Flurs. Alter Staub umgab mich; rechts von mir hing eine Tür schräg in den Angeln, bot Zugang zu einer Mansarde, wo ein Eisenbett mit einem Rost stand, aus dem die Federn staken, quer darauf eine stockfleckige Matratze, und in der Ecke des Raums unter dem undichten Fenster ein kleiner Schreibtisch. Hier also versteckte sich im letzten Kriegsjahr, während Willem bereits in einer Zelle saß, die noch kleiner war als diese Mansarde, »Herr Verschuren«, hier brach der arme Mann inmitten eines ungebremsten Begeisterungsanfalls während einer seiner Dithyramben durch eine verfaulte Diele; er gab gerade eine seiner geheimen Musikstunden für, ja wen wohl, war es nicht die junge überaus ansehnliche Pianistin mit dem blonden Pferdeschwanz … *O holde Kunst! O Sacra Halitosis!* … Jetzt aber war es still, durch das kleine Fenster fiel grau gedämpftes Licht, wie es für diese missmutigen Gegenden so typisch ist, niedrig zogen die Wolken über das Dach; ich hörte den dumpfen Schlag des Windes gegen das Gemäuer, roch tote Mäuse, sah aus der Decke Bündel von Pferdehaar ragen, in denen sich Kalkputzkrümel verfangen hatten, und in der Dachrinne, ganz nah, pfiffen die Spatzen und scharrten die Tauben, die Engel der Dächer.

Der Staub legte sich auf meinen asthmatischen Atem. Einen Moment verharrte ich entschlusslos, schaute mich um, sah einen abgetretenen kleinen Teppich, ein paar alte Bücher, an der Decke eine Glühbirne an einem kotigen Kabel. Die Tür zum Spitzboden klemmte, ich stieß sie auf. Mir war, als beträte ich eine Kirche; das große, leere Haupt des Hauses, dachte ich, kein Wunder, dass so viele Menschen gerne auf Dachböden stöbern, sie erwarten, Geheimnisvolles zu entdecken, das endlich alles erklären würde, was im Haus darunter passiert war, heimlich dort verstaute Gedanken, Affären, Briefe und Kartons voller Ansichtskarten, intime Geständnisse. Doch hier war nichts als Dämmer, dünne Luft und leerer Raum. Hoch über mir sah ich durch die Lücke eines zerbrochenen Dachziegels den dicken Hintern einer girrenden Taube.

2

Willem schlief schlecht, das Bett war viel zu weich, deshalb legte er sich lieber auf den Vorleger; und dann stand Carlo auch noch so früh auf, immer diese Frauen, haben einfach zu viel Energie und wissen nicht, wohin damit. Doch dann zieht ihm der Duft von frisch gekochtem Kaffee unter dem Türspalt hindurch direkt in die Nase, und plötzlich kann er gar nicht schnell genug in die Küche hinunterrennen, um sich dort eine Tasse einzuschenken. Brüderchen, sagt Carlo, dass du einmal im Schlafanzug neben mir stehen würdest, hätten wir uns auch nie ausgemalt, was? Ich hab nicht erwartet, dich noch mal auf freiem Fuß zu sehen. Bist mit 'nem blauen Auge davongekommen, was? Willem grinst und nickt und seufzt. Wie lange willst du eigentlich bleiben? Ich will's nur wissen, bist mir nicht im Weg oder so, aber halt doch einer mehr zum Durchfüttern, und so lange du keine Arbeit hast, wenn du überhaupt noch eine findest ...

Jetzt mach mal halblang, sagt Wim, ich geh gleich morgen zu Onkel Schamp. Wirst schon sehen, der hat was für mich.

Willem kommt am Abend nicht zurück, dabei hat Carlo ein zusätzliches Gedeck für ihn aufgelegt.

Sie hat Bohnen in Tomatensoße gekocht, das mag ihr Bruder gerne, aber na ja, macht nichts, sie wird ihm seine Portion auf die Anrichte stellen, ist seine Sache, wenn er nur nicht wie unser seliger Vater in der Kneipe *De Hand* rumhängt. Gegen zehn geht sie ins Bett und macht sich nun doch ein bisschen Sorgen.

Auch am nächsten Morgen ist Willem noch nicht wieder da, was soll sie jetzt machen, die Polizei anrufen? Grade aus dem Knast und schon verschwunden, es ist doch immer was mit unserem Wim.

Am Mittag dann kommt er hereingeschneit, prächtig gelaunt, er sieht viel besser aus als am Tag zuvor, hat sogar ein neues Hemd an. Sag mal, fragt sie, wo hast du dich denn rumgetrieben?

War bei einem guten Bekannten, ein paar Straßen weiter, sagt Wim, Mann, hab ich einen Hunger!

Er macht ein Nickerchen – das hat er sich im Gefängnis angewöhnt, was soll man dort sonst auch machen – und schnarcht sich durch den Nachmittag, schläft bis um fünf.

Dann kommt er herunter, Carlo ist im Tanzsaal, er hört Musik und das Schlurfen der Tänzer, geht hinein, um eine Weile zuzuschauen, und erinnert sich an die Zeit, als er noch klein war. In der Tanzschule hat sich viel verändert, und trotzdem ist alles noch wie damals, eins, zwei, drei, und drehen, Carlo hat nichts von ihrer Energie verloren.

Sollen wir in *De Hand* einen Happen essen, fragt er, als der Unterricht zu Ende ist, und Carlo antwortet: Nu, warum nicht, ich hab sowieso nichts im Haus.

Also schlendern sie gegen halb sieben gemächlich ins Wirtshaus.

Und ach, schau an, was für ein Zufall, Griet Latomme ist auch da, sitzt am Fenster, guten Tag, Madame Latomme, sagt Willem, wie geht es Ihnen?

Griet bricht in lautes Gelächter aus. Ach, du Blödian, sagt sie, und zu Carlo: Geht's gut?

Carlo verdreht die Augen, ist doch immer dasselbe mit dir, sagt sie zu Wim, weiß Mientje davon? Ach was, Mientje lebt ihr eigenes Leben, antwortet er, wir sind von Tisch und Bett getrennt, das weißt du doch, und übrigens: Ich kann nächste Woche wieder bei Onkel Schamp anfangen.

Griet setzt sich zu ihnen, Carlo hat wenig Lust zu reden, es gibt gebackene Rotzunge mit Fritten, Willem trinkt ein deutsches Bier, warum auch nicht.

Die beiden lachen, es ist offensichtlich, dass sie unter dem Tisch füßeln.

Schlaf, wo du willst, sagt Carlo, das ist mir egal, aber deine Haushaltshilfe werde ich nicht spielen, dafür bin ich mir dann doch zu schade.

Wenn du willst, bezahl ich dich dafür, sagt er.

Griets anhimmelnder Blick dreht Carlo den Magen um.

Willem arbeitet wieder als *commis-voyageur* für die Antwerpener Filialen der MEGA, als wäre nichts geschehen; er darf sich einen Firmenwagen aussuchen und fährt schon bald mit einem luxuriösen Mercedes protzend bei Griet vor. Sie gehen ihm einen neuen Anzug kaufen, dazu zwei ordentliche Hemden und zwei Krawatten, jetzt noch zwei Paar Schuhe, aber nein, Wim, ich schieße dir das Geld vor, nimm doch die Mokassins, die sind bequemer für deine geschwollenen Füße.

Letta erzählt mir, dass bei der MEGA in Antwerpen keiner wusste, welche Probleme Willem in Gent hatte, ja, der feine Herr wickelt mal wieder alle um den Finger, mit seinem ansteckenden Lachen, dem charmanten Geplauder, den aberwitzigen Ideen und seiner Jovialität – trotz des toten Auges und dem inzwischen mehr als üppigen Embonpoint. Er raucht zu viele Zigarren, trinkt zu viel Weißwein; der Doktor warnt ihn vor der *maladie des rois français*, und als Willem fragt, was wollen Sie damit andeuten, Herr *Docteur*?, sagt der Arzt: Weißer Rheinwein bildet Kristalle in der Blase, Sie haben wahrscheinlich schon einen wahren Edelstein da drin. Spitze, sagt Willem, dann kann ich ja bald Diamanten pinkeln, mein Pa hat's geahnt.

Er ist abwechselnd jähzornig und dann wieder niedergeschlagen, nach einigen Monaten bekommt er Albträume, und Griet erschrickt sich jedes Mal halb zu Tode, mitten in der Nacht geht das Gebrüll los, bleibt einem vor Schreck das Herz stehen, und dann fiept er, dass es ein Erbarmen ist, wie eine ertrinkende Ratte. Wim, mein Schatz, wach auf, was ist los …

Sie, die da – nein, nicht … einsperren …

Beruhige dich, mein Schatz, ganz ruhig, es ist nur ein Traum.

Ach herrje, ich dachte, wir sind wieder in Soltau, und da war ein Flugzeug, das ganz tief auf uns zuflog, und ich musste in den Keller, wo die zwei …

Keuchend und schweißnass kriecht er aus dem Bett, schüttet sich kaltes Wasser ins Gesicht und bleibt bis zur

Morgendämmerung in der Küche sitzen, erst mit dem Tageslicht beruhigt er sich und legt sich wieder hin.

Dann umarmt er Griet und grient, hallo, mein Schatz, wie wär's ... mit gespieltem Ernst klopft sie ihm auf die Finger, die sich gerade unter ihrem Nachthemd verlaufen.

3

Du musst schon etwas regelmäßiger arbeiten, Wim, sagt Schamp, du kannst doch nicht einfach verschlafen, ich muss mich auf dich verlassen können. Wim ist mal sentimental, mal aufmüpfig. Er will allen gefallen und missfällt sich selbst. Dann wieder ist er voller Übermut. Er bekommt, hurra, hurra, doch wahrlich aus Deutschland eine Kriegsrente, eine von der Bundesrepublik Deutschland an Ex-Kollaborateure ausbezahlte Apanage zum Dank für die Dienste, die sie für Hitlerdeutschland erbracht haben, das musst du dir mal vorstellen, sagt Carlo zu Griet, jetzt kriegt dein Bandit auch noch Geld für seine Schandtaten, warum machen die Deutschen das? Haben die nichts gelernt?

Das bekomme ich als Belohnung für das, was ich alles habe durchmachen müssen, sagt Willem und schaut dabei wie ein kleiner Junge, der sich in die Hosen gemacht hat. Und von den fünfzigtausend Francs, die er während des Krieges von der Borms-Kommission bekommen hat, hat er ja auch noch was übrig. Das war eine von der Besatzungsmacht an die Flandern-Aktivisten und Kollaborateure ausbezahlte »Entschädigung« für das Leid, das ihnen vom belgischen Staat angetan worden war. Sein »Freund« August Borms hatte diese Organisation gegründet und war ihr Vorsitzender gewesen.

Wie kommt es, dass du das Geld noch hast?, fragt ihn Carlo verdutzt. Wie hast du das denn durch die Währungsreform gebracht?

Ich hab das Geld 1944 in Deutschland in Reichsmark umgetauscht. Griet hat es in der Unterhose versteckt. Kurz bevor sie verhaftet wurde, hat sie es noch einer Freundin zugesteckt; die hat es dann in Belgien wieder umgetauscht, ohne daran zu riechen, haha. Siehste, so blöd, wie ich aussehe, bin ich gar nicht.

Er bemüht sich, gute Arbeit zu leisten, aber zu vieles widert ihn derart an, dass ihm speiübel wird. Diese Anwandlungen von Verbitterung und Niedergeschlagenheit machen ihm psychisch und physisch sehr zu schaffen. Er trinkt mehr, als gut für ihn ist, aber mit einem leichten Schwips spürt er die stechenden Magenschmerzen nicht.

Alle paar Wochen fährt er sonntags in seinem schönen Mercedes zum Drongenhof, ach, es wird ja kaum noch kontrolliert, und die Straßenposten pennen sowieso. Einmal bringt er den Töchtern Süßigkeiten mit, nur um dann festzustellen, dass sie bereits feste Freunde haben und sich für ganz andere Süßigkeiten interessieren. Er sitzt mit Mientje im Salon, wie schön doch dieser Marmorkamin ist, nicht wahr, dieser rosa Stein, dieser Com… Combleu…

Ja, der Comblanchien, sagt Mientje, weißt du, wo das liegt? Und was sich dort im Krieg abgespielt hat?

Ach, hör mir auf vom Krieg, der ist vorbei, Schwamm drüber, sagt Willem, das kannst du mir ein andermal erzählen, ich muss bei Carlo sein, bevor es dunkel ist.

Aber natürlich fährt er nicht gleich zu Carlo. Vorher will er noch seinen alten Kumpeln im *Vlaams Huis Roeland* Hallo sagen. Dort treffen sich die »Schwarzhemden«, trinken Bier und tauschen Erinnerungen aus, das sind keine schlechten Kerle, etwas grob vielleicht, ja, aber Männer vom rechten Schlag, Männer von der Art, die Willem schon sein ganzes Leben lang bewundert. Stimmt schon, die Witze, die sie da machen, sind nicht gerade was für Frauenohren, sagt er lachend zu Griet, aber immerhin darf man dort noch sagen, was man denkt, geht ja sonst nicht mehr, weil einem gleich die Moralapostel übers Maul fahren. Und die alten Kumpels aus der Gartenbauschule treff ich dort auch; und wenn wir unter uns sind, singen wir auch schon mal unsre alten Kampflieder: Die Fahne hoch! Die Reihen fest geschlossen! Was haben wir da schon zusammen gelacht!

Ab und zu schaut die Polente zur Kontrolle vorbei, die haben auch schon mal ein paar von uns verhaftet, standen bei denen noch auf der Liste, finde ich ja reichlich übertrieben, immerhin ist der Krieg jetzt schon ein paar Jährchen her, aber die Herren Wachtmeister lassen uns mit den alten Kamellen einfach nicht in Ruhe.

Ein lauer Abend Anfang Juni 1959, im *Roeland* diskutiert man gerade über den Aufstand in Belgisch-Kongo, reißen ganz schön die Klappe auf, die Schwarzen dort unten. Die *Franskiljons* haben dort ja auch nichts anderes gemacht, als die hart arbeitenden Flamen übers Ohr zu hauen, die sollten uns mal ans Ruder lassen, wir würden da unten ganz schnell für Ordnung sorgen. Wär besser gewesen, die hätten dem verdammten Lumumba die Hände abgehackt, sagt einer, und fast die komplette Kneipe bricht in schallendes Gelächter aus.

Wenn ihr so viel gegen die Schwarzen im Kongo habt, sagt ein Mann, der das Gespräch von der Theke aus verfolgt, warum habt ihr dann so ein schwarzes, afrikanisches Tier auf eurer Fahne?

Ach, sieh mal einer an, sagt Willem, ein Oberklugscheißer! Worauf sich einer von seinen vierschrötigen Kumpels von einem Bein aufs andere schwankend vor dem Mann aufbaut.

Bist wohl 'n Kommunist, was?

Der Mann schnaubt verächtlich durch die Nase: Hättet ihr wieder das Sagen, würd's ganz schnell wieder heißen: Eins-zwei-drei-Abtransport!

Dafür bekommt er einen Hieb verpasst, der ihn zwischen die Tische schleudert. Der Angreifer spuckt auf seine geballte Faust.

Allez, darauf gebe ich noch einen aus.

Der Mann rappelt sich auf, wischt sich mit dem Ärmel über den Mund, geht hinaus und kommt zehn Minuten später zurück. Vier andere im Schlepptau.

Das Ganze dauert nur ein paar Minuten: Alle Gäste prügeln mit, da kann der Wirt noch so laut schreien, dass man sich doch beruhigen solle. Schließlich landet die Meute auf der Straße, Fenster öffnen sich, die Polizei rückt an und kontrolliert die Ausweise. Sieben Mann werden verhaftet, darunter Willem, der sich allerdings nicht so einfach abführen lässt, wo's doch gerade so schön ist!

Leck mich am Arsch, du belgizistischer Kretin.

Er wird unsanft in den Polizeitransporter gestoßen.

Wachtmeister Van Belle legt Willem Handschellen an und betrachtet seinen Ausweis etwas genauer.

Ach, Verhulst, kenne ich Sie nicht von irgendwoher? Ist Ihnen der Aufenthalt in Gent überhaupt gestattet? Ich meine mich zu erinnern, dass Ihnen gesagt wurde, sich anständig zu benehmen?

Die verhafteten Männer werden zum Präsidium gebracht und in eine Zelle gesteckt.

In Willems Gefangenenakte im Genter *Rijksarchief* lese ich Folgendes:

Wachtmeister Robert Van Belle, Beamter der Rijkswachtbrigade von Gent, erklärt, oben gemeldete Person in Gewahrsam genommen zu haben.
Der Beteiligte Willem Verhulst hat die Nacht vom 5. auf den 6. Juni 1959 im städtischen Gefängnis verbracht. Zu Urkund dessen unterschrieben von …

Über den Gefangenen wurde außerdem ein medizinisches Dossier angelegt, voller Details, die meine Imagination anregen.

Verhulst, Willem, Beruf: Handelsvertreter.
Religion: protestantisch.
Alter: sechzig Jahre.
Körperliche Merkmale: 1,84 m, 83 kg.
Besondere Merkmale:
Auf einem Auge blind.

Falsche Zähne.
Leidet unter Obesitas und leichtem Ekzem.
Rasselgeräusche auf den Lungen.
Leichte Krampfadern.
Durch Eingriff wg. Magengeschwür sichtbare kleine Kurvatur.
Blutdruck 14/9.
Puls 80.
Anweisung: Bettruhe; nur bedingt arbeitstauglich.

Obesitas? Übergewicht? Nicht nach dem Body-Mass-Index ... damit kann also nur Willems stark vorgewölbter Bauch gemeint sein. Übrigens ist Willem hier plötzlich 13 cm größer als in seinem einige Jahre vorher in Hannover ausgestellten deutschen Pass.

Er wird in die Zelle Nummer 51 gesteckt und bekommt aufgrund seiner Magenbeschwerden einen Liter Frischmilch täglich verordnet, dazu ein Kilogramm Obst pro Woche. Zum Haftantritt bringt er in einer Aktentasche mit: »ein paar Lehrbücher, eine Armbanduhr, einen Rasierapparat mit 15 Klingen, einige Umschläge mit Fotografien und Papieren, ein Etui mit vier Schlüsseln, ein Taschenmesser, eine Nagelfeile, ein gefülltes Zigarrenetui, seine Medikamente und ein paar Briefe«. Er muss alles abgeben, inklusive Tasche.

Am nächsten Tag bittet er um den Rasierapparat »Marke Gillette«, drei der Lehrbücher und das *Elseviers Weekblad* – eine niederländische Wochenzeitschrift. Willem will offensichtlich über die aktuellen Entwicklungen im Nachbarland auf dem Laufenden bleiben. Die Bücher bekommt er erst nach einer Prüfung durch die Zensurkommission ausgehändigt; der Akte ist außerdem zu entnehmen, dass er im Besitz von Unterwäsche, einem Schlafanzug, zwei Hemden, einem Handtuch, einer Hose, einer Weste, drei Paar Socken und einem zusätzlichen Paar Schuhe ist – Mientje ist auch diesmal voller Liebe angereist, um ihren sechzigjährigen Haudrauf mit dem Nötigsten zu versorgen.

Es findet sich in der Akte auch noch eine handgeschriebene Notiz, wonach eine Begnadigung zunächst abgewiesen wurde.

Adri, der zwei Jahre zuvor seine Promotion über die Genter Sint-Baafsabdij glanzvoll abgeschlossen hat und am Anfang einer verdienstvollen Universitätskarriere steht, muss erneut seinen Einfluss geltend machen, um den Hooligan-Papa freizubekommen – auch in diesem Fall nutzt er seine Beziehungen zur liberalen Partei und zur Freimaurerloge.

> *Der oben genannte Verurteilte wurde am 11/6/1959 vorläufig entlassen, aufgrund einer telefonischen Anordnung vom 11/6/1959, gez. Leiter der Dienststelle Herr Directeur D'Ours.*

Es gibt somit eine Anordnung zur sofortigen Entlassung, wenn auch auf Bewährung, und zwar einer handschriftlichen Notiz zufolge auf Veranlassung eines Befehls direkt aus dem Ministerium – sodass Willem, allerdings wenig geläutert und noch immer der festen Überzeugung, dass der belgische Staat eine Gaunerbande sei, in die bürgerliche

Existenz zurückkehren kann, nicht ohne versprechen zu müssen, dass er niemanden mehr, weder buchstäblich noch im übertragenen Sinne, vor den Kopf stoßen werde.

Auf der Mitgliederliste der belgischen Freimaurer entdecke ich Adris Name, er gehörte tatsächlich der Genter Loge *De Zwijger* an, einer dem Großorient von Belgien zugeordneten Loge, die innerhalb der Freimaurerei als »adogmatische und liberale« Obödienz bekannt war. Wirklich aktiv ist er vermutlich nicht gewesen, doch da Papa Verhulst in seiner Funktion als Spion der ss auch Logenbrüder beobachtet und unter Umständen bei der Sicherheitspolizei denunziert hatte, mit der Folge, dass diese verfolgt und in Lager deportiert wurden, muss es für ihn wohl in höchstem Maße peinlich, wenn nicht gar ausgesprochen erniedrigend gewesen sein, dass er seine Entlassung in die Freiheit ein weiteres Mal den in seinen Augen verächtlichen Verbindungen seines Sohnes verdankte. Angesichts von Verhulsts unleugbar dreistem Vermögen, Widersprüche einfach wegzulachen, ist es jedoch auch vorstellbar, dass er sich darüber nicht die geringsten Gedanken machte: *Schwamm drüber! Belgikske Nikske!*

Und schon wieder darf er für eine Weile nicht nach Gent; Mientje insgeheim dennoch zu besuchen traut er sich vorläufig nicht, sie würde ihm doch nur die Hölle heiß machen. Ob er Adri schon angerufen habe, um sich bei ihm zu bedanken? Mach ich nächste Woche, jetzt muss ich mich erst mal vom Knast erholen. Als er nach der einwöchigen Haft zum ersten Mal wieder bei Griet ist, sagt er nur, dass die Suppe im Kittchen zu salzig gewesen sei und dass er sich bei der nächstbesten Gelegenheit an Wachtmeister Van Belle rächen werde. Verdammt schade, dass es keine Listen mehr gibt.

4

Wenig später liest Mientje in der Zeitung, dass in Belgien eine Marienerscheinung beobachtet worden sei. Als Protestantin blickt sie im Grunde mit Geringschätzung auf den katholischen Aberglauben herab, ist aber gleichzeitig auch von ihm fasziniert, weshalb sie Willem bittet, sie mit dem Auto an einen Ort zu fahren, wo die Frau sprechen wollte, die die Vision gehabt hatte. Da Willem Ansammlungen von ihm unbekannten Menschen meidet, sagt er zu Mientje, sie solle alleine reingehen, und bleibt beim Wagen. Mientje klingelt an der Tür des angegebenen Hauses, und man führt sie in einen kleinen Raum, in dem sich ungefähr dreißig Menschen drängeln. Es herrscht eine angespannte Atmosphäre, es wird kaum gesprochen, und als die Mystikerin anhebt, um von ihrem Erlebnis zu berichten, hätte man eine Stecknadel fallen hören können.

Ich sah die Heilige Jungfrau Maria im Gegenlicht, murmelt die Frau … Es war ungefähr drei Uhr nachmittags … Auf einmal schien helles Sonnenlicht durch die Wolken, und in diesem überirdischen Schein ging die Heilige Jungfrau Maria langsam an der Mauer dort drüben entlang … Ja, diese Mauer hier links von mir, auf der das Efeu wächst, schauen Sie durch das Fenster, dann können Sie die Mauer sehen … Die Muttergottes hatte ein weißes Kleid an und einen himmelblauen Übermantel mit goldenen Sternen, auf dem Kopf trug sie eine zarte, funkelnde Diamantenkrone, sie hat mich eine Weile angeschaut und mir dann ganz langsam zugenickt ... Mein Herz hat wie wild geschlagen, ich hab kaum atmen können ... Erst hab ich gebetet, dann wollte ich die Heilige Jungfrau Maria noch etwas fragen, ich hab mich hingekniet und gerufen: O Heilige Muttergottes, was willst du mir sagen? ... Aber da war sie schon verschwunden ...

Die Frau sinkt zurück auf ihren Stuhl, atmet schwer, legt sich eine Hand auf die Brust, die Augen hält sie geschlossen.

Einige Zuhörer sitzen mit aufgesperrten Mündern da.

Mientje hebt die Hand: Entschuldigung, darf ich etwas fragen?

Was haben Sie denn nun wirklich gesehen? Wie sollen wir uns das vorstellen, ist Ihnen ein göttlicher Körper physisch erschienen?

Mientjes Frage ist nicht feindselig gemeint, im Grunde findet sie das hier furchtbar spannend, diese Katholiken mit ihrem ganzen Klimbim, doch die Frau wirft ihr einen entrüsteten Blick zu.

Was bildet sich diese dahergelaufene Holländerin ein, kommt her, um an meiner Vision zu zweifeln?

Sie deutet mit dem Zeigefinger auf Mientje und stammelt mit wachsender Empörung: Es ist eine Ketzerin unter uns ... eine Ungläubige ... Sie ist hier, um Zweifel zu säen ... der Teufel hat sie geschickt! Die letzten Worte schreit die Frau fast, sie schlägt sich die Hände vors Gesicht, es herrscht große Aufregung, ein Mann springt auf und versetzt Mientje einen Stoß, du elende Hexe, raus mit dir, und eine Frau schreit: Werft die holländische Schlampe raus, was hat die hier eigentlich zu suchen!?

Mientje wird heftig hin- und hergeschubst, die Menschen drängen sie in Richtung Flur, jemand packt sie am Arm und stößt sie durch die Tür nach draußen, sie wäre fast gestürzt.

Hinter ihr fällt die Tür mit einem lauten Knall ins Schloss, und sie geht zum Auto zurück. Willem lehnt am Wagen und raucht eine Zigarre. Er sieht, dass Mientje vollkommen durcheinander ist, und sie erzählt, was passiert ist, und ach, sagt sie, jetzt habe ich auch noch meine Handtasche drin gelassen, kannst du sie für mich holen, ich trau mich da nicht mehr rein. Nein, sagt Willem barsch, ich denk nicht dran, das musst du schon selber machen.

Sie starrt ihn an, schnappt nach Luft, dreht sich um, rudert ratlos mit den Armen, dann geht sie zurück, klingelt an der Tür, will nach ihrer Handtasche fragen, aber das ist gar nicht nötig, denn da wird sie ihr schon ins Gesicht geschleudert.

Auf der Rückfahrt spricht sie kein Wort; Willem setzt sie vor dem Drongenhofer Haus ab, sagt, dass er gleich wieder losmuss, und sie weiß, wo er hingeht, immer und immer wieder zu Griet. Warum bleibt er nur so selten hier? Auch diese Nacht werde ich also allein verbringen, denkt sie, ich sollte auf dem Sofa im Zwischenzimmer schlafen, das Treppensteigen fällt mir immer schwerer. Aber es ist, wie es ist, die Kinder sind gesund, auf Wiedersehen, Willem, bis zum nächsten Mal, die Wege des HERRN sind unergründlich, denn wen der HERR liebt, den prüft er auch.

Damals vertieft sie sich immer wieder in Thomas a Kempis' *Die Nachfolge Christi.* Vor allem das dritte Buch spricht sie an, in dem von jenem Frieden die Rede ist, den der Gläubige mit einiger Übung in sich selbst finden kann. Manchmal liest sie sich halblaut daraus vor, das gibt ihr Ruhe und Trost. Jetzt liegt sie im Zwischenzimmer auf dem Sofa und kann nicht einschlafen. Sie wälzt sich unruhig hin und her, entschließt sich dann aufzustehen, schlüpft in den Morgenmantel, setzt sich an den Tisch mit den Löwentatzenbeinen und verfasst ein Gebet. Am nächsten Morgen tippt sie es auf ihrer kleinen Schreibmaschine mit zwei Fingern ab; kurz vor ihrem Tod wird sie es Letta schenken.

Gebet

Lieber Gott, du weißt, dass ich älter werde und eines Tages alt sein werde.
Lass mich im Alter nicht geschwätzig werden, lass mich nicht die unselige Gewohnheit entwickeln, zu glauben, bei jeder Gelegenheit und zu jedem Thema etwas sagen zu müssen.
Sorge dafür, dass mein Geist nicht verführt wird, endlos Einzelheiten zu berichten, verleih mir die Freude, schnell zum Kern der Sache vorzudringen.
Statte mich mit ausreichender Höflichkeit aus, die mich befähigt, der Pein der anderen zuzuhören.
Versiegle mir die Lippen, damit ich von meiner eigenen Pein schweige, denn ich merke, dass ich immer mehr dazu neige, darüber zu sprechen.

Lass mich immer freundlich bleiben, denn eine verbitterte alte Frau ist ein Ausbund des Bösen.
Lass mich immer nachdenklich bleiben, hilfsbereit, aber nicht bevormundend.
Wenn ich an die ganze Weisheit denke, die ich mir angeeignet habe, so wäre es jammerschade, wenn ich keinen Gebrauch davon machen würde.
Du weißt, lieber Gott, dass ich am Ende meines Weges viele Freunde brauchen werde.

*

Ach, unsere Mutter, seufzt Letta. Immer eine Idealistin geblieben, nahm sich nie wichtig …

Sie reicht mir das dünne Durchschlagpapier; Mientje scheint das Gebet vervielfältigt und in der Brabantdamer Kirche vorgelesen zu haben. In den Sechzigerjahren verteilte sie Exemplare der *Nachfolge Christi* am Eingang der Sint-Stefanuskerk, die nicht weit vom Patershol entfernt liegt; vermutlich hat sie die Bücher mit ihrem eigenen Geld gekauft.

Vielleicht verstehen Sie jetzt, sagt Letta, dass ich, nachdem mein Bruder sein Erinnerungsbuch *Sohn eines »falschen« Flamen* veröffentlicht hatte, mein eigenes Buch mit dem Titel *Dochters van een fantastische moeder* (Töchter einer wundervollen Mutter) schreiben musste. Hier, ich habe noch ein Exemplar für Sie.

Ein paar Monate später wird Suzy mir das Portemonnaie ihrer Mutter überreichen. Als ich es öffne, finde ich darin eine Fassung der Bergpredigt.

5

Die Sechzigerjahre brechen an, Willem schüttelt oft den Kopf, die Welt dreht durch, die müsste man alle …

Man müsste mal wieder …

Mach die amerikanische Krachmusik aus! Klingt ja wie bei den Hottentotten!

Hätte Deutschland doch nur …

Und was ist das für Lärm? Die Rolling was?

Ist gut, Willem, reg dich nicht auf, das ist nicht gut für dein Herz.

Mit seiner Gesundheit ist es nicht zum Besten bestellt; zwar ist er noch oft »auf Achse«, aber es kostet ihn viel Kraft. Er ist ein Leckermaul, er isst zu fett und zu reichlich – »wir haben zu viele Entbehrungen erlitten«, sagt er und schneidet mit seinem Messer gierig ein Stück von der *Côte à l'os* –, häufig trinkt er mehr als nur ein Glas Rheinwein zu viel, schon bei wenigen Treppenstufen gerät er außer Atem; er raucht seine Willem-II-Zigarren, seine Atemwege sind verschleimt, er atmet rasselnd, was ihn nachts nicht schlafen lässt. Er ist reizbar, dann wieder aufgedreht oder sentimental. Immer öfter klagt er über »enormes Bauchweh«. Weil alle darauf drängen, besucht er schließlich einen Arzt, der Morbus Crohn bei ihm vermutet oder noch Schlimmeres. Er muss viele unangenehme Untersuchungen über sich ergehen lassen, vor allem die Gastroskopie ist ein Albtraum. Man schiebt ihm einen Schlauch in den Hals, bis er würgt und sich erbricht, danach muss er auch noch eine Koloskopie durchstehen, er liegt mit armseligem nacktem Hintern auf der ärztlichen Metallpritsche und spürt, wie das Endoskop durch seine Eingeweide geschoben und gestoßen wird; ach, der Mensch ist nichts als ein Sack voller Knochen und Scheiße, alt werden, man gewöhnt sich nie dran. Mientje gegenüber klagt er, Mann, ich sag dir, das kannst du dir nicht vorstellen, die geben einem eine Gipsbrühe zu trinken, weil sie »Abdrücke nehmen« wollen. Ah, du meinst, sie machen Röntgenfotos von deinem Magen, Willem? Auch Sodbrennen hindert ihn am Schlaf, er hat Krämpfe; gib mir noch ein *Elixir d'Anvers*, schließlich kriegen das auch die Pferde, wenn sie eine Kolik haben. Sie müssen schon Ihre Medizin nehmen, Herr Verhulst, ermahnt ihn der Arzt, weil keine Besserung eintritt, und lassen Sie die Finger vom Alkohol, hören Sie? Aber Herr Doktor, ein kleines Bierchen oder Gläschen Wein, da stirbt doch keiner von! Es kommt noch so weit, dass man gar nichts mehr darf, darauf trink ich noch einen, sterben müssen wir irgendwann alle. Sein Bauch ist rund wie eine Tonne, er hat schwer daran zu schleppen. An manchen Tagen geht er, als hätte er die Hosen voll.

Die Kinder sehen ihren Vater kaum, er verbringt jetzt die meiste Zeit bei Griet, doch offiziell ist er weiter bei seiner Familie gemeldet. Dennoch kommt er wieder öfter nach Gent; aufgrund von Meinungsverschiedenheiten mit der

MEGA bezüglich der Geschäftsführung gründet er mit einem Partner ein eigenes Elektrogeschäft; ich erinnere mich an einen schweigsamen Mann mit Brille im hinteren Teil des Ladens, vielleicht täusche ich mich ja, aber es ist durchaus möglich, dass meine bescheidenen Versuche, ein Jimi Hendrix, Jimmy Page und Eric Clapton zu werden, von einer Soundanlage unterstützt wurden, die mir Willem Verhulst verkauft hatte.

Adri ist nun der allseits bekannte Prof. Dr. Adriaan Verhulst, Professor an der Genter *Rijksuniversiteit*, spezialisiert auf historische Stadtentwicklung, historische Geografie und Urkundenlehre; er veröffentlicht wichtige Artikel über den karolingischen Ackerbau, die Agrargeschichte des Mittelalters und die Frühgeschichte der Stadt Brügge. Er ist einer der Ersten, die in Flandern Lehrveranstaltungen über die gemeinsame Vergangenheit der Südlichen und Nördlichen Niederlande halten, womit er das kulturelle Erbe beider Elternteile in sich vereint. Auch setzt er sich für die Rechte der progressiven Linksliberalen in einer überwiegend katholisch geprägten politischen Landschaft ein. Er hat inzwischen geheiratet und besucht mit seiner Frau gelegentlich die Mutter, die jetzt ganz allein im Drongenhofer Haus wohnt.

Suzy heiratet einen Juristen aus der Gegend von Antwerpen, das Ehepaar baut sich ein großes, modernes Haus im Grünen. Sie ist eine emanzipierte Frau, die sich als Erbin des Feminismus ihrer Tante Suzanne versteht; sie verurteilt die Rolle ihres Vaters im Krieg weit entschiedener als ihr Bruder und ihre Schwester. Sie sieht Mientje sehr ähnlich, doch vom Vater hat sie die schwachen Augen geerbt. Sie ist kämpferisch, besitzt einen wachen Geist und ein ausgeprägtes Gespür für Ironie. Nachdem sich ihr Sehvermögen drastisch verschlechtert hat, hört sie Hörbücher und schafft sich eine alte Jukebox an, mit der sie, inzwischen fünfundachtzig, die Hits der Sechzigerjahre durch ihr großes Haus schallen lässt. Sie liebt ihr Gläschen Weißwein und raucht, als hätte sie stählerne Lungen. Ihr Lachen ist ansteckend und heiser wie das einer altgedienten Bluessängerin.

Letta hatte bereits Anfang der Fünfzigerjahre einen festen Freund, Rudi, ein Spross aus der bekannten Genter Familie Mahy. Er war auf dem Gymnasium Adris Mitschüler und kam oft ins Drongenhofer Haus; Letta verliebte sich bis über beide Ohren in ihn, und schon wenig später verlobten sich die beiden, zu Adris Missfallen. Ende Juli 1955 heirateten sie und zogen für eine Weile in eine Wohnung im berühmten Wintercircus. Auch das birgt eine schöne Geschichte. Rudis Großonkel, Ghislain Mahy, hatte kurz nach dem Krieg den baufälligen, aber spektakulären Wintercircus gekauft und dort eine große Autowerkstatt eingerichtet, in der Rudi als Mechaniker arbeitete. Der ursprüngliche Wintercircus war 1894 erbaut worden und 1920 ausgebrannt, wobei die riesige Kuppel einstürzte; jemand schrieb später: »Es sah ein bisschen so aus wie nach dem Einsturz der Dresdner Frauenkirche.« Die Kuppel wurde wieder instand gesetzt, und fortan hatten dreitausend Menschen im Zirkus Platz. Selbst während des Krieges fanden dort Aufführungen statt, die letzte im Frühjahr 1944.

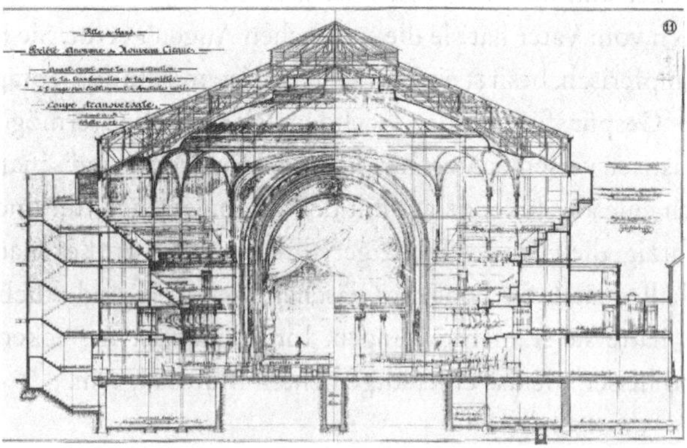

Ghislain ließ das Gebäude entkernen und ein Apartment einbauen. Im Rest des riesigen Saals stellte er seine seltenen Oldtimer unter. Diese Sammlung erweiterte er kontinuierlich, und irgendwann war sie so berühmt, dass der Wintercircus in Circus Mahy umgetauft wurde. Die sagenhafte Oldtimersammlung ist unter dem Namen Mahymobiles bekannt und gelangte später in ein Museum irgendwo im wallonischen Henegouwen; der flämische Fernsehmacher

Paul Jambers drehte zwei stimmungsvolle Reportagen über die Familie und ihre exotische Liebe zu legendären Autos. Bis heute führen die Mahys eine große Autowerkstatt im Viertel Ekkergem am Genter Stadtrand. Zu der Zeit, als ich selbst beim gestrengen Professor Adriaan Verhulst studierte, stand der ehemalige Zirkus zum großen Teil leer. Wie oft las ich, wenn ich die steile Lammerstraat hinaufging und an dem Gebäude vorbeikam, die Gedenkplakette, die an die glorreichen Tage des Wintercircus erinnerte. Aus purer Neugier bin ich dort sogar einmal mit einem Freund eingebrochen, wobei ich damals natürlich noch keine Ahnung hatte, dass es eine symbolische Linie von diesem merkwürdigen Bau zu dem Haus gab, das ich eines Tages bewohnen sollte.

6

Februar 1963. Es war ein außergewöhnlich kalter Winter, der strengste seit Beginn der meteorologischen Aufzeichnungen im Jahr 1815. Im Januar war überdurchschnittlich viel Schnee gefallen; im Februar herrschte Dauerfrost, die Nordsee war mit Eis bedeckt, die Brandung war gefroren, und im Wattenmeer trieben Eisberge, die Morgentemperaturen betrugen nicht selten minus zwanzig Grad. Zwischen fünf und sechs Uhr morgens lag Mientje zähneklappernd im Bett und presste die Füße an die nur noch lauwarme Bettflasche. Ins Hinterhaus ging sie gar nicht mehr, dort hingen Eiszapfen vor den Fenstern. Endlos musste sie Kohle, Anzündholz und alte Zeitungen herbeischleppen. Jetzt sitzt sie im Bus nach Antwerpen, sie will Letta und ihren Mann besuchen. Während der Fahrt wird ihr mehrmals schwindlig, ihr ist übel. Dennoch geht sie die paar Hundert Meter zu Lettas Haus zu Fuß und rutscht fast auf einer vereisten Stelle aus; sie spürt, wie ihr die Knie weich werden, die eiskalte Luft schneidet ihr den Atem ab. Ich werde alt, denkt sie, ich fühle mich nicht wohl. Sie bleibt kurz stehen, sucht Halt an einer Hauswand.

Sie wartet, bis sie wieder frei atmen kann, und setzt ihren Weg zu Lettas Haus fort. Im warmen Wohnzimmer wird ihr furchtbar schlecht, der ganze Raum dreht sich, sie schwankt zur Toilette und muss sich übergeben. Dann bricht sie zusammen.

Lettas Mann hört den Aufprall, er und Letta stützen die Ohnmächtige, da erlangt sie mit einem Schmerzensschrei das Bewusstsein wieder. Es ist ihr Herz, sagt Letta, mach schnell. Sie helfen der schwer atmenden Frau auf das Sofa.

Der Krankenwagen bringt sie in die Notaufnahme der Klinik in Mortsel, wo es ihr allmählich besser geht, dennoch, so sagt man ihr, wird sie nach einem so heftigen Herzanfall einen Monat zur Genesung brauchen. Mehrere Tage verbringt sie schlafend, träumt heftig, leidet unter schwerer Apnoe, von jedem Atemstillstand schrickt sie auf, als wäre sie am Ertrinken; hinter dem Fenster sieht sie Baukräne und Baumwipfel. Mitte März kehrt sie ins Drongenhofer Haus zurück, es sieht aus wie ein Eispalast; klar und erbarmungslos spiegelt sich das Winterlicht in den geborstenen Fenstern der Glasfabrik.

*

Meistens ist sie jetzt allein in dem großen, tristen Haus, das immer mehr dem Schicksal überlassen wird. Die vielen, früher vermieteten Zimmer sind verwaist und vollgestopft mit zurückgelassenen Möbelstücken, Trödel und Souvenirs; die Dachpappe des Flachdachs ist aufgeplatzt, bei starkem Regen sickert Wasser in die Veranda, sie hört das Rinnsal in die Zinkwanne fließen, wenn sie im dunklen Zwischenzimmer vor dem Ofen sitzt und in der Bibel liest; um das fahle Dachfenster wächst Moos, und Kondenswasser setzt der Küche im Hinterhaus ziemlich zu. Das Patersholer Viertel wird Opfer von Leerstand und Verwahrlosung, es gerät in Verruf. Das Klostergebäude ist verlassen, die Kapelle verfällt, Tauben zerstören das Dach; die Biseautage wird zur Ruine; in den Kneipen wird gesoffen und geprügelt. Wenn Willem »der Geschäfte wegen« nach Antwerpen oder ins Ausland reist – überflüssig zu sagen, mit wem –, geht Mientje manchmal in die oberen Zimmer hinauf, ihre Erschöpfung macht den Aufstieg beschwerlich; sie sieht sich ein wenig um, nimmt dies und das zur Hand, die Gedichte von Richard De Cneudt zum Beispiel, ach Richaar, mein Freund, wo ist die Zeit geblieben, was war das doch für ein schönes Fest im Sint-Jorishof. Sie legt das Buch an seinen Platz zurück, bleibt eine Weile unschlüssig stehen, dann öffnet sie den Kleiderschrank im Schlafzimmer, der Geruch nach Mottenkugeln schlägt ihr entgegen; sie wirft einen Blick auf ihre Kleidung, nimmt etwas heraus, betrachtet es prüfend, schüttelt den Kopf, hängt es zurück. Hängt dazwischen etwa noch ein Anzug von Pappie? Sie blickt auf das ungenutzte Ehebett; viel zu groß für eine Person allein. Wie mag es Pappie wohl gehen? Es ist Gottes Wille, Gott der HERR prüft, und ihrer harrt die Läuterung. Sie schläft im Zwischenzimmer doch ganz prima, sie braucht nicht mal Vorhänge dort, und manchmal sitzt sie im Salon und döst in der Sonne, wenn deren Strahlen nachmittags für ein paar Stunden durch die hohen Fenster fallen. Tagsüber erledigt sie Einkäufe bei Sint-Jacobs oder auf dem Freitagsmarkt, dort gibt es wirklich alles, in der Oudburg gibt es inzwischen sogar einen türkischen Gemüseladen, wo soll das nur hinführen? Aber gut, alle Menschen sind Gottes Geschöpfe, immerhin gibt es auf dem Sluizeken neuerdings einen westflämischen Metzger und an der Leie einen Bäcker. Jetzt sieht man sie durch den kleinen Park gehen, einen Schal um den Kopf, in grauem Mantel und festem Schuhwerk, in der Hand eine große Einkaufstasche – noch immer die würdevolle Tochter eines niederländischen Großbauern. Sie freut sich, denn gleich werden Adri und seine Frau zu Besuch kommen, und sie werden sich über Musik und über die Universität unterhalten. Sie ist stolz auf ihren Sohn: Er ist nicht nur Vorsitzender des Willemsfonds, der Kulturorganisation flämischgesinnter Liberaler, sondern auch Mitglied der Königlich Flämischen Akademie Belgiens für Wissenschaften und Künste, was sie ganz besonders freut; auf seinem Forschungsgebiet der Stadtarchäologie ist er eine neue Koryphäe, denn er hinterfragt die alten Theorien des berühmten Historikers Henri Pirenne kritisch. Adris Publikationsliste ist beeindruckend, er ist ein unermüdlicher, gewissenhafter Wissenschaftler.

*

Sonntagnachmittag. Adri und seine Frau sind zu Besuch und haben eine *Bombe au chocolat* vom jüdischen Bäcker Bloch mitgebracht, man sitzt im Salon; auf dem Kaminsims stehen Familienfotos. Adri fragt seine Mutter, ob sie sich noch an den Gips-Hitler erinnern könne, den der Vater in Stücke geschossen habe, während sie gerade das *Largo* sangen; Mutter und Sohn lachen wehmütig beim koffeinarmen Kaffee.

Wie geht es dir, Mutter? Was machen die Schmerzen in den Beinen?

Geht schon, mein Junge, geht schon. Erzähl mir lieber, was du so machst.

Auch auf der Straße erkundigen sich die Leute nach ihrem Befinden: Wie geht es Ihnen, Frau Verhulst? Und den Kindern? Gesundheit ist das Wichtigste, nicht wahr?

Sie sagen es, Herr De Pestel.

In den einsamen Abendstunden hört sie die Nachbarn in deren genauso leerem, großem Haus lärmen; *Arnold, wo èje dienen burstel gedoan, 't ès hier godvernonde olsan tsaalvste mee joen.*

Sie liest ein wenig in der Bibel, in den Sprüchen 31:19–21, das Lob der tüchtigen Frau:

> *Sie streckt ihre Hand nach dem Rocken, und ihre Finger fassen die Spindel.*
> *Sie breitet ihre Hände aus zu dem Armen und reicht ihre Hand dem Bedürftigen.*
> *Sie fürchtet für die Ihren nicht den Schnee; denn ihr ganzes Haus hat wollene Kleider.*

*

1965 erleidet Mientje einen zweiten Herzinfarkt, wieder ist sie bei ihrer Tochter Letta zu Besuch. Enkel Jan, gerade mal sechs Jahre alt, erwacht nachts von ihrem Röcheln. Die Eltern rufen den Krankenwagen. Auch von diesem Anfall erholt sie sich, doch ihr Herz ist stark geschwächt. Über gesellschaftliche und politische Ereignisse regt sie sich dennoch weiterhin auf.

Im Herbst 1966 fängt sie wieder an, Tagebuch zu schreiben. Sie kommentiert die gescheiterten Verhandlungen zwischen Flamen und Wallonen: »Damit dürfte das Land nun endgültig gespalten sein.« Kurz fasst sie zusammen, was in der Zwischenzeit passiert ist: Einer ihrer ehemaligen Mieter, Marcel Bots, ist nach Elisabethstad im Kongo aufgebrochen, und Pastor Van Stipriaan, der, wie sie erfahren hat, entscheidend an der Aufhebung von Willems Aufenthaltsverbot in Gent mitgewirkt hatte, ist nach Eindhoven versetzt worden.

Dezember 1966: »Furchtbare Überflutungen in Belgien – Hunderte Hektar Ackerland stehen unter Wasser. Die Leie führt Hochwasser – auch unser Keller ist vollgelaufen, noch schlimmer als voriges Jahr an Weihnachten. Ein Nachbar wird den Keller für mich leerschöpfen.«

März 1968: »Der politische Zustand ist momentan folgender – am 31. März sind Wahlen. Jede Partei strengt sich an, den Leuten die eigene Sichtweise aufzudrängen. Schade, dass so viele junge Menschen keine eigene Meinung haben und sich mit dem politischen Tamtam nicht auskennen – deshalb ist die politische Stimmung, der Ausgang der Wahlen, nicht vorherzusagen. Bevor die Regierung gestürzt wurde, hat sie noch schnell Panzer, Flugzeuge und allerlei anderes Teufelszeug gekauft – ja, dafür ist Geld da, aber nicht für Sportplätze, Schulen usw. Enorme Steuererhöhungen, aber wenig Geld für die Versorgung der Alten. Amerika gibt noch immer unvorstellbare Summen für den Vietnamkrieg aus, weshalb ein regelrechter Goldrausch entstanden ist.

Das englische Pfund verliert immer mehr an Wert, und der Dollar ist schwach. Die reichen Leute kaufen jetzt mit ihren Pfund und Dollars Gold. Am Samstag und Sonntag haben die Bankdirektoren aller Mitgliedsländer des Goldpools in Washington getagt – jetzt gibt es zwei Goldmärkte, einer von 35 Dollar pro Unze und einen freien. Da ist absehbar, dass in Zukunft viel spekuliert wird. Mit welchen Folgen?«

*

In ihren letzten Jahren besuchte Mientje Letta in Edegem regelmäßig, auch weil sie die Enkel Jan und Lina sehen will. Vor allem wenn Willem »auf Achse« ist oder bei Griet, möchte die Familie lieber nicht, dass Mientje zu lang allein im Drongenhofer Haus ist. Das wäre wegen ihrer starken Arthrose zu gefährlich. Mientje nimmt dann den Linienbus und fährt zum Astridplein in Antwerpen, wo sie in der Brasserie *Le Paon Royal* wartet, bis Letta sie mit dem Auto abholt. An einer kleinen Allee im Park stehen ein paar wundervolle alte Buchen, an deren Wurzeln sich Regenpfützen und Blätter gesammelt haben. Lina bittet »Omoe«, mit ihrem Stock im dunklen Wasser herumzurühren, was diese bereitwillig tut. Beim Spazierengehen streut Mientje für die Kinder die weißen Früchte der Gewöhnlichen Schneebeere auf den Weg, das knallt so herrlich, wenn man drauftritt. »Omoe hatte einen speziellen Spazierstock, der ihr bis zu den Ellbogen reichte, sie schwankte ziemlich beim Gehen«, schreibt mir Lina.

*

Mientje quält sich mit ihrer schlechten Gesundheit; sie leidet an einer erblichen Genmutation, die zu einem gefährlich erhöhten Cholesteringehalt im Blut führt. Davon verengen sich die Herzkranzgefäße, die Adern verkalken, und Flüssigkeit sammelt sich in den Lungen; der Alltag fällt ihr zunehmend schwer. In ihren einsamen Stunden strickt sie für die Enkelkinder, das Klackern der Nadeln beruhigt sie im stillen Haus, und wenn man sich bei ihr während der Sonntagsbesuche danach erkundigt, ob die Strickarbeit vorangehe, sagt sie mit einem wehmütigen Lächeln: Noch ist mein Strumpf nicht fertig.

Dass Adri Aufsichtsratsvorsitzender des niederländischsprachigen belgischen Radio- und Fernsehsenders BRT wird, erlebt sie nicht mehr, doch die ungeheure Genugtuung, dass er eine glanzvolle Karriere als Verfechter der flämischorientierten Kulturpolitik macht, konnte sie noch genießen; die politische Lage beunruhigt sie so sehr, dass sie einem erneuten Herzanfall nah ist, daher zieht sie sich in ihre Gebete und die Bibellektüre zurück. 1968, im Jahr des politisch so turbulenten Frühlings, vermutlich im Mai, steht sie in der offenen Tür ihres Hauses, als eine Horde pöbelnder Studenten vorbeizieht, die beunruhigende Parolen skandiert, ein paar der jungen Leute sind mit Stöcken bewaffnet. Sie bekommt Beklemmungen, ihr Herz schlägt wie wild, rasch schließt sie die Tür und setzt sich ins Dämmerlicht des Zwischenzimmers, um zu lesen.

Am 11. November 1968, zwei Tage vor ihrem Tod, schreibt sie noch über die Gedenkfeiern zum Ende des Ersten Weltkriegs, das nun genau ein halbes Jahrhundert zurückliegt. Auch der Vietnamkrieg beschäftigt sie bis zum Schluss, jedes durch menschliche Gewalt verursachte Leid empört sie. »Immer wenn ich an diese Eigenschaft meiner Großmutter denke, ergreift es mich«, schreibt mir Jan, »ich weiß, dass es meiner Mutter Letta genauso geht, es fällt ihr schwer, darüber zu sprechen oder zu schreiben.«

*

Aus einem Brief des Enkels Jan:

»Ich war bei Mientjes Tod nicht dabei. Einige Wochen vorher hatte sie uns noch besucht. Körperlich ging es mit ihr sehr schnell bergab ... Vermutlich hatte sie am Mittwoch, den 13. November 1968, einen weiteren Herzinfarkt. Damals schlief sie schon seit ein paar Jahren auf einem Schlafsofa im dunklen Zwischenzimmer im unteren Stock; wenn Opa zu Hause war, übernachtete er im Schlafzimmer im Stockwerk darüber. Willem hatte ihr eine Glocke neben das Bett gestellt, damit sie ihn rufen konnte, wenn etwas war. Wir vermuten, dass sie noch versuchte, ihn zu wecken, es aber irgendwie nicht schaffte, und das war ihr Unglück. Sie wissen ja, wie groß das Haus ist, und dass die Entfernungen zwischen den Bewohnern sehr groß sein können ...«

Letta erzählt, dass Mientje noch einige Stunden gelebt habe; Adri kam umgehend und saß bis zum letzten Atemzug an ihrer Seite. Die »holländische Familie« in Zevenaar wurde benachrichtigt, Mientje lag »wunderschön aufgebahrt im zweiten Zimmer, am Tag vor ihrem Tod war sie noch beim Friseur gewesen, es war kein schlimmer Anblick, wir waren dankbar«. Am Samstag, den 16. November, wurde Mientje begraben, die Feierlichkeiten fanden in der Brabantdamer Kirche unter der Leitung des von ihr so verehrten Pastors Van Stipriaan statt. Er war extra aus den Niederlanden angereist, um den Gottesdienst zu leiten. Griet war nicht anwesend. Willem hatte einen üppigen Kaffeetisch im legendären *Restaurant Du Progres* am Korenmarkt bestellt, da man »die Familie doch nicht mit leerem Magen nach Holland zurückfahren lassen« könne, aber zu einer Versöhnung führten Kaffee und Kuchen nicht.

Ach ja, fügt Letta dann noch hinzu, während der Beerdigung musste ich dauernd an die Sache im ersten Ehejahr meiner Eltern denken. Wissen Sie, noch vor Adris Geburt hat Willem eine Wohnung am Grote Steenweg in Berchem gemietet, gegenüber der Brauerei, er hat Mientje gezwungen, dort einzuziehen, während er in Gent blieb oder »auf Achse« war, wer weiß, mit wem ... Als mein Vater das ein Jahr vor seinem Tod mir gegenüber einmal erwähnte, habe ich zu ihm gesagt: Du bist doch ein Schweinehund, eine fromme Frau vom Land so zu behandeln ... Aber er hat nur geantwortet: Sie sollte lernen, was es bedeutet, in der Stadt zu wohnen. Ich war sprachlos, fährt Letta fort, jedes Mal, wenn etwas Schlimmes passiert war oder wenn sie traurig war, hat meine Mutter gesagt: Kind, ich hoffe, dass du so etwas nie durchmachen musst. Sie hat mir die Wohnung einmal gezeigt, in die mein Vater sie verbannt hatte. Schau, da habe ich ein paar Monate lang gewohnt ... Und ich erinnere mich, dass dort auf einer Fensterbank eine Geige lag, ich seh sie ganz deutlich vor mir, und dass sie mich an Händels *Largo* erinnert hat. Letta schluckt schwer und schweigt.

*

Am 25. Mai 1984, fast sechzehn Jahre nach Mientjes Tod, nimmt Adriaan feierlich Abschied von seiner Funktion als Vorsitzender des Willemsfonds, den er zwanzig Jahre lang geleitet hat. Die Abschiedsrede hält Michel Oukhow, ein prominenter Vertreter des Antwerpener Kulturlebens und guter Freund des Dichters Maurice Gilliams. Oukhow ist weißrussischer Herkunft, aufgewachsen im protestantischen Milieu und Anhänger des flämischen Linksliberalismus. In seiner Rede führt er Adriaans großes Interesse und seinen lebenslangen Einsatz für die Kultur auf Mientjes Einfluss zurück:

> *Dein reges geistiges Interesse stammt noch irgendwo anders her: In Gent gab es im Drongenhof ein Haus, und das war dein Haus. Ich kenne kein Haus, in dem sich so viele Studenten trafen. Sie kamen nicht wegen der beiden Schwestern – obwohl sie unsere Freundinnen waren –, sondern wegen der Mutter, wegen dieser unheimlich lieben Frau, die deine Mutter war. Generationen von Studenten, heute allesamt Professoren, Gelehrte oder Politiker, mehr oder weniger erfolgreich, erinnern sich an ihre Gastfreundschaft und Wärme, an ihre Gelassenheit und stille Überzeugung … In schwierigen Momenten war sie immer da, mehr mit*

Tat, weniger mit Rat. Und sie konnte zuhören. Sie strahlte eine Freude aus, die wir als besonders intensiv empfanden, weil wir wussten, dass ihr eigenes Leben es nicht immer gut mit ihr gemeint hatte … Hinter unseren Diskussionen stand immer diese resolute, starke Frau … Fragen brauchten wir ihr gar nicht erst zu stellen, denn sie wusste immer schon vorher, welche Antwort wir gerade benötigten …

7

Juni 1971; ich sitze mit ein paar Kommilitonen auf dem Universitätsflur und warte darauf, das Examen im Fach »Einführung in die Geschichte der Niederlande« abzulegen. Wir stürzen uns auf jeden Prüfling, der aus dem Professorenzimmer kommt: »Was hat er gefragt?«, »Wie ist seine Laune?« Doch jedes Mal wird die Stirn gerunzelt, und wir hören ein leise gemurmeltes »Weiß nicht, ist wie immer schwer zu sagen«.

Rasch blättere ich noch einmal durch meine Unterlagen; ich kann keinen klaren Gedanken fassen, Unsicherheit ergreift mich.

Dann bin ich an der Reihe; mein langes Haar zum Pferdeschwanz gebunden und in einem Hemd, in dem ich mir lächerlich vorkomme, stolpere ich über die dicke Kokosmatte ins Zimmer.

Setzen Sie sich. Ihr Name? Gut.

Erzählen Sie mir etwas über …

Der Blick des schnurrbärtigen Professors ist durchdringend. Er stellt seine Frage mit einem leicht verächtlichen Unterton, als wollte er damit sagen: Kommt endlich mal jemand mit einer gescheiten Antwort? Ich war ihm noch nie so nahe, daher sehe ich erst jetzt, dass sein in der immer gleichen Weise gekämmtes Haar unecht ist und das Toupet zudem ziemlich täppisch auf der Schädeldecke klebt.

Er faltet die Hände und schaut mir erwartungsvoll in die Augen.

Ich schlucke, meine Ohren rauschen, ich kann nur noch an dieses Toupet denken, schon sehe ich vor mir, wie es ihm vom Kopf rutscht, und um ein Haar hätte ich losgekichert.

Der Blackout umschließt mich wie eine warme Decke; ich hülle mich darin ein, verhülle mich damit, verhülste mich … Ich kann nicht mehr denken. Aber offenbar rede ich, der Autopilot hat übernommen.

Als ich wieder zu Verstand komme, sehe ich das verdatterte Gesicht des Professors vor mir.

Nein, Herr …, sagt er mit gepresster Stimme, Sie täuschen sich, das fand hundert Jahre vorher statt.

Kommen Sie doch im September wieder, wenn Sie sich einen besseren Überblick über Ihren Kalender verschafft haben.

Der Nächste.

Ich stolpere zum Zimmer hinaus.

Und …?

Verhulst hat mich durchfallen lassen, stammle ich.

Selbst so viele Jahre später sehe ich ihn noch deutlich vor mir; wenn wir Studenten mit dem üblichen Tumult ins Auditorium strömten, stand er immer schon hinter dem Katheder. Und er blieb dort auch so lange stehen, bis keiner mehr im Saal war. Wir wunderten uns nicht darüber; so war Verhulst nun mal.

Bis ich eines Tages meine Sachen vergaß und noch einmal zurückging.

Als ich das leere, neonröhrenerhellte Auditorium betrat, konnte ich gerade noch sehen, wie Professor Verhulst vom Katheder herunterstieg und zur Tapetentür neben der großen Wandtafel schritt. Er hinkte stark. Sein unglückseliger Fuß war wie ein Klotz an seinem Bein.

Im September bestand ich die Nachprüfung problemlos; wenn ich mich richtig erinnere, gab er mir ein etwas knausriges Befriedigend. Trotzdem blieb mir immer das Gefühl, dass ich ihm noch etwas schuldete.

*

Adriaan Verhulst war mehr als ein Professor, er hatte für den flämischen Kulturpakt gekämpft, mit dessen Hilfe Liberalismus und Pluralismus in der Kultur gewährleistet sein sollte, war der Architekt einer radikalen Erneuerung des liberalen Kulturfonds, setzte sich für den legalen Schwangerschaftsabbruch ein, propagierte die Toleranz gegenüber den unterschiedlichsten Weltanschauungen und forderte, dass die öffentlich-rechtlichen Medien dem Ideal der Volksbildung verpflichtet bleiben. Er plädierte für die Abschaffung der konfessionellen Trennung im öffentlichen Rundfunk und Fernsehen, für die Aufhebung der 1970 erfolgten Teilung der Brüsseler Universität in die französischsprachige *Université libre de Bruxelles* und die niederländischsprachige *Vrije Universiteit Brussel* sowie für die kulturelle Gleichberechtigung der flämischen Minderheit in der Hauptstadt und kritisierte außerdem die *Vlaamse Beweging* für ihre Verbindungen zum südafrikanischen Apartheid-Regime. Aufgrund seines Protestantismus stand er gewissermaßen über den Parteien, hatte aber durchaus seine Prinzipien. So untersagte er einer rechtsextremen Splittergruppe mit geschulterten Spaten die Teilnahme an einer Demonstration; dieses Bild beschwor bei ihm unglückliche Erinnerungen herauf. Bei öffentlichen Debatten über allgemeine kulturelle Themen oder die Gleichberechtigung der Flamen war er sets ein gefürchteter und respektierter Redner. Als Humanist war es für ihn eine große Enttäuschung, dass die öffentlich-rechtlichen Medien dem neoliberalen freien Markt überlassen wurden.

*

Im September 1999 meldete sich Adri ein letztes Mal öffentlich zu Wort: Das Verfassungsgericht hatte gerade eine Gesetzesänderung mit dem Ziel, den noch lebenden Kollaborateuren eine finanzielle Unterstützung zukommen zu lassen, gekippt. Dieses Dekret, das unter dem Namen *Suykerbuyk*-Dekret bekannt wurde – was für ein Name: *Suykerbuyk* bedeutet Zuckerbauch –, sollte die oft prekäre finanzielle Situation der inzwischen zu Greisen gewordenen Kollaborateure und deren Angehörigen verbessern. Viele Flamen hielten das Scheitern dieses Kompromissvorschlags für einen weiteren Racheakt des frankofonen Lagers in Belgien. Doch der Gesetzesvorschlag war vom flämischen Parlament einseitig bewilligt und zudem unter Mitwirkung der tief ins Kollaborationsmilieu verstrickten rechtsextremen Partei des *Vlaams Blok* erarbeitet worden, wodurch er politisch inakzeptabel war. Es kam zu einem offenen, von Adri mitunterzeichneten Brief, in dem zwar politische Milde gefordert wurde, jedoch mit ziemlich vielsagenden Worten. So räumte man einerseits ein, dass sich die flämische Sache durch die umfängliche Kollaboration mit dem Nationalsozialismus diskreditiert habe, doch wollte man andererseits zu bedenken geben, dass es aus reiner Rachsucht auch zu ungerechten Bestrafungen gekommen sei, zu »Repressalien vonseiten belgischer Nationalisten«.

Der Text liest sich wie ein persönliches Bekenntnis Adris zu seinem fast ein Vierteljahrhundert vorher verstorbenen Vater; aber er ist auch ein wortreicher Beweis dafür, dass Trauer niemals vergeht. Allerdings schreibt er in diesem Moment auch an seinem Buch *Sohn eines falschen Flamen*, das einige Monate später erscheinen wird und worin er beiläufig erwähnt, dass ein gewisser Ex-Student Hertmans jetzt in dem Dongenhofer Haus wohnt, in dem er seine schwierige Kindheit verbracht hat.

8

Jetzt, da Mientje nicht mehr da ist, wird Willem immer wieder von Erinnerungen übermannt; er fährt nun öfter zu dem leeren Haus am Drongenhof, parkt den Mercedes vor der Tür und geht ein wenig in den engen Gassen des Patershol spazieren. Ob Omer De Ras noch lebt? Er sieht zu dem Fenster hinauf, wo vor langer Zeit eine schöne Frau erschienen war und ihn als *Salaud* beschimpft hatte. Heute ist das Fenster zerbrochen. Auf dem Rückweg läuft er an der alten Kapelle vorbei, und als er dann vor der Haustür stehend in den Taschen nach dem Schlüssel kramt, geht Ada vorüber, Ada mit ihrem ewigen Stock und dem Klumpfuß. Grüße Sie, *minère* Verhulst, wie geht es Ihnen? Gut, Madame Ada. Und was macht Arnold? Ach, der hat noch immer die gleichen Flausen im Kopf.

Er öffnet die Tür, und der wohlbekannte feuchte Geruch des hohen Flurs schlägt ihm entgegen, er geht zum Hinterhaus durch und sieht im Hof den Blauregen, der mit seinen schwarzen Ästen den Zaun zu umarmen scheint. Er dreht sich wieder um, verschließt die Hintertür, steigt die Treppen in den zweiten Stock hinauf, stellt sich vors Fenster und starrt hinaus; etwas Kitt hat sich gelöst und tickt im Wind gegen die Scheibe, tick, tick, wie das Rotkehlchen aus dem niederländischen Kinderlied. Über den First des teilweise eingestürzten Dachs der Glasfabrik stolzieren Tauben, als gingen sie den Horizont entlang. Er entdeckt das Foto von Kees Boeke, nimmt es in die Hand und betrachtet es eine Weile, bevor er es auf den Kaminsims zurückstellt. Wie hohl sein schwerer Schritt auf dem Dielenboden des großen, leeren Zimmers klingt. Er fährt nach Antwerpen zurück, direkt zu Griet, gleichermaßen von Sodbrennen wie von Wehmut gepeinigt. Und kaum hat er das Apartment betreten, sagt er: Willst du mich heiraten, Titi? Worauf ihm ein merkwürdiges, trockenes Hüsteln entschlüpft.

Eines Morgens sitzt Letta mit ihrem Mann beim Frühstück, schlägt die Zeitung auf, blättert etwas hin und her, liest abwesend die Schlagzeilen, kommt zu den Hochzeitsanzeigen auf der letzten Seite – und entdeckt, dass der Vater klammheimlich Greta Latomme geheiratet hat. Rudi, ruft sie, soll ich dir was verraten? Ob es eine kirchliche Trauung oder gar ein großes Fest gegeben hat, weiß keiner, vielleicht wurde die Sache auf dem Rathaus kurz und schmerzlos erledigt, bevor Willem und Griet zu ihrem Lieblingsrestaurant nach Philippine fuhren, direkt hinter der niederländischen Grenze, und Muscheln mit Pommes frites aßen.

Er überlegt, wieder ins Drongenhofer Haus zu ziehen, doch Griet ist wenig begeistert von der Idee. Auch nach Mientjes Tod bezahlt er noch die Miete; er weiß nicht, warum er sich nicht von dem Haus lösen kann. Na gut, Wim, wenn du es unbedingt willst, und sie ziehen mit Sack und Pack in den Drongenhof. Griet mag keine Erinnerungen; sie betont immer wieder, dass sie im Hier und Jetzt lebe. Nach einigen Monaten hat sie die Nase voll vom ewigen Treppensteigen, den alten, knarzigen Möbeln, dem ganzen Nippes, wie sie es nennt – das alles entspricht so gar nicht ihrem Stil. Sie zieht wieder in ihre Wohnung, und ungefähr ein Jahr lang pendeln sie zwischen den beiden Adressen hin und her; manchmal sitzt er allein im Salon vor dem Kamin aus dem schönen Comblanchien, raucht und grübelt. Wo mag nur die schöne Hitler-Büste geblieben sein? Was haben die hier nur veranstaltet, während er »im Knast« saß? Es ist spät geworden, er blickt von seiner Lektüre auf, legt das Lesezeichen zwischen die Seiten, klappt das Buch zu und gähnt. Vom Hafen her weht ein heftiger Ostwind das Rumpeln eines Güterzugs herüber, eine ellenlange Kolonne aus Container-, Kessel- und Frachtwaggons, es dröhnt minutenlang, das Donnern durchzieht die Nacht wie eine Wolke; so kurz vor dem Einschlafen ruft das Geräusch bei ihm Erinnerungen an große Rangierbahnhöfe wach, an nächtliche Züge, an die Kriegsjahre, an leere Bahnsteige. Dann ist es endlich still, die Nacht faltet sich ums Haus und macht das leisest knirschende Leben darin hörbar, vom dünnsten Dielenbrett bis zum Rieseln des sandigen Staubs hinter der Tapete.

Es gibt ein Foto, das Willem im Innenhof zeigt, vermutlich stammt es aus dem letzten Jahr, das er im Drongenhof verbrachte; an der weißgekalkten Wand hinter ihm hängt eine flämische Mariendarstellung zwischen zwei niederländischen Klompen. Von links nähert sich Willem fast tastend ein Zweig von Mientjes Blauregen. Er grinst ein wenig, was aber auch am Rauch aus dem Zigarettenstummel liegen kann. *Smoke gets in your eyes.* Ob auch sein blindes Auge sich vom Rauch reizen ließ?

*

Es ist Herbst 1970. Griet friert im Drongenhofer Haus. Die Kälte im hohen Treppenhaus deprimiert sie. Wie die ganze Gegend, all die ärmlichen Leute mit den schäbigen Lumpen am Leib. Auf der Straße riecht es nach Kanalisation, woran sie sich enorm stört. Die Biseautage direkt vor der Tür ist eine Ruine, in der Abenddämmerung sieht man die Ratten umherwimmeln. Es gefällt ihr hier ganz und gar nicht, sie sehnt sich nach ihrer kaiserlichen Stadt.

Doch dann geschieht etwas, wodurch sie ganz aus dem Häuschen gerät; sie kehrt gerade vom Freitagsmarkt in den Drongenhof zurück, als ihr ein Mann entgegenkommt, dessen Gesicht sie kennt, aber woher nur? Es ist …? Es ist …? Mal kurz nachdenken, ich weiß es gleich … Und tatsächlich, als sie vor der Tür steht, fällt es ihr schlagartig ein, und sie stürzt ins Haus und ruft: Wim! Wim! Der Schauspieler von *Citizen Kane*, wie heißt der noch gleich, Orson … ja, Orson Welles ist hier im Patershol! Wim sieht sie mit einem leicht ironischen Blick an und fragt, ob sie auf dem Markt vielleicht einen Sherry zu viel getrunken habe. Red keinen Unsinn, sagt sie, komm, du wirst schon sehen. Und weil es sowieso fast Mittagszeit ist und er Lust auf ein Gläschen hat, zieht er sich eine Jacke an und begleitet sie – etwas trinken auf dem Freitagsmarkt kann nicht schaden. Sie haben gerade erst die Drongenhofkapelle hinter sich gelassen, da ruft Willem schon: Ist das nicht Johnny Hallyday? Die französische Heulboje! Und tatsächlich eilt der junge Rocksänger gerade in einem weißen Anzug an ihnen vorbei, gefolgt von einem Aufnahmeteam mit Kameras und Mikrofonen im Anschlag. Und als sie um die Ecke biegen, steht da der einstige Kinderstar Sylvie Vartan in einer kurzen Pelzjacke über einem superkurzen Glitzerkleidchen und zieht vor Kälte zitternd verzagt an einer Zigarette. Was um Himmels willen ist denn hier los? Ein Mann versperrt ihnen den Weg und sagt, Sie können hier nicht weiter, Sie müssen einen Umweg über die Oudburg machen.

Als sie endlich vor ihren Drinks sitzen, erfahren sie, was vor sich geht: Es wird ein Film gedreht, nach dem Buch über das Gruselhaus in Gent, na, wie heißt das Haus noch gleich, *allez*, es liegt mir auf der Zunge … Das Haus heißt so ähnlich wie der Bau von Reineke Fuchs … Richtig, *Malpertuis* … Was für ein Zufall: Willem hat das Buch gerade erst gelesen; er erklärt Griet, dass der Autor Raymond Jean de Kremer heißt und auch unter dem Pseudonym John Flanders veröffentlicht, die *Franskiljons* kennen ihn als Jean Ray ... Und nicht nur das: Malpertuis war auch die Bezeichnung für das Antwerpener Hauptquartier des *Vlaamsch Nationaal Verbond*, bei dem Willem aktiv war.

Malpertuis erschien während des Krieges. Die Geschichte spielt in einer dunklen, magisch-realistischen Atmosphäre. Cassavius, ein älterer Herr, findet auf einer griechischen Insel eine Gruppe alter, verwahrloster Gruselgestalten, die er auf sein Schiff lädt, nach Gent in sein großes, tristes Haus bringt und auf dem Dachboden versteckt. Er heuert einen nicht minder gruseligen Taxidermisten an, der dem formlosen Haufen Fleisch ein neues Aussehen verleiht, wonach die Wesen einander ständig ärgern und dabei das Haus auf den Kopf stellen.

Allmählich ahnt der Leser, was sich auf dem albtraumhaften Dachboden des von abstrusen Geisteskranken bewohnten Hauses abspielt, was sich hinter dem Flüstern und Rascheln, dem Gepolter in der Nacht verbirgt, hinter den Geisterwesen. Das alles wird im Funkeln einer genialen Idee entlarvt, grauenhaft beglänzt von einer Vermutung: Was da in dem Genter Haus herumspukt, sind die griechischen Götter des Olymps, abgehalfterte Greise, die von Cassavius auf der Insel wie angespülte Flüchtlinge halbtot entdeckt und gerettet worden sind. Die Götter sind nur noch Schatten ihrer selbst – menschlich, allzu menschlich sind sie geworden, mürrische Streithähne, die jammern und hassen und verlangen und ihr schattenhaftes Leben leben, in der surrealen Vorhölle eines Patrizierhauses, mit der vagen Erinnerung der eigenen vergangenen Größe, im Zaum gehalten von Lampernisse, einem merkwürdigen Geist, der sich als gewesener Prometheus entpuppt …

Die Stunden in diesem Haus gehorchen den Feldlinien einer rätselhaften Gewalt, die uns einmal zum Vergessen, ein anderes Mal zum Erinnern zwingt …

Der belgische Regisseur der Verfilmung, Harry Kümel, wählte als Drehorte unter anderem das Patershol, das alte Klostergebäude, die Gassen, die alte Drongenhofkapelle … Der Abspann weist eine beeindruckende Reihe prominenter Namen auf: neben Orson Welles, Sylvie Vartan und Johnny Hallyday auch Mathieu Carrière und Susan Hampshire. Am Ende des mit geschmacklosen Horrorszenen gespickten Trailers, den man sich auf YouTube ansehen kann, wird mit bluttriefenden Buchstaben *Malpertuis* eingeblendet, und dahinter, ich traue meinen Augen nicht, läuft Mathieu Carrière über den Kaatsspelpleintje und an der Drongenhofkapelle vorbei … gleich wird er um die Ecke biegen und in Richtung der Biseautage de Gand gehen …

Als ich mir den Film später ganz ansehe, erkenne ich, dass der Regisseur für die Verfolgungsszene die verschiedenen Drehorte im Patershol wild durcheinander montiert hat, unterbrochen von schönen Stimmungsbildern, die ganz woanders entstanden sind; trotzdem ist deutlich zu sehen, wie verwahrlost und heruntergekommen das Patershol um 1970 war. Die Innenaufnahmen wurden teilweise im alten Klostergebäude gedreht, genau dort, wo ich später als ahnungsloser Student mit anderen jungen Leuten Gitarre spielend und Joint rauchend einen Sitzstreik abhielt, weil der Gemeinderat den irrwitzigen Plan gefasst hatte, das malerische Viertel abzureißen, um einen riesigen Parkplatz zu errichten, was wir Studenten jedoch zu vereiteln wussten.

Jetzt aber steht der kurzatmige, korpulente Willem mit seiner Titi Latomme am Arm, die einen schicken neuen Hut mit Gänsefeder auf dem aschblond gefärbten Haar trägt, wieder vor der Absperrung und beobachtet mit offenem Mund, was sich dahinter abspielt; das Kleid von Susan Hampshire ist wunderschön, findet Griet, und ach, dieser Blick von Orson Welles, ui, wenn der einen anschaut, das geht einem durch Mark und Bein …

Nachts träumt Griet, dass die olympischen Gruselgestalten aus *Malpertuis* durch das Drongenhofer Haus geistern, und schrickt aus dem Schlaf, Wim, ich glaube, ich habe zu viel Vol-au-Vent gegessen, sagt sie. Sie steht auf, zieht den Vorhang ein Stück zur Seite, betrachtet den fahlen Nachthimmel und das hohe, spitze Dach der alten Kapelle, nein, wohl fühlt sie sich nicht in diesem Haus. Sie rülpst, einmal, vielleicht zweimal, jetzt geht es ihr schon besser, sie kriecht ins Bett zurück, kuschelt sich an ihren schnarchenden Mann, weckt ihn und sagt, Wimmeke, lass uns wieder nach Antwerpen ziehen, ja?

MALPERTUIS

9

Und weil Griets Unbehagen immer mehr wächst, beschließt Willem schließlich, das Haus aufzugeben. Er übergibt den Schlüssel an den Sohn des Mannes, dem er so viel zu verdanken hat, Rechtsanwalt Henri De Potter. Der Notar nimmt den Schlüssel entgegen. Auf Wiedersehen, Herr Verhulst, ich wünsche Ihnen alles Gute. Wir werden das Haus wohl verkaufen, fügt er noch hinzu, und Willem denkt: Glaubt ihr tatsächlich, dass es einen naiven Idioten gibt, der euch diese feuchte Bruchbude abkaufen will? Aber das sagt er nicht.

Nicht viel später holen Adri, Letta und Suzy die wenigen Antiquitäten ab, die Willem im Haus zurückgelassen hat. Suzy und ihr Mann bekommen die schöne alte Kirchenbank; Letta nimmt das Symphonion mit nach Edegem und hängt es in der Eingangshalle auf, sie zieht die Feder der alten Spieluhr auf, reckt den Zeigefinger in die Luft und sagt zu ihren Kindern: Jetzt hört ihr gleich Musik aus einer untergegangenen Welt.

Willem und seine Titi wohnen nun in Hove, nicht weit von Letta entfernt, die sich um die beiden kümmert. Im Sommer 1972 möchten die Enkel gerne, dass Griet und Willem die Ferien mit ihnen in Anhausen verbringen, einem idyllischen bayerischen Dorf in der Nähe von Augsburg. Willem besitzt einen neuen Luxus-Mercedes in Eisblau, er will unbedingt selbst fahren, den ganzen Weg in einem Rutsch. Er saust über die Straßen, die deutsche Landschaft macht ihn wieder fröhlich, er singt hinter dem Steuer. In Anhausen trifft er dann zu seiner Überraschung auf einige Gleichgesinnte, einen ehemaligen Obersturmführer, mit dem er sich sofort prächtig versteht, und einen schlesischen »Volksdeutschen«, der bei der SiPo gearbeitet hat. Ach, was für schöne Erinnerungen, man könnte so fidel davon werden, dass man am liebsten losjodeln wollte. Zu dritt stehen sie vor der Dorfkirche und bewundern den Zwiebelturm, von niemandem Geringeren geschaffen als dem Ur-Großonkel von Mozart. Sie machen eine kleine Bergwanderung, als es aus heiterem Himmel kalt und heftig zu regnen anfängt, Willems Brille beschlägt, er sieht keinen Zentimeter weit, er kann nicht mehr, und die beiden Freunde tragen den dickleibigen Mann bis zur nächsten Berghütte, wo er sich sogleich eine Zigarre anzündet und sich ein paar Gläser Schnaps hinter die Binde kippt. Schaut mal, sagt er, schwer atmend noch, aber bereits etwas munterer, die Sonne scheint ja auch schon wieder.

Doch seine Gesundheit verschlechtert sich rapide, von 1974 an ist er oft bettlägerig, hat immer häufiger Magenschmerzen, manchmal muss er sich furchtbar erbrechen und liegt dann den ganzen Tag erschöpft auf dem Sofa. Eines Tages hilft ihm Griet ins Auto und fährt ihn zu einem Arzt, der fortgeschrittenen Magenkrebs bei ihm diagnostiziert. Er träumt unruhig und gequält, erwacht stöhnend, aber wenn Griet ihn fragt, was denn los sei, sagt er nur: Hab's schon wieder vergessen. Er hält sich nicht an seine Diät, der Arzt erlaubt ihm nur ein Glas Rotwein pro Tag, also trinkt er täglich fast eine ganze Flasche Weißwein zum Abendessen und oft noch ein, zwei Schnäpschen hinterher; er ist häufig gereizt, ärgert sich enorm über die belgische Politik, nennt die Flamen feige Verräter an der guten Sache und Brüssel ein Krebsgeschwür, die belgische Flagge ist nur ein Lappen für ihn und das Vaterland der kranke Mann Europas, er orakelt, dass die Flamen »im Krieg« noch radikaler hätten sein müssen und die Deutschen mit den arroganten Brüsseler *Franskiljons* kurzen Prozess hätten machen sollen; Flandern, so meint er, sollte sich besser den Niederlanden anschließen, aber dort geht es im Moment ja auch drunter und drüber, in Amsterdam laufen die langhaarigen, halbwilden Bolschewiken über die Straße, stehen dauernd unter Drogen und vögeln sich dumm und dämlich, hat nicht sogar einer von den Beatniks selbst gesagt, dass ganz Europa eine einzige große Matratze sei? Was soll aus dieser Welt nur werden?

Anfang März 1975 sitzt Letta an seinem Bett und hält ihm die Hand. Er atmet nur noch stoßweise, immer wieder schläft er ein, schrickt auf und schaut sie mit erschrockenem Blick an; irgendwann will er sich unbedingt aufsetzen, er murmelt etwas, was sie nicht versteht. Was ist los, Papa?, fragt sie. Und er sagt: Tiet ... Titi... Du musst für Griet sorgen, wenn ich tot bin, versprichst du mir das? Letta schluckt, das ist das Letzte, wozu sie Lust hat, sie weiß, wenn sie das tun würde, würde sie nicht nur Streit mit ihrer Schwester Suzy bekommen, sondern auch mit ihrem Mann. Dennoch verspricht sie es ihm – oder wie sie mir später sagen wird: Man kann dem sterbenden Vater doch den letzten Wunsch nicht abschlagen, oder? Egal, wie abstrus er ist.

Doch damit war es noch nicht getan. Zwei Tage später – er ist schon ganz graugelb im Gesicht und abgezehrt, nur der geschwollene Bauch wölbt sich widerlich unter dem weißen Krankenhauslaken – bittet er Letta, ihm noch ein Gläschen Wein einzuschenken. Hier gibt es keinen Wein, Papa, sagt sie, wie kommst du denn auf die Idee? Er fängt an zu jammern und sagt: Willst du das einem sterbenden Mann verweigern? Und Letta geht zum Tante-Emma-Laden um die Ecke und kauft eine Flasche Weißwein. Sie verschweigt ihm, dass es ein französischer Sauvignon ist, hier Papa, ein leckerer Riesling für dich, und er nippt am Glas wie ein alter Vogel, der Hals so dünn, dass man ihn fast mit den Fingern einer Hand umfassen kann; er schluckt und lässt sich zurück aufs Kissen fallen. Dann blickt er sie mit seinem einen Auge durchdringend an und sagt: Mein letzter Wille, Letta. Hör gut zu. Zitternd hebt er die linke Hand und berührt die beiden Eheringe am rechten Ringfinger. Ich will bei Elsa liegen. Sag Griet nichts davon.

Papa, wie meinst du das?, fragt sie.

So, wie ich es sage, du musst mich … du musst mich … auf Elsa.

Ich will auf Elsa liegen. *Mit Stiefmütterchen auf meinem Bauch.*

Und dann schüttelt ihn ein Lachen, das nicht mehr bis zur Oberfläche dringen kann.

Er schließt die Augen, Letta starrt sprachlos auf den röchelnden Mann. Am Abend erlangt er noch einmal das Bewusstsein, aber nur kurz. Griet wacht an seinem Bett. In der Nacht, es ist der 11. März 1975, stirbt Willem Verhulst. Er wird begraben, wie er es sich gewünscht hat, er, der ss-Mann, wird auf seine jüdische Geliebte gebettet, Stiefmütterchen auf dem Grab.

Auf die Trauerkarte – natürlich war sie grellgelb mit schwarzen Buchstaben und einem tatzenschwingenden Löwen auf dem Umschlag – hatte er einige provokante Zeilen drucken lassen, gegen die die Kinder machtlos waren und in denen er unverhohlen behauptete, »unbeugsam und stolz« geblieben zu sein, und ein letztes Mal den Wunsch äußerte, der Staat Belgien solle verrecken.

Letta schüttelt den Kopf, die Karte in den Händen: »Er war unbelehrbar bis zum Schluss.«

Willems und Elsas Grab auf dem Friedhof von Berchem wurde schon 1986 geräumt. Zu dem Zeitpunkt ging es Griet, wie Letta mir erzählt, immer schlechter – dass man die Grabrechte nicht verlängerte, könnte also so gedeutet werden, dass man Griets Gefühle nicht verletzen wollte. Denn auch sie war von Willem betrogen worden: Obwohl er mit ihr verheiratet war, wollte »der Herr bei seiner jüdischen Madam begraben liegen«. Ich habe den Friedhof besucht, was natürlich sinnlos war. Ich fragte mich, ob Adri mit seinen Kindern hier gestanden hatte; ob Letta ihren Vater besucht hatte; ob jemand Blumen auf das Grab gelegt hatte. Jan und Lina jedenfalls schreiben mir, sie seien im Laufe der Jahre mehrmals dort gewesen.

Da kommen die Totengräber, sie müssen eine ganze Reihe Gräber räumen; sie stechen die Erde auf, die Spaten glänzen in der Morgensonne, der Geruch verfaulten Holzes steigt aus der kühlen Erde; auf dem von Wind und Wetter verwitterten Kreuz, das die Arbeiter in eine Grube werfen, ist der Name Meissner unleserlich geworden; die sterblichen Überreste werden zusammengeklaubt und in ein Beinhaus gebracht, ein Sammelgrab, in dem die namenlosen Knochen auf die Auferstehung warten. »Da liegt man nicht eng«, wie der Dichter der *Todesfuge* schrieb.

10

Zum Schluss will ich noch eine letzte Anekdote aus Willems Leben erzählen, die viel, wenn nicht sogar alles über ihn aussagt. Als er ein Jahr nach dem Ende des Ersten Weltkriegs in die Niederlande flüchtete und Arbeit suchte, schickte er dem damals im niederländischen Exil sich befindlichen deutschen Kaiser Wilhelm II. einen Brief. Und in diesem Brief bat er den Monarchen, unglaublich, aber wahr, um eine Stelle als Gärtner. Doch er bekam die Stelle nicht; der Kaiser hatte genug Gärtner. Ich versuche, mir ein Bild zu machen: Willem ist noch jung, Anfang zwanzig, lebt mit Elsa zusammen, hält sich als politischer Flüchtling in Den Haag auf und berichtet jedem, der es hören will, vom Unrecht, das den Flamen nach dem Krieg angetan wurde, weil sie Flandern-Aktivisten waren; damals bezeichnet er sich als »krypto-kommunistisch-christlicher Anarchist« und bildet sich viel auf seine Freundschaft mit Kees Boeke ein – offensichtlich ist er orientierungslos angesichts der komplizierten politischen Lage und der Vielzahl von Meinungen, die ihn von allen Seiten umschwirren; er ist entwurzelt, intensiv auf der Suche nach Halt und Erklärungen. Und da hat er die verrückteste Idee der Welt: Er bewirbt sich beim Kaiser im Exil um eine Stelle. Schließlich hat er ja eine Ausbildung an der Gartenbauschule in Vilvoorde bei Brüssel absolviert – dort, wo er auch seine Elsa verführt und entführt hat. Anscheinend findet er es jetzt an der Zeit, sich beim schmählich zur Flucht gezwungenen Kaiser zu revanchieren, der damals im Schloss Amerongen residiert – es ist ganz schön weit bis dahin, aber von Den Haag mit dem Zug in zwei Stunden zu schaffen, wenn man in Utrecht umsteigt; und Willem ist jung und entschlossen. Als Antwort erhält er eine Postkarte, eine höfliche Nachricht in zierlicher deutscher Kurrentschrift, verfasst vom Oberhofmarschall Seiner kaiserlichen und königlichen Majestät:

> *Amerongen, den 26. November 1919.*
> *Auf Ihr an Seine Majestät den Kaiser und König gerichtetes Gesuch bin ich Allerhöchst beauftragt, Ihnen mitzuteilen, dass bereits sämtliche infrage kommenden Stellen besetzt sind und Ihrer Bitte somit leider nicht entsprochen werden kann.*

Das Original mit der Unterschrift und dem Stempel des kaiserlichen Oberhofmarschalls ist bis heute im Besitz von Jan Mahy. Opa Willem überreichte sie dem dreizehnjährigen Enkel »auf eine derart feierliche Weise, dass ich mich noch genau daran erinnere, wann und wo das war«, nämlich »im Mittelzimmer im Drongenhof«. Willem schenkte dem Jungen das Buch *Ereignisse und Gestalten 1878–1918*, ein Buch, das er sein ganzes Leben lang wie seinen Augapfel gehütet hatte, und in diesem Buch lag die Karte des kaiserlichen Oberhofmarschalls.

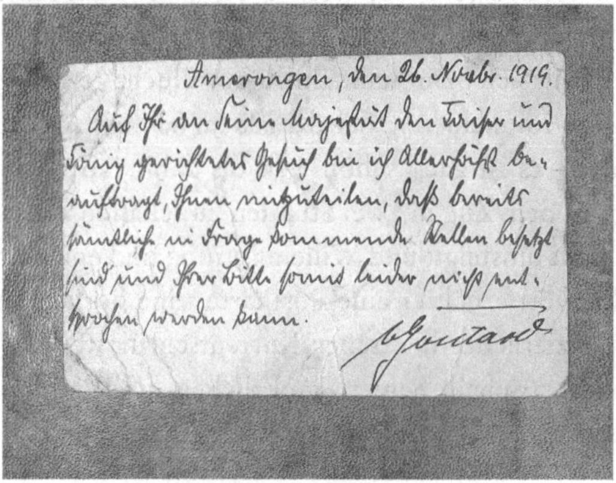
Amerongen, den 26. Novbr. 1919.
Auf Ihr an Seine Majestät den Kaiser und König gerichtetes Gesuch bin ich Allerhöchst beauftragt, Ihnen mitzuteilen, dass bereits sämtliche in Frage kommende Stellen besetzt sind und Ihre Bitte somit leider nicht entsprochen werden kann.
Gontard

Auf dem Umschlag steht Willems und Elsas Den Haager Adresse: Weimarstraat 348.

Ich traue meinen Augen nicht.

Weimar. Goethe und Schiller.

Die Republik, die von den Nazis zerstört wurde.

Buchenwald.

Ich recherchiere die Adresse sofort: Es ist ein großes Eckhaus, mit einem schönen Erker im ersten Stock und einem kleinen Balkon im zweiten. Heute befindet sich im Erdgeschoss ein Geschäft für Auftragsstickereien mit dem Namen *Personality*. Im Nachbarhaus ist ein Friseursalon.

*

Das Bild geht mir nicht mehr aus dem Kopf: Inmitten des ganzen Leids, das das zwanzigste Jahrhundert über die Welt gebracht hat, inmitten all der unberechenbaren Wendungen in Willems eigenem unordentlichem Leben, wäre es um ein Haar zu diesem unwahrscheinlichen Interludium gekommen: Der Mann mit den wirren Idealen, der später für die SS arbeitet, mit der Unterstützung der SiPo gewaltsam städtische Einrichtungen beschlagnahmt und eine unbekannte Anzahl von Menschen in den Tod schickt, harkt friedlich die Gartenwege von Schloss Amerongen, unter dem wohlwollenden Auge des deutschen Kaisers. Vielleicht hätte er sich ab und zu mit dem alten, durch den Park schlendernden Monarchen unterhalten, der, die Hände auf den Rücken gelegt, erfreut die zurechtgestutzten Sträucher betrachtet. Während Morgennebel heraufzieht und der Tau über den Rosen verdampft, ruft der Kaiser: Ha, der Wilhelm, erfreut vom Anblick des etwas unbeholfenen, einäugigen flämischen Namensvetters, der mit einer Heugabel gerade Kompost ausbringt. Wilhelm, der Kaiser, und Willem Verhulst – ein komischer Gedanke, eine mentale Momentaufnahme. Eure Majestät, sagt Willem, darf ich Ihnen eine gute Zigarre anbieten? Eine Willem Zwei. Hervorragender Tabak aus dem Land von Maas und Waal, Majestät. Der Monarch muss aus vollem Halse lachen. Der Gärtner und der Kaiser – kein schlechter Titel für das Buch, das ich gerade schreibe, überlege ich, möchte mich dann aber doch lieber auf das Drongenhofer Haus konzentrieren, da muss genug unter Dach und Fach gebracht werden, die vielen Zimmer mit den vielen darin verborgenen Geschichten, die ausgedünstet werden von den Wänden und den verblichenen Blumengirlanden auf den modrig riechenden Tapeten, das alles reizte meine Fantasie bereits an dem Tag, als ich mit Notar De Potter erstmals den Aufgang durch das Haus wagte.

*

Der Zevenaarer Tintenfabrikant Von Gimborn, in dessen Diensten Willem eine Zeit lang stand, gründete 1924 in Doorn einen botanischen Garten, das Nationale Baummuseum, auch unter dem Namen *Von Gimborn Arboretum* bekannt, es existiert bis heute. Die Pflanzensammlung ist einzigartig in der Welt. Auch den Park Gimbornhof in Zevenaar gibt es noch, dessen Eingang sich in der Guido Gezellestraat befindet – kaum zu glauben, dass man hier in *La Hollande profonde* tatsächlich eine Allee nach dem berühmten flämischen Dichter benannt hat, ob Willem da seine Hand im Spiel gehabt hat? Als er damals dort wohnte, war seine Frau Elsa schon todkrank; er lernte seine spätere Ehefrau, das Bauernmädchen Harmina, kennen, die an Elsas Bett saß, nichtsahnend, was ihrer beider Zukunft bringen würde; er denkt an den von ihm verehrten deutschen Kaiser, dessen Gärtner er so gerne geworden wäre, während er Holzbündel in den Schuppen unter den vom leichten Regen tröpfelnden Baumkronen trägt. Hallo Willem! Irgendwie hätte ich dich gerne gekannt, hätte gerne erfahren, was in einem Kopf wie deinem vor sich geht. Ich hätte dann eine Zigarre mit dir geraucht, wir hätten die Bäume betrachtet, und – wer weiß – vielleicht hättest du stotternd angefangen, mir einiges zu erklären.

11

Im Antwerpener Archiv- und Dokumentationszentrum für den flämischen Nationalismus stoße ich in Griets Tagebüchern auf eine präzise Auflistung dessen, was in ihren letzten Jahren geschah; sie notierte genau, wann Letta sie anrief, wann Letta sie zum Mittag- oder Abendessen einlud, wann sie gemeinsam einkaufen gingen. Später zog Griet in ein Altersheim; oft besucht von hochrangigen Vertretern des flämischen Rechtsextremismus und ehemaligen Kollaborateuren. Was hätte ich denn machen sollen?, fragt Letta mich später. Ich hatte meinem Pa versprochen, mich um Griet zu kümmern, und das Versprechen habe ich gehalten, manchmal war es ja ganz nett, aber meistens hatte ich keine Lust dazu.

Zu Griets neunzigstem Geburtstag am 16. November 1997 gab es in Wijnegem bei Antwerpen ein großes Fest. Willems Enkel Jan kann sich noch gut an die Feier erinnern, denn er weigerte sich, daran teilzunehmen, da der gesamte rechtsradikale *Vlaams Blok* und eine Reihe von ehemaligen Kollaborateuren mitsamt Verwandten anwesend waren. In den Akten finde ich eine kleine Festbroschüre: Die Laudatio verfasst, ich muss zweimal hinschauen, um mich zu vergewissern, kein Geringerer als der Flandernseparatist

Bart De Wever, regierender Bürgermeister von Antwerpen, Vorsitzender der rechtsorientierten *Nieuw-Vlaamse Alliantie*, aus einem rechtsextremen Milieu stammend und damals Regionalvertreter für die *Volksunie*, auch das eine flämisch-nationalistische Partei. Die dritte »Frau Verhulst« war in solchen Kreisen natürlich ungeheuer populär, ganz im Gegensatz zu ihrer niederländischen Vorgängerin.

Der sechsundzwanzigjährige Politiker nennt Griet eine »furchtlose Frau«, die ihr Leben »in den Dienst der flämischen Emanzipation« gestellt habe, ohne Scham vermeldet er Griets Mitgliedschaft in der DeVlag. Ehemalige ss-Mitglieder werden namentlich als gute Freunde und Bekannte bezeichnet, Griets Ehe mit »Wim« Verhulst, die gemeinsame Flucht nach Hannover und die Verhaftung finden ebenso Erwähnung wie Griets Weigerung, nach der Entlassung ihre bürgerlichen Ehrenrechte erneut zu beantragen; außerdem wird ihr unermüdlicher Einsatz für die flämisch-nationale Sache gerühmt, man erinnert an einige ihrer Freunde an der Spitze der rechtsextremen Volksbewegung, erwähnt ihr politisches Engagement in der *Volksunie*-Regionalabteilung Hove, und – ein vielsagendes Detail – sogar Willems Auto kommt zur Sprache, an dem stets eine flämische Löwenflagge geflattert habe. »Die Zeit im Gefängnis war kein Zuckerschlecken, aber Griet hat nie den Mut verloren«, schreibt De Wever voll jugendlichem Elan, und: »Für viele von uns war sie enorm wichtig, und wir hoffen, dass wir uns noch lange ihrer Freundschaft erfreuen dürfen.«

Ich sitze im stillen Antwerpener Archiv und blättere in Griets Memoiren; ich blicke hinunter auf den Innenhof, hier ist es friedlich, alles strahlt Ruhe aus, man spricht leise miteinander, ist freundlich und hilfsbereit. In Griets Geburtstagsbroschüre, die selbstverständlich in Schwarz-Gelb gehalten ist, findet sich das Festtagsmenü, bei dem auffällig viele Diminutive zum Einsatz kommen: Nordseegarnelen mit Sahnesößchen, ein Lachstörtchen mit grünen Kräutern, Schweinelendchen mit Cognacsößchen, und als Nachtisch Luxemburgerli und Teegebäck. Ob deutscher oder französischer Wein ausgeschenkt wurde, ist nicht überliefert.

Griet nahm jedes Jahr treu an der *IJzerbedevaart* teil, der Wallfahrt zum Gedenken an die Gefallenen des Ersten Weltkriegs, das tat sie auch dann noch, als immer mehr Neonazis diese ursprünglich als Demonstration des Humanismus gedachte Feierlichkeit aufmischten. Sie bewunderte Leni Riefenstahl, die im selben Jahr sterben sollte wie sie; endlos konnte sie sich über die »Ohrfeige für die Flamen« auslassen, über den berühmten »Egmont-Pakt«, über die »Feigheit der belgischen Politiker«, die zugelassen hätten, dass die frankofonen Einwohner in den flämischen Gemeinden rund um Brüssel Spracherleichterungen erhielten; in ihren Augen war es eine Schande, dass der Löwe auf der flämischen Flagge nach dem Krieg rote Tatzen und eine rote Zunge bekam, ein symbolisches Zugeständnis an die von ihr so gehasste belgische Trikolore. Doch vor allem verabscheute sie Bigotterie, ein Relikt ihrer Zeit bei den Nonnen des Liebfrauen-zum-Dorn-Klosters in Eeklo; obwohl selbst ein Mitglied des christlichen Lehrerverbands, legte sie sich immer wieder mit den Frommen und Frömmelnden an. Im Altersheim stand bis zum Schluss ein Hitler-Porträt auf ihrem Kaminsims. Manchmal saß sie einfach da und starrte das Foto an, als hätte sie eine Erscheinung – wie Flauberts Magd Félicité, die ihren Papagei für den Heiligen Geist hält. Im heißen Juli des Jahres 2003 brach sie zusammen, verlor das Bewusstsein, fiel ins Koma und glitt aus dem Leben, ohne etwas davon zu merken. *Some girls have all the luck.*

12

Ich brauchte eine Weile, um herauszufinden, wer die Hitler-Büste aus dem Salon im Drongenhofer Haus geschaffen hatte, doch zu meiner Überraschung endete meine Suche bei einem meiner Freunde. Koenraad Tinel gehört zu den berühmtesten Bildhauern von Flandern; ich besuche ihn in seinem Atelier in einem wunderschönen Gutshaus. Ich gehe in den Innenhof, wo ein Kräuter- und ein Blumengarten im vollen Überfluss des Frühsommers stehen. Der Eingang zum Atelier liegt, wie ich weiß, links. So leise wie möglich gehe ich zur offenen Tür, die den Blick frei gibt auf einen Raum voller merkwürdiger, surrealer Skulpturen aus den verschiedensten Materialien – rostender Stahl, unbehauenes Holz, ein Wirrwarr aus undefinierbarem Gewebe, das er in Gips taucht, bevor er es um seltsame Formen wickelt. Inmitten davon steht, mit dem Rücken zu mir, der gedrungene, muskulöse, kahlköpfige Achtzigjährige und hämmert verbissen wie Hephaistos in seiner vulkanischen Werkstatt. Weil ihn seine Intuition niemals im Stich lässt, dreht er sich plötzlich um und erblickt mich.

Ah, mein Freund, sagt er und legt den Schmiedehammer beiseite, wischt sich die Hände am Lederschurz ab, kommt auf mich zu und umarmt mich. Dann steht er mit seinem unwiderstehlichen, blaustrahlenden Blick lächelnd vor mir, betrachtet mich prüfend, nickt leicht; sein kragenloses Hemd unter dem groben Schurz ist makellos weiß, die von der Arbeit krummen Hände packen mich an den Schultern.

Willst du was trinken?, fragt er und lacht. Wir setzen uns in die Kühle des großen Wohnhauses und trinken ein Glas Weißwein.

Dieser kräftige Mann, der als kaum fünfjähriges Kind in der halb eingestürzten Kirche von Ekkergem die zerborstenen Schieferplatten abzeichnete, die nach einem Erdbeben vom Dach gefallen und auf dem Boden zerschellt waren, ist tief gebrandmarkt. Der Vater und die Brüder waren während des Zweiten Weltkriegs fanatische Nazis. Bitter erzählt er mir davon, zeigt mir Fotos von den Brüdern in grauer Uniform, von der Familie mit dem kaltblickenden Vater im Hintergrund, von den erwachsenen Brüdern mit ihren dumm-arroganten Mienen. Er selbst sitzt als kleiner Junge mit der Mutter auf der Gartenbank, einen Arm um die Schultern der jüngeren Schwester gelegt. Zum Schluss zeigt er mir den unversöhnlichen Nekrolog, der nach dem Tod seines Vaters in einer rechten, flämisch-nationalistischen Zeitung erschienen ist – auf dem vergilbten, zerbröselnden Papier lese ich die Worte: »Sohn der Goldene-Sporen-Schlacht, Erniedrigungen, Idealist, bestraft, volksverbunden, menschenunwürdiges Unrecht …« Die bekannten Klischees, mit denen eine ganze Generation von Flaminganten jede moralische Verantwortung für ihre Kollaboration mit den Nationalsozialisten von sich wies.

Ich frage ihn: Koen, im Drongenhofer Haus stand eine Hitler-Büste auf dem Kaminsims, hast du eine Ahnung, wo die herkam? Er seufzt auf. Du weißt ja, dass mein Vater Frans Tinel ebenfalls Bildhauer war. Er hatte sein Atelier in Ekkergem, ganz in der Nähe vom deutschen Militärlazarett. Er ist auch oft bei der Militärverwaltung gewesen. Jeder vernünftige Bürger hat vor Angst gezittert, wenn er hinmusste; aber mein Vater hat dort den sympathischen Künstler gegeben. Er hat ein paar Hitlerköpfe gemacht und dort im Hauptquartier aufgestellt. Am Ende waren es wohl Dutzende, er konnte ja immer die gleiche Gussform benutzen; einmal habe ich ihn sagen hören, dass ganz Gent mit seinen Hitler-Büsten vollstehe; er muss also ganz gut daran verdient haben. Sogar einen riesigen Führerkopf aus Holz hat er geschnitzt, den wollte er seinem großen Helden höchstpersönlich schenken, der Idiot!

Sein Gesicht verzerrt sich.

Mein Vater hat tüchtig mitgemischt im Propagandazirkus der Nazis – *Jud Süß*, das volle Programm ... Er war mit Joris Van Severen befreundet, dem eleganten Edelfaschisten, der so gerne Französisch gesprochen hat; der kam regelmäßig zu uns ins Haus und hat dann immer mit meiner Mutter geflirtet, sie war eine schöne Frau ... Wir hatten ein riesiges Haus, musst du wissen, mit siebenundzwanzig Zimmern ... Überall hingen nicht nur Fotos von Van Severen, sondern auch Plakate, auf denen so was stand wie: *Juden raus!* ... Ja, auch August Borms kam uns besuchen, in den Augen meines Vaters war er ein Heiliger ... Und der junge Dichter Lieven Rens, ein großkotziger Schnösel, war damals so richtig berühmt, sagt dir der Name was? ...

Er kam in Begleitung von deinem Verhulst, die beiden kannten sich persönlich. Ach, eigentlich waren wir eine hochgebildete Familie – der Onkel von meinem Vater war Edgar Tinel, ein ziemlich bekannter Komponist und Hofkapellmeister, er hat im vornehmen Brüsseler Viertel Zavel gewohnt … Aber das alles ist jetzt mit Dreck besudelt … Mein Bruder war nicht viel besser: Er war bei der SiPo, also einer von denen, die in der Dossinkaserne in Mechelen die jüdischen Familien in die Züge gebrüllt haben, sie haben die verängstigten Menschen in den Waggons aufs Stroh geworfen, ihnen einen Eimer hinterhergeschmissen und die Türen zugeknallt … Das ist Grausamkeit pur, und dann waren die auch noch stolz auf ihre deutschen Sprüche, auf das Hakenkreuz, den Hitlergruß, auf das Herummarschieren … Mein Bruder hat das alles immens bewundert, dieser Hohlkopf! Mein Vater ist sogar irgendwo Lagerleiter gewesen … Mein anderer Bruder kam schwerverwundet von der Ostfront zurück, war für den Rest seines Lebens ein Krüppel … Er war bei der SS-Panzer-Division Wiking, hat bis zum Schluss versucht, Hitlers Bunker zu verteidigen … Nach dem Krieg haben die Leute auf der Straße ausgespuckt, wenn sie einem Tinel begegnet sind …

Der alte Bildhauer flucht und versinkt schweigend in Erinnerungen.

Ich hasse sie nicht, sie gehören zu meiner Familie, aber ich rege mich noch immer furchtbar auf, wenn ich an all das denke, sagt er nach einer Weile. Kein Tag, an dem ich nicht in Gedanken mit meinem Vater diskutiere … Es ist nie zu einer Versöhnung gekommen, seine Verbitterung war stärker als alles andere … Hätte er auch nur ein Mal Einsicht oder Reue gezeigt, dann hätte ich ihn verdammt noch mal umarmt und gesagt: Komm, du bist mein Vater ... Aber nein, er blieb unversöhnlich bis zum letzten Atemzug, ganz grau im Gesicht vor Hass und falschem Stolz ...

Wieder verfällt er in Schweigen, wir erheben uns und spazieren zum großen Tor hinaus, auf den Wiesen um das Anwesen herum weidet das Vieh. In einer Scheune zeigt er mir noch einen alten Traktor, den er wie ein kostbares Juwel hütet. Er streichelt die Motorhaube mit seinen knorrigen Händen. Jetzt weißt du, wo der Hitlerkopf in deinem Haus herkam, sagt er. In der Stille des Spätnachmittags umarmt er mich, dann dreht er sich brüsk um und geht über den Innenhof zurück.

13

Ein Freitag, Juni 2019.

Es ist Markttag in Gent – ein Markt, so multikulturell und bunt wie heute überall in Westeuropa. Die Stände werden überragt von der Statue des Genter Volkführers Jacob van Artevelde, den Arm in die Höhe gereckt und mit einem Blick, der heldenmütig in die Ferne schweift. Die Geste des »Weisen von Gent« ist heroisch gemeint und stammt aus einer Zeit lange vor den zwölf finsteren Jahren des Dritten Reichs, aber ein böswillig Denkender mag darin dennoch den einst omnipräsenten Hitlergruß erkennen – der Humor der Historie liebt den schlechten Geschmack. Wenn wir Studenten an der Statue vorbeikamen, riefen wir ihr oft »Gestapo!« zu, wobei wir damit satirisch die Genter Stadtpolizei meinten – die ärgerten wir übrigens auch gerne damit, dass wir den Beamten die Dienstmützen von den Köpfen rissen und davonrannten; denkwürdige Heldentaten im Namen der totalen Weltrevolution.

Ich bin mit Roger verabredet, langjähriger Dekan der Patersholer Gemeinde. Ich kenne Roger schon seit vielen Jahrzehnten, wer im Patershol unterwegs war, musste ihm zwangsläufig begegnen. Der energische Mann ist heute fünfundneunzig Jahre alt. 1949 zog er in den Drongenhof –

Mientje sorgte damals allein für ihre Kinder, und im Haus wimmelte es von Mietern.

Ich frage ihn nach dem SS-Mann, der in seiner Straße gewohnt hat, aber er kann sich nicht gleich an ihn erinnern, stattdessen erzählt er mir eine erstaunliche Geschichte, die sich in der Drongenhofkapelle ereignet hat. Im Krieg hätten sich dort Widerstandskämpfer versteckt. Auf dem Dachboden, sagt er mit weitaufgerissenen Augen und einem mahnend erhobenen Zeigefinger, dort haben sie sich ein Versteck eingerichtet, mitsamt Waffen und allem Drum und Dran. Ich starre ihn verwundert an. Das Dach war keine fünfzig Meter Luftlinie von Willems Schlafzimmer entfernt, er konnte es von seinem Bett aus sehen!

Und als irgendwann vermutet wurde, dass da oben was im Busch ist, fährt Roger fort, hat man zwei ss-Männer hingeschickt; das Gebäude stand schon lange leer, die Tauben haben überall hingeschissen, der Fußboden war kaputt, da fanden sie nichts. Also sind sie die Treppe bis zum Lettner hoch, und dann noch eine schmale Treppe aus Holz, sie waren so leise wie möglich, doch in dem Moment, als sie die Tür zum Dachboden eintreten wollten, rissen die Widerständler sie auf, stürzten sich auf die ss-Männer und schnitten ihnen die Kehlen durch. Wohin aber jetzt mit den Halbenthaupteten? Würde man die Leichen finden, käme es zu einer Vergeltungsaktion, bei der vermutlich das ganze Patersholer Viertel zerstört und die halbe Bevölkerung erschossen würde. Was machen die Männer also? Sie werfen die Leichen in den Altarraum hinunter und stemmen ein paar alte Grabplatten im Kirchenboden auf. Du weißt ja, dass man dort im siebzehnten Jahrhundert Äbte und sogar einen Organisten mit seiner Frau begraben hat. Niemand weiß, in welches Grab sie die Männer gelegt haben, und man kann ja nicht wegen ein paar Nazis den ganzen Kirchenboden umpflügen. Wahrscheinlich hat die ss gedacht, dass sich die Männer abgesetzt haben, jedenfalls gab's nie eine Untersuchung. Heute ist die Kapelle stark zerfallen; sie ist vollkommen entkernt, und die alten Gräber liegen unter Sand begraben.

Ich bin immer noch baff; mir ist klar, dass nur einer die ss-Männer in die Kapelle geschickt haben kann; wer sollte sonst auf die Idee kommen, dass sich da oben Widerständler verstecken, wenn nicht der, der im Bett liegend das Dach im Auge hat … Vielleicht ist er ja damals bei Mientje wegen dieser verschwundenen ss-Männer weinend zusammengebrochen? Vielleicht hatte man ihm mit einer Strafe gedroht?

Doch Roger hat noch eine weitere Geschichte auf Lager. Eines Tages, erzählt der alte Herr im breitesten Genter Dialekt, spricht mich im südfranzösischen Menton ein Mann an, der an meiner Aussprache gehört hat, dass ich aus Gent komme; er sagt, dass er nach dem Krieg mit Trümmerräumung und Kanalarbeiten ein Vermögen verdient hat. Er hat auch das Lieveke in Gent zugeschüttet. Ah, habe ich geantwortet, dort wohne ich; da haben Sie ja nicht lang nach Kriegsschutt suchen müssen, die Straßen lagen damals ja voll davon. Ich habe aber keine Trümmer in das Lieveke geschüttet, sagt der Mann, sondern Flugasche. Flugasche? Pardon, habe ich das richtig verstanden?, frag ich ihn. Er nickt und erklärt mir, dass man nach dem Krieg das Genter Elektrizitätswerk um zwei große Cockerill-Öfen erweitert hat und seine Firma die Entsorgung der dabei anfallenden Flugasche übernahm. Flugasche, sagt er dann, bleibt beim Verbrennen von Steinkohle übrig; das ist ein Schweinezeug, sag ich Ihnen, es setzt sich in den Lungen fest. Ich hatte keine Ahnung, wohin mit dem Zeug, und ich hatte ganze Lastwagenladungen davon. Aber dann habe ich mitbekommen, dass das Lieveke zugeschüttet werden soll, und habe gleich meine Männer hingeschickt, damit sie den Dreck dort reinkippen. Verschmitzt blickt Roger mich an, als hätte er gerade einen tollen Witz erzählt. Das zugeschüttete Lieveke, mein Freund, fährt er fort, ist randvoll mit Schwermetallen, schädlichen Oxiden und anderem Giftzeug. Normalerweise wird Flugasche zu Mauersteinen und Asphalt verarbeitet, hier aber landete sie in einem Kanal, an den Gärten grenzen. Kein Wunder, fügt er hinzu, dass da früher so gar nichts wachsen wollte, inzwischen ist es ja ein bisschen besser geworden, vielleicht haben die armen Bäume das Gift über die Wurzeln abgebaut, ich habe keine Ahnung, ich bin ja kein Gärtner wie dein Herr Verhulst.

Ich widerspreche ihm und sage, dass Mientje in ihrem Tagebuch schreibt, die Gärtner vom städtischen Gartenbauamt hätten im Park am Lieveke Blumen angepflanzt, und ich lese ihm aus einem der Tagebücher vor, die ich bei mir habe:

September … Auch der kleine Park ist sehr schön … ordentlich gepflegt von den Stadtgärtnern. Aber die Leute müssen lernen, ihn etwas sauberer zu halten.

Das stimmt, sagt Roger, die städtischen Gärtner haben sich wirklich angestrengt, aber es hat nie lange gedauert, und die Pflanzen waren wieder tot. Nachdem wir das von der Flugasche wussten, hatten wir die Erklärung und haben oft gesagt, ja, das kommt von der Flugasche, die Pflanzen werden hier regelrecht vergast … Ähm, na ja. Und was ist mit dem Boot, frage ich ihn, liegt im Lieveke jetzt ein Wrack oder nicht? Na klar, liegt da ein Boot, antwortet er, aber kein deutsches. Man hat nur einen alten, im Schlamm festgefahrenen Schleppkahn nicht mehr flottgekriegt, und da hat ihn der Herr Trümmerbeseitiger kurzerhand mit Schutt gefüllt, damit er so tief wie möglich im Schlick versackt, und dann einfach Zeug drübergeschüttet … Ich kann mich noch gut an die Aktion erinnern, und an die Schaulustigen, die, als der Kahn in der Mitte durchgebrochen ist, gerufen haben: Unter die Erde damit!

Dass die Leute nach dem Krieg aus dem Kahn ein deutsches Boot gemacht haben, ach, das kann man doch irgendwie verstehen, sie wollten halt mal was zum Erzählen haben.

*

Ich mache einen Spaziergang durch die Oudburg und bleibe eine Weile in dem Torweg stehen, der zum Innenhof der alten MEGA führt. Nicht wiederzuerkennen. Niemand, der sich an früher erinnert, keine Spuren. Man hört nur den Krach von jemandem, der ein Schlagzeug malträtiert. Die türkischen Restaurants sind noch leer, die Straßenlaternen werfen fahl ihre Lichtflecke aufs Trottoir; ich gehe durch die Gassen des alten Arbeiterviertels und werde von Erinnerungen heimgesucht. Ich bin einmal im Kreis gelaufen und finde mich auf dem Kaatsspelpleintje wieder, der Platz ist vollkommen dunkel, und im Schein einer Straßenlampe entdecke ich auf der Mauer des rechten Seitengiebels der Kapelle einige Motive, die ich jetzt zum ersten Mal deutlich wahrnehme, weil die glasierten Steinchen vom Regen benässt hell aufleuchten. Das erste Motiv ist unverkennbar ein Davidstern und dazu noch von beachtlicher Größe. Ich bin baff. So viele Jahre habe ich hier gewohnt und den Stern niemals gesehen! Warum aber hat man beim Bau der Kapelle im Jahr 1607 überhaupt einen Davidstern eingemauert? Ob Willem ihn je bemerkt hat?

Ach ja – aber Schlittschuh gelaufen ist er mit der schönen, eleganten Frau Hevesy auf der Drongenschen Marsch, auch sie hat vermutlich später so einen Stern auf dem Mantel getragen.

*

Dann stehe ich wieder vor dem Haus. Die schwarze Farbe, mit der ich vor so langer Zeit die Tür gestrichen habe, ist am Abblättern. Ich gehe die Straße hinunter, biege um die Ecke, um zur Rückseite des Hauses zu gelangen, und blicke auf den Hinterhof und den alten Zaun. Als ich näher komme, löst ein Bewegungsmelder ein grelles Licht aus, jetzt sehe ich es genauer: Um einen der Gitterstäbe windet sich ein Ast, ein Fragment nur, er sieht aus wie ein schwarzer, dünner Arm, der sich hartnäckig ans Nichts klammert, ohne Wurzel, ohne Stamm, der letzte Rest von Mientjes Blauregen. Ich lege die Hand auf das brüchige Holz. Da gehen auch die Lichter im Haus an, das ich so gut kenne; eine Gestalt tritt ans Verandafenster, blickt heraus, sieht mich im Licht stehen; eine Frau öffnet die Tür und erkundigt sich mit lauter Stimme, ob sie mir helfen könne. Ich sage, dass ich nur den schwarzen Ast berühren wolle. Schnell schlägt sie die Tür wieder zu, überzeugt, dass vor dem Zaun des Hinterhofs ein Irrer steht.

Ein paar Tage später kehre ich zurück, weil ich den Ast fotografieren will. Im grauen Licht des Tages sieht er noch schwärzer und karger aus, fast wie eine Schlange, die in die Luft kriechen will. Nicht mehr lange, und der Ast wird seinen Griff lockern und auf die staubige Erde fallen, wo er dann still verschwinden wird, ohne dass je ein Mensch erfährt, was er einmal bedeutet hat.

Epilog

Schließlich fuhr ich doch noch nach Comblanchien, wohl aus einer Art Fetischismus heraus. Mir ging einfach der Name des braunrosa Steins, mit dem der Kamin im Drongenhofer Salon verkleidet war, nicht mehr aus dem Kopf. Aber mein Fetischismus war harmlos: Ich wollte nur die Grube sehen, aus der der Marmor für den Kaminsims stammte, dem Kaminsims, auf dem einst die vulgäre Hitler-Büste stand. Das ließ mich einfach nicht los: Beides war Kalkstein und doch so unterschiedlich; der polierte Stein aus Frankreich und der gipserne Schädel aus Flandern.

In Comblanchien erfuhr ich zum ersten Mal von der Katastrophe, die die Gemeinde in der Nacht zum 21. August 1944 erleben musste. Die Deutschen wussten, dass der Krieg verloren war, und ihre Vergeltungsaktionen an der lokalen Bevölkerung wurden immer sadistischer und sinnloser. Für sie war das Dorf ein terroristisches Widerstandsnest, denn in den einsamen Wäldern rund um die Weinberge des ländlich geprägten Comblanchien hielten sich einige Kämpfer versteckt. Die Temperaturen waren mild, und es hätte eine wunderbare Nacht werden können. Doch es hing Spannung in der Luft; ein paar deutsche Wachsoldaten streiften durch die Straßen, sie schienen betrunken zu sein von den exquisiten Weinen, die sie aus den Kellern der umliegenden Häuser und Schlösser gestohlen hatten.

Kurz vor Beginn der Ausgangssperre bemerken zwei junge Männer, die gerade vom benachbarten Winzerstädtchen Nuits-Saint-Georges nach Comblanchien geradelt kommen, dass der Eingang zum Dorf durch leere deutsche Lastwagen blockiert ist; sie versuchen, von der anderen Seite über die Straße nach Corgoloin ins Dorf zu gelangen, doch auch dieser Zugang ist versperrt. Dann, kurz nach halb zehn, flackern Feuer auf, Soldaten schießen in die Luft, um einen Angriff von Widerständlern zu simulieren. Aus Beaune, der nächstgrößeren Stadt, rasen Sturmtruppen heran, dreißig Feldgendarmen und achtzig Soldaten bilden grölend und mit gezogenen Waffen einen Kordon um das Dorf. Fünf Maschinengewehrschützen nehmen Stellung im Ortskern. Drei einheimische Kollaborateure unterhalten sich flüsternd mit den Deutschen und deuten mit Fingern auf Häuser, deren Bewohner daraufhin nicht wissen, wie ihnen geschieht; die Soldaten hämmern an die Türen, schlagen sie nieder, treten und prügeln sie, brüllen: Elendes Terroristenpack! Und setzen fast ein Dutzend Häuser mit Flammenwerfern in Brand. Als die Soldaten bemerken, dass einigen Einwohnern die Flucht in die Weinberge gelingt, werden noch mehr Häuser angezündet, es wird geplündert, gebrüllt und geschlagen. Auf der Straße stehen Frauen in Nachthemden und Pantoffeln zitternd in der Sommernacht. Das Kirchentor widersteht der Gewalteinwirkung durch die Gewehrkolben, also treiben die Soldaten die Menschen auf der Straße vor dem Rathaus zusammen und bringen dreiundzwanzig Männer zu einem am Bahnhof bereitstehenden Zug. Inzwischen ist es Mitternacht, noch mehr Häuser werden aufgebrochen und durchsucht, Ausweise kontrolliert. Schüsse, Schreie, Kreischen überall; später in der Nacht aus dem Steinbruch die Schüsse der Hinrichtungen, die hohen Felswände werfen das grauenhafte Echo übermächtig zurück. Dann wird es langsam still, man hört nur noch das Knistern der brennenden Häuser. Gegen halb fünf Uhr morgens ist die Aktion beendet; die Lastwagen ziehen ab. Noch schwelen die Trümmer in der Dämmerung, Funken verwehen hoch über dem Tal und treiben auf die jetzt kurz vor Sonnenaufgang tauüberzogenen Weinberge zu. Am Bahnhof bricht der Zug mit den Gefangenen nach Dijon auf. Ein junger Mann wagt es, während des Transports einen deutschen Soldaten zu fragen: Wozu die ganze sinnlose Gewalt? »Die Guten müssen für die Schlechten bezahlen«, lautet die Antwort des Feldgendarmen.

Alter, Name und Beruf der acht Todesopfer beweisen, wie willkürlich die Soldaten vorgegangen sind. Ihnen zum Gedenken steht heute ein großer Comblanchiener Stein vor der Kirche des Ortes. Es hat nicht viel gefehlt, und Comblanchien hätte die gleiche schmerzvolle Berühmtheit ereilt wie Oradour-sur-Glane.

Ich fahre durch die Weinberge zu den Steinbrüchen, die ich schon so oft von der Autobahn aus gesehen habe. Ich gelange zu einer riesigen *carrière* – eine gigantische, grässlich klaffende Mulde, eine kilometergroße Wunde in der Landschaft, ein tiefer Schacht, ein abgetragener Berg mit Abhängen, über die Bulldozer kriechen wie merkwürdige Insekten. Nicht weit von mir knirschen, drehen und kreischen enorme Mörsermaschinen, Sortierbänder, Hebekräne; der Anblick ist von einer ergreifenden Trostlosigkeit. Turmhoch steigt Staub in den grauen Himmel. Mir ist, als wäre ich nach einem Ausflug durch grüne, erfrischende Aprilwälder in einer Mondlandschaft gelandet, deren Tristesse mir den Atem nimmt. Von hier also stammt der Stein für den Kamin im Genter Salon, denke ich. Von der Tragödie, die in Comblanchien stattgefunden hat, wollte Mientje Willem erzählen, als ihm der Name nicht mehr einfiel, er aber keine Zeit hatte, ihr zuzuhören, weil er unbedingt zu seinen Kumpels in die Kneipe musste.

Ich schaue mir die Augen aus dem Kopf wie ein Kind.

Die Steinbrüche umfahrend erreiche ich den hochgelegenen Rand der Schlucht. Ich gehe zu Fuß bis zum Eingang der Kalksteinlagerstätte; sofort kommt eine junge Frau mit gelbem Helm in einem kleinen Geländewagen auf mich zugefahren und fragt mich in barschem Ton, was ich hier zu suchen habe. Nichts, sage ich, ich suche gar nichts, ich möchte nur ein paar Fotos machen, das ist alles. Da müssen Sie sich zuerst in der Baracke da vorne anmelden, sagt sie, und auf ein Erlaubnisschreiben der Direktion warten. Ich will doch nur ein paar Fotos machen, antworte ich und deute mit unschuldiger Miene auf mein Handy. Na gut, aber beeilen Sie sich, antwortet sie, eigentlich ist das nicht erlaubt. Meine Frage, warum das so sei, hört sie schon nicht mehr; Kies spritzt auf, als sie in den holprigen Weg hinab zur steinernen Hölle einbiegt. Die riesigen Steinblöcke, die das Gelände vor neugierigen Blicken wie meinen abschirmen sollen, ähneln primitiven, fast prähistorischen Grabmälern.

Erst auf der Autobahn fällt mir auf, dass die grauenhafte Nacht von Comblanchien nur wenige Wochen vor Willem Verhulsts Flucht aus dem Drongenhofer Haus stattgefunden hat.

Wir kommen niemals zurück.

Der Aufgang beruht auf historischen Fakten und einer ausführlichen Dokumentation, ergänzt durch die Fantasie des Autors. Folgende Dokumente standen mir zur Verfügung, wofür ich herzlich danke:

Latomme, Greta, *Memoires*. Archief voor Nationale Bewegingen, Antwerpen, o. J.

Vandermeulen, Lieve, *Van vingerhoed tot voorzittershamer, Georgine Blanchaert 1883–1965*. Universität Utrecht 1996

Vandermeulen, Lieve, *Kroniek van een leven*. Manuskript, 2010

Verhulst, Adriaan, *Zoon van een »foute« Vlaming*. Pelckmans, Antwerpen 2000

Verhulst, Aletta, *Dochters van een fantastische moeder. Met een bijdrage van Suzanne Verhulst.* Selbstverlag, Edegem 2013

Verhulst, Willem, *Wils jeugd*. Manuskript. Archiv Familie Verhulst, o. J.

Verhulst, Willem, *Celbrieven en gedichten*. Archiv Familie Verhulst, o. J.

Wever, Bart De, *Feestrede ter ere van Griet Verhulst en Mia Brans*. 16. November 1997, Archief voor Nationale Bewegingen, Antwerpen

Wijers, Harmina, *Dagboeken*, 29. August 1944–26. Juni 1946
Wijers, Harmina, *Dagboeken*, 11. August 1946–6. März 1947/31. Mai 1967–18. März 1968
Wijers, Harmina, *Dagboeken*, 25. Oktober 1947–10. Juni 1951/24. Oktober 1966–17. Mai 1967

Folgende Veröffentlichungen erwiesen sich als äußerst hilfreich:

Aerts, Koen, *Kinderen van de repressie. Hoe Vlaanderen worstelt met de bestraffing van de collaboratie*. Polis, Antwerpen 2018
Aerts, Koen, u. a., *Was opa een nazi? Speuren naar het oorlogsverleden*. Lannoo, Tielt 2017
Boeckmans, Louis, *Hoe ik Breendonk en Buchenwald overleefde*. Aufgeschrieben von Pieter Serrien. Horizon, Antwerpen 2019
Claeys, Wim, *Mijn papa was bij de* SS. Borgerhoff & Lamberigts, Gent 2018
Dijn, Rosine De, *Die Gäste des Führers*. Grenz-Echo Verlag, Eupen 2014.
Eetvelde, Robby Van, *De Sicherheitspolizei und Sicherheitsdienst (Sipo-SD) Aussendienststelle Antwerpen. Het politionele repertoire van een lokale Duitse politiedienst in bezet België*. Universität Gent 2008
Flügel, Heinz, *Zwischen den Linien. Autobiographische Aufzeichnungen*. Chr. Kaiser Verlag, München 1987
Gobyn, Winne, *De Sicherheitspolizei und Sicherheitsdienst: een casestudie van de Gentse Aussenstelle (1940–1945)*. Universität Gent 2002

Goethem, Herman Van, *1942. Het jaar van de stilte*. Polis, Antwerpen 2019

Ponteur, Leo u. a. *Liber Amicorum Adriaan Verhulst*. Willemsfonds, Gent 1995

Rauser, Jürgen Hermann, *Neuensteiner Heimatbuch*. Heim-Verlag, Neuenstein 1981

Saerens, Lieven, *De jodenjagers van de Vlaamse* SS. Lannoo, Tielt 2007

Seberechts, Frank, *Drang naar het Oosten. Vlaamse soldaten en kolonisten aan het oostfront*. Polis, Antwerpen 2019

Vandeweyer, Luc, »Etnische zuivering als politiek project in België«, in: *Belgisch Tijdschrift voor Nieuwste Geschiedenis*, Nr. 5, 1999: 43–71

Verschooris, Marc, *Hoe zwart in het donker gedijt. De Sicherheitsdienst en de Sicherheitspolizei Gent-Leeuwarden, 1940–1945*. Davidsfonds, Leuven 2016

Wever, Bruno De, Asch, Martine Van, Doorslaer, Rudi Van, *Gekleurd verleden. Familie in oorlog*. Lannoo, Tielt 2010

Die Motti stammen aus:

Seite 5: Alessandro Baricco, *Die Barbaren*, übers. von Annette Kopetzki. Hoffmann und Campe, Hamburg 2018

Seite 15: Dante Alighieri, *Göttliche Komödie*, Paradies, 3. Gesang, Vers 130. Übersetzt und erläutert von Carl Streckfuß. Philipp Reclam Verlag, Leipzig 1876

Seite 99: Raymond Brulez, *Mijn woningen*. Uitgeverij Meulenhoff, Amsterdam 1997

Seite 373: Hermann Bote, *Till Eulenspiegel*, 32. Historie. Abgerufen am 14.09.2021 von https://www.projekt-gutenberg.org/bote/eulenspg/eulen32.html

Danksagung

Dieses Buch wäre ohne die aktive und unermüdliche Unterstützung von Aletta und Suzanne Verhulst niemals zustande gekommen. Sie empfingen mich stets gastfreundlich, erklärten mir vieles, stellten mir Dokumente zur Verfügung, erzählten mir ihre Erinnerungen und ermutigten mich dazu, das Buch erfolgreich zu beenden.

Ich danke auch Alettas Kindern, Jan und Lina Mahy, für ihre großzügige Hilfe und Begleitung, die sorgfältige Lektüre des Manuskripts und ihre Kommentare.

Ich danke Prof. Dr. Bruno De Wever und Prof. Dr. Koen Aerts dafür, dass sie mir dabei halfen, Zugang zu den Gerichtsakten zu erhalten, für ihren kollegialen Beistand, die kritische Lektüre des Manuskripts und ihre Anmerkungen.

Ich danke den Mitarbeitern des Genter *Rijksarchief* und des *Algemeen Rijksarchief* in Brüssel, und dort vor allem Luc Vandeweyer.

Ich danke Laurent Stevens für das Foto des Drahtfunkempfängers und Benjamin Praet für die Exemplare der *Brüsseler Zeitung*.

Ich danke Koenraad Tinel, Lieve Vandermeulen und Roger Van Bockstaele für die Gespräche, die ich mit ihnen führen durfte, und für die Informationen, die ich dabei erhielt.

Große Dankbarkeit empfinde ich gegenüber meiner Lektorin Suzanne Holtzer, die mich bei diesem Projekt jahrelang intensiv begleitet hat. Nienke Beeking danke ich für ihre gewissenhafte Schlussredaktion.

Einige Gespräche mit meiner Verlegerin Francien Schuursma in Montpellier, Frankfurt, Amsterdam und Beersel waren entscheidend für die Form, die das Buch am Ende bekam. Auf ihre beharrliche Unterstützung hätte ich niemals verzichten können.

Des Weiteren danke ich Wil Hansen, Herman Balthazar, Chantal De Smet, Marc Reugebrink und Jan Vanriet für ihre kritischen Lektüren mehrerer Manuskriptversionen.

Und schließlich habe ich meiner Frau Sigrid zu danken, die nicht nur alle Ups and Downs des komplizierten Parcours, an dessen Ende dieses Buch stehen sollte, geduldig und verständnisvoll ertrug, sondern auch eine geneigte wie kritische Leserin war.

Roman
Aus dem Niederländischen von Ira Wilhelm
Mit Fotografien
416 Seiten

»Man kann alles, wenn man will!«, sagt der alte Mann zu seinem Enkel und schwingt sich in den Kopfstand. Die wahre Willenskraft seines Großvaters begreift Stefan Hertmans jedoch erst, als er nach dessen Tod seine Notizbücher liest und beschließt, den Roman dieses Lebens zu schreiben: Eindringlich beschreibt er den 13-Jährigen, der in der Eisengießerei davon träumt, Maler zu werden, und stattdessen an die Front gerät, wo er zwar das Grauen der Schützengräben überlebt, dafür aber fast am Verlust seiner großen Liebe zugrunde geht.

[illegible]

Für die Liebe zum Sohn eines Rabbis setzt eine junge [illegible] alles aufs Spiel. Sie wählt die Freiheit und wird zur Verfolgten. [illegible] flieht sie vor dem Vater, als [illegible] vor der Brutalität der Kreuz[illegible] [illegible] tastet sich als reflektierender [illegible] und einfühlsamer [illegible] an diese Liebe heran.

»Der Diogenes Verlag will durch lesbare Literatur unterhalten, durch Neues vor den Kopf stoßen, aber auch Altes neu entdecken; das ›Neue um des Neuen willen‹ übersehen und so das Modische vom Modernen unterscheiden. So viel wirklich Neues kann es gar nicht geben. Echte Avantgarde, sagt Karl Kraus, ist nichts anderes als der mutige Rückschritt zur Vernunft – und an das Neue, das nur aussieht wie das Alte, muss man sich erst gewöhnen.«

DANIEL KEEL